KB246058

조선족 소설의 틀과 결

조선족 소설의 틀과 결

최병우

국학자료원

　1949년 중화인민공화국이 성립될 당시 만주에 남아 있던 재중 조선인들은 조선족이라는 소수민족으로 중국 공민 자격을 획득하였다. 연변 지역을 중심으로 만주 지역에 집거하던 130만 명 정도의 조선족은 50년에 가까운 시간 동안 200만 명 정도로 증가하였고, 조선족 공동체 속에서 자신들의 언어와 문화를 유지하여 왔다. 연변대학을 중심으로 조선족은 자신들의 전통과 문화를 연구하고 발전시켰으며, 연변작가회의에 소속된 작가들에 의해 한국어로 된 문학 작품을 꾸준히 생산하였다. 그 결과 연변은 한국과 북한과 함께 한민족의 문화와 전통 그리고 문학을 유지·발전시켜 온 대표적인 공간으로 자리하게 되었다.

　한민족의 언어와 문화를 잘 보존해온 조선족 사회가 최근 들어 급격히 변화하여, 멀지 않은 시기에 그들의 문화가 사라지는 것이 아닌가 하는 위기감을 느끼게 해 준다. 중국 정부의 개혁개방 정책으로 농촌 지역을 중심으로 공동체를 형성하여 살아가던 조선족들은 도시로 이동하고, 한중수교 이후 부를 찾아 한국으로 이주하여 조선족 집거지의 조선족 인구가 급감하고 있다. 예컨대 사십만 명에 가까운 조선족이 한국으로 이동하고, 그보다 많은 수의 조선족들이 관내로 이동해 산재하면서 연변 지역의 조선족 수가 줄어 조선족 자치주를 구성하기가 어려워지고, 조선족의 언어와 문화를 유지하지 못하게 되는 것 아닌가 걱정해야 하는 상황에 이른 것이다.

　조선족 사회와 함께 조선족 문학도 위기 상황으로 몰려간다는 사실은 최근 조선어 창작이 가능한 젊은 소설가들의 등장이 현저하게 줄어들고 있음에서 확인된다. 중앙아시아 고려인 사회의 경우 1960년대에는 한글

소설 창작이 왕성하게 이루어졌으나, 고려인 사회가 현지 문화에 동화하면서 점차 사라지고 다음으로 시 창작도 이루어지지 않고 있다. 현재 고려인 문인들 대부분이 러시아어나 현지어로 창작하고 있다는 사실은 조선족 사회가 앞으로 어떻게 변화할 것인가를 예감하게 해준다. 물론 조선족은 민족 문화를 유지하기 위하여 다양한 노력을 기울이고 있으며, 조선족 작가들에 의한 한글 창작 역시 왕성하게 이루어지고 있다. 그러나 조선족 집거지가 붕괴하면 점차 한국어 사용이 약화될 것이며 서서히 한글 창작이 줄어들리라는 점은 충분히 예상할 수 있다.

조선족 사회가 변화와 위기의 시점에 다다른 현 상황에서 조선족 문학에 대한 연구는 다양한 방면에서 집중적으로 이루어져야 한다. 그간 왕성하게 이루어진 엄청난 양의 조선족 문학 자료를 수집하고 정리하는 일은 향후 조선족 문학에 대한 본격적인 연구를 위한 사전 작업으로 무엇보다 먼저 진행되어야 한다. 이와 함께 수집·정리한 조선족 문학 자료들에 대한 평가와 작품집의 편찬 그리고 조선족 작품들에 대한 기초적인 연구 작업이 이루어져야 할 것이다. 이는 남북한 문학과 함께 재외 한인들의 문학을 포괄하는 한민족 문학의 범주를 설정하기 위하여 반드시 필요한 작업이다. 이와 함께 조선족 문학의 체계적인 정리와 연구를 위해서는 한국의 연구자와 조선족 연구자들의 집중적인 연구를 통한 내외부적 시각에서의 접근과 검토가 반드시 필요하다. 조선족 문학에 대한 동학들의 학문적 관심이 요구되는 이유이다.

저자가 조선족과 그들의 소설에 대해 관심을 가진 지는 그리 오래 되지 않았다. 2005년 한국학술진흥재단의 지원으로 조선족 작가 리근전의 소설을 연구하면서 조선족의 삶과 문화 그리고 문학에 대해 관심을 갖게 되었다. 이후 몇몇 조선족 문학 관련 프로젝트 팀에서 공동 작업을 하면서 연변을 드나들며 그들의 소설을 집중적으로 수집하고 검토하게 되었다. 그 결과 여러 학술대회에서 조선족 소설에 대한 연구 결과를 발표할 수 있었고, 2007년『리근전 소설 연구』를 상재하고 이제 그간의 연구 결과를 모아 또 한 권의 책을 묶게 되었다. 이 책에 수록한 논문들은 2007년 이후 조선족 소설에 대해 여러 학회지에 발표한 논문들이다. 이 논문들이 발표된 원래의 서지를 밝히면 아래와 같다.

조선족 문학 연구의 필요성과 방향 ;「중국조선족 문학 연구의 필요성과 방향」, 『한중인문학연구』20, 2007.4.

조선족 소설의 민족해방운동에 관한 두 시각 ;「조선족 소설에 나타난 민족해방운동에 관한 두 시각」, 『한중인문학연구』32, 2011.4.

한국현대소설에 나타난 두만강의 형상과 함의 ;「한국현대소설에 나타난 두만강의 형상과 그 함의」, 『현대소설연구』39, 2008.12.

김학철 문학에 있어 체험의 형상화 방식 ;「김학철 소설에 나타난 체험의 형상화 방식 연구」, 『한국문학논총』56, 2010.12.

조선족 이차 이산과 그 소설적 형상화 ;「조선족 이차 이산과 그 소설적 형상화 연구」, 『한중인문학연구』29, 2010.4.

우광훈 소설에서 '고향'의 의미 ;「우광훈 소설에 나타난 '고향'의 의미」, 『한중인문학연구』23, 2008.4.

정치우위 시대 조선족 소설의 주제 특징 ;「정치우위 시대의 조선족 소설에 나타난 주제 특징 연구」, 『한중인문학연구』35, 2012.4.

한중수교가 조선족 소설에 미친 영향 ;「한중수교가 중국조선족 소설에 미친 영향 연구」, 『국어국문학』151, 2009.5.

조선족 소설과 민족의 문제 ;「조선족 소설에 나타난 민족의 문제」,『현대소설
　　연구』42, 2009.12.
조선족 소설에 나타난 한국 이미지 ;「중국조선족 소설에 나타난 한국의 이미지
　　연구」,『한중인문학연구』30, 2010.8.
우광훈 초기 소설의 주제 특성 ;「우광훈 초기 소설의 주제 특성 연구」,『한중인
　　문학연구』22, 2007.12.
조선족 소설 연구의 성과와 전망 ;「조선족 소설 연구의 현황과 과제」,『한국문
　　학논총』60, 2012.4.

　이 책을 내기까지 도움을 준 많은 분들에게 고마운 마음을 간단히 전하
고자 한다. 연변대학 김호웅 교수는 그간의 자료 수집에 결정적인 도움을
주었고 연구의 방향에 대해서도 많은 자문을 해 주었다. 책을 내기에 앞
서 그간의 고마움에 크게 감사하는 마음을 밝힌다. 조선족 소설을 함께
연구하면서 늘 커다란 도움을 주는 아주대학 송현호 교수에게도 고마움
을 전한다. 그리고 자료를 구하기 위하여 연변에 갔을 때, 연변대학 도서
관과 각 연구소와 개인의 서재를 함께 다니며 자료 수집 작업을 도와준
연변대학 조문계 대학원생들의 도움에 감사한다. 이들의 도움이 없었더
라면 이 책이 나오는 것이 불가능했거나 더 많은 시간이 걸렸을 것이다.
끝으로 이 책을 발간하기로 하고 예쁘게 편집해주신 국학자료원 편집진
께 감사드린다.

2012년 8월, 신정동 우거에서 최 병 우.

목차

‖ 머리말

I. 조선족 문학 연구의 위상

01. 조선족 문학 연구의 필요성과 방향   15

    재외 한인문학의 현황   15

    조선족 문학의 연구의 필요성   19

    조선족 문학의 연구 방향   29

II. 조선족의 현실과 소설적 대응

02. 조선족 소설의 민족해방운동에 관한 두 시각   35

    현실인식의 유사성과 상이성   35

    민족해방운동과 중국 공산당에 대한 인식 차이   38

    현실인식 차이의 원인과 그 의미   51

03. 한국현대소설에 나타난 두만강의 형상과 함의   56

    소설 공간으로서의 두만강   56

    한국현대소설에 나타난 두만강의 형상   58

    작가의 현실인식과 두만강의 함의 차이   72

04. 김학철 문학에 있어 체험의 형상화 방식　　78

체험의 재구성으로서 김학철 문학　　78

체험의 강렬성과 장르 의식의 혼란　　81

전기와 소설의 장르 인식　　84

김학철의 장르 인식　　98

05. 조선족 이차 이산과 그 소설적 형상화　　101

문제의 제기　　101

조선족 이차 이산의 전개와 그 의미　　103

조선족 이차 이산의 의미화와 문학적 형상화 양상　　106

이차 이산에 대한 인식　　119

06. 우광훈 소설에서 '고향'의 의미　　122

작가의 생체험과 '고향'　　122

역사적 혼돈 속의 성장 : 우광훈의 생애　　125

우광훈 소설에서의 '고향'의 양상과 의미　　130

'고향' 의식의 다면성　　143

Ⅲ. 민족 정체성의 소설적 형상화

07. 정치우위 시대 조선족 소설의 주제 특징　　　149

연구의 대상과 용어의 문제　　　149

정치우위 시대와 조선족의 삶　　　153

혁명 영웅의 예찬과 국민 정체성 고양　　　158

정치우위 시대 소설의 주제 성향　　　167

08. 한중수교가 조선족 소설에 미친 영향　　　169

문제의 제기와 연구 대상　　　169

한중수교 이전 조선족 소설의 주제 특성　　　172

한중수교 후 나타난 조선족 소설의 몇 가지 변화　　　177

사회 변화와 조선족 소설　　　188

09. 조선족 소설과 민족의 문제　　　191

민족과 국민 그리고 조선족　　　191

중국의 소수민족 정책과 조선족의 민족 개념 형성　　　194

한국과의 만남과 조선족의 재발견　　　203

조선족 정체성에 관한 새로운 인식　　　217

10. 조선족 소설에 나타난 한국 이미지　　221

　문제의 제기　　221
　상상 공간으로서 한국　　223
　현실 공간으로서 한국　　228
　초월 공간으로서 한국　　235
　한국 이미지의 변화와 그 의미　　239

11. 우광훈 초기 소설의 주제 특성　　241

　연구의 대상과 범주　　241
　우광훈 소설에 나타난 주제 양상　　243
　우광훈 소설에 나타난 주제의 서사적 의의　　257

IV. 조선족 소설의 연구의 현재와 미래

12. 조선족 소설 연구의 성과와 전망　　263

　연구사의 필요성　　263
　조선족 소설의 연구 경향　　265
　조선족 소설 연구에 대한 반성과 전망　　275
　논의의 한계　　281

‖ 참고문헌　　283

Ⅰ. 조선족 문학 연구의 위상

01. 조선족 문학 연구의 필요성과 방향

재외 한인문학의 현황

근대화와 함께 서구 열강의 치열한 식민지 쟁탈과 일제의 강점 그리고 민족상잔의 전쟁을 체험한 지난 1세기 가까운 기간 동안 한국인들은 민족의 삶의 공간이었던 한반도를 떠나 전 세계로 흩어지게 되었다. 근대 초기 기아를 벗어나기 위하여 중국과 미국으로 이주하기 시작하였으며, 한일합방을 전후한 시기에 독립운동을 위하여 만주와 연해주로의 이주가, 일제강점기 중에는 일제의 강제에 의한 또는 자발적인 일본으로의 이주가 활발하였다. 또 1932년 만주국이 건립된 이후 일제의 정책에 따라 만주로의 개척 이민이 대대적으로 이루어졌다.[1] 해방 이후 중국과 일본

---

1) 김준엽과 김창순은 한일합병 이전에는 먹고 살기 위해 간도로 건너갔으며, 이후의 만주로의 이민에는 한일합병 이후 삼시협정(1925.6.11)까지는 정치적 계기가, 삼시협정 이후 만주 침략(1931.9)까지는 정치적·경제적 계기가, 만주 침략 이후 해방(1945.8)까지는 정책적 계기가 작용하였다고 지적하고 있다. 김준엽·김창순, 『한국공산주의운동사』, 청계연구소, 1986, 19쪽.

그리고 러시아 지역으로 이주해 간 많은 한인들이 귀국하였으나 200만이 넘는 한인들은 여러 이유로 귀국을 포기함으로써 재외한인으로 남게 되었다.

한국전쟁을 치르면서 전쟁을 피하여 한국을 떠난 사람도 있었고, 또 고아들의 해외 입양으로 적지 않은 한인들이 해외로 나가게 되었다. 이후 미국이나 유럽으로의 이민이 활발해지면서 많은 한인들이 세계 각국으로 흩어져 그 지역에서 한인사회를 이루게 된다. 현재 재외한인들의 수는 700만 명이 넘는 것[2])으로 집계되고 있다. 세계 각처에 흩어져 있는 재외한인들은 그들이 살고 있는 국가에서 소수민족으로서 해당 지역의 사회·문화적인 조건 속에서 살아가고 있지만 그들이 한인이라는 민족적 정체성을 유지하기 위한 노력을 일정하게 기울이고 있다. 그들은 살고 있는 지역의 사회적·문화적 상황에 맞추어 한인들의 모임을 형성하고 그들 나름의 문화를 공유하면서, 소수민족으로서 자신들의 삶을 문학적으로 형상화하는 작업 또한 지속적으로 진행해 왔다.

현재 가장 왕성하게 문학 창작 활동을 유지하고 있는 재외한인은 조선족이다. 일제강점기를 전후한 시기에 만주로 이민을 하였던 재만조선인의 자손인 조선족은 현재 한인 2~3세가 주류를 이룬다. 그러나 조선족들은 연변조선족자치구가 성립된 이후 자신들의 민족문화를 유지할 수 있는 발판이 마련되었고, 중국작가협회 연변분회(초대 주석 최채)가 설립[3])

---

2) 2010년 12월 기준, 재외동포는 일반체류자(131만 명)와 유학생(33만 명)을 포함하여 약 727만 명의 한인이 170여 개국에 거주하고 있다. 이중 중국동포가 약 270만 명(일반체류자 및 유학생 35만여 명 포함, 이하 동일)으로 재외동포에서 차지하는 비중이 가장 높고, 미국에 217만 명, 일본에 90만 명, CIS 지역에 53만 명 순으로 다수를 차지한다. 지역별로는 중국과 일본을 제외한 아주 지역에 45만 명, 미국을 제외한 미주 지역에 34만 명, 러시아를 제외한 유럽 지역에 12만 명 정도가 거주하고 있다. 외교통상부 홈페이지(http://www.mofat.go.kr) 참조.

3) 중국작가협회 연변분회가 설립되기 전에도 간도예문협회(1945), 그 후신인 연길중소한문화협회(1945), 연변문예연구회(1950), 연변문학예술계연합회(1952) 등 조선족들끼리 꾸린 작가협회와 유사한 조직이 적지 않았다. 연변조선족자치주가 성립된 후 이들 조직은 연변조선족자치주문학예술계연합회(1953)로 통합되고 명실상부한 조선족 작가들의

되어 조선족 중심의 문학 활동이 가능하게 되었으며, 연변대학의 설립으로 조선족의 문화와 문학에 대한 연구가 집중적으로 진행되어 소수민족으로서 조선족의 문학이 비교적 온존하게 유지되어 올 수 있었다. 그 결과 현재 조선족 작가는 300명이 넘으며,[4] 연변분회의 기관지인 『연변문예』[5]와 한글 일간지 「연변일보」, 「흑룡강신문」를 비롯하여 『문학과 예술』, 『일송정』, 『도라지』, 『장백산』, 『흑룡강』 등 문예지가 한글로 발간되어 왕성한 한국어 문학 창작이 이루어지고 있다.

조선족 문학의 현실에 비해 여타 지역의 재외한인들의 문학은 매우 영성하다는 느낌을 지울 수 없다. 일본에 살고 있는 한인인 재일교포들은 해방 직후 김달수나 김석범과 같은 1세대들에 의한 한국어 창작 활동이 왕성하게 이루어졌으나, 2~4세로 내려오면서 점차 한국어를 잃어버리고 일본어로 창작하는 경향이 일반화되고 있다. 현재 재일 한인 사회는 민단계 재일교포들이 일본 문화로의 동화가 상당 부분 이루어졌음에 비해 조총련계 재일교포들은 어느 정도 한민족으로서의 독자성을 유지하고 있는 형편이다. 그러나 현재 재일동포들의 한국어 문학 창작은 매우 적어서 『종소리』, 『한흙』, 『문학예술』 등의 문학지를 통해 명맥을 유지하고 있다.[6]

구소련 지역 즉 중앙아시아 지역에 살고 있는 재외한인인 고려인들의 문학은 1960년대부터 1980년대까지는 한글로 왕성한 창작을 보였으나, 점차 한글 창작이 줄어들어 현재는 그 양이 매우 적다. 최근에도 『레닌기치』

모임으로서 활동하다가 중국공산당의 정책 아래 1956년 8월 15일에 중국작가협회 연변작가분회로 전화하게 되었다.

4) 2006년 여름, 현재 연변작가협회에 등록된 조선족작가의 수는 도합 336명으로, 그중 시가창작위원회에 91명, 소설창작위원회에 63명, 수필창작위원회에 63명, 문학평론창작위원회에 45명, 아동문학창작위원회에 74명이 소속되어 있다.

5) 『연변문예』는 1951년 6월 창간된 후, 『아리랑』, 『연변문학』, 『연변』, 『연변문예』, 『천지』 등의 이름으로 개명하면서 꾸준히 발간을 계속하여 현재 500호가 넘는 지령을 가지고 있는 조선족 문학을 대표하는 순수문예지이다.

6) 한승옥, 「재일동포 한국어 문학연구 총론 (1)」, 『한중인문학연구』 14집, 2005.4 참조.

나 「고려일보」 등의 매체에 한국어로 된 문학작품들이 발표되고 있기는
하나 1980년대 중반을 넘어서면서 한국어로 쓰인 문학 작품의 창작은 격
감하였으며[7] 현재는 일 년에 십여 편 정도의 한글 작품이 발표될 뿐이다.

미주 지역에 살고 있는 한인들은 상당히 왕성한 문학 활동을 보이고 있
다. 미주 지역의 한인 문학은 한글로 창작과 거주지의 국어로의 창작이
공존한다. 이는 미국으로 이주한 한인 1세대들은 한국어로 창작하는데
비해 어린 시절 미주 지역으로 건너갔거나 그곳에서 태어난 한인들의 경
우 영어로 창작하기 때문이다. 현재 미주 지역의 경우 200만이 넘는 한인
들이 로스앤젤레스, 샌프란시스코, 뉴욕, 토론토 등지에 집단으로 거주하
면서 코리아타운이라는 독특한 한인 사회를 형성하고 있다. 그들 중 한국
에서 문단에 등단하고 이주하였거나 미국에서 한국어 창작에 관심을 가
진 문학인들을 중심으로 소수이기는 하나 동인지의 형식으로 한국어 문
학의 창작이 활발하게 이루어지고 있다.[8]

이외에도 한인들이 많이 모여 사는 지역에서는 작은 규모나마 한인들
의 문학 활동이 이루어지고 있다. 남미 지역 중 한인들이 많이 모여 사는
브라질과 아르헨티나에서도 1986년과 1994년에 한인문학회가 결성되어
활동 중이며, 호주에서는 1989년 시드니에서 재호문인회를 결성하여 『호
주한인문학』을 격년으로 발간하고 있으며, 돈오 김과 같은 유명 작가가
탄생하기도 하였다. 한인들의 수가 비교적 적은 유럽에서는 독일 지역에
한인문학회가 존재한다. 1994년 베를린에서 베를린 문향회가 발족했고,

---

7) 참고로 1980년에는 『레닌기치』에 100편에 가까운 한국어 작품들이 발표되었으나 1990
   년에는 15편 남짓만 발표되었을 뿐이다(김필영, 『소비에트 중앙아시아 고려인문학사』,
   강남대출판부, 2004 작품 목록 참조). 이러한 한국어 문학의 급감은 소련 당국의 정책 변
   화와 함께 구소련의 해체 이후 고려인들의 현지 문화로의 동화에 따른 결과라 판단된다.
8) 재미 한인들의 문학 활동의 실상은 이소연, 「재미 한인문학 개관 II」(김종회 편, 『한민족
   문화권의 문학』, 국학자료원, 2003)에 상세하게 정리되어 있다. 이에 따르면 한국어 창작
   을 중심으로 하는 한인 문학 단체가 20여 개에 달하고, 영문 창작을 중심으로 왕성하게
   활동하는 한인 작가들도 40여 명에 이른다.

2001년 동인지 『베를린문향』을 발간하고, 2005년 1세들의 작품, 2세들의 동시 그리고 입양인들의 글을 모아 2집을 한국에서 발간하였다. 또 2004년 서울에서 문학상에 입상한 몇몇 재독한인들이 프랑크푸르트에서 재독문인회를 발족하고 2007~2008년 『재독한국문학』 1, 2호를 비매품으로 2009년 3호를 판매용으로 발간한 바 있다.[9]

이렇듯 재외한인들은 자신들이 거주하는 공간에서 꾸준한 문학 활동을 하고 있다. 그러나 이주의 역사가 길어지면서 이주 1~2세대들의 한글 창작과 2~4세대들의 현지어 창작이 공존하는 현상을 보이고 있다. 재외한인의 문학을 검토하기 위하여 그들의 문학 중에서 어느 선까지 한국문학 연구의 대상으로 삼아야 할 것인가에 대한 논의가 필요하다.

조선족 문학의 연구의 필요성

조선족과 구소련 지역의 고려인들은 지속적으로 민족의 수난사를 문학 작품화하고 있다. 반면에 일본이나 미국 그리고 여타 지역의 작가들은 소수민족으로서의 자신들의 존재에 대해 갈등하며 그것을 작품화하는 경향을 보인다. 그들 또한 자신들의 현재 놓여 있는 삶의 조건과 주어진 조건 안에서 살아가는 현실의 여러 문제들을 작품화하고 있으며, 가족이나 주변 인물들 나아가 사회와의 갈등과 같은 인간의 보편적인 삶의 문제를 다루는 작품 또한 적지 않다. 이와 같이 재외한인 문학은 각 지역의 재외한인이 처한 삶의 조건에 따라 그들의 문제를 작품화하여 다양한 형태로 존재하고 있다.

---

9) 이상 여러 지역의 한인문단에 대해서는 이명재, 「국외 한인소설에 나타난 디아스포라 양상」, 『이주와 한인 ― 제38회 한국현대소설학회 학술대회 발표문집』, 한국현대소설학회, 2011.5.28, 135~136쪽 참조.

문학의 존재 조건이 언어와 무관하지 않다고 할 때 재외한인의 문학은 그것을 만들어 내는 언어가 무엇인가에 따라 존재 방식이 달라지게 마련이다.[10] 재외한인들은 자신들이 속한 언어사회의 조건에 따라 자신이 살고 있는 국가의 언어를 사용하여 창작하기도 하고 한국어를 사용하여 창작하기도 한다. 그 양상을 개략적으로 살펴보면 조선족과 구소련 지역의 고려인들 그리고 재일교포의 문학에서는 정도의 차이가 있으나 한국어에 의한 창작이 존재하고 있지만 여타의 지역에서는 한국어 창작이 영성하거나 전무한 실정이다.

조선족 문학은 대체로 한국어로 창작된다. 중국의 경우 중화인민공화국 건국 이후 소수민족에 대한 자치권을 어느 정도 인정해 주어 조선족들에게 한국어가 공용어로 허용되었다. 중국의 국어는 중국어이지만 소수민족의 문화를 인정하는 차원에서 소수민족 자치구역에서는 중국어와 소수민족의 언어를 모두 공용어로 인정하는 것이 중국 정부의 정책이다. 따라서 연변조선족자치주에서는 한국어의 공식적인 사용이 허용되며, 조선족 학교에서는 동일한 시수로 중국어와 한국어를 교육하고 있다. 따라서 유아기 때부터 부모들과 친지들로부터 한국어를 배우고 학교에서 정규 교육을 받는 조선족들은 한국어와 중국어의 이중 언어 사용자가 된다. 그 결과 연변조선족자치주에는 한국어 신문, 잡지, 방송 등이 조선족을 대상으로 활성화되어 있어 조선족 문화를 일정하게 보존하며 한국어로 문학 작품을 창작할 수 있는 조건이 형성되어 있다.

구소련 지역에 거주하는 고려인들은 소련이나 소련 해체 이후 고려인들이 살고 있는 지역의 정부들이 중국과 같은 소수민족 정책을 실시하지

---

10) 한민족문학의 범주를 설정하는 데에 있어 한국어 창작의 여부를 결정적인 조건으로 보아야 하는가에 대해서는 찬반양론이 존재한다. 그러나 언어적인 조건이 절대적인 것은 아니라 하더라도 한국어 창작이 아닌 경우 내용적인 요소만으로 한민족문학 여부를 결정해야 한다는 난점이 제기된다.

않고 국어의 통일을 주장하면서 점차 그들의 문화에 동화되고 모국어로서의 한국어를 점차 상실해 가고 있다. 그 결과 앞 장에서 보았듯이 아주 소수의 사람들에 의해 한민족으로서의 문화가 유지되어 오고 있을 뿐이며, 몇몇 신문의 지면을 통해 소수의 한국어로 창작된 문학 작품들이 발표되고 있는 실정이다. 이러한 현실은 재일교포의 경우에도 마찬가지 양상을 보인다. 김달수나 김석범과 같은 재일교포 1세대 작가들의 경우에는 한국어로 민족의 문제를 다루기도 하고 제주 4 · 3항쟁과 같은 한국사를 소재로 한 작품을 작품들을 발표하였다. 그러나 재일교포 2세와 3세로 내려가면서 재일교포들의 사회가 점차 일본의 중심부 사회로 편입되어 가면서 유미리나 이양지와 같은 작가에서 보듯이 대부분의 재일교포 작가들은 자신들의 문제를 일본어로 창작하고 있다.[11] 그들은 일본 내의 소수민족으로서 겪게 되는 많은 문제들을 일본어로 창작함으로써 일본 사회에 충격을 가하는 역할을 하고 그 결과 일본의 유수 문학상을 수상하기도 한다. 이는 재일하는 조선인들로서 문학을 하기 위한 어쩔 수 없는 선택이겠지만 재일교포들의 사회가 한인으로서 자신들의 문화를 유지할 수 있을 정도의 권역을 유지하지 못한 결과이기도 하다.

재외한인 문학 연구의 대상을 결정하기 위하여 각 지역 한인문학의 언어적 조건과 내용적 조건을 함께 고려해 보아야 할 것이다. 해외한인 문학의 내용적 요건으로 한민족의 고난과 투쟁의 역사, 해당 지역 한인들의 문화와 전통, 소수민족으로서의 삶의 고뇌와 정체성 문제 등을 주로 다루는 것으로 정리해 볼 수 있다. 또 언어적 요건으로 한국어 창작을 우선적으로 생각할 수 있지만 해당 지역 국어를 사용하여 창작한 경우도 내용적

---

11) 재일교포 사회가 1세대로부터 3세대로 진행되면서 그 문학적 양상이 어떻게 변하여 왔는가에 대해서는 김숙자, 『재일한국인문학연구』(월인, 2002)에서 1세대 김달수와 김석범, 2세대 이화성과 김학영 그리고 3세대 유미리와 이양지 등의 작가를 대상으로 상세하게 정리한 바 있다.

인 요건을 충족할 경우 어느 정도 재외한인 문학으로서 연구의 대상이 될 수 있다 하겠다. 그러나 재외한인이 해당 지역의 국어로 내용적으로도 한민족의 정체성과 관련 있는 내용을 담고 있지 않은 작품을 발표한 경우에는 재외한인 문학 연구의 대상으로서 부적절하다는 판단이 가능하다.

비록 그것이 재외한인 1세대나 2~4세대에 의한 창작이라 하더라도 한국어라는 언어적 조건과 한민족의 역사와 문화와 삶이라는 내용적 요건을 충족시키지 못한다면 재외한인 문학이라는 범주에 포함하기가 어렵다. 재외한인 문학에 대해 논의하기 위해서는 무엇보다 창작 언어라는 조건과 작품이 그리고 있는 세계가 논의의 핵심이 될 수밖에 없기 때문이다. 따라서 내용과 언어라는 조건의 충족 여부에 따라 일정한 재외한인 문학의 대상으로 하는 스펙트럼을 설정해 볼 수 있다. 이를 바탕으로 재외한인 문학의 존재 조건을 엉성하게나마 도식화해 보면 아래와 같이 정리될 수 있다.

내용　　　　　　　　　　　　　　　언어	한국어	해당 지역 국어
한민족의 고난과 투쟁의 역사	○	△
해당 지역 한인들의 문화와 전통	○	△
소수 민족으로서의 삶과 고뇌	○	△
한민족 정체성을 담보하지 못한 내용	△	×

재외한인 문학의 범주 설정을 위해 이러한 가설을 세웠을 때 조선족 문학은 필요한 조건 전부를 충족시켜 준다. 조선족들은 중국 정부의 소수민족 정책에 따라 연변조선족자치주를 중심으로 조선족의 전통과 문화와 언어를 고수하여 왔다. 그들은 45년이 넘는 기간 동안 북한과의 일정한 교류를 하였지만 한국과는 단절된 상황에서 민족문화를 유지하고 새로운 시대의 한국어 문학을 창조하여 왔다. 중국의 어느 민족보다 먼저 작가협회를 만들어 민족문학을 계승하여 왔고, 그 결과 현재에도 조선족만이 중

국작가협회 지역분회와 연변작가협회에 이중 등록이 가능한 권리를 확보하였다. 이러한 사실은 조선족 문학이 중국문학의 일원이면서도 소수민족의 문학으로서의 독자성이 강조되고 있음을 의미하는 것이기도 하다. 조선족 문학이 갖는 이러한 민족 정체성의 유지는 여타의 재외한인 문학과 비교할 때 그 중요성을 생각하게 해준다.[12]

재외한인들은 이민국의 국민으로서의 정체성과 한민족이라는 민족적 정체성 사이에 존재한다. 이러한 민족 정체성의 문제는 조선족, 재일교포, 구소련 지역 고려인, 그리고 미주 지역과 기타 여러 지역의 재외한인들에게도 마찬가지 양상일 것이라는 추정이 가능하다. 그러나 재일교포나 고려인들의 경우 조선족에 비해 그 수도 적을 뿐 아니라 이미 상당히 언어적 동화가 진행되어 있다는 점에서 조선족의 경우[13]와는 비교되지 않을 정도로 민족 정체성을 상실하였다.

해방 이후 구미 지역으로 건너간 재외한인들은 개인적인 성장을 위한 이민이 주를 이루었고 경제적인 부를 창출하기 유리한 도시 생활을 선택함으로써 한인들의 밀집 지역을 중심으로 코리안 타운을 형성하지만 한민족 공동체를 형성하기보다는 경제적 이익을 창출하기 위한 집거의 형태를 이루어 개인적인 연결 관계만을 유지하여 한민족의 문화를 유지하는 공동체로서의 성격은 약화되고 있다. 더욱이 그들은 이민국의 문화 속

---

12) 구소련 지역의 고려인과 재일교포들은 소수가 한국어로 창작을 하고 있고 또 한인으로서의 정체성에 관한 작품들을 상당량 발표하고 있다는 점에서 재외 한인문학으로서 연구할 필요가 있다. 여타 지역의 문학은 소수민족으로서 그 지역에 뿌리내리는 과정에 겪는 어려움이나 정체성의 문제 등이 작품의 중심 주제를 이루는 경우가 많으나 언어적인 조건에서 조선족의 문학에 비해 재외한인 문학으로서의 위상이 다소 떨어져 국문학자의 연구 대상으로 적절한가 하는 의문을 갖게 한다.
13) 조선족이 민족 문화와 전통 그리고 언어를 유지할 수 있은 중요한 계기는 농촌을 기반으로 조선족 마을을 이루어 삶을 영위해 왔다는 점과 중국 정부의 소수민족 정책에 따라 초중등 교육이 조선족 학교에서 이루어지고 연변대학에서 조선족을 위한 대학교육이 이루어진 점과 깊은 관련을 갖는다. 이는 재일교포와 구소련 지역 고려인들이 민족의 전통과 언어를 급속히 잃어간 것과 비교가 되는 사안이다.

에 동화되기 위한 노력을 기울임으로써 급속히 민족 정체성을 상실[14]해 갔다. 이민국의 교육 정책에 따르지 않을 수 없는 현실적인 상황과 이민국의 문화 속으로 편입하여 경제적 안정을 꾀하려는 이민자들의 의식으로 구미지역의 재외한인들은 이민 2세로 내려가면서 언어적 정체성을 급속히 상실해 가게 되는데 이러한 급격한 현지화가 재외한인 문학으로서의 의미를 퇴색시킨 결과를 낳게 하였다.

　그러나 조선족들은 다른 지역의 재외한인들에 비해 이중 정체성을 자신들의 핵심 문제로 인식하며 살아가고 있다. 중국 국민으로서의 정체성과 한민족으로서의 정체성이라는 이중 정체성의 혼란 속에서 민족적 정체성을 유지하기 위해 애쓰고 있는 조선족 문학은 그 자체가 문제적이다.[15] 조선족 작가들이 중국의 문예정책에 따라 창작에 임하면서도 한민

---

14) 재미한인 3세인 캐시 송(Cathy Song)을 비롯한 여러 시인들이 초기 하와이나 미국 본토 이민 과정에서의 고난을 다루는 등 민족의 고난사를 다룬 재미한인 문학 작품이 없는 것은 아니다(최미정, 「재미한인 시에 나타난 '사진 신부'의 삶과 꿈」(『월간 창조문예』 117호, 2006.10 참조). 그러나 대부분의 재미한인 문학은 민족 정체성에 관한 관심에서 멀어져 있고 민족과 조국을 다루는 이민 1세들의 작품의 경우에도 개인적인 차원에서의 그리움이나 외로움 등이 작품의 주제로 등장하는 경우가 적지 않다. 유선모는 재미한인 작가를 미국 국적을 가진 한국계 이민으로 영어를 사용하여 미국 생활을 주제로 한 작품을 쓰는 한국계 미국인 작가와 한국어로 작품을 쓰는 재미작가로 구분하면서 작품의 내용이 한국에서 일어난 사건만을 다룰 때 재미 작가의 범주에 두어야 하는지에 대한 문제를 제기하고 있다(유선모, 『미국 소수민족 문학의 이해 – 한국계편』, 신아사, 2001, 19~20쪽 참조). 유선모가 말하고 있는 한국계 미국인 작가 범주에 속하는 작가들의 작품은 미국의 소수민족 문학으로서의 지위는 확보하지만 한민족 문학의 범주에 포함시키기에는 많은 어려움이 있지 않을까 한다. 이러한 재미한인 문학의 현실은 언어와 민족 정체성을 유지하고 있는 조선족 문학의 특수성과 중요성을 다시 생각하게 해 준다.
15) 조선족 문학은 중국이라는 다민족 국가를 구성하고 있는 소수민족의 문학이다. 즉 조선족 문학은 중국 문학의 한 부분일 따름인 것이다. 그러나 중국의 소수민족 중에서 모국이 존재하는 몇 안 되는 민족의 하나이며 자신들의 뿌리를 정확히 인식하고 있고 중국 소수민족으로 편입되게 된 역사적 과정을 기억하고 있는 조선족은 중국의 여타 소수민족과는 달리 이중 정체성의 혼란이 더욱 심하다. 조선족의 민족적 정체성에 대한 고민의 일단은 정판룡, 「중국 조선족 문화의 성격 문제」(『정판룡문집 2』, 연변인민출판사, 1997, 1~15쪽)와 김호웅, 「접목의 원리와 중국 조선족 공동체의 진로」(『중일한문화산책』, 흑룡강조선민족출판사, 2005, 1~21쪽) 등에 잘 나타나 있다. 조선족의 민족적 정체성 문제는 조선족 연구자들의 여러 글에서 조선족 문화의 특수성을 정리하는 핵심적인 개념으로 자리 잡았다.

족의 전통과 문화를 끊임없이 문제 삼으며, 중국에서 살아가고 있는 조선족들의 삶이 갖는 특수성을 형상화하고 있고, 또 한중수교 이후 조선족의 변화된 삶의 모습과 함께 현재 조선족에게 모국이란 무엇인가에 대한 고민을 문학작품으로 형상화하고 있다. 이는 재외한인으로서 자신들의 정체성을 확인하는 작업이며 한민족의 정체성을 고구하는 과정이기도 하다. 이런 점에서 조선족 문학은 한국문학 연구자들이 관심을 가지고 연구하여야 할 대상으로 받아들여야 할 필요가 생긴다.

더욱이 일제강점기 만주지역에서의 조선인들의 삶과 투쟁의 역사를 문학적으로 형상화한 소설의 경우 조선족 문학이 일구어낸 업적은 남북한문학에 결코 뒤지지 않는다. 재만조선인은 일제강점기 항일 무장 투쟁의 중심에 있었으며 그로 인해 경신참변과 같은 참절한 피해를 입은 바 있다. 또 만주국의 건립 이후에도 재만조선인들은 오족협화라는 미명 아래 개척 이민을 통하여 만주 개척의 선봉에 섰지만 일본인은 물론 한족이나 만족에 비해서 정치적 · 경제적으로 홀대를 받으며 지내왔다.16) 그들은 현실적인 악조건 속에서도 일제와의 투쟁의 끈을 놓지 않았으며, 일제가 패망한 이후 조국으로 돌아가지 않은 조선족들은 국민당과 공산당 사이의 내전의 상황에서 중국에 살고 있는 한민족의 미래를 위하여17) 소수

---

16) 만주국 건국 이후 정부의 관리들의 대부분이 중국계와 일본계로 채워졌다. 대다수 조선인들이 모여 살던 간도성의 경우에도 조선인 관리는 25%에 미칠 뿐이었고 성장, 현장, 경찰청장 등의 고위 직책은 모두 중국인에게 돌아갔다. 오족협화라는 명분을 내세운 만주국이었지만 조선인들의 삶은 만주국 건국 이전이나 이후 달라진 것이 별로 없었다. 윤휘탁, 「만주국의 '민족협화' 운동과 조선인」, 한국민족운동사학회 편, 『한국항일민족운동과 중국』, 국학자료원, 2001, 144~171쪽 참조.

17) 만주 지역에 남은 조선인들이 공산당 측으로 기운 것은 1928년 「중공만주성위고만주농민서」에서 조선족 노동자와 농민이 "일률적으로 토지 생산기관 소유권과 혁명정권을 향유한다"고 규정한 후, 소수민족도 한족과 동일한 토지소유권을 확보하게 해 준다는 정책이 계속 이어졌으며, 1947년 12월 11일 중국공산당이 영도하는 동북행정위원회는 『토지법대강』을 실행하는 것과 관련된 보충 방법에서 "동북해방구경계내의 소수민족은 한인과 동등하게 땅을 나누어야 하며 소유권도 가져야 한다."고 규정하였다. 이러한 공산당의 토지정책은 많은 조선인들이 공산당 측에 서게 하는 결정적인 요인이 되었다. 중국 공산당의 토지 정책

민족의 토지 소유권과 자치권을 일정하게 보장해준다는 공산당 측에 서
서 헌신적인 투쟁을 계속하였다. 조선족 작가들은 선조들의 고난에 찬 삶
과 치열한 투쟁의 역사에 대한 자존심을 바탕으로 문학 작품을 창작한다.
김학철의『격정시대』, 리근전의『고난의 년대』, 최홍일의『눈물 젖은 두
만강』등의 작품은 일제강점기 민족의 고난과 항일 운동을 소설화한 좋
은 예이다.

이상의 논의에서 살펴보았듯이 조선족 문학은 현재 한반도 내에서 이
루어지고 있는 남북한문학을 제외하고는 한국어 문학의 최대 보고이다.
한국문학의 범주를 한국 또는 한반도라는 지역적 한계를 벗어나 생각하
면 조선족 문학은 한국문학의 범주에 가장 가까이 놓여 있는 재외한인 문
학이다. 이런 점에서 조선족 문학은 한국문학 나아가 한민족문학의 연구
를 위하여 한국문학 전공자들에 의해 본격적으로 소개되고 연구될 필요
가 있는 것이다. 그러나 조선족 문학에 대한 연구는 중국의 개혁 · 개방과
한중수교 이전에는 조선족들이 적성국가의 국민들의 문학이라는 이유로
접근이 불가능하였다. 북한문학과 마찬가지로 조선족 문학은 한국문학
연구자들에게는 접근할 수 없는 존재였던 것이다.

중국의 개혁개방과 한중수교 이후 한국에서는 조선족에 대한 관심이
일기 시작하였다. 반세기 가까운 세월을 서로 떨어져 살았지만 조선족들
이 예전 우리가 가지고 있던 전통을 상당 정도 보존하고 있고, 조선족의
문화를 유지하고 한국어로 된 문학을 창작하고 있다는 것은 많은 사람들
의 관심을 불러일으키기에 충분했다. 초기에 연변을 드나들던 연구자들
은 연변조선족자치주와 기타 조선족의 집거지를 중심으로 연변조선족의
삶과 현실 그리고 문화적 특징 등에 대해 많은 연구를 진행하였으며, 한
국문학과는 다소 이질적인 조선족 문학에도 관심을 갖게 되어 조선족 문

과 관련한 내용은 이해영,『중국조선족 사회사와 장편소설』, 역락, 2006, 56쪽 이하 참조.

학 작품집이 출간된 바도 있다.[18]

　개혁·개방과 함께 조선족 연구자 1세대들은 민족 정체성과 관련하여 자신들의 문학에 대한 연구를 시작하였다. 1950년대의 비평 수준을 넘어 조선족 문학과 문화의 특성을 연구하기 시작한 이들은 우파와 소수민족에 대한 압박이 심했던 20여 년간 언급조차 하지 못하던 조선족의 문학과 문화에 대한 연구를 통해 조선족 문학의 개념, 역사, 특성 등에 관한 광범위한 연구 성과를 보여주어 이후 조선족 문학 연구의 방향을 결정해 준 선도적인 업적을 이루었다.[19] 이에 비해 한국 측 연구자들의 조선족 문학에 관한 연구는 중국과의 교류가 시작되자 조선족이 모여 살고 있는 연변을 드나들면서 그들의 문학 작품을 접하게 된 연구자들에 의해 개인적인 관심을 바탕으로 이루어졌다. 이들의 연구에 직접적인 영향을 준 것은 조선족 연구자 1세대들의 연구 결과이다.

　조선족 연구자 2세대들은 자신들의 문학적 유산을 정리하기 위해 1세대들의 연구 업적을 바탕으로 다양한 방법으로 연구를 진행하였다. 특히 한국에서 석박사 과정을 수학을 하고 돌아간 연구자들이 한국과 중국의 출판사에서 그들의 연구 결과물들을 단행본으로 출간[20]하면서 조선족

---

18) 이 시기 출간된 대표적인 조선족 작품집은 아래와 같다.
　리태수 외, 『그녀는 고향에 다녀왔다』, 슬기, 1987.
　흑룡강조선민족출판사 편, 『일송정 푸른 솔은』, 삼민사, 1988.
　이근전, 『고난의 년대』, 세계, 1988.
　김학철, 『격정시대』, 풀빛, 1988.
　______, 『해란강아 말하라』, 풀빛, 1988.
　______, 『무명소졸』, 풀빛, 1989.
　김학철 외, 『니는 조선민족이다』, 한울림, 1989.
19) 조선족 연구자 1세대들의 대표적 연구 업적은 아래와 같다.
　임범송·권철 주필, 『중국조선족문학연구』, 흑룡강조선민족출판사, 1989.
　조성일·권철, 『중국조선족문학사』, 연변인민출판사, 1990.
　정판룡, 『정판룡문집』, 연변인민출판사, 1992.
20) 최근 한국에서 발간된 조선족 연구자들의 연구서는 아래와 같다.
　오상순, 『개혁개방과 중국조선족 소설문학』, 월인, 2001.
　이광일, 『해방 후 중국조선족 소설 문학 연구』, 경인문화사, 2003.

문학에 관한 연구가 한국과 중국 양측에서 활기를 띠게 된다. 또한 한국
의 연구자들에게서도 조선족 문학에 대한 연구가 개인적인 차원에서 꾸
준히 이루어져 상당히 많은 논문들이 학술지에 발표되고 있으며, 연구자
들의 공동 작업에 의한 단행본이나 개인 연구자에 의한 연구서가 출간되
기에 이른다.[21]

최근 조선족 문학에 대한 연구는 김학철, 리욱, 임효원 등 몇몇 작가에
한정되어 있던 연구 대상을 다양한 작가들의 작품으로 확대하여 조선족
문학의 실상을 파악하는 방향으로 진전되고 있다. 오상순이나 이광일이
조선족 문학의 흐름을 정리하여 다양한 작가들을 대상으로 하였고, 이해
영은 김학철, 리근전, 최홍일 등으로 연구 대상을 확대하여 심도 있는 연
구를 진행하였다. 또 최병우는 최근 조선족 연구자들 사이에서 연구가 중
단되고 있는 리근전의 작품을 집중적인 연구를 진행하여 단행본[22]으로
출간한 바 있다.

다른 한편으로 조선족 문학에 대한 연구가 개인적인 연구에서 연구팀
에 의한 본격적인 연구로 전환하는 모습을 보여주기도 한다. 한림대학교
정덕준 교수팀들은 학진 지원을 받은 공동 작업을 통하여 근대 이후 19
90년대까지의 조선족 문학의 전개 양상과 특성을 장르별로 체계적으로
살펴보고, 그 문학적 성과와 민족문학사적 의의를 정리하고, 불완전하나
마 이 시기 발표된 조선족 문학 작품의 목록을 정리하여 CD의 형태로 제
공하여 다음 세대의 연구에 많은 도움을 제공하고 있다.[23] 또 2005년부

이해영,『중국조선족 사회사와 장편소설』, 역락, 2006.
이종순,『중국조선족 문학과 문학교육』, 서우얼출판사, 2006.
김경훈,『중국조선족 시문학 연구』, 한국학술정보, 2006.
21) 김승찬 외,『중국조선족 문학의 전통과 변혁』, 부산대출판부, 1997.
황송문,『중국조선족 시문학의 변화양상 연구』, 국학자료원, 2003.
송현호 · 최병우 외,『중국 조선족 문학의 탈식민주의 연구 I』, 국학자료원, 2008.
송현호 · 최병우 외,『중국 조선족 문학의 탈식민주의 연구 II』, 국학자료원, 2009.
22) 최병우,『리근전 소설 연구』, 푸른사상, 2007.

터 아주대학교 조선족문학 연구팀은 한국학술진흥재단의 연구지원을 받아 해방 이후 한중수교까지의 연변조선족 문학 작품의 완전한 목록을 작성하여 데이터베이스화하고, 대표적인 작품을 선정하여 작품 본문을 전산 입력하여 목록과 함께 데이터베이스화하는 작업을 진행한 바 있다.[24] 또 이들은 이러한 자료 정리 작업을 바탕으로 조선족 문학에 대한 다양한 시각의 논문들을 양산함으로써 향후 조선족 문학에 관한 초석을 다진 바 있다.

조선족 문학의 연구 방향

조선족 문학에 대한 연구는 한국문학 연구자들의 관심을 필요로 한다. 조선족 문학은 중국문학 연구자들의 관심을 받지 못하고 있고 조선족 연구자들과 일부 한국 연구자들에 의해 연구되고 있을 뿐이다. 최근 재외한인 문학에 대한 연구의 필요성을 공감한 연구자들에 의해 국제한인문학회가 결성되어 학술지『국제한인문학』이 발간되고 있으며 전 세계에 흩어져 있는 한민족의 문학을 연구하려는 움직임이 일고 있다. 해외한인 문학 중에서 연구의 필요성을 드러내고 있고 또 한국문학 전공자가 다가서야 할 대상이 조선족 문학이다. 남한문학의 연구 성과를 바탕으로 북한문학에 대한 연구를 진행하여 한반도 내에서 이루어지는 한민족의 문학을 정리함과 동시에 조선족 문학을 본격적으로 연구함으로써 한국문학 연구의 폭과 깊이를 더해갈 수 있을 것이다. 이를 위해 향후 조선족 문학에 대한 연구는 아래와 같은 점에 초점이 맞추어져야 할 것이다.

---

23) 정덕준 외,『중국조선족 문학의 어제와 오늘』, 푸른사상, 2006.
24) 이 작업의 결과물은 조선족 작가들과 저작권 문제가 해결되지 않아 공식적인 출간이 불가능해져 학문적으로 많은 아쉬움을 주고 있다.

첫째, 우선 가장 먼저 추진되어야 할 일은 조선족 문학에 대한 자료 정리이다. 현재 조선족 학자들을 중심으로 조선족문학전집의 출간되고 있다. 2000년대 초에 연변인민출판사에서 『20세기중국조선족 문학사료전집』을 출간한 바 있고, 최근 연변대학교 조선언어문학연구소 중심으로 『중국조선민족문학대계』(흑룡강조선민족출판사)를 지속적으로 출간하고 있다. 그러나 이들 전집은 안수길, 현경준, 김창걸, 최명익, 김조규 등 재만조선인 문학이 중심을 이루고 중화인민공화국이 건립한 이후 조선족 문학은 아주 소략하게 취급되어 조선족 문학을 연구하기 위한 자료로서는 불충분하다. 일제가 패망한 이후 만주 지역에 남아 있던 조선인들이 창작한 작품으로부터 소수민족으로서 조선족의 문학 작품들을 정리하는 작업은 조선족 문학 연구를 위하여 중요한 의의를 지닌다. 조선족 문학 작품을 모으고 전산 입력하고 각 시기별로 조선족 문학을 대표할 수 있는 작품을 선별하여 필요한 경우 주석을 달아 선집의 형태로 출간하는 일은 조선족 문학 연구의 대상 확대와 관련지어서도 무엇보다 선행되어야 할 작업이다.[25]

둘째, 일제강점기의 역사와 중국의 당대사와 관련하여 조선족 문학에 대한 새로운 읽기 작업이 필요하다. 조선족은 일제강점기 만주 지역에서 간고하게 살아온 재만조선인의 후예이며 중국의 국민으로서 중국 당대사를 몸으로 체험해 온 사람들의 문학이다. 따라서 그들의 문학을 연구하기 위해서는 만주 지역의 근대사와 관련하여 또 중국의 당대사와 관련하여 작품을 살펴 볼 필요가 있다. 특히 만주지역 독립 운동의 형상화 방법과 관련한 주제는 남북한 문학과 중구조선족 문학을 통괄하여 살펴 볼 필요

---

25) 조선족 문학 선집은 몇 차례 출간된 바 있다. 그 대표적인 것으로 연변대학 조선언어문학연구소 편, 『중국조선민족문학대계』(흑룡강조선민족출판사, 2000~), 『(20세기 중국조선족) 문학사료전집』(중국조선민족예술문화출판사, 2004~), 리광일, 김호웅, 허정훈 주편, 『중국조선족문학대계 : 해방후 편』(연변인민출판사, 2011~) 등이 있다.

가 있다. 또 1940년대 후반 중국혁명의 과정에서 일구어낸 조선족의 역할을 문학적 형상화한 작품에 대한 연구와 중국의 소수민족 정책과 문예 정책의 변화에 따른 조선족 문학의 대응 양상 등을 살피는 것도 조선족 문학을 보다 심도 있게 바라보기 위한 핵심 과제가 된다.

셋째, 개혁개방 이후 조선족 문학의 변화 양상에 대한 연구이다. 조선족 문학은 중국문학의 한 부분이므로 개혁개방 이후의 조선족 문학은 중국문학의 주류의 움직임과 무관하지 않을 것이다. 상처문학, 반성문학 등과 같은 중국 당대문학사의 흐름과 관련지어 조선족 문학을 바라보는 것이 이러한 관점을 반영한 것이다.[26] 그러나 한국문학 전공자들이 조선족 문학을 접근하기 위해서는 이러한 접근에서 벗어나 1950년대 말의 반우파 투쟁 이후 문화대혁명이 끝나는 시기까지의 중국 문화 중심 정책에서 소수민족의 문화를 인정해주는 개혁개방 정책으로의 변화가 조선족 문학에 어떠한 영향을 주었는가에 대해 연구해야 한다는 것이다. 조선족이 갖는 이중 정체성이 국민정체성에서 민족 정체성으로 변화해 가면서 그것이 조선족 문단에 어떻게 영향을 미치며 어떠한 방식으로 작품에 드러나는가를 세밀하게 살피는 연구는 조선족 문학 연구가 한국문학 연구의 범주속으로 들어오기 위한 한 방안이 될 것이다.

넷째, 한중수교가 조선족 문학에 미친 영향을 살피는 작업이다. 1992년 한국정부와 중국정부가 공식적으로 외교 관계를 맺었다. 물론 한중수교 이전에도 적지 않은 한국 인사들이 중국을 방문하였지만, 한중간의 왕래가 자유로워지면서 조선족 작가들은 모국인 한국의 경제 성장을 체험하였고, 작가들 사이의 교류에 의해 한국문학의 영향을 일정하게 받기도 한다. 또 한중수교로 많은 조선족들이 한국에서 취업을 하게 되는데 이는 조선족의 경제 상황을 윤택하게 하였지만 많은 부작용을 낳기도 하고, 모

---

26) 개혁개방과 한중수교 이후의 조선족 문학의 특성을 중국 당대문학사의 변화 추이에 맞추어 정리한 오상순의 앞의 책은 이러한 연구 방법의 대표적인 예가 된다.

국 한국에 대한 희망과 실망이 교차하면서 한국에 대한 새로운 시각이 형성되기도 하였다. 또 농촌을 기반으로 하던 조선족 사회가 와해되고, 또 많은 조선족들이 보다 나은 수입을 찾아 한국으로 관내의 대도시로 이동하게 되었다. 이러한 조선족 사회의 변화는 조선족 문학에 많은 변화를 초래하였을 것이다. 이러한 한중수교 이후의 조선족 문학의 변화 추이를 내밀하게 연구하는 것은 현재의 조선족 문학을 체계적으로 연구하기 위한 출발점으로서의 의의도 갖는다.

다섯째, 점진적으로 조선족 문학에 대한 미학적 연구가 축적되어야 한다. 조선족 문학은 중국의 소수민족 문학으로 존재하면서 중국의 문예정책을 철저하게 반영하여 왔다. 따라서 조선족 문학은 '문학예술사업은 혁명 사업에 기여하여야 하며, 광범한 대중에게 영향을 미칠 수 있어야 한다'는 중국의 문예정책의 지침에 따른 것이어서 문예미학적 접근이 어려운 부분이 있다. 하지만 조선족 문학만이 가지고 있는 독특한 미학적 특성을 밝혀내는 것은 앞으로의 해외한인 문학 연구를 본격화하고 조선족 문학을 한국문학의 한 부분이 되도록 하기 위해 반드시 필요한 작업이다.

여섯째, 남북한 문학 나아가 재외한인 문학과의 비교 연구가 필요하다. 조선족 문학의 특성을 정리하기 위해서는 작품에 대한 문예 정책적, 역사적, 미학적 연구가 이루어져야 하지만, 재외한인 문학으로서의 조선족 문학을 올바로 연구하기 위해서는 남북한 문학은 물론 재일교포, 구소련 지역의 고려인 그리고 세계 각 지역의 재외한인들이 이룩한 문학들과 비교하는 작업이 필요하다. 각 지역의 재외한인들은 각기 다른 이유로 이국땅을 선택했으며 그들의 삶의 조건과 추구하는 욕망이 다르다. 이러한 각 지역 재외한인의 차이에 따라 발생하는 문학의 편차를 비교하는 연구는 재외한인 문학에 대한 연구를 심화시킬 수 있고, 이는 결국 조선족 문학의 특수성을 밝히는 일로 이어질 수 있을 것이다.

Ⅱ. 조선족의 현실과 소설적 대응

02. 조선족 소설의 민족해방운동에 관한 두 시각
-『해란강아 말하라』와『고난의 년대』를 중심으로 -

현실인식의 유사성과 상이성

중화인민공화국을 건립하는 과정에서 만주 지역의 조선인들 중 절반이 넘는 사람들이 만주 지역에 정주를 선택하여 조선족의 뿌리가 된다. 일제의 억압 아래 처절한 투쟁을 지속하여 민족해방에 크게 기여한 조선족들은 자신들의 역사에 대한 자긍심이 적지 않았다. 더욱이 1930년대 이후 중국혁명의 과정에서 치열하게 투쟁하여 국민당 정권을 몰아내고 중화인민공화국을 수립하는데 많은 공을 세운 조선족들은 자신들의 자랑스러운 투쟁의 역사 즉 민족해방운동의 역사를 소설화하였다. 1953년 민족해방운동의 역사를 제재로 조선족 최초의 장편소설『해란강아 말하라』를 집필한 김학철은 그 머리말에서 조선인의 역사에 있어 중국 공산당의 역할에 관해 아래와 같이 의미를 부여한 바 있다.

중국 공산당은 오늘에 와서 비로소 연변 인민의 생활을 관심하고, 그를 이끌어 번영한 내일을 맞이하는 것이 아니라, 벌써 오랜 예전부터, 쪽박을 차고 고향을 쫓겨난 우리의 선대들이 두만강을 건너서 이 땅에 흘러들어오던 그때부터 자기의 뜨거운 관심을 의지가지 없는 그들에게 기울였던 것입니다.

그러기에 이 소설에도 기록된 간도 인민의 투쟁의 역사는 즉 중국 공산당의 투쟁의 역사인 것입니다.

그러기에 이 소설 가운데서 활약하는 인물들은, 우리가 익히 알고 우리가 사랑하는 영웅들은 그 모두가 다 중국 공산당에 의하여 배양된 우리의 겨레인 것입니다.[1]

한반도에서 궁핍을 벗어나기 위하여 간도 지역으로 이주해 온 오갈 곳 없는 조선인들에게 관심을 기울여 그들을 이곳에 정착하게 해준 존재가 중국 공산당이라는 지적으로, 작품의 제재가 되는 간도 조선인들의 투쟁은 곧 중국 공산당의 영도 하에 이루어진 것이라는 역사에 대한 인식을 보여준다. 이는 중국 공산당원인 김학철의 역사 인식이기도 하고, 중화인민공화국 건립 초기의 조선족들이 지닌 자신들에 대한 공통된 현실인식이기도 할 것이다.

이에 대해서는 김학철보다 삼십년 정도 뒤에 재만조선인들의 정착 과정과 투쟁의 역사를 『고난의 년대』로 소설화한 리근전 역시 비슷한 인식을 보여준다.

연변의 농촌에는 거의 마을마다 렬사비가 서있었다. 항미원조, 해방전쟁시기의 렬사도 많았지만 항일시기의 렬사들도 적지 않았다. 이 사실은 우리 조선족인민은 항미원조, 해방전쟁시기에서뿐만아니라 항일전쟁시기에 있어서도 각족 인민들과 함께 피와 목숨으로 이 땅을 지켜왔다는것을 생동하게 말해주는 것이었다.[2]

---

1) 김학철, 『해란강아 말하라』 상, 풀빛, 1988, 6쪽. 이하 인용은 『책명』 권수, 쪽수로 밝힌다.
2) 리근전, 「≪고난의 년대≫를 쓰게 된 동기와 경과」, 『문학예술연구』 1983.1, 50~51쪽.

리근전은 김학철과 달리 표 나게 중국 공산당의 역할을 들지 않고 조선족들의 영광스러운 투쟁의 역사를 언급하고 있다. 그러나 이 글에서도 조선족들의 투쟁의 역사가 조선족들만의 것이 아니라 '각 족 인민'들과 힘을 합쳐 싸운 결과임을 강조한다. 즉 리근전의 글도 김학철의 경우와 마찬가지로 조선족과 한족들의 투쟁의 역상에 대해 대동소이한 인식을 보여준다.

그러나, 김학철이 『해란강아 말하라』를 발표한 직후, 리근전은 이 작품에 대해 신랄한 비판을 퍼부은 바 있다.[3] 리근전이 보기에 이 작품은 역사 현실에 대해 엄중하게, 군중 투쟁에 대해 악독하게, 통일 전선 정책에 대해 상당하게 왜곡하고 있으며, 몇몇 인물에 대한 악의적인 묘사가 드러나고 작품의 주제사상이 반동적인 계급의 입장에 서 있다는 것이다. 김학철이 『해란강아 말하라』의 서문에서 밝힌바 창작 의도는 리근전이 보기에 철저히 왜곡되어 있으며 잘못된 사상적 기반에서 간도 지역의 항일 투쟁의 역사를 바라봄으로써 역사적 현실과 당의 위상에 대해 심각한 오류를 저질렀다는 논지이다. 중화인민공화국 성립 직후 조선족과 한족 사이의 화합을 이루어야 하는 상황에서 공산당 중심의 항일의 역사를 다룬 『해란강아 말하라』는 김학철의 회고대로 당이 요구하는 대로 창작에 임했음은 짐작할 수 있는 일이다. 그러나 같은 시기에 다른 작가에 의해 이토록 신랄한 비판을 받게 되는 요인이 무엇인가를 살피는 것은 이 시기 조선족이 가진 민족운동에 대한 시각의 차이를 해명할 수 있게 해 줄 것이다.

본고는 이 점에 착안하여 두 작가가 집필한 『해란강아 말하라』와 『고난의 년대』를 대비하여 초기 조선족들이 지닌 일제강점기의 민족해방운동에 대한 시각의 차이를 살펴보고자 한다.[4] 두 작가는 조선족의 민족해

---

3) 리근전은 이 시기에 「≪해란강아 말하라≫와 그의 작자」(「연변일보」, 1957.12.12), 「≪해란강아, 말하라!≫의 반동성」(『아리랑』 1958.1) 등 두 편의 비판적인 평문을 발표하였으나 그 내용은 대동소이하다.

방운동에 대해 외면적으로는 중국 공산당의 역할을 강조한다는 점에서는 유사성을 보이나 그 내밀한 면에서 일정한 차이를 보이기 때문이다. 이러한 차이를 몇 가지 항목으로 정리하고 그러한 차이가 발생한 요인과 그 의의를 찾아보는 것이 이 글의 목적이다.

민족해방운동과 중국 공산당에 대한 인식 차이

일제강점기 간도 지역 조선인들의 민족해방운동을 다루고 있는 리근전의 『고난의 년대』와 김학철의 『해란강아 말하라』는 '간도 인민의 투쟁의 역사는 중국 공산당의 투쟁의 역사'라는 유사한 관점에 서 있기는 하지만 그 개별적인 양상에는 상당한 차이를 보인다. 그 대표적인 예로 두 작품에는 일제강점기 간도 지역 조선인의 민족해방운동에 있어 중국 공산당의 위상에 대한 인식의 차이가 드러난다는 점을 들 수 있다. 두 작품 모두 당과의 연계 하에 일본제국주의와 지주 계급의 억압과 착취에 대해 투쟁을 지속해 간다는 점에서는 동일한 양상을 보인다. 그러나 리근전의 경우 민족해방운동을 당이 중심이 된 투쟁으로 그리고 있음에 비해 김학철은 조선인들의 항일투쟁 과정에서 당의 지도와 협조를 일정하게 받는 즉 당과의 연계 아래에서의 투쟁으로 그리고 있다는 점에서 역사적 현실에 대한 인식의 차이를 드러내고 있다.

만주 지역 조선인들의 항일운동은 20세기가 시작되면서 시작된 일이다. 을사늑약 이후 한반도 내에서의 항일투쟁이 불가능해진 현실을 인식하고 장기적인 항쟁을 위하여 항일운동의 근거지를 만주지역으로 이동하

---

4) 김학철의 『해란강아 말하라』와 리근전의 『고난의 년대』는 이미 많은 연구자들에 의해 민족해방운동의 형상화와 관련한 연구가 이루어졌으나 두 작품을 대비한 연구가 없었다. 이런 이유로 두 작품에 대한 개별적인 연구에 대한 연구사적인 검토는 생략한다.

기 시작하였다. 이상설이 간도 지역에 서전의숙을 세워 민족교육을 실시한 것이나, 이회영 등이 신흥무관학교를 세워 장기적인 항쟁을 위한 군사 간부를 배양하려 한 것 등이 그 좋은 예이다. 1920년대 초기에 봉오동 전투나 청산리 전투 등 항일투쟁의 역사에 있어 한 획을 그을 만한 승전을 올린 것도 이렇듯 장기 투쟁을 준비한 결과이기도 하다. 이후 경신참변과 자유시 사변을 겪으며 민족주의자들에 의한 항일투쟁이 약화되고, 새롭게 만주에 자리 잡게 된 공산주의자들이 항일투쟁의 새로운 주체가 되었음은 주지의 사실이다.

1930년대에 들어와 중국 공산당이 만주로 진출하여 항일투쟁을 지도하기 시작하자 경신참변 후 무장투쟁이 약화되어 있던 조선인 항일지사들은 개별적으로 또는 집단적으로 중국 공산당에 가입하여 항일해방운동을 지속해 나갔다. 이후 조선인 항일지사들은 공산당의 지도하에 무장 투쟁을 계속하였으며 만주지역 공산당의 핵심적인 위치에서 투쟁을 지도하기도 하였다.5) 이러한 역사적 사실을 어떻게 인식하는가는 관점에 따라 달라질 수 있다. 1930년대 이후 만주 지역에서의 무장투쟁은 중국 공산당의 지도 아래 이루어진 것이며 조선인들은 중국 공산당원으로서 당의 투쟁 방향에 따랐을 뿐이라는 인식이 가능하다. 그러나 이와는 달리 19 10년대부터 항일투쟁을 지속해 온 조선인들이 지속적인 투쟁을 위하여 중국 공산당을 선택하였고 그들과 함께 치열한 투쟁을 한 것으로 파악해 볼 수도 있을 것이다. 리근전과 김학철은 그들의 소설 속에서 1930년대 민족해방운동에 대해 이러한 시각차를 분명하게 보여준다.

---

5) 몇 년간의 민생단 사건을 계기로 조선인 공산주의자들의 상당수가 숙청을 당하게 되고 이후 만주지역 공산당 내에서 조선인 간부들의 수가 현격하게 줄어들게 되고 항일혁명역량이 크게 손상을 입게 된다(민생단 사건의 영향에 대해서는 김성호, 『1930년대 연변 민생단사건 연구』(백산자료원, 1999)의 6장에서 상론하고 있다). 그러나 만주지역 중국 공산당의 항일무장투쟁 세력 내에서 조선인은 그 수나 투쟁 역량에 있어 상당한 위치를 점하고 있었다.

그날 밤, 큰동이와 윤민이는 한이불을 덮고 날이 새는 줄도 모르고 이야기를 벌렸다. 윤민이는 그간 십여년동안에 간도지방에서 발생한 사변들과 또 지금과 앞으로 산생할수 있는 사변들에 대해서 피력하면서 자기가 애초에 각 반일조직들에 품었던 희망이 한낱 환상에 지나지 않았음을 솔직히 털어놓았다.

"나도 이제는 그들의 본질을 간파하게 되였소. 절대 그들에 의거해서는 안되오. 길은 오로지 한가닥뿐이라고 생각하오. 우리도 로씨야에서처럼 공산당의 령도밑에 로농대중에 의거해서 혁명해야만 승리를 전취할수 있다고 믿어지오. 그러니 큰동이형님은 다른 지방에 가지 말고 계속 천수동에 남아있으면서 윤길형님과 함께 농민들을 조직해야겠소. 나는 룡정에 돌아가서 왕주형과 상의해서 로동자들을 묶어세워야겠소. 오직 이렇게 해야만, 우리가 튼튼히 조직되여야만 앞으로 공산당이 오더라도 그의 령도를 받아 새 국면을 힘있게 타개할수 있겠으니 말이요."6)

리근전은 윤민의 말을 통해 공산당의 영도가 항일 운동을 승리로 이끌기 위한 필수적인 요건임을 피력하고 있다.『고난의 년대』에서 항일투쟁의 역사를 주도하는 박윤민은 용정에서 교사 생활을 하면서 민족주의자들과 함께 투쟁하고, 3 · 13만세운동을 경험하고 난 뒤 그들 중 어느 누구와도 거리를 두고 직접적인 행동에 나서지 않는다. 그는 민족주의자들의 권위적인 모습과 헤게모니를 잡기 위한 잦은 분열에 실망한다. 그래서 박윤민은 자신의 웅지를 감추고 자신과 자신 주위의 투쟁 의지를 가진 사람들을 올바르게 지도할 진정한 세력을 기다린다. 그것은 바로 제정 러시아의 노농 대중을 단결시켜 오랜 착취로부터 해방시킨 소련 공산당의 영도의 힘이었던 것이다.

그래서 박윤민은 천수동에서 농사를 짓고 있는 큰동이는 고향 마을의 농민을 조직하고, 자신은 용정으로 돌아가 노동자들을 조직하여 공산당

---

6) 리근전,『고난의 년대』하, 연변인민출판사, 1984, 206쪽. 이하 인용은『책명』, 쪽수로 밝힌다.

이 자신들을 영도해 줄 날을 기다려야 한다고 판단한다. 이는 민족 현실에 대해 각성하고 역사를 변화시킬 의지를 가진 사람들이 모여 조직적인 힘을 갖춘다고 하더라도 공산당의 지도가 없이 투쟁한다면 3·13만세운동 이후 민족주의자들이 걸어갔던 바대로 실패로 귀결될 수밖에 없다는 현실인식을 분명하게 보여준다.

결국 박윤민은 공산당의 존재를 접하게 되고 그들과 접촉을 하면서 직접 행동으로 나아가게 된다. 박윤민은 공산당을 만나기 전까지는 회의하고 있으나 행동하지 않는 비판적 지식인으로서의 면모를 지니고 있을 뿐이었다. 그러나 그가 공산당을 알고 그들의 영도를 받으면서 완벽한 혁명전사로 거듭난다. 그가 민족해방운동의 길로 나서게 되는 것은 온전히 공산당과의 접촉을 통해 그들의 지도를 받음으로서만 가능한 것이었다.

> "그럼 그는 공산당이겠지?"
> 윤민이는 안경림의 말에 넋을 잃고 듣다가 이렇게 불쑥 물어댔다.
> "그렇지요. 동만당조직의 책임자의 한사람이랍니다."
> "명함은 어떻게 부르게?"
> "리진이라고 합니다. 비록 젊기는 해도 머리가 명석하고 일찍부터 혁명활동에 참가한분이랍니다."
> 안경림의 자상한 소개를 듣자 윤민이는 가슴속 깊이에서 우러나오는 경건한 감정에 사로잡히고말았다. 그리하여 비록 아직은 한번도 대면하지는 못했을망정 그의 름름한 모습이 눈앞에 선히 솟아나보이는것이였다.
> "근데 지금 그이는 어데 게시오?"
> 윤민이는 이렇개 붙으며 급속히 디를 달았다.
> "밤낮없이 공산당을 그렸더니 끝내 찾게 되였소그려!"
> "볼일이 있어 나갓으니 이제 곧 돌아올겁니다. 그이는 비록 지식인이지만 실로 로고대중과 한덩어리지요."7)

---

7) 『고난의 년대』, 319쪽.

박윤민은 지식과 관념으로만 알고 있던 공산당과 연결되는 순간 무한한 감동에 젖게 된다. 중국 공산당 세력이 동만으로 들어와 자신의 항일투쟁을 지도해 주기를 손꼽아 기다리던 그는 공산당 동만 조직의 간부 리진을 만나고 돌아온 안경민에게서 일찍부터 혁명 활동에 참가한 그에 관한 이야기를 듣자 가슴 깊이 경건한 감정에 사로잡히고, 또 한 번도 대면하지 못한 리진의 늠름한 모습을 눈앞에 그리기에 이른다. 그에게서 공산당은 현실에서의 투쟁을 위해 필요한 조직이기 보다는 자신의 행동 자체를 가능하게 해 주는 대상으로 나아가 신앙적인 대상으로 인식되고 있는 것이다.

이에 비해 김학철은 조선인들 스스로의 투쟁을 중시한다. 『해란강아 말하라』에 등장하는 농민들은 일제의 만행과 지주들의 착취 속에 삶을 부지하고 있지만, 우연한 기회에 자신들과 마찬가지로 팍팍했던 삶을 벗어나 경제적으로 여유 있게 살고 있는 러시아 사람들을 만나게 됨으로써 착취 없는 새로운 세상의 참모습을 알게 된다.

> 그곳 농민들은, 그들이 이웃에 와 사는 것을 환영한다고 하였다. 당신네는 어드런 것을 먹고 사냐고도 물었다. 그리고 집안에 장치하여 놓은, 쌍가마 아버지들이 보기조차도 처음 보는 훌륭한 가구들을 가리키며 저런 것을 당신네도 거지고 있느냐고도 물었다. 무엇으로 땅을 가느냐, 가을은 어떻게 하느냐고도 물었다. 그리고는 자기네의 신식 농구들을 내보이며, 와서 좀 시험하여 보라고까지 하였다.
>
> 그러나 젊은, 총을 맨 수비병이 머리를 가로 흔들었다. 그들더러 더 지체말고 이전 송아지를 찾았으니 도루 남아가라고 하였다. 쌍가마 아버지들은 자기네는 갈 의향이 없노라고 떼질하였다. 거기 아주 늘어붙을 작정을 하였다.
>
> 그랬더니 그 젊은 수비병은 웃으면서 총을 들어 적을 쏘는 형용을 하며 타이르기를, 남의 만들어 놓은 것을 부러워만 말고 당신네도 돌아가서 이런 살기좋은 세상을 만들면 되지 않느냐, 이것은 여기 농민들이 노

동자 형제들과 같이 자기네의 피를 흘리며 싸워 얻은 것이라고 하였다.
　그래 그들은 송아지만을 찾은 것이 아니라, 희한한 음식까지 한 짐씩
지고, 떼어지지 않는 발을 억지로 옮기며 돌아왔다……8)

　이는 쌍가마 아버지가 버드나뭇골로 이주해 오기 전에 러시아와의 경
계에 살 때, 국경을 건너간 송아지를 찾으러 러시아령으로 들어갔다가 보
고들은 바를 마을 사람들에게 들려준 내용이다. 피 흘려 싸워서 자신들이
처한 착취를 벗어나 경제적인 안정과 함께 인간다운 삶을 쟁취했다는 러
시아 사람들의 이야기는 버드나뭇골 사람들에게 새로운 희망을 준다. 자
신들이 힘을 합쳐 지주 계층과 투쟁한다면 보다 나은 삶을 유지할 수 있
다는 신념을 스스로 깨닫게 된 것이다. 특히 어릴 때 부모를 잃고 자형 뻘
인 박승화의 집에서 머슴살이를 하다가 비인간적인 상황을 참지 못해 집
을 뛰쳐나온 임장검에게 이 말은 새로운 도전을 해 볼 의욕을 북돋워 주
었다. 해방운동에 참여한 임장검이 스스로 자신의 삶을 개선하기 위해 땀
과 피를 흘리는 일의 중요성을 깨닫고, 계급의 적을 때려누이는 꿈을 꾸
며 실천하는 혁명전사로 성장하기에 이르게 된 것은 자신이 경험한 신고
와 쌍가마 아버지에게서 들은 이야기 등이 그 바탕이 된 것이라 하겠다.
　버드나뭇골 사람들이 벌이는 투쟁은 기아에서 벗어나기 위한 몸부림
이며 인간답기 위한 자발적인 노력이다. 그들은 신교육을 받고 마을에 돌
아와 사립 민중학교를 세우고 마을을 위해 헌신하는 김달삼과 농민협회
를 만들어 농민운동을 주도하는 한영수 등과 함께 농민 조직을 만들고 중
국 공산당 화련 지구당과 연계한다. 박승화 집에서 머슴살이를 하던 임장
검은 박승화의 집을 나와 이웃에 사는 한영수의 집으로 들어가 함께 살며
해방운동에 투신한다. 그는 버드나뭇골 농민들이 무력 투쟁으로 나아가
는데 필요한 무기를 구해오기도 하고 직접 전투에 참여하여 적들을 타도

---

8) 『해란강아 말하라』 상, 98~99쪽.

하기도 하나 결국은 적들의 대공세 때 마을 사람들이 피신하기 위한 시간을 벌다가 적탄에 맞아 체포되고 사형에 처하기에 이른다.

한영수와 임장검을 중심으로 치열한 투쟁을 벌이는 버드나뭇골 사람들에게 있어 공산당이나 공산주의는 새로운 세상을 알려주는 이념이기보다는 자신들의 투쟁을 도와주는 현실적인 조직이다. 물론 그들은 중국 공산당 동만 특별위원회 위원인 장극민이 버드나뭇골에 잠입하여 한영수의 집에 숨어 지낼 때 투쟁의 방향이나 방법 등에 대해 논의하기도 하고, 지주들에 다한 투쟁이나 무력 충돌 시 화련에 협조를 구하기도 한다. 또 화련 지부에서 조직적 투쟁을 기획하고 시행에 옮길 때 다른 마을 사람들과 함께 투쟁하기도 한다. 그러나 이러한 일련의 버드나뭇골 사람들과 화련 지부의 공동 투쟁의 관계는 중앙과 하부조직이라는 상하 관계에 따른 영도이기보다는 화련 지부가 버드나뭇골의 상황에 맞추어 협조하고 보조를 맞추는 관계로 이해된다.

> 9.18의 시퍼런 도끼날은 농민들의 보수와 주저의 갑문을 단대에 찍어 갈라, 오랜 동안 거기 고여서 충충하던 그들의 새 소작제도—삼칠제—에 대한 욕망의 분류를 터뜨려 놓았다.
> 그리하여 거기서 뻗쳐 나온 팽배한 물줄기는 버드나뭇골을—여느 부락들에와 마찬가지로—엄습한 것이다.
> 해란구 전역에 걸치어 일제히 궐기한 농민들에 의하여 진행되는 소작쟁의는, 구 당위원회 지도부가 소기한 이상의 맹렬한 기세로 확장되어 나아갔다……9)

당의 기획에 따라 소작쟁의가 진행되기는 하나, 당이 예상한 것보다 더 큰 결실을 맺게 되는 것은 조선인 농민들이 가지고 있었던 착취에 대한 한과 새로운 세계에 대한 기대의 결과이다. 임장검을 비롯한 버드나뭇골

---

9)『해란강아 말하라』상, 147~148쪽.

사람들이 가열찬 투쟁에로 나아가게 하는 것은 쌍가마 아버지가 말한 바와 같은 세상을 자신의 손으로 만들어야 하겠다는 자각이 밑바탕에 있는 것이다. 이렇듯 김학철의 『해란강아 말하라』는 조선인 농민들이 자신들의 투쟁 역량을 강화하기 위하여 공산당과 연계를 한다는 점에서 리근전의 『고난의 년대』에서 박윤민이 공산당과의 접촉을 기다리며 직접 행동을 자제하고 있다가 공산당의 지도를 받아 공산당의 방침에 따라 투쟁하는 활동가로 성장하는 것과는 대조적인 양상을 보인다. 즉 두 작가는 1930년대 간도 지역에서 일어난 조선인의 민족해방투쟁에 있어 공산당의 영향에 대해 조금은 다른 시각을 보여주고 있는 것이다.

이러한 역사인식의 차이는 한족과 조선인 사이의 관계 설정에서도 비슷한 양상을 보인다. 리근전은 조선인 이주민 1.5세대인 박윤민과 한족 청년 왕주가 형제보다 더 가까이 지내면서 힘을 합쳐 해방운동에 참여한 것으로 그리고 있다. 『고난의 년대』에 등장하는 주재소 공격이나 용정 지역의 5·30 투쟁은 박윤민과 왕주로 대표되는 조선인과 한족 공산당원들의 합작으로 이루어진다. 그들은 당의 지도에 따라 조선인과 한족들이 헌신적으로 협력하고 투쟁하여 승리를 쟁취하는 모습을 통하여 한족과 조선인이 완전한 하나가 되는 중조 일체를 소설적으로 형상화하고 있다.

이에 반해 김학철은 버드나뭇골의 조선인들이 일치단결하여 지주와의 투쟁을 계속하는 과정에서 한족들과 연계하는 조중 협력의 양상을 보여줄 뿐이다. 버드나뭇골 농민들은 조선인 지주 박승화를 투쟁의 대상으로 삼고 있으며 지주를 비호하는 중국군이나 일본군과 싸움을 벌이는 과정에서 필요한 경우 화련 지부의 지도나 협력을 받는다. 『해란강아 말하라』의 말미에서 김달삼의 변절로 대공습을 받아 버드나뭇골이 와해되고 임장검이 죽는 상황에서 한족들이 일부 지원을 나와 있기는 하나 어디까지나 그것은 버드나뭇골 농민들의 요청에 따른 것으로 조선인과 한족은 협력 관계인 것으로 형상화하고 있다.

리근전과 김학철은 중국 공산당과 조선인의 민족해방운동과의 관련에
서 중국 공산당의 지도적 역할의 차이만큼 한족과 조선인 사이의 협력 관
계도 중조 일체와 조중 협력이라는 커다란 차이를 보이고 있다. 이는 19
30년대 민족해방운동의 주체를 무엇으로 보는가라는 문제와 연관된다는
점에서 큰 의미를 갖는다. 만주지역 특히 간도지방에서 항일투쟁과 민족
해방운동의 주력은 1910년대 이후 조선인들이었다. 정치적인 이유에서
든 경제적인 이유에서든 조선인들은 지속적으로 일본인들과 투쟁하였다.
1920년대 후반 만주 지역에 중국 공산당 세력이 들어오고 조선인 공산주
의자들이 중국 공산당에 가입하면서 공산당이 항일투쟁의 구심점에 서게
된다. 조선인들은 민족 해방을 위해 투쟁하였기에 누구와도 손을 잡을 수
있었으나 코민테른의 방침과 자발적인 결정에 따라 중국 공산당에 가입
하여 지속적인 투쟁을 하였다. 리근전과 김학철이 그들의 작품에서 보여
주는 조선인과 한족의 관계에 대한 관점의 차이는 이 시기 역사적 사실을
이해하는 역사 인식의 차이 때문이라 하겠다.

조선인의 민족해방투쟁에 있어 중국 공산당의 역할에 대한 인식의 차
이는『고난의 년대』와『해란강아 말하라』의 결말 부분에서도 비슷한 양
상을 보이며 나타난다. 일제의 억압 속에서 치열한 투쟁을 벌이던 인민들
은 일제의 무력진압으로 더 이상 견디지 못하고 투쟁을 장기화하거나 일
제의 손길이 닿지 않는 곳으로 이동하여 때를 기다리게 된다. 1932년 만
주국 건립 이후 일제는 관동군을 앞세워 만주 지역에 산재한 항일무장 세
력에 대한 대대적인 소탕을 개시한다. 소위 치안공작으로 불리는 지속적
인 소탕전으로 인해 만주사변 직전 220,000명에 이르던 만주항일유격대
의 병력은 1937년에 이르자 14,900명밖에 남지 않아 투쟁의 역량을 유지
하기 어려웠고, 1940말에는 만주 지역의 거의 모든 항일 무장 세력들이

궤멸되기에 이른[10] 것이다. 이러한 항일무장 세력이 투쟁을 포기하게 되는 과정에 대해서도 리근전과 김학철은 유사하면서도 약간은 다른 시각을 보여주고 있다.

리근전의『고난의 년대』에서 박윤민과 왕주 등은 얼마 남지 않은 역량으로 항일투쟁을 계속하다가 당의 지시에 따라 최종적인 승리를 위하여 북으로 이주하여 러시아 령으로 들어간다. 이는 최소한의 무력이나마 보존하여 때를 기다리자는 중국 공산당의 전략적 방침에 따른 것으로 박윤민은 당의 이러한 결정을 철저하게 따른다. 만주국 수립 후 일본군의 공격으로 항일연군이 궤멸되자 중국 공산당은 소수의 남은 병력을 러시아 령으로 철수시키고 또 가능하다면 연안으로 돌아오게 한 역사적 사실에 비추어 볼 때 당시 항일연군 소속인 박윤민과 왕주가 상부의 지시에 따라 최후까지 투쟁하다가 러시아령으로 이동하는 것은 적절한 설정이다.

이에 비해『해란강아 말하라』에서 버드나뭇골 농민들은 적의 급습으로 위기에 빠지자 자신들의 역량을 보존하기 위하여 마을에서 퇴각할 것을 결정한다.

> 총을 들고, 제각기 다 아물리지 못한 크고 작은 가슴의 상처를 그대로 안은 채, 풀리기 시작한 해란강의 기슭을 떠나, 고난에 찬 길에 올랐다.
> 그들은 해란강을 작별하였다. 하나 그것은 결코 영결은 아니었다. 비록 지금은 쫓기어 떠나가는 그들이었으나, 그러나 그들은 자기들이 다시 돌아오게 되리라는 것을 의심하지는 않았다. 다시 돌아와 해란강 양안의 자유로운 땅을 가는 진정한 주인이 되리라는 것을 의심하지 않았다.
> 그들은 왕우구－왕정, 연길 접경－의 밀림지대로 이미 있는 세력을 그대로 보존하기 위하여, 그리고 새 역량을 거기서 자래우기 위하여 잠시 들어갔다.[11]

---

10) 윤휘탁,『일제하 '만주국' 연구』, 일조각, 1996, 125쪽. 만주국 건립 이후 만주 지역 항일 무장 병력에 대한 일제의 소탕 작전의 경과와 무장 병력의 소멸 과정에 대해서는 이 책에 상론되어 있다.

자발적인 노력으로 무장을 하게 된 버드나뭇골 농민들은 화련지구의 협력으로 박승화 세력의 온상지인 아랫말을 공격하려다가 김달삼의 변절로 오히려 역습을 당한다. 지주 박승화가 자위단과 함께 일본군을 이끌고 웃말로 들어와 온 마을을 초토화하고 임장검을 체포하여 사형시키기에 이르자 버드나뭇골 농민들은 남아 있는 세력을 보존하고 새 역량을 키우기 위하여 마을을 떠나 밀림 지역으로 이동해 간다. 일제와 지주와의 투쟁에서 쓰라린 패배를 하게 된 그들은 남은 힘을 보존하여 지속적인 투쟁을 하기 위하여 마을을 떠나 밀림으로 들어가기로 결정할 수밖에 없는 것이다. 이러한 결정은 버드나뭇골 농민들이 일본의 사주를 받은 보위대의 폭압에 밀린 결과이자 자발적 판단에 따른 세력 보존책이다. 버드나뭇골 농민들로서는 조직이 모두 파괴되는 급박한 상황에서 생명을 부지하고 투쟁을 지속하기 위하여 이러한 선택을 할 수밖에 없었던 것이다.

『해란강아 말하라』의 주인공들은 적의 공격을 맞아 어쩔 수 없는 상황에서 자발적인 결정을 통해 자기들의 미래를 결정한다. 그들은 화련의 공산당을 찾아가기보다는 그들과 연대를 하면서도 왕청과 연길 접경의 오지인 왕우구의 밀림지대로 들어가 새 역량을 키우기로 한다. 이는 조선인 무장 세력과 공산당과의 관계에 대해 『고난의 년대』와는 다른 시각을 보여준 것으로 판단된다.[12] 이는 김학철이 1930년대 민족해방운동을 조선인들이 중국 공산당에 소속되어 중조 일체가 되어 투쟁한 것이라기보다는 조선인들 스스로 투쟁하면서 필요한 경우 중국 공산당의 원조를 받은 조중 협력으로 이해하고 있었음을 알게 해준다.[13]

---

11) 『해란강아 말하라』하, 289쪽.

12) 두 작품의 결말 부분에 대한 이러한 비교는 시간적 배경으로 보아 단순한 대비가 어려운 점이 없지 아니하다. 『해란강아 말하라』에서 버드나뭇골 농민들이 밀림으로 이동하는 시기는 항일 세력과 일제와의 투쟁이 치열하던 1930대 초인데 비해, 『고난의 년대』에서 윤민 일행이 러시아로 월경하는 시기는 1930년대 말로 만주 지역의 항일 세력이 궤멸된 시점이기 때문이다. 그러나 본고에서는 시간적·상황적 차이를 인식하면서 작중인물이 자신들의 미래에 대한 결정을 내리는 데 있어 당과의 관련에만 초점을 맞추어 살펴보았다.

또한『고난의 년대』와『해란강아 말하라』에는 공산당의 위상에 대해서도 어느 정도 시각의 차이를 보인다. 리근전의『고난의 년대』에서 당은 완벽한 존재이다. 당은 혁명을 지도하고 투쟁을 선도한다. 인민은 당의 결정에 따라 힘을 다해 투쟁하기만 하면 된다. 정책적인 방향이나 전략적인 결정은 당이 내리고, 인민들은 당의 결정에 충실히 따르기만 하면 되는 것이다. 따라서 투쟁의 과정에서 당의 지시를 받는 용사들은 혁명의 주체로써 완벽한 모습을 보여준다. 그들은 자신의 행위에 대해 별 고민을 하지 않으며 거의 완벽에 가까운 모습으로 당의 명령을 실천한다. 또 그들은 당의 무오류성을 절대적으로 믿고 당의 결정에 대해 결코 회의하지 않는다. 그들은 당원으로서 당을 위해 투쟁하고 당의 결정에 따라 행동할 뿐이다. 당원은 당의 명령을 실천함에 있어 자신의 최선을 다해야만 하는 존재이기 때문이다.

그러나 김학철의『해란강아 말하라』에 나오는 인물들은 일제의 억압과 지주들의 착취를 견디지 못하고 자발적으로 조직을 만들어 투쟁하는 존재들이다. 따라서 그들은 당원으로서의 완전함보다는 인간으로서의 개별자적인 속성을 강하게 드러낸다.

> 연하는 자기가 그들과 같이 혁명사업에 종사하게 된 것을, 그리고 '동지'의 칭호로 그들에게 불리우게 된 것을, 무상의 광영으로 생각하였다.
> 동시에 영수에 대한 자기의 철없는 평가를 고쳐 하고, 그러한 사람을— 혁명자를—자기가 사랑하게 된 것을 , 크나큰 자랑으로 삼았다.
> 그리고 무엇보다도 그를 기쁘게 한 것은, 영수를 도웁는 것이 곧 혁 닝사업을 도웁는 거고, 영수에게 충실한 것이 곧 혁명에 충실한 거라는, 자기 스스로가 그 가운데서 얻어낸 소박한 논리였다.[14]

---

13) 이는 각주 12)에서 언급한 대로 두 작품의 시간적 배경의 차이에 따른 결과로 이해할 수 있다. 그러나 작품의 시간적 배경은 작가가 주제를 형상화하기 위하여 선택한 것이라는 점에서 김학철과 리근전이 일제강점기 만주 지역에서의 민족해방운동에 대해 서로 다른 시각을 가지고 있었음을 짐작하게 해준다.

돈에 팔려 시집갔다가 남편 죽고 자식 다 잃은 후 버드나뭇골에 들어온 허연하는 옆집 사는 농민협회 회장인 한영수를 사모한다. 그의 요청으로 화련 지구에서 파견된 사람들을 집에 감추고 손과 발이 되어준 그녀는 어느 날 밤 그들에게서 팔자소관이라는 관념을 타파하고 새로운 사회를 만들려 하는 혁명 사업을 함께 하는 동지가 되어야 한다는 설득에 따라 자신의 삶과 세상의 모순에 대해 새롭게 눈을 뜬다. 그녀는 이날 들은 말을 평생 동안 잊지 않고 살아간다. 적의 총탄 속에서 간고한 삶을 살면서 또 감옥에서 아이를 낳고 그 아들이 성장하여 조선 전선에 지원군으로 나갈 때까지 평생 그 말을 잊지 않고 산 것이다.[15]

그러나 그녀는 혁명 사업에 종사하게 된 것을 무상의 광영으로 여기면서도 마음 한 편으로는 혁명 사업이 사랑하는 한영수를 즐겁게 해주는 것이라는 데서 만족을 얻는 소박한 모습을 보여주기도 한다. 연하에게 있어 혁명 사업이란 이같이 양면적인 속성을 지니는 것이었다. 이성과 논리에 의해 공산주의를 선택하고 공산당원이 되어 혁명 사업에 투신하는 『고난의 년대』의 인물과 달리 허연하는 자신이 사랑하는 사람을 즐겁게 하기 위하여 사랑하는 사람을 돕고 싶은 열정에서 혁명 사업을 하는 것이다. 이외에도 한영수의 여동생 영옥도 공산당의 지도나 이념을 실현하기보다는 것보다는 사랑하는 임장검과 함께 하는 일에 더 집착한다. 김학철은 자신의 항일투쟁에서 체험한 바 인간은 이념보다는 욕망에 더 충실하다는 인식을 드러낸 것으로 이러한 인물의 개성적 성격에 대해 리근전은 인물 형상화에 있어 악의적으로 공산당원을 왜곡한 것이라는 날선 비판을 보여준다.[16]

『해란강아 말하라』에 등장하는 인물들은 공산당원이면서도 상황에 따

---

14) 『해란강아 말하라』 상, 132쪽.
15) 『해란강아 말하라』 상, 131쪽.
16) 리근전, 「≪해란강아, 말하라!≫의 반동성」, 『아리랑』 1958.1, 59~62쪽 참조.

라 흔들리기도 하고 가족의 생명과 자신의 안위를 위해 변절하기도 한다. 박승화의 계략에 빠진 농민학교 교장 김달삼이 가족과 자신의 안전을 위하여 버드나뭇골 농민들을 배반하고 아랫말에 대한 총공세를 누설하여 농민조직이 와해되고 임장검이 체포되게 만든 것은 그 대표적인 예이다. 이렇듯 『해란강아 말하라』에 등장하는 많은 인물들은 당당한 혁명투사로서의 모습과 함께 회의하고 고민하며, 이미 결정된 사항과는 다른 행동을 하기도 하는 등 주체적인 인간으로서의 다양한 면모를 드러내 보인다. 반면에 김학철은 지주인 박승화 역시 지주로서 착취하고 농민들을 겁박하는 잔혹한 면과 함께 아이들에 대해서는 인자한 사랑을 베푸는 양면적인 모습을 드러내 보이기도 한다. 이는 한 인간이 전적으로 악하거나 착하지 않다는 김학철의 인간관을 드러내 보인 것이라 하겠다.17)

현실인식 차이의 원인과 그 의미

앞에서 살핀 대로 리근전과 김학철은 일제강점기 간도 지역의 민족해방운동이란 동일한 제재를 사용하면서도 민족해방운동에 대한 전혀 다른 두 시각을 보여준다. 이는 간도지역 조선인의 항일투쟁에 있어 중국 공산당이 지닌 지도력을 서로 다르게 인식한 결과이다. 또 이는 혁명 주체들이 당원으로서의 완전성과 인간으로서의 개별자적 속성을 어떻게 연관지어 이해하고 있는가에 대한 차이에서 비롯된 것이라는 이해도 가능하다. 리근전과 김학철이 이러한 시각의 차이를 갖게 된 요인을 아래 두 가지로 정리해 볼 수 있을 것이다.

첫째, 민족의 역사와 현실에 대한 인식의 차이이다. 주지하다시피 19

---

17) 이 역시 이 작품이 발표되었을 때 리근전이 맹비판을 하는 이유이기도 하다.

16년 원산 태생인 김학철은 1935년 상해로 건너가 의열단 활동을 하였고, 중국 중앙육군학교를 졸업한 후 조선의용대원으로 활동하면서 공산주의 자가 되고 1940년 중국 공산당에 가입하였다. 반면 1929년 평북 자성군 에서 태어난 리근전은 1937년 간도로 이주하여 1944년 소학교를 졸업하 고 일제 패망 이후 동북민주연군에 참가하여 공을 세우고 1948년 중국 공산당에 입당하였다.

조선인으로서 조국해방을 위해 투쟁하다가 효과적인 투쟁을 위해 중 국인들과 연합하고, 필요에 의해 중국 공산당에 가입한 김학철에게 중국 인은 동지였으며, 중국 공산당이란 공동의 적을 물리치기 위한 조직이자 자신들을 보다 철저한 혁명투사로 성장시켜 주는 존재였다. 즉 당이란 자 신이 그동안 해온 항일투쟁을 보다 조직적이고 효과적으로 만들기 위한 선택의 대상일 뿐이었던 것이다. 반면에 리근전은 철이 들자 중국혁명에 가담하게 되고 그 과정에서 인민의 해방을 위해 투쟁하며 당원으로 성장 하였다. 따라서 그에게 중국인들은 형제와 같은 존재이며 당은 자신의 행 동을 결정해주는 절대적인 존재일 수밖에 없었다.

항일의 최전선에 섰다가 자발적 선택에 의해 중국인들과 연계하였던 김학철과 실제적인 항일투쟁 경험이 없이 해방이후 중국 공산당의 해방 투쟁에 참가하여 중국인과 힘을 합쳐 국민당군과 싸운 리근전에게 있어 민족해방운동의 역사는 다르게 인식될 수밖에 없었을 것이다. 따라서 중 국 공산당의 영도 아래 이루어진 항일투쟁과 해방 운동이라는 일제강점 기의 민족해방운동에 대한 이해와 평가에서 차이를 보일 수밖에 없었다. 그래서 각각 민족해방운동을 그린 작품의 서문에서 일제강점기 만주 지 역에서 해방투쟁을 전개한 조선인들에 대해 김학철은 '중국 공산당에 의 하여 배양된 우리의 겨레'[18]라 말하고 리근전은 '각족 인민들과 함께 피

---

18) 각주 1) 끝부분.

와 목숨으로 이 땅을 지켜왔다'[19]라 말해 미묘한 인식의 차이를 드러낸
것이다.

둘째, 중국 공산당에 대한 인식의 차이를 들 수 있다. 김학철은 조선인
으로서 민족해방을 위해 치열한 투쟁을 하다가 조직의 결정에 의해 중국
중앙군관학교를 졸업하고 조선의용대원으로 항일전선에 나서 중국인들
과 공동으로 전투에 참가하였다. 그리고 그는 자신의 선택에 의해 공산주
의자가 되고 당원이 되었다. 그에게 중국인은 일제와 맞서 싸우는 동료였
으며 당 역시 자신의 의지에 의해 선택한 것에 지나지 않았다. 이에 비해
리근전은 철이 들고 나서 중국인들과 함께 중국혁명에 참가하였으며 중국
혁명 과정에서 세운 전공으로 어린 나이에 당원이 되었다. 또 그는 중국혁
명의 과정에서 중국어를 말하고 쓸 수 있게 되어 지식인으로 성장할 수 있
었고 신문기자와 전업 작가가 되어 조선족의 지도자로 성장할 수 있었다.

김학철은 항일투쟁을 하던 시기에 공산주의를 접하고 이념에 동조하
여 공산주의자가 되었기에 이념의 절대성과 그것을 실천하는 당을 신임
했다. 그러나 그에게 입당은 민족과 역사에 대한 인식이 어느 정도 구체
화된 이후에 조직원들과 선택한 행위였기에 공산주의 이념의 무오류성은
인정하지만 그것을 실천하는 중국 공산당에 대해서는 어느 정도는 비판
적인 인식이 가능하였다. 이에 비해 어린 나이에 중국혁명군에 참여하여
당을 통해 성장하고 세상을 이해할 수 있는 능력을 갖추게 된 리근전에게
중국 공산당은 거의 절대적인 존재였을 것임에 분명해진다. 이러한 당에
대한 인식의 차이는 두 사람이 간도 지역에서 있었던 민족해방운동에 있
어 당의 역할을 다르게 인식하는 요인이 되었을 것이다.

당의 절대성에 대한 인식의 차이는 이후에도 지속된다. 리근전은 반우
파 투쟁기와 문화혁명을 겪으면서도 당의 무오류성에 대해 결코 회의하

---

19) 각주 2) 끝부분.

지 않았다. 그는 『고난의 년대』를 쓸 때나 『범바위』를 수개할 때나 당의 지도에 따라 투쟁하고 승리하는 인간들을 그려내고 당의 오류 가능성은 철저하게 배제하였던 것이다. 그러나 김학철은 반우파 투쟁기에 이미 비판의 대상이 되었고, 당의 오류를 비판한 『20세기의 신화』를 써서 18년간의 영어 생활을 하면서 중국 공산당과 중국 사회에 대해 본격적으로 회의하고 비판하기 시작하였다. 이러한 과정을 겪으면서 김학철은 공산주의 이념 자체에는 오류가 없으나 공산당은 그렇지 않다는 새로운 인식에 도달하고, 과거 어느 시기 자신의 의식 수준을 스스로 반성하기에 이른다.

> 1947년에서 1956년까지 약 10여 년 동안 나는 한심하고도 우스꽝스러운 어용나팔수였다. 그 10년 동안 사고한다는 것을 아예 그만 두어버렸다. 대뇌를 숫제 휴업상태에 처하게 해 아무 활동도 못하게 만들었다. 당시 나는 수고스레 무슨 사고라는 것을 할 필요를 느끼지 않았다.
> "당에서 시키는 대로만 하면 된다니까."
> 입버릇처럼 이 한마디를 되풀이해 뇌는 것으로 나는 태평성대를 알 쭌하게 누렸던 것이다.[20]

김학철은 반세기가 지난 시점에서 『해란강아 말하라』를 쓰던 시기의 자신을 되돌아보며 당이 지시하는 대로 글로 쓰는 작가였던 자신의 과거를 통렬하게 비판하고 있다. 자발적 선택에 의해 상해로 건너가 무장투쟁의 길을 걷고 공산주의에 경도되어 중국 공산당에 입당한 그가 당의 지시에 따라 반성적 사고 없는 이념의 나팔수가 되었던 것은 그 시대의 상황과 조건의 제약 때문이었을 것이다. 그러나 반세기라는 긴 시간이 지난후, 이같이 과거의 자신을 통박할 수 있는 것은 그 동안의 중국 공산당 정책의 오류와 그에 따라 그에게 닥쳤던 고난에서 비롯된 부분도 없지 않겠지만 김학철의 내면에 불타고 있던 현실에 대한 비판적 인식과 자신에 대

---

20) 김학철, 「우스꽝스러운 나팔수」, 『우렁이 속 같은 세상』, 창작과비평사, 2001, 167쪽.

한 반성적 사고가 만들어낸 결과라 아니할 수 없다. 김학철이 현실비판과 반성적 사고를 통해 도달한 이 같은 자기반성은 공산당을 통해서만 세상을 바라보았던 리근전으로서는 결코 도달할 수 없는 현실인식의 수준이었을 것이다.

03. 한국현대소설에 나타난 두만강의 형상과 함의

소설 공간으로서의 두만강

19세기 말, 청과 조선의 협의 하에 봉금령이 해제되고 봉금 지역에 들어와 있는 기존의 간민을 인정하게 되자 본격적으로 조선인들의 이주가 이루어진다. 화룡, 안도, 용정 등 두만강 건너 소위 간도 지역에는 많은 조선인들이 황지를 개간하여 마을을 이루기 시작하였고, 한족들도 이 지역으로 진출하면서 광활한 지역이 농지로 개간되기에 이른다. 특히 일제강점기에 이르면 연변 지역은 일제의 만주 지역 진출을 위한 전초기지로서 본격적으로 개발되어 조선인의 이주가 더욱 심해졌고, 만주국이 건립된 이후에는 일제에 의해 만주 개척을 목적으로 조선인의 집단 이주가 권장되기도 하였다.[1]

일제말 거의 300만 명에 달하던 만주 지역의 조선인들 중 절반 정도가

---

1) 조선인의 간도 이주 역사에 대해서는 윤병석, 「조선인의 간도 개척과 조선인 사회」, 『간도 역사의 연구』, 국학자료원, 2003, 9~31쪽 참조.

귀국하게 되고, 백삼십만 명 정도가 만주 지역에 잔류하여 조선족의 뿌리가 된다. 1949년 중화인민공화국이 건국된 후, 소수민족의 자치를 인정하는 중국 정부의 정책에 따라 1952년 9월 3일에 연변조선족자치구가 설립되고 1955년 12월에 자치주로 변경되었다. 이에 따라 두만강 건너의 간도 지역은 조선족이 모여 사는 대표적인 지역이자, 한민족이 공동체를 이루고 살아가는 대표적인 해외 공간이 되고 있다.

이렇듯 한민족의 근대사에서 한민족의 디아스포라의 중심에 서 있었던 두만강은 한민족의 문학 작품에서 매우 중요한 제재가 되어 왔다. 일제강점기에도 두만강은 수없이 많은 작품에서 배경으로 등장하고 있고, 해방 이후에도 한민족의 근대사를 다룬 많은 작품에서 두만강은 예외 없이 중요한 문학적 공간으로 사용되어 왔다. 본고에서는 한국현대소설[2])에서 두만강이 어떻게 형상화되고 또 의미화되고 있는가를 알아보기 위하여 한민족의 근대사를 다룬 소설들을 분석하고자 한다. 이를 위하여 두만강을 제재로 다루고 있는 소설을 분석하여 이들 작품에서 두만강이 구체적으로 어떻게 형상화되고 있는가를 살피고, 그것이 함의하고 있는 비기 무엇인가를 해명할 것이다.

본고에서는 두만강을 중심 제재로 다루는 한국현대소설들을 그 대상으로 삼는다. 구체적으로는 남한 작가인 안수길의 『북간도』와 북한 작가인 이기영의 『두만강』 그리고 조선족 작가인 리근전의 『고난의 년대』와 최홍일의 『눈물 젖은 두만강』을 연구 대상으로 한다. 물론 이들 작품만이 두만강을 제재로 다루고 있는 것은 아니며 또 두만강의 의미를 가장 잘 형상화하고 있는 것도 아니다. 그럼에도 이 작품들이 한국현대소설을 대

---

2) 본고의 연구 대상이 남북한과 조선족 작가의 소설이라는 점에서 한국현대소설이라 지칭하는데 어려움이 없지 않다. 조선족 소설을 포함한 점을 고려한다면 한민족 현대소설과 같은 생경한 용어를 사용할 수 있겠지만, 본고의 연구 대상 작품들이 모두 한국어로 되어 있고, 한국인의 역사적 삶을 다루고 있다는 점에서 범박하게 한국현대소설이라는 용어를 사용한다. 한민족 문학의 존재 조건에 대해서는 이 책 17쪽 이하.

표할 만하다는 점, 거대한 장편소설로서 한국근대사의 한 국면을 밝히려
는 의도를 가진 작품이라는 점, 두만강이 작품의 중요한 제재로 등장하고
있다는 점 그리고 이들 작품이 남한과 북한의 작가와 조선족 1세대와 2세
대 작가에 의해 창작되어 한국근대사를 바라보는 시각이 상이하다는 점
등에서 이들 작품을 연구의 대상으로 삼게 되었다.

한국현대소설에 나타난 두만강의 형상

1. 생존을 위해 건너는 처절한 공간

한국현대소설에 나타나는 두만강의 대표적인 형상은 가난을 피해 농지
를 찾아 건너는 비극적인 모습으로 드러난다. 청나라의 봉금 조치로 200
년 가까이 황무지로 버려져 있었던 간도 지역은, 19세기 중반을 지나면서
척박해진 농토에 심한 가뭄으로 자주 흉년이 드는데다가 과도한 도지와
착취에 시달리던 조선 농민들이 생존을 위하여 목숨을 걸고 두만강을 건
너가 도둑 농사를 짓는 곳으로 변하기 시작했다. 월강을 했다가 관의 취
체를 당하게 되면 엄청난 형벌을 받게 되고 심하면 목숨을 부지하기 어려
웠지만, 그런 위험은 처자식이 굶고 있는 절박한 상황에서는 어쩔 수 없
는 선택이기도 하였다. 안수길의『북간도』에는 조선조 말 두만강 지역의
농민들이 처한 이러한 비극적인 현실이 잘 형상화되어 있다.

> 한복이는 엎드렸다. 머리를 조아리고 말했다.
> "바루 대겠습메다. 지난밤에 사잇섬에 강게 앙이라 강 건네에 갔습
> 메다."
> "강 건너는 왜 갔느냐?"
> "농사지어 논 게 있어 갔습메다."

“그러면 이번이 처음이 아니로구나?”
“봄에 두 번이고 이번꺼정 세 번째임메다.”
“월강죄를 모르는고?”
“암메다.”
“그럼, 세 번 죽어야겠다.”
“들키면 죽을 거 생각했습메다.”
“담보가 큰 놈이로구나.”
“담이 큰 게 앵이라, 이래두 죽구 저래두 죽을 바에사, 늙은 어마이와
어린 처자르 한 끼래두 배불리 멕이자는 생각이었습메다.”3)

한복이는 사잇섬에 새를 베러 갔다고 뻗대다가 명백한 증거를 들이대
자 어쩔 수 없이 두만강을 건너 간도 땅에서 농사를 지어먹는 불법을 저
질렀음을 자백하고 만다. 그것은 월강이 국법을 어기는 일인 줄은 잘 알
지만 어쩔 수 없는 선택이었다는 주장이다. 자기 고향에서 농사를 지어서
는 먹고 살 수가 없는 상황에서 늙은 부모와 어린 자식을 먹이기 위해서
는 어쩔 수 없이 선택할 밖에 없는 불법이었다는 것이다. 한복이 월강을
하여 농사를 지으러 두만강을 건너다니고 수확한 작품을 지게에 감추어
돌아오는 동안 불안에 떨 수밖에 없었고, 집에서 기다리는 가족들도 그
불안은 더 할 수 없는 고통이었다. 그러한 고통을 감내하고라도 두만강을
건너가 농사를 지어먹을 수밖에 없는 농민들에게 두만강은 한탄과 통곡
의 강일 수밖에 없었다.

두만강을 건너가 농사를 짓고 수확을 하여 남몰래 가져다 먹던 농민들
은 솔가하여 두만강을 건너가 화전이라도 꾸려 먹을 궁리를 하기에 이른
다. 두만강을 건너 깊은 산 속으로 숨어들어가 농사를 짓는다면 강을 건
너다니는 위험도 줄어들 뿐 아니라 도둑 농사를 짓는 것보다는 더욱 배불
리 먹고 살 수 있을 것이기 때문이다. 그러나 국법으로 월강이 엄하게 금

---

3) 안수길, 『북간도』, 한국소설문학대계 28, 동아출판사, 1995, 28~29쪽.

해져 있고 또 월강을 하지 못하도록 병사들이 지키고 있는 현실에서 가족을 이끌고 강을 건너는 일은 죽음을 각오하여야만 하는 위험한 일이었다. 그러나 조선 농민들은 월강이 가족이 몰살할 수도 있는 위험한 일임을 잘 알고 있지만 적빈의 현실을 타개하기 위하여 두만강을 건너는 위험을 감수한다.

> 가슴을 치는 물길을 헤가르며 드디여 대안에 이르렀다. 박천수는 두 집 사람들을 이끌고 재빨리 강안의 무성한 수풀에 몸을 숨겼다. 그리고 숨을 죽여가며 사위의 동정에 정신을 팔았다. 비린내를 머금은 축축한 바람에 실려 이따금 중얼중얼 수군대는 말소리가 들려왔다. 도간도간 들려오는 그 소리는 얼마 멀지 않은 숲속에서 새여왔는데 삼라만상이 잠든 정적속에 똑똑한 여운을 남기며 들려왔다. 박천수는 더욱 정신을 가다듬고 귀를 기울였다. 그것은 틀림없이 두만강을 순라하는 정변군의 말소리였다. 순간 박천수는 몸서리가 쳐지며 몸을 부르르 떨었다. 갑자기 오영길의 둘째아들 창수가 울음을 터뜨렸다. 그러자 순라병들은 월경민이라 단정하고 "땅!", "땅!" 총을 쏘아댔다. 총탄은 앵앵 소리지르며 귀전을 날아지났다. 이어 이쪽으로 달려오는 구두발소리가 어지러이 들여왔다. 순간도 지체할수 없었다. 박천수는 손을 들어 검실검실한 밀림을 가리키며 소리쳤다.
> "빨리, 식구들을 거느리고 올리닫소!"
> 그리고 그자신도 식구들의 손목을 그러잡고 올리뛰었다. 귀뿌리에서 탄알이 앵앵 솔지르며 날아지났다.……4)

성실한 농군이었던 박천수는 고향에서의 삶이 초근목피로도 연명할 수 없게 되자, 한 동네에 살던 오영길 가족과 함께 정든 고향을 떠나 간도에 가서 농사를 부쳐 먹으려 두만강을 건넌다. 그러나 국법으로 월강이 금지된 상황에서 두만강을 사이한 두 나라 국경지대는 경계가 매우 삼엄

---

4) 리근전, 『고난의 년대』 상, 연변인민출판사, 1982, 2~3쪽.

하다. 더구나 중국 쪽 대안에는 국경을 수비하는 순라군들이 수시로 출몰하여 월강하는 사람들을 잡아가고 또 도망을 가면 총질까지 하여 많은 조선인들이 강물에 떠내려 간 것이다. 박천수 가족도 막내아들 윤민의 기지로 무사히 강은 건넜지만 얼마 가지 않아 순라군들에게 적발되어 가족들이 뿔뿔이 흩어지게 된다. 인용 부분에는 월강을 하다가 순라군에게 발각되어 총질을 당하며 도망을 치는 조선 농민들의 상황이 극적으로 제시되어 있다. 이것은 총질을 당하는 절박한 위험을 무릅쓰고라도 농지를 찾아 고향을 버리고 두만강을 건너가는 조선인들의 비극적인 삶의 모습을 극적으로 형상화한 것이라 하겠다.

그러나 19세기 후반 조선과 청 정부 간 합의에 의해 북간도 지역에 대한 봉금이 해제되자 함경도 지역의 농민들이 생존을 위해 두만강을 건너는 소위 농업 이민5)이 본격화된다. 이 시기 만주로 이주해 가는 농민들은 만주 지역에는 개간할 만한 농토가 얼마든지 있으며, 농토가 기름져서 소출이 많고, 한인 지주들이 조선의 지주들보다는 자비심이 많을 것이라는 허황된 꿈을 가지고 두만강을 건넜다. 강을 건너기만 하면 배를 곯지는 않을 것이라는 희망이 그들에게 고향을 떠날 용기를 준 것이다. 이처럼 그들에게는 조선에서 겪은 그 지긋지긋한 가난을 벗어날 수 있을 것이라는 꿈이 있기에 정든 땅과 이웃들을 등질 수 있었던 것이다.

이른 봄날이었다. 북변의 이른 봄이라 아직 땅 속의 얼음이 채 녹지 않은 때였으니, 볕은 제법 보드라웠다. 보드라운 햇볕을 받으며 일행은 두만강을 향해 동구를 벗어 나갔다.

솥, 항아리, 독, 뜨개 그릇까지 모두 갖고 가는 이삿짐이었다. 말 한

---

5) 김준엽과 김창순은 간도로의 이주의 계기가 한일합병과 삼시협정(1925.6.11) 그리고 만주침략(1931.9)에 따라 달라졌음을 지적하고 있다. 이 책 Ⅰ-01 각주 1)을 참조할 것. 이를 참고하여 저자는 만주로의 이주를 농업 이민, 정치 이민, 개척 이민으로 구분한 바 있다. 졸저, 『리근전 소설 연구』, 푸른사상, 2007, 88~89쪽.

필을 내어 실었으나 나머지는 꾸려서 이고 지고 했다. 두남이는 제 아비가 업었다. 오줌 얼룩이 간 요에 싸 아버지 등에 업힌 두남이는 볼부리난 아이 모양, 수건으로 턱에서 두 기를 올려 싸맸다. 어머니가 인 보퉁이에 매달아 놓은 바가지가 달랑달랑하는 걸 보다가는 놀란 토끼같은 눈으로 따라 나온 장손이와 삼봉이를 보기도 했다.

두남이의 어린 눈에는 동무를 떠나간다는 슬픔이 깃들여 있는 것일까? 깜박깜박하는 눈딱지 속에서 처량한 것이 발산되었다. 그러나 장손이와 삼봉이는 아버지 등에 업혀 멀리 가는 두남이를 부러워 하는 듯 호기심에 찬 얼굴로 제 동무를 보았다.

한씨와 작별하는 두남이 할머니. 이승에서 마지막이라고 두 사돈은 손을 맞잡고 코멘 소리를 했다. 더욱이 딸을 남겨 놓고 가는 뒷방예의 어머니, 갔다가 돌아올 한복이면서도 영 보내는 것 같은 심정인 한씨…….

그러나 떠나는 한복이나 장치덕의 가슴은 감격으로 벅차지 않을 수 없었다.

희망의 땅, 사잇섬으로…….6)

안수길의 『북간도』에서 한복이네는 장치덕이네 가족과 함께 커다란 희망을 가지고 고향을 떠나 간도로 향한다. 이미 간도에서 도둑 농사를 지은 경험이 있는 한복이에게 그곳은 희망의 땅일 수밖에 없었다. 땅이 기름져 큰 노동력을 투여하지 않아도 수확이 가능한 땅, 힘만 있으면 얼마든지 개간이 가능한 땅이 무한히 펼쳐지는 간도 땅은 고향을 떠나는 섭섭함과 아쉬움을 넘어서는 희망을 제공하는 땅인 것이다. 그러나 가난한 농민이 어디에 간들 풍요로운 삶이 기다리고 있겠는가. 간도 땅도 이미 그곳으로 진출한 한인들에 의해 지주가 형성되어 있었고, 몸만 가지고 두만강을 건넌 가난한 농민들을 기다리고 있는 것은 추위와 기아일 뿐이었다. 몸뚱이 하나만으로 남의 땅에 뿌리내리는 일의 고통은 두만강을 건넌

---

6) 안수길, 「북간도」, 한국소설문학대계 28, 동아출판사, 1995, 61쪽.

사람들이면 누구나 겪게 되는 일이었다.

두만강을 건너간 조선 농민들의 처참한 삶은 많은 한국현대소설에서 작품으로 형상화되고 있다. 한인 지주들의 착취와 청국의 간섭 속에서 간도에 뿌리내리려 애쓰는 이주 조선인들의 처절한 삶들이 이들 작품의 중심적인 제재가 된다. 한족의 옷을 입고 상투를 자르는 변발치복을 함으로써 자기 스스로 조선인이기를 포기하지 않으면 농지를 소유할 수 없다는 청인들의 법에 굴하지 않고 민족의 자존을 지키려다 자신이 개간한 농지마저 잃고 비참한 소작인의 삶을 유지하게 되는 것이 두만강을 건너 만주로 이주해 간 조선인들이 겪게 되는 일반적인 삶의 모습이었다. 이들의 처참한 삶의 모습은 두만강을 제재로 한 한국현대소설에서 극적으로 형상화되고 있다.

2. 가족의 이산을 탄생시킨 비극의 공간

굶주림에서 벗어나기 위하여 두만강을 건너는 일은 목숨을 거는 위험한 일이기도 하였으며 또 가족들의 생이별을 발생시키는 일이기도 하였다. 두만강을 건너면서 순라군에게 발견되어 총질을 하는 순라군을 피하다가 가족이 뿔뿔이 흩어지기도 하고(『고난의 년대』) 가족의 일부만 강을 건너 가족이 이산되기도 한다(『두만강』). 생명을 부지하기 위해 두만강을 건너면서 가족이 생이별하는 비극적인 일들이 수없이 많이 발생하게 되는 것이다. 두만강을 건넌 조선 유이민들의 비극적인 상황은 최홍일의 『눈물 젖은 두만강』에서 아주 사실적으로 서술되고 있다.

> 그 이듬해에 팔룡이네는 두만강을 건너게 되였다. 팔룡이 아버지는 진작 식솔을 거느리고 강을 건널 생각이 불같았으나 할아버지가 조상의 산을 버리고는 못간다고 호통치는바람에 눌러있던참이였다. 그러던 할아버지가 세상뜨자 복지라고, 부지런한 농군은 잘살수 있다고 소문

이 짜한 만주땅을 바라고 강을 건넜다.

　박주사 부엌데기로 들어간 누나는 함께 떠나지 못하였다. 주인집 몰래 강가로 달려나왔으나 뒤쫓아온 마름에게 잡히우고 말았다.

　"엄마ー"

　강기슭에서 떠나 멀어져가는 떼목을 바라고 누나는 몸부림치며 피타게 불러댔다.

　"엄마! 나를 두고 가지 마오! 어째 나를 두고 가오……."

　누나의 애끓는 부르짖음이 칼날로 되어 떼목에 앉은 집식구들의 가슴을 란도질하였다.[7]

부지런한 농군은 굶지 않고 잘 살 수 있는 복지로 알려진 만주 땅으로 이주하는 것은 가난한 조선 농민으로서는 당연한 일이 아닐 수 없다. 그러나 조상들이 묻혀 있는 산소를 버리고 고향을 떠난다는 것은 자손으로서 차마 할 일이 아니라는 어른들의 말을 거절하지 못하는 것 역시 인지상정이다. 그러나 노인들이 세상을 떠나 자신의 판단대로 이주할 수 있는 상황이 되자 이를 악물고 고향을 떠나기로 작정한다. 배불리 먹고 살 수만 있다면 고향을 떠나 어디라도 갈 수 있고 그곳에서 자리 잡을 수 있다는 판단인 것이다. 바로 이러한 생각이 수많은 조선 농민들로 하여금 두만강을 건너게 한 요인이기도 하다.

하지만 온 가족이 함께 오순도순 고향을 떠난다는 일은 그리 쉽지 않은 일이다. 가난에 자식들을 남의 집 머슴이나 부엌데기로 주어 버리는 일이 적지 않았던 당시에 남의 집에 주어버린 가족까지 함께 고향을 떠난다는 것은 무망한 일이었다. 주인집 일을 추진하고 남의 집에서 종살이를 하는 자식들에게 몰래 연통을 넣는다 하더라도 함께 강을 건너는 일은 그리 쉽지 않은 일일 수밖에 없었다. 그리하여 사랑하는 자식들은 고향에 버려두고 이주가 가능한 가족들만 두만강을 건너게 되어 가족 간의 생이별이 발

---

7) 최홍일, 『눈물젖은 두만강』 상, 민족출판사, 1999, 11~12쪽.

생하기도 하게 된다.『눈물 젖은 두만강』에는 이러한 가족 간의 비극적인 이별이 매우 극적으로 그려져 있다. 얼마나 많은 사람들이 두만강을 건너면서 가족들과 생이별을 하였으며 또 영이별을 하였는지는 이루 헤아릴 수 없는 일이었을 것이다.

두만강을 건넌 다음에도 가족들이 함께 모여 산다는 일이 쉬운 일은 아니었다. 두만강 건너 간도에서의 삶도 그리 여유 있을 수 있는 것도 아니어서 낯선 땅에서 도지를 얻지 못하여 조선에서와 마찬가지로 가난에 시달리기는 마찬가지였다. 한인 지주들의 땅을 부쳐 삶을 유지할 수밖에 없는 지팡살이는 조선에서의 소작농 생활과 다를 바가 없었다. 그리하여 간도로 들어간 조선인들 중 상당수는 간도 지역에 뿌리 내리지 못하고 두만강을 다시 건너오기도 한다. 이 과정에서 또 다른 가족 간의 생이별이 이루어지기도 하였다. 이기영은『두만강』에서 살길을 찾아 두만강을 건너간 조선인들이 간도에 뿌리내리지 못하고 다시 조선으로 돌아오는 과정에서 체험한 가족 간의 이산을 소설로 형상화하여 보여주고 있다.

아들까지 남에게 내주고도 그들은 종내 살 곳을 찾지 못하였다. 그해 겨울을 가까스로 넘긴 그들은 고국으로 다시 돌아와서 화전농사를 또 지었다.[8]

두만강은 살길을 찾아 고향을 떠난 조선인들이 통곡을 하며 건넌 강으로만 그려진 것은 아니었다. 이 강은 수없이 많은 가족의 이산을 탄생시킨 비극적인 공간으로 수없이 많은 작품에서 형상화되고 있다. 『북간도』에서도 『고난의 년대』에서도 두만강을 건넌 사람들에게는 고향에 남은 사람들이 존재하고 있으며 일제강점기에 쓰인 많은 작품들에서 두만강은 가족 이산이라는 비극과 맞물려 그려지고 있는 것이다.[9]

인간이 자신이 태어난 고향 나아가 고국을 떠나 다른 장소로 이동하는 일은 다양한 이유에 의해 발생하게 된다. 정치적이나 경제적이나 교육적인 다양한 이유가 자신이 살던 공간에서 다른 지역으로의 이동을 요구하게 되는 것이다. 한국사에서 한민족이 조국을 떠나 다른 지역으로 이주하게 된 민족의 이산 즉 디아스포라의 체험은 그리 많지 않았다. 그러나 개화 이후 한민족은 중국과 연해주와 일본으로의 이산이 적지 않았고, 한국 전쟁 중에 남북한으로의 이산이 이루어졌으며, 이후 미주나 호주 그리고 유럽 등지로의 이산 역시 엄청난 정도로 이루어졌다. 이러한 한민족 이산의 역사는 가족의 이산을 촉발할 수밖에 없었다. 칠백만 명이 넘는[10] 한민족이 해외에 거주하는 현재 한국에 거주하는 거의 모든 사람들이 가족의 이산과 관련이 있다는 지적이 가능할 정도일 것이다.

하지만 한국 전쟁 기간의 이산이 대체로 이념의 선택과 관련된 것이었

---

8) 이기영, 『두만강』 2, 풀빛, 1989, 54~55쪽.
9) 만주 지역에서의 조선인의 비극적인 삶을 그린 작품에서 가족 이산은 자주 발견된다. 최서해나 강경애의 소설 중 만주를 제재로 한 많은 작품이나 현진건의 「고향」과 같은 작품이 그 좋은 예가 된다.
10) 이 책 Ⅰ-01 각주 2) 참조.

고, 미주나 호주 그리고 유럽 등지로의 이산은 자기 발전을 위한 이산이라는 측면이 적지 않다. 이런 점에서 이들 이산은 굶주림에서 벗어나기 위해 선택할 수밖에 없었던 만주나 연해주 그리고 일본으로의 이산에 비해서는 자기선택적이었다. 근대 이후 한민족의 이산 중에서 근대 초기 기아에서 벗어나기 위해 이루어진 중국과 연해주와 일본으로의 이산은 여타의 이산에 비해 가장 비극적인 이산이었다는 지적이 가능하다. 따라서 한국현대소설들은 근대 이후 한민족의 가장 큰 비극 중 하나인 민족과 가족의 이산을 형상화하는 공간으로 두만강을 선택한 것이다.

3. 민족의 미래를 꿈꾸는 탄식의 공간

을사조약과 한일합방을 거치면서 한반도 내에서의 투쟁에 어려움이 닥치자 많은 독립지사들은 압록강과 두만강을 건너 만주 지역에 일제에 대한 지속적인 투쟁을 위한 거점을 만들기 시작한다. 동학농민혁명 이후 지속적인 투쟁을 하던 많은 무장 세력들이 만주로 이동을 하였고, 신민회 회원들도 장래를 기약하며 만주로 망명하기 시작했다.[11] 그들은 지속적인 투쟁을 위한 작업의 일환으로 무장 투쟁의 필수 요원인 장교를 배출하기 위하여 신흥무관학교를 세우기도 하였다. 이 시기 만주 지역으로의 이주는 지속적인 항일투쟁을 위한 다짐이었고, 망해 가는 조국을 바라보며 한숨을 짓지 않을 수 없는 월강이기도 하였다. 두만강은 이런 점에서 새로운 의미를 갖는 공간으로 변모한다.

이기영의 『두만강』에는 이러한 상황이 대화를 통해 구체화된다.

> "나는 자네에게 조용히 할 말이 있어서 찾아왔네. 밖에서 누가 듣지
> 않나?"

---

11) 주 5)에서 언급하였듯이 이 시기 만주로의 이주는 경제적인 이유에 의한 농업 이민도 없지 않았지만 정치적인 요인에 의한 정치 이민이 주를 이루었다 하겠다.

곰손이는 방문 밖으로 고개를 내밀어서 살펴보다가 씨동이에게 망을 보라고 일렀다.

"아무도 없습니다, 무슨 일인데요."

이진경은 곰손이의 귓가로 입을 가까이 대고 소군소군 이야기하였다.

"얼마 전에 덕만이가 다녀갔네. 그러지 않아도 국경을 넘는 인편이 있으면 하던 차인데, 자네가 들어간다니 마침 잘 되었네. 다른 게 아니라 의병활동이 왜놈들의 수비대 때문에 차차 어렵게 되어 가는데 인제는 합방까지 되었으니…… 칠앗에도 왜놈들이 주재할 병참막을 짓는다네. 그러니 우리들은 앞으로 원대한 계획을 세워야겠단 말이야. 이런 계획은 조선 안에서는 수행할 수 없으니 불가불 국경을 넘어서 간도에다 근거지를 잡고서 우선 실력을 양성해야겠는데, 하니까 자네도 막연히 떠나가는 것보다는 우리의 선발대로 들어가서 좌처를 잡고 거기다 근거지를 닦아보잔 말일세. 그러면 차차 형편을 보아가며 우리도 두만강을 건너갈테니까…… 청국사람들은 안중근이가 작년에 이등박문을 할빈에서 암살한 이후로 조선독립당은 물론이요 조선사람에 대한 감정이 전보다도 매우 좋아졌다네. 그것은 자네 같은 이주민이 들어가서 개척사업을 하면 많은 편의를 도와줄걸세. 이 쪽지는 이강년 대장께서 지금 조선의 국내사정과 그런 형편을 말한 것인데, 용정 서진학원을 찾아가서 만일 간수하기가 어렵거든 태워버리고 자네 입으로 지금 내 말을 전해준대도 상관없겠네."

이진경은 백지에다 참깨알같이 잘게 쓴 편지를 심지로 비벼서 내주었다.[12]

전통적인 지식인으로서 조국에 대한 충절이 남달랐던 이진경은 마을 주민들과 힘을 합쳐 소극적이나마 일제에 항거하기도 하고 의병들의 활동을 돕기도 한 인물이다. 곰손이를 비롯한 저항적인 송월동 농민들은 몇 차례 조선인 지주나 일본인들과 투쟁을 하였고 덕만이 같은 인물들이 의병과 연계됨으로써 일본 수비대를 공격하기도 하였다. 그러나 일제의 침

---

12) 이기영, 『두만강』 1, 풀빛, 1989, 485~486쪽.

략이 본격화되어 송월동에서 멀지 않은 읍내나 이진경이 살던 칠앗에도 병참막이 들어서면서 일제에 대한 무력 투쟁이 현실적으로 어려워진다. 이에 이진경도 좀 더 먼 미래를 바라보게 되어 간도에 근거지를 만들어 장기적인 투쟁을 준비하자는 결론에 이른다. 그는 간도로 떠나는 곰손에게 막연히 먹고 살기 위해 간도로 건너가기보다는 선발대로 들어가 일제에 대한 투쟁을 위한 근거지 마련에 힘쓸 것을 당부한다.

이진경이 곰손에게 하는 말은 한일합방 이후 조선인들이 일제와의 투쟁을 위해 선택한 투쟁 방략과 일치한다. 간도로 이주해 가는 사람들을 통해 한반도 내의 여러 상황들을 만주에 자리 잡은 항일지사들에게 전하여 만주와 국내가 하나가 되고, 만주에 들어간 이주민들이 중심이 되어 지속적인 투쟁을 모색한다는 이러한 전략은 당시 간도 지역에서 투쟁을 지속하는 항일지사들의 공통된 전략이었다. 이진경은 일제의 감시에 의해 만주로의 이주가 현실화되지 못하고 일제의 고문으로 죽음에 이르게 된다. 일제의 침략 행위에 분노하고 치열한 투쟁을 하여야 한다는 신념을 지닌 지식인들에게 있어 두만강을 건너는 행위는 지속적인 투쟁을 위한 필연적인 선택일 수밖에 없었다.

그러나 민족의 미래를 꿈꾸고 항일투쟁을 다지며 건너는 두만강은 일회성으로 끝나지 않는 경우가 적지 않았다. 이런저런 필요에 따라 그들은 목숨을 걸고 두만강을 건너다니곤 하였다. 만주국이 성립되어 한반도와 만주가 일본의 지배 아래 놓이기 전까지는 조선인 보호를 명목으로 용정 지역에 일본 경찰력이 상주하기는 하였지만, 외형적으로나마 두만강을 사이에 두고 중국과 일본의 경찰력이 나뉘어져 있었기 때문에 간도 지방의 조선인 지사들이 두만강을 건너다니는 것이 불가능하지는 않았고, 두만강이 한 쪽의 경찰력의 시선을 따돌리는 역할을 하기도 하였다. 따라서 위험하기는 하였지만 많은 사람들은 강을 건너다니며 신념에 따라 활동을 하고 자신의 신분을 감추기도 하였다.

> 씨동이가 탈옥한 지는 불과 2년밖에 아니 된다.
> 그는 아직도 변성명을 하고 다니지 않는가. 더구나 이번의 신흥 탄광 폭동 사건에 주모자로 나선 임춘호가 바로 씨동이란 것이 발각된다면 그는 이중 삼중의 죄명으로 왜놈들에게 체포될 것이다. 아니 그것은 왜놈뿐만 아니다. 중국 관헌한테도 그는 '범죄자'로 걸려 있다. 더구나 2년 전에는 연길감옥에서 탈옥 도주한 '탈주범'까지 겸하였다. 그는 국내로 망명하여 회령 탄광에서 탄부 생활을 하다가 신흥 탄광으로 갔었는데 거기에서는 파업과 폭동에 참가하여 주동적 역할을 하였으며 폭동이 끝난 직후에는 경찰의 검거망을 벗어나서 또다시 두만강을 건너왔다.
> 과연 그는 두만강을 몇 번이나 건너오고 건너가고 하였던가!13)

씨동이는 아버지 곰손과 함께 고향인 송월동을 떠나 간도로 이주해 가다가 무산에서 곰손이 일본 경찰의 취체로 몸을 상하자 이진경의 부탁을 받은 아버지의 명으로 혼자 간도로 건너간다. 간도에서 항일 조직에 포섭된 그는 지주에 대해 항거하다가 연길 감옥에 갇히게 되고, 연길 감옥을 탈출한 뒤 신분을 감추기 위하여 두만강을 건너 회령으로 들어가 탄광 노동자가 되었다가 파업과 폭동을 일으킨 뒤 다시 두만강을 건너온다. 일제에 대해 저항하고 착취 계급에 맞서 싸우는 씨동이와 같은 인물에게는 어느 곳도 안전할 수 없다. 그는 두만강을 건너 피신을 하며 경찰들의 추적이 뜸해지기를 기다리면서 자신의 신념을 행동으로 옮긴다. 씨동이가 몇 차례나 두만강을 건너다니는 것은 자신의 신분을 감추고 자신의 뜻을 이루려 애쓰던 조선인들의 모습을 잘 보여준다.

장포수는 아들이 조선에 가서 학교를 꾸리려 한다는 말을 듣고 학당

---

13) 이기영, 『두만강』 5, 풀빛, 1989, 256~257쪽.

은 여기서 꾸려도 되는데 왜 하필 조선 순천으로 가느냐고 질문을 했다.

"신식학교는 혼자서 못꾸립니다. 그러구 지금도 많이 들구요. 앞으로 여기두 조건만 된다면 신식학교를 꾸며야지요."

며칠 뒤 석준이는 또 두만강을 건넜다. 건너오고 건너가고 벌써 여섯 번째로 건너는 강이였다. 그러나 건널 적마다 감회는 달랐다.

아픔과 슬픔을 주기도 하고 분노와 격정을 주기도 하는 강, 멍이 든 가슴을 어루만져주는가 하면 힘과 용기를 북돋아주는 강이였다.[14]

장포수의 아들 석준이는 일제에 대한 직접적인 저항도 필요하지만 먼 미래를 위하여 학교를 세우고 다음 세대를 가르쳐야 한다는 생각을 가진 지식인이다. 동학 혁명과 을미 의병에도 참가하여 직접 행동을 해 보았던 그는 일제와의 긴 투쟁을 위해서는 무엇보다 미래를 위한 인재교육의 절대적 필요성을 느낀 것이다. 그는 아버지를 찾아 간도로 건너와 결혼을 하여 가정을 꾸리지만 가정 경제에 힘쓰기보다는 다음 세대를 위한 교육에 매진해야 한다는 생각을 버리지 않고 있다.

아버지를 찾아 용드레촌에 온 후, 석준은 최훈장의 서당을 물려받아 아이들을 가르치지만 그것으로 제대로 된 교육을 할 수 없음은 너무나 잘 알고 있다. 재력도 부족하고 교사도 구하기 어려워 간도에 신식 학교를 세울 수 없다는 현실적인 한계를 잘 알고 있는 석준은 두만강을 건너가 뜻이 맞는 동지들과 함께 학교를 설립하고 민족 교육에 힘쓴다. 그러나 요시찰 인물인 석준과 그의 동료들은 많은 핍박을 받게 되고 석준은 수시로 두만강을 건너다니게 된다.

석준에게 있어 두만강은 자신의 뜻을 실현하기 위하여 건너다니는 공간이다. 부친과 처자식이 살고 있어 자신이 뿌리내려야 할 곳이 결국은 용정일 수밖에 없음을 잘 알면서도 민족의 미래를 위한 자신의 꿈을 실현

---

14) 최홍일, 『눈물젖은 두만강』 하, 민족출판사, 1999, 779쪽.

하기 위하여 끊임없이 두만강을 건너다니는 것이다. 석준이 두만강을 건너다니기를 그만두게 되는 계기는 리상설이 석준을 찾아오면서이다. 아직 일본의 세력이 본격적으로는 미치지 않는 용정에 신식 학당을 세워 아이들에게 민족의식을 고취시키고 반일의 기지를 구축하려는 의도를 가지고 있는 리상설은 자신의 꿈을 실현하기 위하여 용정 지역의 인재인 석준에게 도움을 구한다. 리상설의 후원 아래 민족 지사인 리동녕, 정순만, 려준 등이 동참하여 신식 학교인 서전서숙을 열자, 자신의 꿈을 실현할 수 있는 공간이 마련된 석준은 조선 내에서의 교사 생활을 정리하고 용정에서의 교육 사업에 몰두하게 된다.

이렇듯 한국현대소설에서 두만강은 단순히 삶을 찾아 건너간 통곡의 강으로만 형상화되지는 않는다. 만주로의 이주가 초기에 경제적인 이유의 농업 이민이었던 것은 사실이지만, 한일합방을 전후하여 정치적인 이유로 만주로 망명한 지사들이 증가했기 때문이다. 그들에게 두만강은 자신의 의지를 실현하는 장소이기도 했고 민족의 미래를 꿈꾸는 공간이기도 한 것이다. 그러나 어떤 이유에서건 두만강을 건너는 사람들의 마음은 편하지 못했다. 삶을 찾아 떠나는 이들에게 두만강은 조상이 묻혀 있는 고향 산천을 버리고 떠나는 점에서 처절한 느낌으로 다가왔을 것이지만, 민족의 미래라는 웅대한 꿈을 찾아 떠나는 지사들에게도 망국의 현실을 떠올릴 수밖에 없어 절로 탄식이 나오는 공간이었을 것이다. 한국현대소설에는 이와 같이 두만강의 이중적인 형상이 매우 사실적으로 그려져 있다.

작가의 현실인식과 두만강의 함의 차이

앞에서 살펴보았듯이 한국현대소설에서 두만강은 이중적으로 형상화되고 있다. 즉 두만강은 가난을 극복하기 위해 눈물을 흘리며 떠나거나 가족이 이산하는 비극적인 공간으로, 아니면 일제에 대한 지속적인 투쟁을 다지며 건너거나 민족의 장래를 기약하는 공간으로 형상화된 것이다. 이 논문에서 다루고 있는 네 편의 한국현대소설에서도 두만강은 이 같은 양면적인 속성을 드러내 보이고 있다. 하지만 각 작품에서 두만강이 함의하는 바는 조금씩 차이를 보인다. 이는 두만강이 민족의 비극적인 현실을 담보하는 현장이고 또 민족의 미래를 다짐하는 공간이기도 하지만, 한민족이 두만강을 건너가 터를 잡은 간도를 어떻게 인식하고 있는가 또 일제 강점기의 현실을 어떻게 이해하는가에 따라 그 의미가 다르게 해석된 결과이다.

안수길의『북간도』에서 두만강은 한국과 중국을 가르는 국경으로 인식되지 않는다. 국법으로 두만강이 건널 수 없는 강으로 되어 있어 사잇섬 농사를 감출 수밖에 없는 것이 현실이지만 강을 건너다니며 농사를 짓는 한복에게 두만강 건너 간도는 조상대대로 우리 땅이었다는 인식이 분명하다. 그것은 백두산 정계비에 대한 답사 기억에 바탕을 둔 것으로 되어 있다. 그래서 그는 관아에 끌려가서도 이리 죽으나 저리 죽으나 마찬가지였기에 강을 건너 농사를 지었다면서도, 정계비의 내용으로 보아 그 땅이 우리 땅이라고 당당히 주장할 수 있는 것이다. 그래서 봉금령이 해제되자 더 깊이 생각할 것도 없이 즐거운 마음으로 솔가하여 강을 건너고, 간도 땅에 뿌리내리려 애쓰게 되는 것이다. 그의 이러한 행동은 간도 역사에 대한 나름의 뚜렷한 인식에서 비롯된다.

이 작품에서 주인공들이 간도 땅에 대대로 살아갈 터를 닦으려 하고 자신들을 핍박하는 중국과 일제에 강력하게 저항하는 것은 조선인이 이 땅의 진정한 임자라는 의식과 전혀 무관하지 않다. 따라서 이 작품은 일제가 패망하고 난 뒤, 옥살이를 하던 이정수가 옥문을 나와 아내 영애를 만나 가족의 안부를 물으며 집을 향해 걸어가는 것으로 끝나고 있다. 이러한 결말은 일제의 패망이 우리 민족의 땅인 간도 지역에서 자유로운 삶을 이어갈 수 있게 해 줄 것이라는 현실인식을 보여준다. 이는 한국인들이 가지고 있는 간도에 대한 일반적인 인식을 반영한 것이라는 지적이 가능하다.

리근전의 『고난의 년대』에서도 두만강은 굶어죽지 않기 위해 목숨을 걸고 건너온 강으로 인식된다. 그러나 이 작품에서 두만강 건너에 자리한 간도는 생존을 위해 농지를 개척하고 새로운 삶의 터전을 만들어가는 공간이면서 동시에 억압과 착취가 없는 사회를 만들어가는 혁명의 공간이기도 하다. 이 작품은 크게 두 가지 이야기로 나뉜다. 그 중 하나는 주로 상권에 해당하는 내용으로 박천수가 솔가하여 두만강을 건너와 천수동에 자리 잡는 과정을 그리고 있다. 중국 관헌의 억압과 오영길과 같은 악덕 지주들의 착취에 맞서기도 하면서 고향을 등지고 온 이주민들로서 간도에 새로운 고향을 만들어가는 이야기인 것이다. 다른 하나는 주로 하권에 해당하는 내용으로 박천수의 아들 윤민이가 의식 있는 지식인으로 성장하여 간도로 들어와 지주와 일제에 저항하며 착취 없는 새로운 사회를 만들어 가는 이야기이다.

이 작품에서 핵심이 되는 부분은 후자이다. 윤민이가 용정에서 교사로 근무하면서 많은 사회운동 단체와 힘을 합쳐 사회를 변혁시켜 보려고 하지만 각종 이기적인 단체의 분열로 불가능해진다. 결국 윤민은 중국공산당과 연결되어 진정한 혁명의 길을 찾게 된다. 중국공산당의 일원이 되어 일제로 대표되는 착취 세력과 투쟁하던 윤민은 일본군의 폭압적인 토벌을 피해 북으로 건너가고 아내인 순희는 몇몇 사건에 연루되어 감옥에 가게 되는 등 엄청난 핍박을 받는다. 일제가 패망한 후 다시 만난 윤민의 가족은 진정으로 해방된 미래를 위하여 새로운 삶을 시작하여야 한다고 생각하고 행동한다. 이는 일제의 패망으로 진정한 해방이 도래한 것은 아니고, 장개석으로 대표되는 착취 세력을 몰아내어야 진정한 해방을 맞이하는 것이라는 현실인식이다.

리근전의 『고난의 년대』에 나타난 이러한 결말은 간도의 조선인들이 중국 국민으로서 중국공산당을 중심으로 뭉쳐 착취 없는 진정한 해방을 도래시켜야 한다는 작가의 현실인식을 보여준다. 그리고 이는 간도 이민 1.5세대로서 중국해방전쟁에 직접 참가한 작가의 세대들이 지닌 현실인식을 반영한 것으로 평가할 수 있을 것이다. 중국공산당 중심으로 조선족과 한족이 함께 이상적인 사회를 건설해야 한다는 조선족 1세대들의 현실인식과 함께 중국공산당의 역사적 정당성을 의심하지 않는 작가의 태도를 드러낸 것이기도 하다.

최홍일의 『눈물 젖은 두만강』에서 두만강은 목숨을 연명하기 위해 건너간 강으로 인식된다. 고향에서나 간도에서나 농토라고는 없어서 소작을 부쳐 먹어야 하는 농군으로서는 두만강 이쪽이나 저쪽이나 살기 어렵기는 마찬가지이다. 간도를 떠나 다시 고향으로 돌아가 보아야 살림이 나아질 리 없다면 이곳에 뿌리를 내리지 않을 수 없다. 간도에 터를 잡은 이 주민들은 이 지역에 서당을 세우고 또 신식 학교를 세워 아이들을 교육시키면서 간도에 뿌리를 내리려고 한다. 장석준과 같이 항일운동을 하는 지식인들은 간도를 지속적인 항일투쟁을 위한 공간으로 인식하기도 하지만, 대다수의 농민들은 이주해 온 땅 간도에 자신들의 고향 만들기에 치중할 뿐이다. 따라서 이 작품에서는 일제에 대한 저항의 문제가 작품의 전면에 드러나지 않으며 중국인 지주의 착취와 그에 따른 갈등도 작품의 중심이 되지 않는다.

이 작품이 관심을 갖는 것은 간도지역에 뿌리를 내리는 조선인들의 삶의 모습이다. 따라서 이 작품에서 일제의 패망이나 해방은 핵심적인 문제로 등장하지 않는다. 두만강을 건너와 간도 땅에 뿌리를 내리는 과정이

이 작품의 핵심이기 때문에, 이 땅에 처음 발을 디디고 이후 간도로 건너오는 이주민들에게 삶의 터전을 마련해 주었던 칠성 영감이 죽음에 이르는 것으로 작품은 끝나고 마는 것이다. 이와 같이 조선 이주민들이 간도에 터를 잡아 자신들의 고향으로 일구어가는 모습을 보여주는 이 작품은 간도에서 태어나 자라 간도를 완전한 자신의 고향으로 인식하고 있는 조선족 2~3세대들의 민족에 대한 인식을 충분히 반영하고 있는 것으로 이해된다. 이는 이중정체성을 지니고 있는 조선족 2~3세대들이 고향을 인식하는 태도가 작품으로 형상화된 것이라는 판단이 가능하다.

이기영의 『두만강』에서는 두만강이 먹고 살기 위해 건너는 강이기도 하지만, 억압에 대해 투쟁하는 사람들이 수시로 넘나드는 강으로 그려진다. 이 작품의 주인공 박곰손은 고향에서 살기가 어려워지자 고향을 등지고 살기 좋다는 간도로 향한다. 그러나 그가 두만강을 건너려 하는 것이 단순히 가난에서 벗어나고자 하는 것만은 아니라는 점에서 다른 세 작품과 차이를 보인다. 박곰손은 고향을 떠날 때 마을의 저항적 지식인으로 존경받는 이진경으로부터 조국 독립을 위해 간도에 자리 잡은 이강년 대장에게 전해달라는 편지를 건네받는다. 그리고 곰손은 이 약속을 지키기 위해 목숨이 경각에 이르렀을 때, 아들 씨동이만을 두만강을 건너게 한다는 점이 이 작품에서의 월강이 다른 작품들과 보이는 차이점이다.

아버지의 명에 따라 두만강을 건너간 씨동이는 항일투쟁 세력에 포섭되어 민족 해방을 위해 애쓴다. 결국 씨동은 감옥에 가게 되고 관헌의 눈을 피해 탈옥한 후에는 체포당하지 않기 위해 다시 두만강을 건너 조선 땅으로 돌아온다. 조선 땅에 들어와 회령 탄광에 근무하다가 노동쟁의를 일으킨 씨동이는 일제 관헌의 취체를 피해 다시 두만강을 건너 간도 땅으로 들어간다. 이와 같이 씨동에게 있어서 두만강은 강의 양쪽 지역에서 투쟁하다가 필요하면 신분을 감출 수 있는 공간으로 존재한다.

　간도에서 새로운 혁명을 꿈꾸며 투쟁의 방향을 모색하던 씨동은 항일유격대와 연결이 되고 결국 마을 사람들과 함께 일제의 억압을 피해 일본군들과 치열한 전투를 해가면서 항일유격대를 찾아간다. 이 작품에서 두만강과 간도는 일제의 억압으로부터 벗어나기 위한 공간으로 설정되어 있다. 그러나 이 작품에서의 최종 기착지는 항일유격대이다. 천신만고 끝에 항일유격대를 찾아가는 것만으로도 행복한 결말에 이르는 것으로 처리한 이 작품은 김일성이 지도한 항일유격대를 역사의 중심에 놓는 북한의 역사의식을 그대로 반영한 것이라 하겠다.

　일제강점기를 시대적 배경으로 하는 한국현대소설에서 두만강과 간도는 작가의 현실인식에 따라 각기 다른 함의를 갖고 있다. 남한의 작가인 안수길에게 있어 두만강과 간도는 남한의 간도에 대한 인식과 유사하게 우리 민족의 공간으로 형상화된다. 반면에 조선족 작가인 리근전과 최홍일에게 있어 두만강과 간도는 이주해 온 조선인들이 뿌리를 내려 새로운 고향으로 가꾸어 나아가야 할 공간으로 인식된다. 그러나 조선족 1.5세대인 리근전이 중국공산당을 중심으로 조선족과 한족이 힘을 합쳐 이상적인 사회를 만들어 나아가는 모습을 보여주는데 비해, 3세대인 최홍일은 조선인들이 이주민으로 고향을 만들어 가는 모습을 그리고 있다. 반면 이기영은 북한의 국가 이념에 맞추어 항일유격대를 중심으로 일제에 투쟁하고 새로운 사회를 만들어 나아가야 함을 강조하고 있다. 이러한 차이는 남한과 북한 그리고 조선족 사이에 존재하는 두만강과 간도에 대한 인식 차이를 잘 반영하고 있다. 더욱이 리근전과 김홍일의 간도에 대한 인식의 차이는 조선족 사이에 나타나는 바, 세대에 따른 간도에 대한 인식 차이를 분명히 보여준다는 점에서 큰 의의를 지닌다.

04. 김학철 문학에 있어 체험의 형상화 방식

체험의 재구성으로서 김학철 문학

김학철은 격변기를 몸으로 부딪치며 살아간 인물이다. 항일무장투쟁에 직접 투신하였고, 일제의 감옥에서 영어의 몸이 되었으며, 남한을 거쳐 북으로 그리고 중국에 자리를 잡고난 후 반우파 투쟁기와 문화대혁명 기간에 우파로 투쟁을 당하고 십 년간의 감옥 생활도 하였다. 동아시아의 불안하고 비극적인 근대화 과정에 몸소 부대끼며 살아온 김학철은 자신의 삶을 충실히 문학 작품으로 재구해 냄으로써 한 시대의 역사를 가로지르고 넘어온 인물들의 삶과 신념을 후세에 전해주는 또 다른 중요한 의미를 지니게 되었다.

김학철의 생애와 문학에 대한 연구는 조선족 학자와 한국 연구자들에 의해 이미 엄청난 규모로 진행된 바 있다.[1] 특히 김학철 소설에 대한 연구

---

[1] 이는 2002년부터 2011년까지 김학철문학연구회에서 정리하여 연변인민출판사에서 편찬한 6권의 방대한 연구서적만으로도 충분히 확인되는 바이다.

는 상당 부분 그의 소설이 가지고 있는 현실성에 집중되고 있다. 그의 소설을 연구함에 있어서 항일혁명투사로서 김학철의 삶을 조명하는 것이나, 항일투쟁의 역사를 검토하는 것이나, 혁명적 낭만성의 분질을 해명하거나 혁명성장소설로서의 성격을 구명하는 것 등은 모두 김학철의 생애와 작품에 나타난 내용의 강렬함에 기인한 것으로 김학철 소설 연구의 한 방향으로 충분한 의의를 지닌다. 김학철의 문학적 관심이 무엇보다 항일혁명 기간에 놓여 있었음[2]은 그의 소설에 대한 연구가 작품에 나타난 현실성과 주제 의식을 연구하는 것이 충분한 타당성을 지님을 분명하게 해준다.

그러나 한 작가를 연구함에 있어 작가의 현실인식이나 작품에 나타난 제재나 주제에 치중하여 한 방향으로 편중되어 바라보는 것은 위험하다. 한 작가는 자신이 그리고자 하는 소재를 자기 나름의 독특한 방식으로 형상화하여 하나의 작품을 만들어내기 때문에 한 작가가 작품을 창조해 내는 방식에 대한 연구는 그 나름의 중요한 의미를 지닌다. 김학철 소설에 대한 연구는 이러한 점에서 새로운 시도가 필요한 시점이라 생각된다. 김학철은 자신의 일생을 제재로 하여 초기에 소설로 창작하였고 반우파 반혁명 분자로 몰려 24년간의 공백을 거친 후 복권되자 그것들을 모아 전기 문학이라는 이름으로 『항전별곡』[3]을 발간한 바 있다. 그리고 1986년에

---

2) 김학철은 처음 소설 창작을 시작하던 한국에서부터 조선의용대 시절의 체험을 그리고 있었고, 연변에 자리 잡은 후에 당의 정책에 따라 당대 현실을 그리는 소설을 쓰기도 했지만, 조선의용대 시절의 체험이 그의 글쓰기의 중요한 한 축을 이룬다. 『20세기 신화』로 감옥 생활을 하고 또 몇 년이 지난 후 창작의 권리를 되찾았을 때 그가 주변의 권유를 뿌리치고 조선의용대 전우들의 삶의 흔적들을 기록하여야 한다는 사명감으로 『격정시대』와 『최후의 분대장』을 집필한 것은 김학철의 의식 속에 그 시기의 기억이 얼마나 중요하게 자리 잡고 있었는지 알게 해준다. 이 시기에 들어 당대적 사실에 대한 비판적 안목을 드러내는 잡문에 치중하기는 하지만 이는 또 다른 시각에서의 연구 대상이 될 수 있을 것이다.
3) 『항전별곡』, 흑룡강조선민족출판사, 1983. 이 책은 한국에서 이정식 외, 『항전별곡』(거름, 1986)으로 발간된 바 있다. 이하 이 책의 인용은 1986년 거름 판으로 하고 '『항전별곡』, 쪽수'로 밝힌다.

는 『격정시대』[4]를 통해 어린 시절부터 항일무장투쟁 시기까지의 삶을 소설화하였으며, 이후 1995년 자서전 『최후의 분대장』[5]을 발표하여 자신의 일생을 전기[6] 형식으로 정리하였다.[7]

이들 작품들은 김학철의 항일투쟁 시절이 그 중심을 이루어 작품들 사이에 내용상 중복되는 곳이 많다. 따라서 1930년대 항일투쟁 활동을 이해하거나 그들의 삶을 밝히고 김학철의 삶과 신념을 조망하는 데는 아주 편리한 부분이 적지 않다. 그러나 소설과 전기 사이의 내용상 중복성은 그들 작품의 장르적 차이를 망각하고 그의 삶의 편린들을 모아 그 의미를 해명하는데 치중하도록 만들기도 한다. 그러나 김학철이 자신의 삶을 글로 써서 발표하면서 소설과 전기라는 서로 다른 장르 명칭을 사용한 것은 그의 의식 속에 내재해 있던 소설이라는 장르 개념에 기인한 것이라는 예상이 가능하다. 따라서 이 작품들을 비교하여 김학철의 장르 의식을 해명하고 그의 소설 연구에 있어 미적 형식을 해명하는 단초를 찾아낼 수 있을 것이다.

이를 위해 본고에서는 김학철이 전기라는 이름으로 발표한 『항전별곡』과 『최후의 분대장』 그리고 소설이라는 이름으로 발표한 『격정시대』를 비교하여 그가 체험을 형상화하는 방법을 해명하고자한다. 그 구체적인 방법으로는 사건과 플롯, 시점과 문체 그리고 인물과 갈등 등 여러 면에서 전기와 소설에 어떤 차이를 보이는가를 검토하여 김학철이 가지고 있

---

4) 『격정시대 상, 하』, 요녕민족출판사, 1986. 이하 이 책의 인용은 김학철, 『격정시대 상, 하』 (연변인민출판사, 1999)로 하고 '『격정시대 권수』, 쪽수'로 밝힌다.
5) 『최후의 분대장』, 문학과지성사, 1995. 이하 이 책의 인용은 '『최후의 분대장』, 쪽수'로 밝힌다.
6) 이하 김학철이 구분한 전기문학과 자서전을 특별히 구분해야 할 때가 아니면 '전기'라는 용어로 사용한다.
7) 김학철 문학의 이러한 점에 착안하여 김윤식은 그를 '자전적이고 체험에 바탕두지 않는 소설을 쓸 수 없는 작가'(김윤식, 「항일 빨치산 문학의 기원 – 김학철론」, 『한국현대문학사론』, 한샘, 1988, 191쪽)라 평한 바 있다. 김학철 문학 연구가 한 방향으로 진행된 것은 그의 문학이 지니는 이러한 속성에 기인한 바 크다.

었던 소설과 전기라는 장르에 대한 인식의 차이를 밝힐 것이다. 이러한 세 작품에 대한 기법적 장치에 대한 분석적인 연구는 그간 진행되어 온 김학철 소설의 주제론적 연구에 대한 반성이자 형식론적 연구를 위한 시도라는 작은 의미를 지닐 것으로 기대한다.

체험의 강렬성과 장르 의식의 혼란

김학철에게 있어 상해에서의 항일투쟁과 조선의용대의 체험은 거의 절대적인 의미를 지닌다 하겠다. 해방 이후 남한에 돌아와 창작 생활을 시작하면서부터 연변에 터를 잡고 전업 작가 생활을 하고 이십여 년 간의 영어 생활 끝에 다시 창작 생활을 하기까지 이 체험들은 김학철 문학의 주제로 일관하고 있다. 물론 연변 지역의 항일투쟁을 다룬『해란강아 말하라』와 연변 사람들의 일상을 그린 단편소설들과 반우파투쟁기 중국의 정치 상황을 풍자한『20세기의 신화』등이 있지만, 그의 최초의 소설「이렇게 싸웠다」(『한성시보』1945.10) 이후 남한에서 발표된 일여덟 편의 소설에서 시작하여『격정시대』에 이르기까지 그의 소설의 중심에는 항일의 체험이 자리하고 있는 것이다. 이는 그가 남한에서 발표한 초기작 일여덟 편은 물론 1983년 그간 발표된 작품들을 모아 전기라는 이름으로 간행된『항전별곡』이나 1986년 복권 이후 발표된 장편소설『격정시대』그리고 자신의 생애를 정리한『최후의 분대장』에 이르기까지 그 중심에 항일 체험이 중심 제재가 된나는 데서 확인된다.8) 그는 이 시기 자신의

---

8) 김학철이 발표한 기존 작품들을 모은『항전별곡』은 항일투쟁 시기의 체험이 주를 이루나 『격정시대』는 어린 시절 원산에서의 생활과 서울 유학 시절 그리고 중국에서의 항일 체험과 함께 태항산에서 일본군의 포로가 되기 전까지의 체험을 다루고 있다. 그리고『최후의 분대장』에서는 어린 시절부터 말년까지의 생애를 다룬다. 후기로 가면서 이러한 제재가 되는 시기가 확대되기는 하지만 그 중심에는 상해에서의 항일 체험과 조선의용대 체험이 다양하게 변주되면서 작품의 중심을 관류한다.

체험에 대해 다음과 같은 의미 있는 말을 남기기도 한다.

> 나는 언제나 군관학교의 교문을 나서서 일본이 무조건항복을 하던 그 날까지 사이에 희생된 전우들을 생각하면 가슴이 찡해진다. 엽홍덕, 이세영, 김정희, 김영신, 서각, 손일봉, 박금철, 한청도(최철호), 왕현순(이지열), 석정, 진광화, 김학무, 호철명, 임평, 호우백, 문명철, 진나삼, 마덕삼, 김석계, 장봉상, 진리평, 장문해, 진원중 그리고 키꺽다리 여해암. 그들의 이름은 마치 단 쇠조각처럼 내 마음을 지져서 지난 30여 년 동안 쉴 새 없이 나를 앞으로 앞으로 내닫게 하였다. 그들에게도 고향이 있고 혈육이 있었다. 허나 그들은 그 모든 것을 버리고 단신 투쟁의 격류 속에 뛰어들었다. 후에 새로 입단한 대원들 중 희생된 사람의 수는 더욱 많아서 일일이 여기다 적을 수도 없는 형편이다.[9]

자신의 체험을 바탕으로 창작에 임한 작가인 김학철에게 있어 그의 생애에서 불같이 타올랐던 시기에 대한 기억은 너무나 선명하여 그것이 전기든 소설이든 관계없이 어떤 작품에든 반복적으로 등장한다. 조선의용대 시절의 친구들의 에피소드들이 어느 작품에나 공통적으로 등장하는 것은 그 좋은 예이다. '전쟁할 때'라는 별명을 가진 문정일에 대한 기억이나 술꾼 박무에 대한 기억, 군모에 자라를 그려 넣은 자라 사건, 밤눈 어두운 동료를 야간 행군에서 골탕 먹인 일, 담뱃잎으로 국을 끓여 '담뱃국'이라는 별명이 붙은 전우, 못에서 커다란 메기를 잡아먹은 뒤 마을신을 죽였다는 마을 사람들의 항의로 고생한 일 등 항일투쟁의 과정에서 경험한 많은 에피소드들이 그의 작품 도처에 등장한다. 이렇듯 김학철의 내면에 자리한 이러한 항일 체험에 대한 기억은 그의 창작의 원동력이 되고 있는 것이다.

김학철의 문학이 갖는 이러한 체험의 강렬함은 김윤식이 '체험을 통한

---

9) 「작은 아씨」, 『항전별곡』, 216쪽.

인물과 사건 다루기와 에피소드식 구성법은 우리에게는 낯설지만 김학철 아니면 절대로 불가능한 그만의 개성'10)이라고 평가하는 근거가 되기도 한다. 하지만 체험의 강렬함은 그의 작품들에 너무나 강력한 영향을 미치게 됨으로써 그가 작품을 창작하는 과정에서 전기와 소설이라는 장르 구분을 불가능하게 만드는 한 원인이 된다. 예컨대 김학철은『최후의 분대장』에서 원산부두파업의 과정에서 일본인 노동자들이 민족 감정을 넘어 조선인 노동자들을 지원하는 것을 보고 느꼈던 엄청난 충격을 회상하면서 '나는 13살 먹은 소학생으로서는 도저히 풀 재간이 없는 난문제에 부닥치게 된다. 그 난문제의 연유를 설명하기 위해 졸저『격정시대』에서 원산 제네시트에 관한 단락 하나를 우선 옮겨보기로 한다'11)고 서술하게 되는 것이다. 이와 같이 전기를 쓰면서 자신의 소설을 인용하는 것은 김학철 문학에 있어 작가의 체험이 갖는 절대성을 보여주는 것이며, 동시에 그가 장르에 대한 인식이 투철하지 않았음을 알게 해준다.

김학철에게 있어 장르 인식의 불철저함은 그가 전기와 소설에 있어 체험을 재구해 내는 방식의 차이가 별로 보이지 않는다는 데 보다 분명하게 드러난다. 김학철이 기존의 작품들을 정리하여 발표한『항전별곡』에는 각 작품이나 장마다 항일투쟁 시기의 한 동료와 관련된 기억을 재구하고 있다. 그러나 복권 이후 집필하여 발표한『격정시대』는 원산에서 태항산까지의 일을 시간 순으로 서술하고 있고, 그가 자신의 생애를 정리한『최후의 분대장』은 어린 시절로부터 글을 쓰는 현재까지의 일생을 시간 순으로 정리하고 있다.

이로 보아 김학철은 일생 중 가장 강렬한 체험인 항일투쟁을 중심으로 하여『항전별곡』에서는 그 체험을 중심으로 투사들의 모습을,『격정시대』에서는 어린 시절을 포함시켜 순진한 세계에서 살던 한 인물이 혁명

---

10) 김윤식, 앞의 글, 212쪽.
11)『최후의 분대장』, 40쪽.

적인 인물로 성장해가는 과정을, 『최후의 분대장』에서는 자신이 살아온 삶의 전체 궤적을 되돌아보고 있음을 알게 된다.[12] 이렇듯 항일투쟁의 체험을 중심으로 이전과 이후의 일들이 첨가되는 방식은 자신의 체험이 바로 문학이 될 수 있는 것이고 그것이 전기이든 소설이든 무방하다는 인식의 한 면을 보여준다. 한 작품에서 서술한 내용이 전혀 수정 없이 그대로 다른 작품에서 사용되어 세 작품을 읽으면서 각 작품에서 다룬 사건들이 쉽게 구분이 되지 않고, 또 세 작품이 모두 하나의 작품인 것처럼 인식되는 것은 작가 김학철이 자신의 체험을 글로 쓰면서 장르에 대한 인식을 분명히 하지 않은 결과인 것이다.

그러나 그의 작품들에 나타나는 항일투쟁 체험의 반복과 그것이 주는 강렬함으로 인하여 독자가 인식하기는 어렵지만, 김학철은 작가로서 나름의 전기와 소설에 대한 구분을 의식의 차원에서 분명하게 가지고 있은 것으로 보인다. 김학철이 가지고 있었던 장르 의식의 몇 가지 양상은 장을 달리하여 살피기로 한다.

전기와 소설의 장르 인식

전장에서 살폈듯이 김학철에게 있어 전기와 소설 사이의 장르 구분은 분명하지 아니하다. 그러나 비록 항일투쟁 체험과 어린 시절과 학창 시절

---

12) 『격정시대』와 『최후의 분대장』에서 작품 내에서 어린 시절이 갖는 의미가 변화하는 것은 두 작품 내에서 어린 시절이 갖는 비중에서 짐작해볼 수 있다. 『격정시대』는 전체 65장 중 30장까지가 어린 시절이고 31장부터 상해로 탈출한 이후의 일이 서술되어 어린 시절 이야기가 전체의 절반 정도를 차지하는 바, 이 작품에서는 혁명투사로의 성장을 중시하고 있다는 것을 알 수 있다. 이에 비해 『최후의 분대장』은 전체 20장 중 어린 시절이 5장, 항일투쟁기가 9장, 해방 이후의 삶이 6장으로 되어 있어 항일투쟁의 체험이 갖는 강렬성을 알 수 있으나, 해방 이전의 삶에서 어린 시절의 분량이 1/3 정도로 『격정시대』에 비해 상대적으로 줄어들고 있는 것은 그가 이 작품에서 자신의 삶을 비교적 객관적으로 재구성하려 하였음을 알게 해준다.

의 강렬한 기억이 작품의 중심을 이루지만 작가로서 그가 사건을 서술하는데 있어 전기와 소설 사이에는 일정한 차이를 보인다. 우선 혁명성장소설로서의 성격이 분명한『격정시대』는『항전별곡』과『최후의 분대장』의 가운데 놓여 소학교 시절부터 태항산에서 항일투쟁을 하기까지의 체험을 다루고, 일본군과의 교전에서 부상을 당하고 포로가 되는 일과 그 후의 사건들은 다루지 아니한다. 이로 보아 이 작품은 천진무구하던 소년이 일본의 식민지가 된 조선의 현실을 인식하고 또 노동문제에 대해서도 어렴풋이 깨달은 후, 중국으로 건너가 민족혁명당에 가입하여 무장 투쟁을 벌이다가 조직과 함께 중앙군관학교를 졸업하고 중국군과 힘을 합쳐 일본군과 싸우기에 이르고, 결국 효과적인 항일투쟁을 위하여 팔로군에 가담하게 되는 즉 혁명전사로의 성장 과정이 하나의 줄거리를 이룬다. 이는 김학철이『격정시대』를 집필하면서 자신의 생애에서 혁명전사로 발전하게 되는 성장의 과정을 아리스토텔레스가『시학』에서 말하는 시작과 중간과 끝이라는 플롯의 관점에서 정리한 것으로 이해된다. 항일투쟁의 모습만을 다룬『항전별곡』이나 자신의 일생을 모두 정리한『최후의 분대장』이 성장의 플롯을 제대로 구성하지 못하는 데 비해『격정시대』는 비교적 완전한 구조를 갖춘 것으로 볼 수 있기 때문이다.

　이와 함께 세 작품은 거의 동일한 사건을 다루고 있지만 작중에 등장하는 인물들을 서술함에 있어 커다란 차이를 보인다. 소설인『격정시대』에서는 서사적 현재시에서 발생한 사건들만을 서술하고 있음에 비해 전기에 해당하는『항전별곡』이나『최후의 분대장』에서는 서사적 현재시에서 인물을 서술하다가 그가 서사적 미래에 겪게 될 일들 즉 전기를 쓰고 있는 현재의 상황을 진술하기도 하고, 서술되는 내용에 대해 보충 설명을 하기도 한다.

소주정거장에서 렬차가 5분 머무는 동안에 장준광 맞은편에 앉은 나이 지긋한 남자가 차창밖에다가 돈 3전을 내밀고 송화단 한알을 샀다. 그 남자가 송화단의 껍데기를 찬찬히 벗기기 시작하였다. 다 벗겨가지고 입으로 가져가기전에 인사성으로 앞에 앉은 장준광에게 내밀며

"칭(請)."하였다. 허례라면 허례이고 인습이라면 인습이고 아무튼 어디서나 흔히 보는 장면이다. 그러나 성미가 좀 데설궂은 장준광은 달리받아들였다.

'이 자식 봐라, 제가 처먹으려구 다랍게 한알 사가지군……나를 놀리는 셈인가?'

괘씸한 생각이 왈칵 난 장준광이 사양 않고 손을 내밀어 코앞에 들이민 송화단을

"셰셰(謝謝)"하고 덥석 받아가지고 쑵쓸하니 다 먹어버렸다.

수고스럽게 껍데기까지 말끔히 까 바친 오리알임자는 하도 어처구니가 없어 장준광의 먹는 입을 멀거니 바라보기만 하였다. 이것을 보고 리춘근은 입만 실룩했지만 선장이가 터져나오는 웃음을 참느라고 애를 쓰다가 마침내는 배를 부둥키고 승강구로 뛰여나왔다. 사람없는 승강구에서 미친 사람처럼 눈물을 흘려가며 혼자 자꾸 웃었다.

무석역에서 리면없는 장준광에게 오리알을 떼운 오리알임자가 한풀이 죽어가지고 내린 뒤에 세사람은 자리들을 옮겨앉으며 서로 쳐다보고 새삼스레 웃음보를 터뜨렸다.[13]

함께 열차로 이동하던 동료가 남의 송화단을 먹은 위의 사건에 대해 『최후의 분대장』에서는 몇 가지 점에서 조금은 다른 서술 양상을 보인다.

① "칭(請)."
이 '칭'은 영어의 '플리즈'에 해당하는 말로서 굳이 우리말로 옮긴다면 '어서 드세요' 쯤 될 것이다. (중략)

② 우리는 웃음을 참느라고 다들 곡경을 치렀다. 손에 든 과줄을 못

된 까마귀에게 톡 채인 아이마냥 허탈한 얼굴을 한 송화단 임자를 보기
가 여간만 민망스럽지가 않아서였다.

'송화단'이란 오리알 또는 달걀을 특수 가공한 전통 식품.

③ 우리 일행은 모두 15명으로서 그 중 몇 사람의 소경력을 간단히
소개한다면 --- 동제(同濟)대학의 이유민(李維民, 일명 崔瑩來)은 해방
후 함경남도 인민의원장을 지내다가 반당 종파라는 죄명으로 숙청을 당
하였다.
대하(大夏)대학의 장의(張毅, 본명 權泰然)는 1900년 서울에서 숙환
으로 별세했는데 그의 부친은 항일 전쟁 당시 중국군 공군 대좌(대령)였
다.14)

위에서 ①에서는『격정시대』에서 간단히 사건만 서술된 중국인이 '칭'
이라 말한 것이 내포하는 의미를 상세하게 설명하고 있다. 즉 영어로 어
떤 의미이며 한국어로 번역하면 이런 의미라 말한 것은 '칭'의 의미를 모
르는 한국인 독자를 상정한 것으로『최후의 분대장』을 쓰고 있는 작가 김
학철이『격정시대』를 쓸 때와는 다른 의도를 가진 결과라는 지적이 가능
하다. 전기의 경우 글을 쓰는 사람의 생각이나 의도 그리고 보충적인 설
명이 가능하지만, 소설의 경우 서술자는 사건을 객관적으로 서술할 수는
있지만 ①에서와 같은 보충적인 설명은 불가능하다는 것을 김학철 스스
로 충분히 인식하고 있었음을 알게 해준다. 김학철이 이후 잡문을 쓰면서
도처에서 이 같은 보충적인 설명을 자주 사용하고 있음에 비해 소설에서
는 이러한 사용이 제한되어 있는 바, 이는 그가 인식하고 있는 소설과 전
기 또는 잡문의 차이 중 하나인 것으로 생각해 볼 수 있다.
②에서 송화단에 대한 뒷문단의 설명은 ①의 설명과 같은 것으로 이해
해 볼 수 있다. 그러나 앞 문단은 과거 체험을 서술하고 있기는 하나 서사

---

14)『최후의 분대장』, 134~135쪽.

적 과거로 이해하기에는 다소 어색한 문장이다. 자신이 체험한 과거 사실을 기록한 전기의 형식에서는 이러한 형태의 문장이 가능하지만, 소설이라면 두 번째 문장에서 '여간만 민망스럽지가 않아서였다'와 같이 과거 사실을 회상하는 방식으로 처리되기보다는 서사적 과거의 형태를 사용하여야 하는 것이다. 이러한 장르 차이에 따른 문장 사용 방식을 인식하고 있었던 김학철은 전기와 소설에서 서로 다른 서술 방식을 동원한다. 즉 소설 『격정시대』에서는 건네준 송화단을 먹어버리는 장준광과 그것을 멀거니 바라보는 중국인 그리고 그것을 옆에서 보고 웃고 있는 일행의 모습을 차례로 묘사하는 것만으로 처리하고, 전기 『최후의 분대장』에서는 과거회상으로 진술하는 가운데 현재의 자아가 각 행동이나 대화의 의미를 보충 설명하는 방식을 선택한 것이다.

③은 김학철의 전기에서 자주 사용되는 진술 방법이다. 『항전별곡』이나 『최후의 분대장』에서는 새로운 동료에 대해 말할 때 그의 과거나 미래를 알려주는 경우가 적지 않다. 특히 해방 이후의 행적을 소개하고 어떻게 죽었다거나 현재 어디에 살고 있다거나 하는 식의 진술은 자신의 일생을 되돌아보는 전기에서는 충분히 가능한 진술 방법이지만 소설에서는 이러한 서술이 불가능하다. 따라서 동일한 체험을 작품화하는 경우에도 소설에서는 서사적 사건만을 서술하고 초점화자나 서술자의 시각에 포착되는 사실들만을 서술하는데 비해, 전기에서는 서술시에 발생한 사실뿐만 아니라 훨씬 미래의 일들조차 자유롭게 말하는 것이다. 이러한 서술상의 차이는 김학철이 소설과 전기에 대해 장르적 차이를 충분히 인식하고 있었으며 창작적 실천에도 충실히 반영하고 있었음을 알게 해준다.

김학철의 전기와 소설의 장르 차이에 대한 인식은 그의 작품에 있어서 시점의 선정에서도 분명하게 나타난다. 그의 작품을 살펴보면 『격정시대』는 선장이라는 초점화자를 내세워서 작품외적 서술자가 서술하고 있다. 반면에『항전별곡』과『최후의 분대장』은 현재의 관점에서 과거의 경험을 서술하는 일인칭 회고적 서술자에 의해 서술되고 있다.[15] 자신의 체험을 바탕으로 글을 쓸 경우 시점을 어떻게 결정하는가는 쓰고자 하는 글의 장르적 특성에 의해 제한을 받게 된다. 전기의 경우에는 일인칭 시점을 사용하는 것이 일반적이고 특수한 경우 삼인칭으로 사용할 수 있지만, 자서전은 일인칭으로 서술하여야 한다. 그러나 소설의 경우 시점의 선택은 비교적 자유롭다. 소설은 허구의 이야기라는 것을 전제로 한 장르이기 때문에 작가의 선택에 따라 서술자를 작품 안이나 작품 밖에 위치시킬 수 있다. 김학철은 이러한 장르적 특성에 대한 이해를 바탕으로 소설을 창작하는 경우 자신의 체험을 작품외적 서술자에 의해 서술하고, 전기를 쓰는 경우에는 작품내적 서술자에 의해 재현하고 있는 것이다.

"어딜 가지?"
선장이의 앉았는 좌석옆에까지 오자 발을 멈추며 곧 형사 하나가 이렇게 물었다.
"봉천 갑니다."
"어디 차표 좀 볼가."
선장이가 차표를 꺼내주니 형사는 한번 보고 곧 돌려준 뒤
"소지품은?" 하고 물었다. 선장이가 머리우의 선반을 가리키며
"저 트렁크 하나뿐입니다."하고 공손히 대답하니 형사는 건방지게
"내려서 들구…… 나를 따라와." 하고 명령조로 말하여 선장이는 지은 죄도 없이 공연히 가슴이 덜컹 내려앉았다. 이때 다른 형사 하나가 가까이 오면서 그자를 보고
"무언가?"하고 물으니 그자는 저희들의 곁말로 무어라고 두어마디 웅얼거린 뒤 곧 다시
"빨리 해." 하고 선장이를 재촉하였다. 그 동안에 트렁크를 내려 들고

---

15) 서술자의 분류에 대해서는 최병우, 「소설에 있어 시점의 유형」, 『한국현대소설의 미적구조』, 민지사, 1997, 23~38쪽을 참조할 것.

맞은편 좌석에 앉았는 상인풍의 세비로 입은 중년 남자와 눈인사를 나
누었다.16)

　　"어딜 가는 거지?"
　　"봉천 갑니다."
　　"어디 차표 좀 볼까."
　　형사는 차표를 한번 번드쳐보더니 그냥 되돌려주고 나서
　　"휴대품은?……"
　　나는 머리 위의 선반을 가르켜보였다.
　　"저 트렁크 하나뿐입니다."
　　"그럼 내려가지고 …… 날 따라와."
　　나는 가슴이 덜컹 내려앉았으나 하릴없이 머리를 수굿이하고 그 녀
석의 뒤를 따라갔다. 들고 가는 트렁크가 장물(臟物)이기라도 한 것마냥
거북살스러워졌다.17)

　위의 두 인용문에서 서술되고 있는 사건은 동일하며 그 서술 내용 역시
큰 차이를 보이지 않는다. 봉천으로 가는 기차 안에서의 검문 과정과 형
사와 주고받는 대화의 내용까지도 정확히 일치한다. 이는 김학철이 국경
을 건너면서 가슴 졸였던 체험이 너무나 강렬해서 그 기억이 생생했기 때
문이라는 설명이 가능하다. 그러나 이 두 작품이 쓰인 시기가 10년 정도
의 차이를 보이면서도 내용상 이처럼 정확한 일치를 보이는 것은 김학철
이 『최후의 분대장』을 집필하면서 이전에 발표한 소설 『격정시대』를 적
극적으로 참고하였다는 사실을 분명히 해준다.18) 하지만 인용 부분을 보
면 『격정시대』에서는 초점화자인 선장이가 보고들은 바를 작품외적 서
술자가 서술하여 주어가 '선장이'인데 비해 『최후의 분대장』은 초점화자

---

16) 『격정시대 상』, 397~398쪽.
17) 『최후의 분대장』, 96~97쪽.
18) 이는 각주 11)에서 보았듯이 자서전인 『최후의 분대장』을 쓰면서 소설인 『격정시대』의
　　일부를 인용한 데서 이미 확인된 바이다.

가 작품내적 서술자와 일치하여 주어가 '나'라는 차이를 보인다. 동일한 체험을 서술하더라도 소설인 경우에는 허구적 자아인 선장이의 시각에 따라, 전기인 경우에는 사실적 자아인 '나'에 의해 사건을 초점화하고 서술하는 것은 김학철이 이 같은 서술 방식상의 차이를 전기와 소설의 장르적 차이로 활용하였음을 확인하게 해준다.

위의 인용에 이어지는 부분에서 김학철이 생각한 전기와 소설의 차이가 보다 분명히 드러난다.

> 외딴 칸에서 형사 한 녀석이 더 가세를 해 2대1로 신문을 받는데 나는 이상하게도 처음에는 몹시 두근거리던 심장이 차차 가라앉은 추세를 보이는 게 아닌가.
> 저로서도 놀랄 만큼 거짓말이 술술 잘 나와주는 바람에 나는 그자들의 신문 공세를 큰 힘 들이지 않고도 요리조리 다 얼러맞추는 데 성공을 했다.[19]

> 외딴 칸으로 데리고 가더니 선장이 하나를 일본형사 둘이서 검문을 하는데 꼴이 무슨 먹을알이 있을줄로 아는 모양이였다.
> "집이 어디야?"
> "서울입니다."
> "서울 어디?"
> "견지동."
> "집에선 무얼 하지?"
> "아버지가 …… 변호삽니다."
> "변호사?" 하고 되뇌며 두놈이 서로 얼굴을 한번 마주보고나서 다시 물었다.
> "그런데 재학생이 공부는안하구 갑자기 외국려행은 무어야?"
> 선장이 입에서 언젠가 얻어들어두었던 말이 제물에 튀여나왔다.
> "상해 동아동문서원으루 보결시험을 치러 가는 길입니다."

---

19) 『최후의 분대장』, 97쪽.

　　상해 동아동문서원은 일본제국주의가 중국대륙을 침략하는 데 필요
한 인재를 육성하는 학교였다.[20]

　위의 두 인용에서 그 차이는 분명히 드러난다.『최후의 분대장』에서는
형사의 심문을 받은 일의 대강이 추상적으로 진술되고 있는데 비해,『격
정시대』에서는 심문의 상세한 내용이 구체적으로 서술되고 있다. 이러한
추상적 진술과 구체적 서술과 묘사의 차이는 김학철의 소설에 대한 인식
의 한 면을 분명히 보여준다. 즉 김학철이 전기란 경험한 사실의 개요를
정리하는 것으로 충분할 수 있지만 소설은 구체적인 사건을 보여줌으로
써만 리얼리티를 획득할 수 있다는 점을 분명히 인식하고 그것을 실천하
고 있는 것이다. 김학철은 그의 잡문에서 '형상화하지 않은 소설은 문학
의 범주에 드는것이 아니라 리론의 범주에 듭니다. 리론적으로는 얼마나
큰 가치가 있을는지 몰라도 소설로서는 실패'[21]라 말한 바 있듯이 소설이
되기 위한 요건으로 무엇보다 형상화 즉 묘사의 구체성을 꼽은 작가이다.
그가 전기를 쓸 때와 달리 소설을 창작할 때에는 무엇보다도 형상화 즉
묘사의 구체성에 주목하고 실천하려 한 것은 그가 가진 소설에 대한 인식
이 어떠하였는지 분명하게 보여준다.

　소설에 있어 이러한 형상화를 실천하기 위하여 김학철은『격정시대』
를 창작하면서『항전별곡』이나『최후의 분대장』과는 다른 창작 방법으
로 자신의 체험 속에 실존하지 않았던 인물을 작품 속에 등장시킨다.『격
정시대』에 등장하는 이러한 허구적 인물의 대표적인 존재로 송일엽과 양
씨동을 들 수 있다. 이중 송일엽은 김학철이 상해에 도착하여 처음 살게
된 애인리 김혜숙의 집에서 메트로폴리스의 댄서로『최후의 분대장』에
서는 그 역할이 미미하지만『격정시대』에서는 선장이를 따라 전선에서

---

20)『격정시대 상』, 398쪽.
21) 김학철,「형상화와 유모아」,『김학철작품집』, 연변인민출판사, 1987, 316쪽.

나가 활동하다 죽는 혁명적인 여성으로 그려진다. 또『격정시대』에서 선장이의 고향 선배로 등장하는 양씨동은 완전히 허구적인 인물로 혁명투사로서 혁혁한 전과를 세우고 극적인 죽음을 맞이하는 선장이의 롤 모델이 되는 인물이다. 이 허구적인 두 인물이 소설 속에서 어떻게 형상화되고 있는가는 김학철이 가진 소설관의 한 면을 이해할 수 있게 해 준다.

『격정시대』와『최후의 분대장』에서 송일엽이 작품 내에서 갖는 비중은 매우 다르다.『최후의 분대장』에서 송일엽은 '나'가 상해에 도착하여 애인리 김혜숙의 집에 머물게 되면서 소개를 받은 후 영어를 배운다거나 춤을 배우는 대목, 그리고 어느 날 술 취해 '나'의 방에서 잠을 잔 사건, 그리고 민족혁명당 사람들이 상해를 떠날 때 김혜숙과 함께 상해에 남았다는 사실 등 대여섯 번 정도 등장한다. 그러나『격정시대』에서 송일엽은 상해에서부터 선장이와 사랑을 싹 틔우며 선장이와 함께 전장으로 들어가 만나고 헤어지는 과정에서 깊이 사랑하는 관계로 발전하고 팔로군의 전선에서 파상풍으로 운명하기까지[22] 작품 내에서 중요한 한 보조인물로 기능한다.

> 진찰을 마친 원장이 령솔자인 윤곡흠을 한옆으로 끌고 가 귀속말로 소곤거렸다.
> "파상풍입니다. 파상풍균은 바늘에 찔린 자리루두 감염이 되지요. 그런데 문제는…… 병원에 약이 없는겁니다. 항독소혈청이 없단 말입니다. 속수무책입니다. 참으로 유감스럽습니다."
> "다른 약으로는 안됩니까?"
> 원장은 천천히 고개를 가로 흔들었다.
> "그럼 희망이 없단 말씀입니까?"
> 윤곡흠이 안타까이 다우쳐물으니 원장은 말이 없이 천천히 고개만 끄덕였다.

---

22) 참고로 송일엽은 전체 65장 중에서 선장이가 상해에 도착한 직후인 33장에서 등장하여 64장에서 운명하여 작품 내에서 가장 오랜 시간 등장하는 인물 중 하나이다.

전보경이 붉어진 눈으로 의식 잃은 환자를 정신없이 지켜보다가 옆
에 서있는 장옥연의 팔꿈치를 잡아당겼다.

"어떻거지……?"

장옥연도 눈물이 글썽하여 전보경을 마주보기만 하였다. 한참만에
속삭이듯

"오늘밤을 넘기지 못할거래요."

말하고 고개를 외쳤다. 꼬마전사 왕소성은 자꾸 흘러내리는 눈물을
주먹 쥔 손등으로 이리 씻고 저리 씻고 하면서 박은듯이 서서 사랑하는
외국아주머니의 림종을 애통해하였다.

송일엽은 말 한마디 남기지 못하고 자정이 되기전에 운명을 하였다.
밝는 날 초초히 내다묻은 뒤에 전보경과 장옥연이 고인의 유물을 정리
하다보니 그속에 연안에 있는 어린 남시에게 보내주겠다고 틈틈이 뜨
던 쟈케트(재킷)가 들어있었다. 알맞춤한 예쁜 단추를 구하지 못하여 단
추를 달지 못한채.23)

송일엽은 전장을 떠돌며 선장이와 사랑을 키우기는 하지만 하나로 맺
어지지는 못하였다. 그녀는 전장에서 고아가 된 중국인 왕소성을 자식처
럼 거두기도 하고, 연안에 남아 있는 김혜숙의 어린 자식에게 보낼 재킷을
짜기도 하여 자식을 낳아보지 못한 여성으로서 강한 모성애를 드러내 보
이기도 한다. 그러나 송일엽은 비전투 단위인 야전병원을 보호하기 위해
펼치는 유인기만전술에 참가했다가 박격포탄 터지는 서슬에 파편 쪼가리
가 스쳐 작은 상처를 입었으나 결국은 파상풍으로 사망하기에 이른다.

그녀의 죽음은 매우 비장하게 그려진다. 목표물 없이 쏘아댄 박격포 파
편에 맞은 것을 억울해 하던 송일엽이 자고 나니 몸에 고열이 나고 근육
이 마비되다가 죽음에 이른다. 그녀의 죽음에는 그녀와 함께 전장에 참여
하여 보급으로 전투로 시간을 보내던 동지 전보경과 장옥연이 지켜보지
만 아무런 손을 쓰지 못한다. 조국 광복을 위해 온몸을 바쳐 투쟁하던 전

---

23)『격정시대 하』, 448쪽.

사들이 약이 없어서 자식처럼 돌보던 중국 소년전사가 울고 선 가운데 허망하게 죽음에 이르는 것이다. 그녀의 죽음은 전장에서 스러진 많은 항일투사들의 죽음을 전형적으로 보여준다.

송일엽이 전장에서 선장이와 사랑을 나누고 전투를 치르고 죽음에 이르는 내용이 『최후의 분대장』에는 없는 것으로 보아 이것은 허구적으로 만들어진 사건들이다. 송일엽을 이렇게 허구적으로 변용시킨 것은 김학철이 자신의 체험만으로 작품을 만들 경우 전기로서는 가능하지만 소설적으로는 커다란 제약을 받을 수밖에 없다는 점을 인식한 결과일 것이다. 소설로서의 재미와 소설적 긴장감을 만들어내기 위하여 상해에서 만났다 헤어진 한 여성을 그가 전장에서 만난 많은 여성 전사들의 모습 그리고 전장에서 허무하게 죽어간 동지들과 오버랩 시켜 허구적 인물 송일엽을 탄생시킨 것이다.

송일엽이 『최후의 분대장』에 등장한 인물에 소설적 상상력을 덧칠한 여성 항일투사임에 비해 양씨동은 『격정시대』에만 등장하는 위대한 혁명전사이다. 『격정시대』에 씨동이만큼 화려한 경력을 자랑하는 인물은 그리 많지 않다. 씨동이는 선장이가 원산에 살던 어린 시절 같은 마을에 살던 형으로 선장이의 삶에 많은 영향을 미친 인물이다. 그는 어린 시절부터 의기가 강해서 풍랑이 센 날 바다에 빠진 사람을 구하면 50원을 준다는 한진사의 말에 바다에 뛰어들어 사람을 구하고는 돈 때문에 사람을 구한 것은 아니라며 그 돈을 받지 않는다. 가난 때문에 일본인 첩이 된 같은 동네의 쌍년이를 좋아하는 그는 노동판에 나아가 돈을 모아 쌍년이를 데려올 생각을 하지만, 공사판에서 만난 사회운동가 한정희(한진사의 큰아들)에게 포섭되어 투사가 되고, 원산부두파업에 참가했다가 부상당하여 일경에 체포된다. 병원에서 탈출한 그는 쌍년이에게 꼭 돌아오겠다는 약속을 하고 만주로 건너간다. 여기까지의 씨동이의 모습만으로도 씨동이는 충분히 소설적이고 영웅적인 인물이다.

그러나 선장이가 상해로 건너가 만난 씨동이는 이미 전문적 혁명가로서 성장해 있다. 하이알라이 강탈사건으로 일경에 체포되어 인천으로 압송되던 배에서 뛰어내려 탈출에 성공하고, 이후 여러 무장 투쟁에 참가하여 영웅적인 항일투쟁가로 활동하는 인물로 성장하여 있는 것이다. 선장이를 만난 씨동이는 선장이에게 항일무장투쟁에 필요한 여러 가지 기술들을 가르쳐 주고 이후 선장이가 항일투사로 성장하는데 큰 영향을 미친다. 그는 연안으로 들어가 항일투쟁을 벌이다가 일본군 지역에 심어둔 우자강과 림상수가 일본군에 체포되어 압송된다는 사실을 알고 그들을 구하기 위해 열차를 세우고 습격했다가 영웅적인 죽음을 맞이하게 된다.

"열쇠!"

"냉큼 열지 못할가!"

으르딱딱거리니 두놈중의 한놈이 꼼짝없이 열쇠를 꺼내여 주자강, 림상수 두사람의 차고있는 수갑을 잘칵잘칵 열어주었다. 그러자 우자강이와 림상수는 재치있게 수갑을 재치있게 두 헌병의 손목에다 되잡아 채워주었다. 그리고 한놈의 손에 쥐인 수갑열쇠를 홱 잡아채였다. 정치투쟁 무장투쟁이란 원래 이렇게 전변이 급작스러운 법이다. 이때 양씨동이는 바로 눈앞에 까만색오바코트를 입은 젊은 녀자 하나가 서있는것을 퍼뜩 보았다. 그 녀자와 씨동이의 네눈이 마주쳤다. 번개같이 알아보았다.

"쌍년이!"

소리치며 씨동이가 한발을 앞으로 내디디는 찰나에 등뒤에서 총소리 한방이 났다. 날아온 총알은 씨동이의 잔등어리를 뚫고들어와 면바로 심장에 박혔다. 씨동이는 썅년이 발밑에 머리를 처박듯이 하며 고꾸라졌다. 소리 한번 지를 겨를도 없었다. 씨동이를 쓰러뜨린 흉탄은 고대 그의 총알을 배때기에 맞고 어푸러졌던 헌병하사관이 몸을 겨우 일으키고 최후발악으로 쏜것이었다. 분이 치민 리태성이가 헌병하사관놈의

　　등판에다 거꾸로잡은 총창을 콱 내리박으니 그 놈은 돼지 멱따는 소리
를 지르고 곧 사지를 폈다.
　　쌍년이가 무너앉으며 씨동이의 주검앞에 두무릎을 꿇었다. 덧없고
애달픈 열두해만의 해후상봉이였다.24)

　『격정시대』가 자신의 체험을 그린 전기소설적인 성격이 강해서 많은
부분 소설이기보다는 전기와 같은 분위기로 진행되는데 비해 씨동이와
관련된 부분은 작품 전체와 달리 매우 소설적인 재미를 보여주고 있다.
씨동이는 동료를 구한 후, 첫 번째 남편이 죽고 재혼하여 중국까지 건너
와 살다가 남편이 지뢰 사고로 폭사하여 고향으로 돌아가는 쌍년이를 만
나지만 그 순간 일본 헌병이 쏜 총에 맞아 죽는다. 원산에서의 경험을 바
탕으로 철로에 기름을 뿌려 열차를 정지시키고 차안으로 뛰어들어 후송
하는 무장 군인을 죽이고 동료들을 구출한 뒤 십이 년 만에 사랑하던 쌍년
이를 발견하고는 반갑게 인사를 나누려는 순간 총에 맞은 것이다.25) 영화
의 한 장면 같은 이 부분은 작가 김학철이 허구적 상상력을 동원하여 창
조한 부분으로, 소설이 실재했던 사건의 기록이 아니라 허구적 상상력에
의해 창조된 것이어야 한다는 소설의 장르적 기본 규준을 충실히 실천한
것으로 이해볼 수 있다.
　송일엽이나 양씨동의 예에서 보이는 이러한 극적인 전개는 작품 전체
의 흐름과 상당히 이질적이지만『격정시대』가 전기가 아닌 소설이 되게
하는 중요한 요인이 된다.『격정시대』의 다른 인물들과 달리 이 같이 극적
인 사건을 만들어내는 송일엽과 양씨동의 존재는 김학철이『격정시대』를
소설로 만들기 위하여 허구적 상상력을 동원한 결과이다. 이들의 활동을

---

24)『격정시대 하』, 434~435쪽.
25) 이런 점에서『격정시대』을 선장이를 중심으로 연구하기보다 씨동이를 중심으로 재구성
　　하여 연구한다면 전기적인 사실과의 관련을 벗어나 김학철의 소설가로서의 면모를 올바
　　로 살필 수 있으리라 가정해 볼 수 있다.

통하여『격정시대』는 같은 제재를 다루는『항전별곡』이나『최후의 분대
장』과는 달리 소설이 될 수 있은 것이다. 이는 김학철 자신이 진정한 소설
이 되기 위해서는 소설에 재미가 있어야 한다[26]고 주장한 바를 실천한 것
이라는 지적 또한 가능할 것이다.

김학철의 장르 인식

김학철 문학에 대한 검토를 통해 자신의 항일투쟁의 체험을 다룬 작품
들에서 작가 스스로 전기와 소설이라는 장르 명을 구분하여 사용한 근거
를 살펴보았다. 김학철의 문학 작품들은 동일한 체험을 다루어 장르적 차
이가 분명하지 않은 것으로 이해해 왔으나『항전별곡』과『최후의 분대
장』과 같은 전기와 소설『격정시대』를 비교함으로써 그가 전기와 달리
소설이 되게 하는 몇 가지 장치를 분명하게 인식하고 있었음을 지적할 수
있었다. 이를 요약하면 아래와 같다.

첫째, 소설에서는 인물의 행동이나 사건을 서술하거나 묘사하여 독자
의 상상을 가능하게 하는 데 비해 전기에서는 과거를 회상하는 서술 속에
현재의 자아가 서술되는 내용의 그 의미를 부여하여 독자의 상상력을 어
느 정도 차단하고 있다.

둘째, 소설에서는 서사적 사건만을 서술하고 초점화자나 서술자의 시
각에 포착되는 사실들만을 서술하는데 비해 전기에서는 서술시에 발생한
사실이 아닌 미래의 일들조차 자유롭게 서술하고 있다. 이는 김학철이 전
기와 소설의 장르적 성격을 분명히 인식하고 있었음을 보여준다.

셋째, 소설에서는 선장이의 시각에 따라 전기에서는 '나'가 서술하고
있다. 이는 체험의 강렬함이 상상력을 제한하는 상황인 김학철이 소설을

---

26) 김학철,「형상화와 유모아」,『김학철작품집』, 연변인민출판사, 1987, 316쪽.

일인칭으로 서술할 경우 전기적으로 나아갈 수밖에 없다는 점을 인식하고 삼인칭 서술을 소설적 장치로 선택한 것이라는 지적이 가능하다.

넷째, 전기를 쓸 때와 달리 소설을 창작할 때에 무엇보다도 형상화 즉 묘사의 구체성에 주목하고 실천하려 하고 있다. 이는 김학철이 소설이란 구체적 사건에 대한 서술과 묘사에서 비롯되어야 한다는 소설의 기본 원리에 충실한 결과로 이해된다.

다섯째, 전기가 갖는 사건 전개에 있어 박진감 획득의 한계를 극복하기 위하여 허구적인 인물을 창조하여 그들을 통해 극적인 사건을 보여주고 있다. 이 역시 체험의 재구성이 가질 수밖에 없는 소설적 한계를 극복하기 위하여 김학철이 선택한 소설적 장치로 이해해 볼 수 있을 것이다.

그러나 김학철은 자신의 이러한 노력에도 불구하고 자신이 소설이라 발표한 『격정시대』에 대해 작가로서의 불만을 다음과 같이 피력한 바 있다.

> 10년 전에 쓴 장편소설 『격정시대』를, 그러니까 70세에 쓴 것을 정리하느라고 83세(1998년 여름)에 다시 읽어보니 어이가 없다 못해 서글픔이 앞설 지경이니, 이를 어쩌랴. 소설인지 르뽀인지 아니면 숫제 자료집인지……도무지 분간을 할 수 없는 것이다.27)

이는 작가 김학철의 정직한 자기반성이다. 그는 소설가이기 이전에 기억 속에서 사라진 조선의용대의 동지들, 이름 없이 싸우다 사라져간 항일투사들을 역사로 재구하려는 의지가 강했던 작가이다. 그가 작가로서의 신분이 복원된 뒤에 현실의 문제와 부딪힌 것인가 역사적 사실을 재구성해낼 것인가의 기로에 섰을 때 그는 흔쾌히 과거로 돌아갔다. 『격정시대』를 쓰는 시기에 그에게 있어 장르란 큰 의미가 없었을 것이다. 단지 기록하는 것만이 그가 글을 쓰는 이유의 전부였을 것이기 때문이다.

---

27) 김학철, 「우스꽝스러운 나팔수」, 『우렁이 속 같은 세상』, 창작과비평사, 2001, 162쪽.

　본고는 이런 점에서 일정한 한계를 지닐 수밖에 없다. 그러나 앞의 인용에서 김학철 자신이 언급한 바에서 짐작할 수 있듯이 그는 소설과 르뽀와 자료집에 대한 장르 구분은 분명히 하고 있었다. 바로 이런 점에서 그가 가지고 있었던 장르 개념 즉 소설적 장치를 해명하는 것은 그의 문학을 연구하기 위한 새로운 방향이 될 수 있을 것이다.

05. 조선족 이차 이산과 그 소설적 형상화

문제의 제기

주지하다시피 조선족은 19세기 이후 살 길을 찾아 만주 지역으로 이주해간 조선인들의 후예이다. 일제강점기 말 300만 명에 가깝던 재만조선인들의 상당수가 해방과 동시에 귀국길에 오르고 그 절반 정도가 만주 지역에 남아 중화인민공화국의 성립과 함께 중국의 소수민족으로서 조선족의 뿌리가 되었다. 자연적인 인구 증가로 조선족은 2000년도에 들어와 200만 명에 가깝게 늘어나 중국의 55개 소수민족 중에서 10위 안에 드는 민족으로 성장했다. 그러나 개혁개방으로 경제적인 부를 찾아 조선족들은 그들의 삶이 근거지이던 중국 동북지방의 집거지[1]였던 농촌 지역을 벗어나 도시로 모여들고 나아가 관내로 이주하기 시작하였고, 한중수교 이후에는 한국이나 외국으로의 이탈이 늘어나 엄청난 규모의 새로운 이

---

[1] 대표적으로 조선족의 절반 가까이가 모여 살던 연변조선족자치주를 들 수 있다. 이외에도 길림성, 요녕성, 흑룡강성의 도처에 조선족들이 집거한 지역이 산재해 있었다.

산2)이 이루어지고 있다.

이러한 조선족 이차 이산은 경제적인 이유에서 비롯된 것이지만 이차 이산에 따라 작가들도 자신들이 태어나 자란 고향인 동북지방을 떠나 관내로 이동하여 주로 수도권과 연해지방에 자리를 잡게 된다. 그 결과 이차 이산으로 새롭게 둥지를 튼 연해 지역에서 살아가는 조선족들의 삶의 모습이 문학의 제재로 등장하게 된다. 조선족 이차 이산 이후 그들이 겪는 새로운 환경에의 적응 문제와 한족의 대양 속에 섬처럼 존재하는 조선족이 느끼게 되는 정체성의 문제 그리고 새로운 경제적 환경 속에서 경험하는 여러 갈등들은 소설의 좋은 이야깃거리가 되는 것이다.

본고는 이와 같은 조선족 이차 이산이 조선족 소설에 미친 영향을 살피는 데 그 목적이 있다. 아직 조선족 이차 이산의 전개나 규모가 정확하게 파악된 바가 없고, 조선족의 문학 활동이 대부분 연변을 비롯한 동북 지역에 거주하는 작가들이 주도함으로 인하여 관내 지역의 조선족들의 삶을 제재로 한 작품들이 그리 많지 않다는 한계를 지닌다. 그러나 개혁개방 이후 한국과의 접촉이 조선족의 삶과 문학에 커다란 영향을 미쳤듯이 엄청난 규모로 이루어지는 조선족 이차 이산 역시 조선족 전체의 삶과 의식을 변화시키고 그들의 문학에 새로운 변화를 몰고 올 것임을 예상할 수 있다.

본고에서는 조선족 이차 이산의 규모와 그것이 갖는 의미를 해명하고, 이를 바탕으로 조선족 이차 이산의 결과 관내로 이동한 조선족들의 삶을 제재로 한 중편 소설3)과 몇 편의 단편소설들을 분석하여 조선족 이차 이

---

2) 부정확한 통계이기는 하지만 조선족들은 한국에 약 40만 명, 일본에 약 5만 명, 미주 지역에 약 3만 명 정도가 이주한 것으로 알려져 있고 관내로의 이동 역시 그 규모가 엄청나다. 본고에서는 개혁개방 이후 조선족이 경제적인 이유로 해외나 관내로 이동하는 현실을 조선족의 새로운 이산으로 이해하고 조선족 이차 이산이라 명명한다.

3) 이 논문의 주된 분석 작품은 장학규, 「노크하는 탈피」(중국연해조선족문인회 편, 『갯벌의 하얀 진주』, 도서출판 청심정, 2009)이다. 이하 이 작품 인용은 '「노크하는 탈피」, 쪽수'로 밝힌다. 이외에 조선족 이차 이산을 다룬 소설들을 보조 자료로 활용한다.

산으로 관내에 이동한 조선족들의 의식 속에 존재하는 공간의 의미를 분석하고자 한다. 즉 그들의 떠나온 공간인 고향이라는 공간과 현재 그들이 살고 있는 관내라는 공간이 어떠한 의미로 존재하는가 그리고 그들이 가보았든 아니든 의식의 깊은 한 부분에 자리하고 있는 모국으로서 한국이라는 공간은 또 어떤 의미인가를 밝혀 보고자 한다. 그러나 조선족 이차 이산과 관련한 정확한 통계가 아직 없고4) 또 이를 다룬 작품의 총체상을 파악하지 못했기에 본고는 시론적 접근이라는 한계를 지닐 수밖에 없다.

조선족 이차 이산의 전개와 그 의미

한중수교 이후 한국 기업들이 중국의 연해 지역으로 진출하기 시작하였다. 개혁개방 이후 경제적인 문제에 몰두하던 조선족들로서는 한국 기업의 진출이 경제적인 부를 거머쥘 수 있는 좋은 기회로 여겨졌다. 한국으로 들어가는 것이 보다 큰돈을 버는 방법이기는 하였지만 한국 입국에 들어가는 엄청난 경비와 강제 출국을 당할 수 있다는 위험 부담을 생각하면 연해 지역에 진출한 한국 기업에 취직하는 것이 새로운 대안이 될 수 있었던 것이다. 기업들이 많은 북경이나 상해 그리고 새로운 공업 지역으로 떠오른 광동성으로의 이산이 이루어지기도 하였지만, 지정학적인 이유로 한국의 기업들이 산동 지역에 대거 진출하자 조선족 이차 이산은 산동 지역에 집중되는 양상을 보인다.

중국 정부에서 2007년에 조사·발표한 호구등록부에 따르면 동북지방 이외의 지역에 거주하는 조선족은 북경시에 27,795명, 천진 시에 10,463

---

4) 호구의 이동이 자유롭지 않은 중국에서는 호구는 고향에 두고 직장을 따라 가서 사는 경우가 적지 않다. 더욱이 돈을 벌기 위한 이유로 관내로 이동한 조선족들은 호구를 이동하지 않는 경우가 많다. 따라서 조선족 이차 이산의 규모를 정확히 파악한 통계는 아직 존재하지 않는다는 것이 타당할 것이다.

명, 하북성에 12,017명, 내몽골에 22,173명, 산동성에 30,148명, 광동 성에 13,824명 등이다.5) 이 발표에 따르면 조선족들은 관내의 여러 지역으로 진출했으며, 그중에도 산동성 지역에 가장 많이 진출하였음을 알 수 있다. 그러나 계절이나 환경에 따라 잦은 이동을 하는 조선족들이 적지 않다는 점과 호구 이동이 쉽지 않은 중국 현실을 감안해 보면 기실 북경, 천진, 하북성, 산동성, 광동성, 상해 등지로 진출하여 살고 있는 조선족 인구는 호구등록부보다 훨씬 많을 것이라는 사실은 미루어 짐작할 수 있는 바이다. 일례로 주청도 한국총영사관에서는 2008년 말 현재 산동성 조선족 인구는 약 18만 명, 한국인은 약 11만 명으로 산동성에 거주하고 있는 한민족의 수가 30만 명에 육박하는 것으로 발표한 바 있다.6) 이러한 사실은 2000년 말에 산동성 지역에 살고 있던 조선족이 3만 정도였다는 사실과 비교하면 조선족 이차 이산이 엄청난 규모로 이루어졌음을 알게 해준다.

물론 중국의 정책 변화나 세계 경제의 상황에 따라 한국 기업의 중국 진출의 규모가 변하기 마련이어서 조선족 이차 이산은 유동적이기는 하다. 최근 들어 중국의 새로운 세수 정책의 출범, 노동계약법의 전면 시행 등으로 인해 한국 기업들이 중국에서 경제적 타산을 맞추기 어렵다는 판단 아래 철수하기도 하고, 세계적인 금융위기의 영향으로 기업 경영이 어려워지면서 산동 지역에 거주하는 한국인이 감소된 것으로 알려졌다. 실제로 산동 지역에서 한국인의 감소폭이 큰 지역은 20~30%에 이른다는 보고도 있고, 전체적으로 가장 한국인이 많았던 때에 비해 1만 명 가량 감소한 것으로 집계되고 있다. 또 한국기업의 도산과 함께 해당 기업에 고용되어 있던 조선족 노동자들의 상당수가 실직하여 산동성을 떠난 것으

---

5) http://cafe.naver.com/xczhongxue.cafe?iframe_url=/ArticleRead.nhn%3Farticleid=798.

6) 이에 따르면 조선족은 청도에 12만 명, 연태에 3만 명, 위해에 2만 명, 기타 지역에 1만여 명 거주하고, 한국인은 청도에 6만여 명, 연태에 2만5천 명, 위해에 1만7천 명, 기타 지역에 8천여 명이 거주하고 있는 것으로 되어 있다. http://www.jlcxwb.com.cn/articleview/2009-04-18/article_view_29818.htm.

로 나타났다. 그러나 이 같은 현상은 금융위기의 극복과 함께 원상회복될 것으로 보이며 앞으로 산동 지역에 거주하는 한민족의 수는 더욱 늘어날 것인 바, 산동성에는 이미 한민족 사회가 정착했다[7]는 판단이 가능하다.[8]

　　조선족 이차 이산은 조선족의 삶의 양태를 변화시키고 있다. 조선족은 해방 이후 주로 연변조선족자치주를 중심으로 동북 지역에서 자신들의 공동체를 이루고 살아 왔다. 그들은 대다수의 조선족 사이에서 성장하였고 조선족 학교를 다니면서 조선족의 언어와 문화를 체득하며 살아왔다. 그러나 조선족 이차 이산과 함께 조선족들은 한족 사이에서 개별자로서 그들의 삶을 영위하게 되었다. 물론 청도 지역의 경우 이촌, 청양, 황도와 같이 조선족 집거지가 만들어져 조선족들끼리 삶을 공유하고 있고, 또 일 년에 한 차례 조선족 문화축제도 열어 조선족 문화를 유지하려는 노력을 기울이고 있기는 하지만 동북 지역에서와는 상황이 매우 달라져 있다. 아이들은 한족 사이에서 자라면서 조선족 정체성을 거의 상실하게 되고, 소학교부터 초중과 고중까지 한족 학교에 다니게 됨으로써 조선어가 매우 서툰 한어 사용 조선족으로 성장하게 된다.[9]

　　당연히 조선족 이차 이산 이후 관내의 산재 지역에 사는 조선족의 경우 그 문화적 정통성을 유지하기는 어려워지고 있다. 이것은 19세기 말부터 20세기 중반에 걸쳐 만주로 이동하여 와서 해방 이후 조선족으로 자리 지워진 세대들이 오십 년 이상을 자신들의 문화와 전통을 지켜온 것에 비해 엄청난 변화라 하지 않을 수 없다. 관내 지역의 조선족들이 이러한 문제

---

7) http://www.jlcxwb.com.cn/articleview/2009-04-18/article_view_29818.htm.

8) 현재 조선족은 관내에 새로운 집거지를 형성하면서 북경, 천진 등 수도권에 약 15만 명, 상해, 남경, 의오(义乌), 항주 등 화동 지역에 약 6만 명, 심천, 광주 등 화남 지역에 약 8만 명이 집결해 살고 있다. 이 세 지역과 18만 명 가까이가 살고 있는 산동 지역이 약 100만 명 정도가 남아 있는 동북 지역과 함께 조선족 5대 집거구를 형성하였다. http://www.jlcxwb.com.cn/articleview/2010-01-04/article_view_35269.htm.

9) 이는 조선족 이차 이산 전에 동북 지방의 한족 집거지에서 성장한 조선족들이 조선어에 아주 서툴고 주로 한어를 사용하는 것과 그 상황이 흡사하다.

점을 깨달아 조선족 마을, 조선족 아파트를 만들어 전통을 지키려는 노력
이 없는 것은 아니나 다른 한 편으로 자식들이 한어에 능통하여야 미래를
보장받을 수 있다는 현실적인 이유로 자식들에게 조선어보다는 한어를
사용하도록 교육시키는 경우도 적지 않다. 이러한 현실적인 상황은 조선
족 사회의 붕괴를 촉진시킬 것이고 조선족의 언어와 문화는 빠른 속도로
사라지게 할 것이라는 비관적인 전망을 하게 하기도 한다.

조선족 이차 이산의 의미화와 문학적 형상화 양상

1. 극빈의 공간 / 재생의 공간 : 고향

조선족 소설에서 중국 동북 지역의 조선족 집거지는 그들이 나고 자란
고향으로서 자신들의 뿌리이며 자신이 언젠가는 돌아가야 할 곳이다. 자
신들이 그곳을 떠난 것은 경제적인 이유에서이기는 하지만 그곳은 환멸
의 공간이기보다는 자신들의 안식처이자 언제든 자신을 받아들이는 어머
니 품과 같은 공간이다.[10) 예컨대 「노크하는 탈피」에서 어머니 복자가
고향을 떠나 청도로 이주한 것은 지독한 가난을 벗어나고 지영이와 지국
이 두 남매를 공부시키기 위한 몸부림이었다.

> 촌장네 딸 현옥이가 한국으로 시집을 가던 날 도박판에서 우격다짐
> 으로 쌀판 돈을 빼앗아내어 결김에 그 즉시로 한족 빚쟁이에게 갖다 주
> 었다. 앞으로 살 궁리로 조금 손을 보고나니 겨우 이자를 맞출 수 있었
> 다. 벌써 3년째이다. 빚은 좀처럼 줄어들 줄 모른다. 한족 빚쟁이는 전

---

10) 이런 점에서 소설 속에 나타나는 조선족 이차 이산을 한 세대들의 삶의 모습은 고향을 떠
　　나게 된 중요한 이유가 경제적인 이유에서라는 점이나 가난 때문에 고향을 떠나왔지만
　　늘 그곳을 그리워하고 언젠가는 돌아가야 할 공간으로 인식한다는 점에서 그들의 조상이
　　한반도를 떠나 만주로 이주한 것과 흡사하다.

자계산기로 수자를 쳐가며 일 전 일 푼 차이나지 않게 계산했다. 악착하
기가 "꽃 파는 처녀"에서의 지주와 같았다. 일 년 내내 뼈빠지게 일해서
저넘 좋은 일만 한다는게 억울했다. 영원히 햇빛 볼 날이 없도록 자기를
그런 억울한 지경으로 내몬 남편이 죽이고 싶도록 저주스러웠다.
　　"내 힘들어 죽더래도 니네 둘 대학까징 얼매든지 꿍할 수 있으니 아
무 생각말구 공부 잘해야 한다. 알았제?"
　　"엄마."
　　딸이 조용히 복자 옆에 다가와 앉았다.[11]

복자는 글을 쓰는 남편의 도움을 받지 않고도 성실하게 농사를 지어 경
제적으로 상당히 유복한 가정을 꾸렸다. 그러나 글을 쓴다고 밖으로 나돌
던 남편이 점차 자기 몸을 움직여 작은 돈이라도 벌어 돈을 모아 자식들
을 공부시키기보다는 일확천금을 꿈꾸게 되어 한국 노무 송출 사기단에
걸리기도 하고 도박을 하기도 하여 복자 혼자 농사를 지어서는 감당하기
어려운 빚에 몰리게 된다. 농사철이 끝나면 빚쟁이들이 달려들고 남편은
또 복자 몰래 곡식을 들고 나가 도박판을 벌인다. 도저히 정상적인 삶을
꾸리지 못할 지경이 되고 또 자신이 짓던 농토마저 빚값에 넘어가자 어쩔
수 없이 친구들이 공장 식당에서 일을 하여 돈을 잘 벌고 있다는 청도로
나가기로 결심한다.

자신의 몸이 망가지더라도 자식들은 공부를 시키겠다는 복자에게 고
향은 더 이상 꿈을 꿀 수 없는 절망의 공간이다. 열심히 농사를 지으면 남
부럽지 않게 살 수 있다는 믿음을 가진 그녀는 자신의 농토를 한족에게
팔고 연길로 나가 편히 살자는 남편의 이야기를 한 마디로 거질한다. 어
떤 일이 있어도 땅에 기대어 살고 자신이 나고 자란 고향을 지켜야 한다
는 생각을 갖고 있는 것이다. 그러나 남편인 철주가 한국 노무 송출 건으
로 사기를 당한 후 토지 경작권도 빼앗기고 집과 살림살이도 다 빼앗기자

---

11) 「노크하는 탈피」, 191쪽.

창고에 살며 남의 땅을 임대해 농사를 짓지만 남편의 도박으로 더 이상
살 방법이 없어진다. 이렇듯 복자에게 고향은 절망의 공간이다. 그래서
그녀는 돈벌이할 곳을 찾아 고향을 떠나 청도로 나간 것이다. 이러한 상
황은 그녀의 딸 지영이도 마찬가지이다. 어머니의 청도 생활에 의문이 생
기기도 하고 또 더 이상 동생 지국이의 공부를 시키기 힘든 상황에서 그
녀 역시 고향을 떠난다. 고향을 떠나는 이유와 그 심경이 아래 인용에 보
다 사실적으로 그려져 있다.

> "누나 내 공부 잘해 꼭 대학생이 될 거야."
> 지국이는 오전에 세집에서 했던 말과 비슷한 말을 되뇌었다. 그러는
> 지국이가 얼마나 고마운지 몰랐다. 풍비박산이 나는 이 가정에 지국이
> 는 마지막 타오르는 초불인 셈이었다.
> 며칠 후, 지영이는 고향을 떠나는 열차에 몸을 실었다. 사랑하는 동
> 생, 외로운 동생 지국이를 홀로 두고 떠나는 고향은 정말로 떠나고 싶어
> 떠나는 것이 아니었다. 차창 밖을 스치는 눈 덮인 익숙한 산과 들을 묵
> 묵히 쳐다보며 지영이는 언제 돌아올지 기약 없는 고향에 속으로 작별
> 을 고하였다.12)

지영이가 관내로 들어가 돈을 버는 것이 풍비박산이 나버린 집안을 일
으키는 최선의 방법은 아닐 수 있다. 그러나 가족 중 누구 하나는 공부를
하여 집안을 일으킬 수 있는 힘을 가져야 하고, 그것을 위하여 가족 중 누
군가는 희생을 할 수밖에 없다. 개발도상에 있는 사회에서 집안을 일으키
기 위하여 또 가족 전체를 위하여 가족 중 누구 하나가 희생하는 일은 비
일비재한 일이다. 어머니가 청도로 나가 돈을 보내오기는 하지만 그것이
어떤 의미인지를 큰딸인 지영이는 어렴풋이나마 이해하고 있다. 어머니
의 힘만으로 자신과 동생을 공부시킨다는 것이 불가능하다는 것을 깨달

---

12) 「노크하는 탈피」, 206~207쪽.

은 지영은 동생 지국이가 무슨 일이 있어도 대학을 들어가겠다는 말에 마지막 희망을 걸고 고향을 떠나 관내로 나갈 결심을 한다. 정말로 떠나고 싶지 않은 고향이지만 가족의 미래를 위해서는 자신이 떠나지 않을 수 없는 상황에서 지영은 언제 돌아올지 기약이 없는 고향에 작별을 고하게 되는 것이다.

관내로 이동한 조선족들이 고향을 떠난 것은 자신이 진정 원해서이기보다는 가족의 미래를 위해 어쩔 수 없이 선택한 것이다. 따라서 고향을 떠나 관내로 이동한 그들이 최종적으로 돌아가야 할 공간은 그들이 나고 자란 고향일 수밖에 없다. 복자의 딸 지영은 어머니와 마찬가지로 가난을 극복하기 위해 동생 지국이만은 공부를 시켜야 한다는 각오로 고향을 떠나 청도로 나왔다. 청도로 나와 출판사에서 일을 하여 조금씩 삶의 기반을 잡게 되자 지영은 자신과 동생 지국이를 위해 고생한 어머니가 이제는 고향으로 돌아가 쉬어야 한다고 생각한다.

> 북경에서 가이드로 뛰는 친구가 그대로 주저앉으라고 만류하는 것을 뿌리치고 기어코 청도로 강행한 것도 엄마가 어느 정도로 구겨져 있더라도 얼마든지 양해할 수 있다는 심리적 준비가 되어 있었기 때문이다.
> '엄마가 어쩔 수 없었다는 걸 알고 있습니다. 딸이 이만큼 컸으니 엄마는 이젠 집으로 돌아가 쉬세요.'
> 지친 엄마를 만나 가장 하고 싶은 말이었다.[13]

지영이가 청도에 나오면서 삶에 지친 어머니를 위해 생각한 것은 이제 고향으로 돌아가 쉬라는 것이다. 청도는 돈을 벌기 위해 머무르기는 하지만 편안한 삶을 구가할 수 있는 공간은 아니다. 고난과 타락의 공간에서 피폐해진 몸과 마음을 다스릴 곳은 그들이 태어나 자란 고향일 수밖에 없다. 이러한 고향에 대한 인식은 고향을 떠나 고향을 그리는 사람들의 공

---

13) 「노크하는 탈피」, 208쪽.

통된 의식일 것이다. 고향을 떠난 사람들이 향우회를 만들고 고향을 이상
적인 공간으로 회억하게 되는 것은 인간의 보편적인 의식일 수 있기 때문
이다.14)

이와 같이 조선족들의 소설에 고향이 가난에 쫓겨 떠나온 곳이기는 하
나 언젠가는 회귀하여야 할 공간, 상처를 치유하는 공간으로서의 고향이
라는 인식은 이 작품 이외에도 많은 작품에서 나타난다. 땅까지 다 팔아
버리고 떠난 고향에 묻혀있는 아버지의 묘소에 비석을 세우려는 최균필
의 「세우지 못한 비석」, 도시에서 경쟁에 지쳐 황폐해진 마음을 다스리기
위하여 늙은 이모가 혼자 사는 시골 마을로 찾아오는 이진화의 「대화」,
관내에서 한족 아가씨와 사귀다가 여러 가지 이유로 이상한 인간으로 취
급받게 되었을 때 몸과 마음을 다스리기 위해 고향으로 돌아오는 김춘택
의 「밑구멍이 밑구멍 않으며 손빨래하기」 등의 소설15) 들이 그 좋은 예
라 하겠다.

이러한 고향에 대한 공간 인식은 관내로 이동한 조선족의 삶을 그린 작
품 뿐 아니라 경제적인 부를 찾아 한국으로 나가 고생하고 나락의 길로
떨어진 사람들의 삶을 그린 소설에도 마찬가지의 양상을 보인다. 한국에
나가 몸과 마음이 지친 사람들이 돌아가 쉬며 삶을 영위해야 할 공간으로
고향을 떠올리는 허련순의 『바람꽃』16)이나, 한국에 나가 한국인과 몸을
섞고 살면서도 고향에 대한 그리움과 아쉬움을 드러내 보이는 박초란의
「하늘 천 따 지 하다」17) 등 많은 작품에서 공통적으로 나타난다.

조선족 이차 이산으로 관내로 이주한 대부분의 사람들은 경제적인 부

---

14) 고향의 이러한 의미에 대해서는 나리타 류이치, 한일비교문화세미나 역, 『'고향'이라는
　　이야기』(동국대학교출판부, 2007)와 동국대학교 문화학술원 한국문학연구소 편, 『'고향'
　　의 창조와 재발견』(역락, 2007) 등을 참조할 것.
15) 세 작품 모두 중국연해조선족문인회 편, 『갯벌의 하얀 진주』(도서출판 청심정, 2009)에
　　수록되어 있다.
16) 『바람꽃』, 범우사, 1996.
17) 「하늘 천 따 지 하다」, 『도라지』, 2009.1.

를 찾아 고향을 떠났다. 가난에 찌들고 악에 받쳐 살던 고향을 떠났지만 그들에게 그곳은 정신적인 안식처로서 존재한다. 풍족한 상황에서 보다 나은 물질적 풍요나 개인적인 영달을 위해 떠나온 고향이 아니기에 그들은 더욱더 고향을 아쉬움과 그리움의 공간으로 인식되고 있는 것이라는 이해가 가능해진다. 이러한 소설 속에 나타나는 조선족 이차 이산을 경험하는 세대들의 삶의 모습은 고향을 떠나게 된 중요한 이유가 경제적인 이유에서라는 점이나 가난 때문에 고향을 떠나왔지만 늘 그곳을 그리워하고 언젠가는 돌아가야 할 공간으로 인식한다는 점에서 그들의 조상이 한반도를 떠나 만주로 이주한 것과 매우 흡사하다. 이런 점에서 떠나온 고향을 지긋지긋해 떠나온 곳이었으나 언젠가는 돌아가야 할 공간으로 인식하는 것은 이산을 경험한 사람들의 공통된 의식의 한 면모로 지적할 수 있을 것이다.

2. 고난과 타락의 공간 / 정주해야 할 공간 : 관내

돈을 벌기 위해 찾아온 관내는 조선족들이 뿌리내리기에 만만치 않은 공간으로 나타난다. 가진 돈이 별로 없는 그들은 친구나 친지가 살고 있는 도시로 무작정 떠나간다. 먼저 떠나간 친구들이 돈을 벌어 송금을 해 주는 것을 보고는 자신도 그곳에 가면 쉽게 돈을 벌 수 있다는 막연한 기대감 속에 관내로 건너오지만 현실은 그리 만만하지 않다. 그들이 찾아간 친지들도 안정된 생활을 하지 못하고 있으니 천생 그들이 찾아야 하는 곳은 직업소개소인데 그곳에 돈을 내고 자신에게 합당한 일이 차례질 때까지 먹고 자는 일이 엄청난 부담이 아닐 수 없는 것이다. 또 운 좋게 한국 기업에 취직이 된다 해도 대부분 식당일과 같은 막일이며 이 역시 적응하기가 그리 만만치 않은 일이다. 그 가장 중요한 이유는 조선족과 한국인의 언어불통에 있다.

　　선화가 소개해준 한국회사는 식모로 거퍼 한 달도 일하지 못하고 쫓
겨났다. 복자는 한국인들이 하는 말을 절반도 알아듣지 못했다. 간혹 무
슨 소리냐고 재확인하려고 귀를 곤두세우며 "예?"하고 가까이 다가서
는 복자를 한국직원들은 정신이 잘못된 사람쯤으로 여기고 피하기가
일쑤였다. 그리고 복자가 하는 말도 한국직원들은 적잖게 알아먹지 못
하고 있었다. 어쩔 수 없이 언성을 높이며 두 번 세 번 곱씹어 말해야 했
다. 아마 그런 것들이 모순의 단초가 되었을 것이다.
　　"아줌마, 거 냅킨 갖다 주세요."
　　"냅킨이란 게 머임둥?"
　　거의 기어가 맞아 돌지 않았다.[18]

　　한국인 직원들은 연변 사투리를 잘 알아듣지 못하고, 연변 출신인 복자
는 외래어 투성이인 한국어를 거의 알아듣지 못한다. 사십 년이 넘는 단
절이 언어에 엄청난 차이를 가져온 결과인 것이다. 함경도 방언을 기초로
독자적으로 변화하고 중국어의 영향도 적지 아니 받을 수밖에 없었던 조
선족의 언어와 서울말을 중심으로 하고 영어를 비롯한 외래어의 영향을
엄청나게 받은 한국어는 이미 따로 교육받지 않으면 의사전달이 어려울
지경이 되어 있는 것이다. 연변의 농촌에서 태어나 농촌에서만 자란 복자
로서는 한국인들의 말을 이해하지 못하는 것은 어쩌면 당연한 일인지 모
른다. 그러나 한국인들은 같은 한민족으로서 자신들의 말을 이해하지 못
하는 복자와 같은 조선족들을 이해하기 어렵다. 그 결과 말을 알아듣지
못하는 이상한 또는 조금은 모자라는 사람으로 밖에 보이지 않게 되고 결
국은 회사에서 쫓겨나고 만다.
　　몇 차례 실직을 경험한 후 얼마 남지 않은 돈에서 직업소개소에 20원을
주고 일자리를 찾기에 이른다. 그러나 한 달이나 지나 거의 굶어죽을 지
경이 되었을 때 차례진 것은 파트너 즉 한국인 현지처이다. 파트너라는

---

18) 「노크하는 탈피」, 193~194쪽.

말의 뜻을 모른 복자는 청도에 나와 있는 한국인 남성의 집에 가서 식모살이를 하는 줄 알고 일을 맡지만 첫날부터 성적인 파트너로서 곤욕을 치르기에 이른다. 죽어도 할 수 없는 일이라 여겨 거절을 해 보지만 그 집을 나가면 죽을 수밖에 없는 현실에 그 자리에 머무르고 만다.

사랑이 전혀 없이 돈에 의해 파트너가 되더라도 자신이 돈을 벌어야만 자식들을 먹여 살리고 또 교육을 시킬 수 있는 현실 때문에 어쩔 수 없이 이 고난을 받아들인다. 복자는 돈을 벌어 딸 지영에게 돈과 함께 사는데 필요한 많은 물건들을 부쳐 주지만 자식들이 자신이 하고 있는 일을 알까 두려워 단 한 번도 주소를 알려주지 못한다. 또 자식들이 자신에게 전화를 하면 자신의 신분이 노출될까 두려워서 회사에 전화를 하면 회사에서 싫어한다는 핑계를 대며 전화번호도 알려주지 못하는 상황으로 몰려가고 마는 것이다. 이미 다 성장한 지영이는 어머니의 행동에 의심을 품다가 동생 지국이의 입학 서류 관계로 엄마의 주소를 알게 되자 동생 지국이 하나라도 대학까지 제대로 교육시키겠다는 누나로서의 사명감으로 고향을 떠나 청도로 찾아간다.

지영은 엄마가 청도에서 무엇을 하고 있는지는 알게 되지만 엄마를 욕하지는 않는다. 고향을 떠나와 자식들을 위하여 희생한 어머니의 아픔을 모르지 않기 때문이다. 어머니가 사는 집 앞에서 어머니를 만나지 않고 돌아선 지영이는 신문의 구직난에서 보게 된 한국인이 경영하는 잡지사에 취직을 하게 된다. 잡지사에 다니며 상당한 능력을 발휘하지만 잡지사의 심사장과 육체적 관계를 맺게 되고 본부인이 알게 되어 심사장이 가족에게로 돌아가게 될 때까지 육 년 가까운 시간을 동거한다. 지영과 심사장의 금전적인 거래도 아니 그렇다고 사랑도 아닌 관계를 육 년간이나 지속하고 심사장이 귀국하면서 지영은 잡지사를 물려받아 조선족들이 새 삶의 둥지를 틀기 시작하는 청양으로 사무실을 옮긴다.

소설 속에서 조선족 이차 이산의 장소인 관내는 돈을 찾아 떠나온 곳으로 또 다른 고난이 기다리고 있는 장소이며 성이 상품화되는 타락한 사회이다. 자본주의적인 질서가 지배하는 사회에 내던져진 경제적인 부를 창출할 재능이 부족하고 가진 돈도 없는 사람에게 자본주의화된 관내는 사회에서 소외되어 기아선상으로 내몰리는 비참한 나날만이 기다릴 수밖에 없는 것이다. 기아선상에 내몰린 상황에서 그들에게 도덕이나 인간다움을 이야기한다는 것은 어려운 일이며 그들이 성을 상품화한다는 것이 비난만 할 수 없는 일일 것이다.

상해로 나간 조선족 여인이 삶을 꾸려나가기 위하여 문란한 성생활을 하는 모습을 이루고 있는 김춘택의 「한 여자가 끓이는 아이칭 마라탕」, 관내 지구로 나가 방종한 생활을 하는 사람을 풍자한 김춘택의 「밑구멍이 밑구멍 앓으며 손빨래하기」 등은 관내에서의 삶이 고난에 차고 또 타락의 유혹이 상존하고 있음을 보여준다. 많은 관내의 조선족의 삶을 다루고 있는 작품에서 관내는 살아가기에 만만치 않은 공간으로 그려져 있다. 이들 작품에서 조선족들은 같은 한민족이면서 가치관과 말이 다른 사용자인 한국인들에게 일방적으로 당하기만 하는 피해자일 뿐이다. 그들의 삶은 한국인들에 의해 좌지우지될 수밖에 없다. 더욱이 집 떠나 혼자 사는 한국인들의 처지 때문에 현지처의 문제는 매우 심각한 문제로 야기되어 많은 소설들의 제재가 되고 있다.

그러나 조선족들에게 관내는 고난과 타락의 공간이지만 결국은 그들이 뿌리를 내려야 할 공간일 수밖에 없다. 고향을 떠나와 이 먼 곳에 둥지를 튼 것은 돈을 벌고 자식들에게 보다 나은 교육을 시키기 위한 것이다. 그곳이 아무리 살기 팍팍하고 타락한 공간이라 하더라도 그들은 그곳에서 삶을 영위하고 새로운 고향을 만들어 나가야 하는 것[19]이다.

---

19) 한반도를 떠나 간도에 둥지를 틀고 해방 이후 돌아오지 않고 중화인민공화국 성립 후 조선족으로 명명된 그들의 조상 역시 마찬가지의 길을 걸었다. 그들은 떠나온 고향을 잊지

"저… 사무실을 청양으로 옮기기로 했어요."

"왜?"

"시내 쪽에 땅값이 비싸구 그래서 모두들 청양 족으로 이사 가고 있습니다. 고객이 가는 데로 따라가는 게 시장법칙이거든요."

"넌 언지나 머리가 발리 돈다닝께. 글치만 야바우 좇도 많은 세상이니께 꼭 조심혀."

식사 후, 심사장의 요구로 둘은 청양으로 새 사무실을 보러 떠났다. 심사장이 넘겨주는 핸들을 잡고 지영이는 새로 시원하게 뻗은 청은고속도로에 올랐다. 내일부터 지영이가 주인이 될 신형 엘란트라는 백 킬로에서도 속도감을 보이지 않고 편안하게 나갔다.

저 멀리 청양이 바라보였다. 여기저기 공사장이 벌려진 청양은 활약이 넘친 대신 어수선하기도 했다. 허물려 나가는 낡은 공장들, 그 속에 관성적으로 밀려나는 한국기업들도 더러 있었다. 야반도주가 이슈가 되는 이곳에 한판 승부를 걸고 지영이는 다가오고 있었다.[20]

청도에서의 몇 년간의 고생 끝에 심사장의 잡지사를 물려받게 된 지영이는 급속한 도시 개발로 땅값이 올라 조선족들이 새로 개발되는 청양으로 이동하는 데 따라 사무실을 청양으로 이전하려 한다. 돈을 벌어 동생 지국이를 공부시키기 위하여 청도로 나와 심사장과 육체적인 관계를 맺고 살았고, 이제 그의 회사와 차를 물려받아 청도에서 자리를 잡으려는 의도이다. 또 고객인 조선족들이 새로 공업단지로 개발되어 한국인들의 공장이 들어서고 땅값도 비교적 싼 청양으로 이동함에 따라 회사를 그 쪽으로 옮기는 것이 낫다는 현실적인 판단도 작용한 결과이다. 이제야 고향을 떠나서 이곳 청도에 뿌리를 내리려 시두하는 것이다. 동생 지국이는 청화대학에 합격하여 북경에 자리를 잡았으니 이제 고향을 잊고 관내에 뿌리를 내리고 새로운 고향을 만들어야 한다. 조선족들이 고향인 한반도를 떠

는 않았지만 그들이 나고 자란 간도 지역에 새로운 고향을 만들기 위해 노력하였던 것이다. 이에 대해서는 이 책 II−03에서 상론된 바 있다.

20) 「노크하는 탈피」, 227쪽.

나와 만주 지역에 삶의 터전을 일구고 자신들의 고향을 만들었듯이 조선족 이차 이산을 경험하는 지금 세대들은 떠나온 고향을 잊고 이제 새로운 고향을 만들어 가야만 한다. 이차 이산을 경험하는 조선족들에게 관내는 돈을 벌기 위해 고난을 감수하고 타락의 유혹이 상존하는 곳이지만 동시에 그들이 뿌리를 내려 정주하여야 할 공간일 수밖에 없는 것이다.

3. 모순의 공간 / 희망의 공간 : 한국

한중수교 이후 한국과의 교류가 잦아지고 한국에 나가 돈을 벌어오는 일이 많아지면서 조선족에게 한국은 이중적인 존재로 다가온다. 한국은 경제적으로 일확천금이 가능한 꿈의 공간이지만 동시에 법을 위반하거나 완전한 몰락을 가져오는 모순의 공간인 것이다. 복자의 남편인 철주는 문인지망자로서 동네의 공적인 일도 맡아 하는 상당히 능력이 있는 사람이었다. 그러나 농사를 지어보아야 자기 앞가림도 하기 어려운 상황에서 한국행은 자신의 꿈을 한 방에 이룰 수 있는 마법의 지팡이 같은 것으로 보였다. 그래서 그는 온갖 방법을 다 동원하여 한국행을 시도하다 사기를 당하고[21] 한국행에 필요한 돈을 마련하기 위하여 도박에 손을 대기도 한다. 이렇듯 철주라는 인물은 한국행이라는 신기루가 한 인간을 파멸시키는 모습을 전형적으로 보여준다.

> "안쪽에 글 친구 하나 있는데 한국사람 아는 게 있는매. 가짜 초청장 해주겠답데."
> "돈 어디있게?"
> "이자 돈 꾸지므."
> "무시게라우? 지금 정신 있소? 얼빠한 짓 하지 마오."

---

21) 조선족들의 한국행과 관련하여 불법 밀입국의 과정과 그와 관련한 사기 등을 제재로 한 작품은 적지 않다. 특히 리혜선의 『생명』(연변인민출판사, 2006)에는 불법 출입국의 과정과 밀입국과 관련한 사기 등이 핍진하게 그려져 있다.

"남조선 한번 갔다오무 썩어질 때까지 일하지 않구두 사는데."

복자가 반대하건 말건 철주는 기어코 한족한테서 5푼짜리 고리대금을 빌려가지고 부득부득 안쪽으로 떠났다.

몇 달 동안 소식이 끊겼던 철주가 관골이 튀어나온 채로 마을에 나타난 것은 그해도 다 저물어가는 어느 날, 한밤중이었다.

"짜팬당했소. 친구하구 내 둘 다 한국사람한테 짜팬당했소."

철주가 돌아와서 보름동안 한 말은 이 한 마디뿐이었다.

그리고 복자가 혼자 힘으로 어렵사리 거두어들인 낟알을 채권자인 한족들이 트럭으로 몽땅 실어갔다. 살림집도 내놓고 또 다시 남의 창고를 빌려 들었다. 한 헥타르가 넘는 논의 경작권까지 빼앗겼으나 겨우 이자를 좀 더 갚았을 뿐이었다.[22]

철주는 이렇게 한국행과 관련한 사기를 당한 후, 빚을 청산할 수 있는 유일한 방법인 한국행 자금을 벌기 위해 도박에 빠져들어 파산 상태에 이른다. 그 결과 복자는 살아남기 위하여 또 자식들을 교육시키기 위하여 청도로 가게 되고, 딸 지영이 역시 엄마의 부담을 줄여주고 동생 지국이만이라도 대학까지 보내야겠다는 일념으로 고중을 중퇴하고 돈을 벌러 청도로 나온다. 넉넉지 않은 농사일이지만 행복하였던 가정은 가장이 한국행이라는 환상에 빠져 사기를 당함으로써 철저하게 파괴되기에 이른 것이다. 이렇듯 한국은 조선족들에게 경제적인 부를 안겨다 준 곳이기도 하지만 복자 가족과 같이 폐가를 하고 이산을 할 수밖에 없는 원인을 제공하기도 하는 존재이다. 그러나 복자네 가족들에게 한국은 또 다른 의미를 가지고 다가오게 된다. 불법으로 한국행을 감행한 철주가 한국행에 성공하여 어느 성노 돈을 벌자 정신을 차려 아내와 화해를 시도하고 아내를 초청하였기 때문이다.

집안을 다 망쳐버린 아버지도 밀출국으로 한국으로 가더니 이젠 정

---

22) 「노크하는 탈피」, 189쪽.

신이 버쩍 들었는가 보다. 아버지는 글쟁이답게 외가로 두툼한 반성편
지를 보내왔다고 한다. 그리고 엄마와 다시 만나 잘살겠다며 한국에서
많은 돈을 팔아 초청장까지 해서 보내왔다. 오늘 지국이는 그 소식을 전
하면서 엉엉 소리 내며 울었었다. 그 울음은 기쁨의 울음이었고 안도의
울음인줄 지영이도 너무 잘 알고 있었다. 지국이를 위해서도 엄마를 돌
려보내야 했다.23)

　　"오래 동안 깊이 생각하고 너의 말대로 한국에 가기로 결정했다. 할
배할매 의견두 그렇고. 니 애비가 나에게 절망을 가져다주고 악을 심어
주었지만 그래도 너희들 아버지이다. 내가 한때 그렇게 좋아했던 남자
이기도 하고……"
　　"엄마!"
　　지영이는 엄마의 손을 가볍게 잡았다.
　　"아버지가 터우뚜 하느라구 빚 많이 졌답니다. 엄마 초청장에두 돈
많이 썼을거구. 일해 버는 돈 빚 갚느라구 정신없을 겁니다. 엄마, 또 도
생길이니 잘 생각하세요."
　　"엄마가 돈에 환장한 줄 알았어? 니 아버지가 사람구실만 했더라
도……"24)

　　도박빚 때문에 싸움을 벌이고 아들 지국이가 빚쟁이들에게 몰매를 맞
은 후, 가족들과 연락도 하지 않고 불법으로 한국행을 감행한 철주는 비
로소 정신을 차린다. 그는 처가로 그간의 잘못을 반성하는 편지를 보낸
다. 아내와 헤어져 버린 그가 아내와 화해하고 집안을 다시 일으키기 위
하여 처가 쪽으로 연락을 시도한 것이다. 그리고는 아내를 다시 만나 잘
살아보겠다는 구체적인 행동으로 적지 않은 돈을 들여 아내의 초청장을
보낸다. 이 소식을 전하며 지영은 엄마에게 고향으로 돌아가 쉴 것을 권
하지만 복자는 자신에게 절망과 고난을 주기는 하였으나 한 때 사랑했던

---

23) 「노크하는 탈피」, 219쪽.
24) 「노크하는 탈피」, 221쪽.

사람인 남편을 따라 한국에 가서 고생을 하더라도 함께 돈을 벌기로 한다. 현재의 고통스러운 삶을 해결하고 새로운 미래를 만들기 위하여 일정 기간 남편과 한국에서 어려움을 감내하겠다는 것이다. 결국 한국은 이들 가정에 있어 고난을 가져다 준 존재이기도 하지만 그들의 모순을 해결해 줄 수 있는 희망의 공간으로 기능하고 있다. 이는 조선족들에게 한국이라는 존재가 어떤 의미인지를 보다 분명하게 보여준 것이라 하겠다.

한국을 이렇게 모순이 없지는 않지만 자신들의 삶을 새롭게 해 줄 희망의 공간으로 인식하는 관내에서 활동하는 조선족 작가들의 소설로는 조용기의 「우물」, 박초란의 「하늘 천 따 지 하다」 등을 들 수 있다. 이같이 한국이라는 공간이 조선족들에게 갖는 이중적 성격을 다루는 것은 한중수교 이후 조선족 소설의 한 주류를 이룬다고 말할 수 있을 정도가 되고 있다.25) 따라서 조선족들이 갖는 한국에 대한 이중적인 의미를 보다 심도 있게 살피기 위해서는 조선족 소설에 나타난 한국의 이미지를 보다 체계적으로 정리해 볼 필요가 있다.26) 이와 함께 한국이라는 공간이 동북 지역의 작가들과 관내에서 활동하는 작가들의 소설에서 어떠한 차이를 보이는가가 면밀히 분석된다면 조선족 소설에 있어 한국의 이중적 성격을 보다 분명히 할 수 있을 것이다.

이차 이산에 대한 인식

본고는 소선족 이자 이산의 양상이 어떠한지를 알아보고 그 결과 조선족들의 의식이 어떻게 변화하는지를 해명하기 위하여 관내로 이동한 조

---

25) 이에 대해서는 이 책 Ⅲ—08과 Ⅲ—09에서 상론될 것이다.
26) 이에 대해서는 한중인문학회가 2009년 11월 13일 개최한 「정치와 문화」 특별기획 국제 학술대회에서 연변대 김호웅 교수가 발표한 「재중동포문학의 '한국형상'과 그 문화학적 의미」에서 상론된 바 있다.

선족들의 삶을 다룬 소설들을 살펴보았다. 현재 관내로 이동하여 활동하는 작가들도 적지 않고 동북 지방에 살고 있으면서 관내에서의 삶을 소설화하는 작가도 존재한다. 한국과의 수교로 조선족들의 삶이 한국 지향적으로 바뀌고 그들의 삶을 통째로 흔들어 놓음으로써 조선족 소설은 한국과 관련된 많은 이야기들이 소설의 한 주류를 이루고 있다. 그러나 조선족 이차 이산으로 많은 조선족들이 관내로 이동하여 새로운 삶의 터전을 일구고 있는 상황에서 그들의 삶과 꿈 역시 조선족 소설의 중요한 한 주제가 되고 있다. 본고에서는 관내에서 활동하는 몇 작가의 작품을 분석하여 조선족 이차 이산의 결과 조선족 소설에 어떻게 변모하였는가를 밝혔다.

본고에서 다룬 작품의 수가 많지 않아 본 논문은 시론적인 성격을 띨 수밖에 없는 한계를 지닌다. 해서 본고에서는 관내에서 활동하는 작가들의 작품에서 고향으로서 동북 지방과 현재 살고 있는 관내 그리고 많은 조선족들이 살아가고 있는 한국이 어떠한 공간으로 인식되고 있는가를 중심으로 정리해 보았다. 그 결과 그들이 떠나온 고향인 동북 지방의 조선족 집거지는 그곳을 떠날 수밖에 없게 만든 극빈의 공간으로 그려지면서 동시에 그들이 언젠가는 돌아가야 할 공간이자 황폐해진 몸과 마음을 다시 일으켜 세울 수 있는 재생의 공간으로 그려지고 있다. 또 그들이 현재 살고 있는 관내는 돈을 벌기 위하여 나와 있는 곳으로 많은 고통과 고난이 상존하는 곳이고 돈 때문에 육체적으로 정신적으로 타락하게 되는 공간이지만 현재 자신들이 살고 있는 곳이자 뿌리를 내리고 살아야 할 즉 정주의 공간으로 그려진다. 이에 비해 한국은 일확천금이 가능한 꿈의 공간이지만 한순간에 몰락을 불러올 수 있는 이중적인 모순의 공간이면서 동시에 그들의 꿈을 이룰 수 있는 희망의 공간으로 그려진다.

본고에서 정리한 이러한 세 공간의 의미는 보다 상세한 연구가 필요하다. 조선족 이차 이산에 따른 관내에서의 삶을 다룬 더 많은 소설들을 분석함으로써 보다 체계적인 정리가 필요하다. 조선족 일차 이산 이후 동북 지역에 사는 조선족들이 고향으로 돌아가려는 의식과 관내에서 살아가는 조선족들이 느끼는 귀향 의식에 대한 차이를 비롯하여, 일차 이산 이후 동북 지역에서의 고향 만들기 과정과 이차 이산에 따른 관내에서의 정주의 과정에 대한 비교가 필요할 것이다. 또 관내에서 활동하는 조선족 작가들의 작품과 동북 지방에서 활동하는 조선족 작가들의 작품에 나타나는 한국에 대한 인식의 차이를 검토해 보는 것도 조선족 이차 이산의 문학적 형상화 문제와 관련하여 검토해 볼 만한 과제이다. 이에 대해서는 자료의 보충과 함께 추후의 작업으로 남긴다.

06. 우광훈 소설에서 '고향'의 의미

작가의 생체험과 '고향'

작가는 자신이 체험을 소재로 하여 하나의 이야기를 만들어낸다. 창작의 과정에서 작가는 자신의 생체험을 바탕으로 자신이 살고 있는 시대나 인간의 보편적인 삶의 문제들을 발견하고 그것을 하나의 이야기로 형상화해내는 것이다. 따라서 작가가 하나의 작품을 창작해내는 과정에서 그가 살아온 삶의 궤적은 작가가 하나의 주제를 발견해 내는 원초적인 힘이 되며 동시에 이야기의 소재를 만들어내는 동인이 되기도 하는 것이다. 이런 점에서 조선족 작가인 우광훈이 "자신의 소설의 많은 부분들이 자신의 생의 체험을 주제로 하고 있고, 체험을 바탕으로 해야 소설이 진실성이 부여된다고 생각"[1]한다고 말하는 것도 앞에 말한 작가에게 체험이 갖는 중요성을 인식한 결과이다.

---

1) 우광훈이 2007년 5월 25일 오전 2시 59분에 보내준 이메일. 이하 인용 시 '5월 25일 메일'로 약함.

우광훈은 조선족 작가로서 조선족의 삶과 의식을 그려내는 데 치중하고 있다. 주지하다시피 조선족들은 주로 일제강점기에 삶을 찾아 만주 지역으로 건너가 해방 이후 중국의 길림성과 요녕성 그리고 흑룡강성 등 중국의 변경 지역에서 삶을 일구어온 한민족의 일원이다. 그들은 중국 국민으로 살아가면서 중국의 소수민족으로서 조선족이라는 인식을 가져야 하는 국민 정체성과 민족 정체성이라는 상호 배타적이지 않은 이중 정체성[2]을 지니고 살아 왔다. 이와 같은 이중 정체성을 지니고 살아가는 조선족 작가로서 우광훈은 "중국 조선족의 소설은 이민문학의 계속이라고 생각하는 부분도 있습니다. 이민문학에 그 시대상과 그 땅에서 살고 있는 현실적인 환경이 묘사되지 못한다면 중국 조선족 문학은 이미 절반의 무대를 잃고 있다는 생각을 하기 때문입니다"[3]라고 자신의 문학에 관한 소회를 드러내기도 한다.

본고는 하나의 작품은 작가의 체험에서 시작되어 작가가 또는 작가가 속한 집단의 삶과 의식을 드러낸다는 전제에서 우광훈의 작품에서 '고향'[4]의 의미를 해명해 보고자 한다. 인간이 살아가면서 '고향'을 인식하는 것은 고향을 떠나봄으로서 가능해지는 것이며, 고향을 관념의 대상으로서 인식하게 되는 것은 도시로의 이주가 진행되는 근대화의 과정에서 만들어진 '상상의 공동체'[5]로서 의미를 갖는다.[6] 즉 '고향'이란 인간이 자신이

---

2) 중국 동포들은 평균적으로 중국 국민으로서의 자긍심보다 조선족으로서의 자긍심이 더 크다. 그러나 이 두 변수 사이의 상관계수는 매우 높아서 중국 동포들이 조선족과 중국 국민으로서의 복합적인 정체성을 지니고 있으며, 이들에게서 민족 정체성과 국민 정체성이 서로 배타적인 관계를 가지고 있지 않음을 알게 해 준다. 정상화, 「중국조선족의 정체성 형성 및 구조」, 정상화 외, 『중국 조선족의 중간 집단적 성격과 한중 관계』, 백산, 2007, 20쪽.
3) 우광훈이 2007년 5월 7일 오후 6시 11분에 보내준 이메일. 이하 인용 시 '5월 7일 메일'로 약함.
4) 본고에서 고향은 두 가지 의미로 사용된다. 태어난 곳 또는 성장한 곳이라는 구체적인 공간으로서의 고향과 자신의 마음의 고향 또는 향수의 대상이 되는 추상적 개념으로서의 고향이 그것이다. 본고에서는 이를 구분하여 전자는 고향으로 후자는 작은따옴표를 사용하여 '고향'으로 표기한다.
5) 국가를 이렇게 바라보는 견해는 베네딕트 앤더슨, 윤형숙 역, 『상상의 공동체』, 나남출판, 2002 참조.

태어나고 성장한 곳에 대한 애정에서 비롯된 것이기는 하지만, '고향'이 하나의 관념으로 자리하게 되는 것은 자신이 태어나 자란 곳을 떠나 생활해 봄으로써 고향이 타자화 되는 과정을 통해서 비로소 가능해진다. 자연 속에서 공동체적인 삶을 영위하던 시골에서 태어나 자란 사람들이 여러 가지 이유로 익명성이 강하고 근대화되어 버린 도시로 나와 생활하면서 고향에 대한 그리움을 갖게 되거나, 디아스포라 된 사람들이 떠나온 고향에 대해 강한 그리움을 드러냄으로써 자신의 아이덴티티를 회복하려 하는 것 등이 그 좋은 예이다.

본고에서 우광훈의 소설을 연구하면서 특별히 '고향'을 연구의 주제로 삼은 데에는 크게 두 가지 이유가 있다.

우선 문학 작품의 창작 과정을 작가의 생체험과 연관하여 생각할 때, '고향'은 작가의 가장 원초적인 체험으로써 창작의 중요한 동인이 된다는 문학의 보편적 속성을 생각한 것이다. '고향'에 대한 애착의 강도는 문화에 따라 역사적 시기에 따라 달라지기는 하지만 '고향'에 대한 애착은 공통적인 인간의 감정이다.[7] '고향'은 사람들에게 시원의 시간을 체험한 장소=공간이며, 사람들은 자주 노스탤지어의 감정으로 뒤덮인 '고향'을 묘사한다.[8]

다음으로 우광훈이라는 작가와 작가가 속해 있는 집단의 내면의식의 한 특성을 찾아내는 데에 그들이 가지고 있는 '고향'에 대한 관념이 일정한 기능을 담당할 것이라는 생각에서이다. 우광훈은 1954년에 연길에서 태어난 조선족 이민 2세대 작가에 속한다.[9] 우광훈 세대들은 그들의 부

---

6) '고향'이라는 개념이 갖는 다층적 의미에 대해서는 나리타 류이치, 한일비교문화세미나 역, 『'고향'이라는 이야기』(동국대학교출판부, 2007), 15~46쪽에서 상세히 검토된 바 있다.

7) 이－푸 투안, 구동회 · 심승희 역, 『공간과 장소』, 대윤, 1995, 254쪽.

8) 나리타 류이치, 앞의 책, 16쪽.

9) 만주 지역에 한민족이 이주하기 시작한 것은 대체로 봉금 이후인 1860년경부터이다. 그러나 본격적으로 이주한 때가 일제강점기이며 특히 1932년 만주국 건국 이후이므로, 현재 중국에 살고 있는 조선족들의 대부분은 이민 2~4세에 해당한다.

모들에게 떠나온 '고향'에 대해 많은 이야기를 들으면서, 부모들 세대의 '고향'이 아닌 연변 지역에서 태어나 그 지리적 공간을 자양분으로 하여 성장하였다. 따라서 그들이 성장한 토양으로서의 '고향'과 부모님에게서 들은 '고향'이 관념적으로 중첩될 수밖에 없어 '고향'은 그들의 정체성의 문제를 드러내는 하나의 창구가 될 수 있을 것이다.

본고에서는 '고향'이 한 작가에게 갖는 의미를 고려하여 우광훈의 작품에서 '고향'이 갖는 기능을 해명함으로써 우광훈이 가지고 있는 이중 정체성의 문제와 현실에 대한 인식 태도를 해명해 보고자 한다. 이를 위하여 우광훈의 생애를 간단히 정리하고 생애 중에서 '고향' 의식의 형성과 관련된 몇 가지 사실들을 살피고 그것들 이 작품 속에서 어떻게 변형되어 의미를 형성하고 있는지를 밝히고자 한다. 이러한 과정 중에 작가 우광훈이 가지고 있는 현실 인식의 한 면이 드러날 것으로 기대한다.

역사적 혼돈 속의 성장 : 우광훈의 생애

우광훈은 1954년 10월 1일 연길에서 연변인민출판사에 근무하던 우규목의 이남사녀 중 막내로 태어났다.[10] 우광훈이 태어날 당시 연길은 새로 탄생한 연변조선족자치주[11]의 주도로서 도시의 면모를 갖추어 가기 시작한 변강의 작은 도시였다. 아버지 슬하에서 큰 어려움이 없이 큰누이가 대학, 둘째 누이가 고중, 셋째 누이가 초중, 형과 넷째 누이가 소학교를 다니는 화목했던 우광훈의 가정은 반우파 투쟁기인 1958년 4월 28일 아버

---

10) 이하 우광훈의 생애에 대하여는 우광훈, 「숙명의 파편들을 주어보다(문학적 자서전)」, 『도라지』 145기, 2004.7/8, 5월 25일 메일, 5월 7일 메일 등을 참고하여 그의 의식 형성에 큰 영향을 미쳤을 것이라 판단되는 사실들을 중심으로 정리한다.
11) 연변 지역은 1952년 9월 3일에 자치구로 지정되고, 1955년 12월에 자치주로 승격되었다. 우광훈이 태어날 당시 연길은 자치구의 구도였으나 편의상 자치주의 주도라 명명해 둔다.

지 우규목이 우파로 지목되어 훈춘현 삼가자로 노동개조를 떠나면서 풍
비박산이 나게 된다. 부친의 수입이 줄어들면서 경제적인 어려움이 심해
지자 넷째 누이는 길림성 서란현의 시골에 있는 이모네로 셋째 누이와 우
광훈은 요녕성 심양시 소가툰에 있는 외가로 뿔뿔히 흩어져 여덟 가족이
다섯 곳에 나뉘어 살게 된 것이다.

다섯 살 어린 나이에 우광훈은 부모와 헤어져 외가에서 삼 년을 살았
다. 그가 어린 시절의 많은 기간을 보낸 외가는 심양 인근의 소가툰 기차
역과 멀지않은 곳이기는 했으나 연길과는 달리 시골 마을이었다. 심양 외
가에서 보낸 어린 시절 삼 년은 우광훈에게 있어서 매우 행복한 시기로
기억되고 있다. 외가에서 외할아버지를 제외하고는 유일한 남자였던 그
에게 외조부모들의 사랑이 거의 맹목적이었을 것임은 쉽게 생각해 볼 수
있는 일이다. 우광훈 자신은 외할아버지와 종종 외가 가까운 철교 밑에서
골뱅이를 줍거나 물고기를 잡았으며, 그런 날이면 저녁에 초를 친 골뱅이
무침이나 물고기 반찬을 먹을 수 있었고, 물론 몸통의 가장 맛있는 부분
은 자신의 몫이었다[12]고 기억하고 있을 정도이다. 또 우광훈은 아래와 같
은 기억을 통해 외가에 있던 어린 시절이 자신의 어린 시절에서 가장 아
름다운 추억으로 남아있다고 말하기도 한다.

어느때인가 큰이모와 외할머니가 나를 데리고 어느곳인가 놀러간적
이 있었다. 중국사람과 조선족들이 혼거한 마을이였는데 마을앞에는 배
가 다니는 호수가 있었다. 호수가에 들어앉은 오붓한 마을, 잔파도가 남
실대던 푸르른 호수, 그리고 호수가에 소담스레 피여있던 연분홍 련꽃,
외사촌누나가 따주던 련밥, 이것은 내 동년의 가장 화려한 추억이였다.[13]

그러나 외가에서의 삶이 풍족한 것은 아니었다. 이 기간 동안 우광훈은

---

12) 우광훈, 「숙명의 파편들을 주어보다(문학적 자서전)」, 『도라지』 145기, 2004.7/8, 42쪽.
13) 위의 글, 42쪽.

중국에서 말하는 3년 대기근을 경험했으며, 어리기는 하지만 셋째 누이
와 그가 외가의 네 식구에게 배급되는 식량에 얹혀 지내고 있었으니 식량
부족에 따른 고통이란 상상할 만한 일이었다. 그러나 외조부모의 사랑 속
에 배고픔의 기억은 없이 따뜻한 시절을 보내던 우광훈은 기근을 견디다
못한 외할아버지가 조선의 고향으로 돌아가자 어쩔 수 없이 연길로 돌아
오게 된다. 물론 우광훈이 연길의 부모의 곁으로 돌아오게 되는 데에는
그가 소학교에 입학할 나이가 되었다는 사실도 중요한 이유14)였던 것으
로 보인다.

　연길로 돌아온 우광훈은 학교에 다니며 진짜 배고픔이 어떤 것인지 경
험하게 된다. 그러나 이 시기 우광훈에게 있어 배고픔보다 견디기 어려운
것은 우파의 자식인 자신에게 보내는 주변 사람들의 냉대와 멸시였다. 그
가 소학교 5학년이 되던 해에 발생한 문화대혁명 이후, 그것은 극에 달하
게 되고 감수성 예민한 시기에 커다란 정신적 상처로 남는다. 우광훈 자
신은 이 시기의 경험에 대해 "언제나 주눅이 들어야 했고 무리의 밖에 나
와 있어야 했습니다. 그것이 저를 독서를 하도록 여유를 주었고 공부를
잘하는 것만이 남보다 못하지 않다는 것을 증명할 수 있는 유일한 기
회"15)였다고 말하고 있다. 즉 이 시기의 우울하고 외로웠던 체험이 그를
문학의 세계로 이끄는 동인이 되었다는 것이다.

　그러나 어린 시절 우파의 자식으로서 느껴야 했던 소외감 속에서도 우
광훈은 잿빛이기는 하나 아름다운 기억으로 남는 어린 시절을 보낸다. 문
화대혁명기의 혼란과 폭력을 눈으로 보고 자란 그들 세대는 문화대혁명
에 참가한 세력들이 벌이는 전쟁과 죽음을 목격하고 그것을 흉내 내어 사
제총을 만들기도 하고 전쟁놀이도 하면서 그 시기를 살아간 사람들의 아

---

14) 5월 25일 메일.
15) 5월 25일 메일. 이러한 저간의 사정에 대해서는 우광훈, 앞의 글, 43~44쪽에도 자세히
　　이야기되고 있다.

품을 공유하며 어린 시절을 보낸 것이다.[16)

연길에서 어둡기는 하나 도시에서 조선족들과 어울려 살아가던 우광훈은 문화대혁명이 극성을 부리던 1969년, 아버지가 돈화의 마호향 쟈피꺼우라는 시골 마을로 하방을 당하자 가족과 함께 그곳에서 5년이라는 시간을 보내게 된다.[17) 이 사건은, 어린 시절 외가에 살아보기는 하였지만, 연길에서 태어나 연길에서 도시적 삶을 살아온 우광훈이 낯선 농촌으로 갔다는 점에서 또 조선족 집거 지역에서 조선어를 주로 사용하며 살던 그가 한족 마을로 이주하여 언어의 장벽을 심각하게 경험하게 되었다는 점에서 우광훈에게는 매우 충격적인 체험으로 각인된다.[18)

1974년 우광훈은 화룡에 있는 조선족 마을에서 집체호 생활을 하게 된다. 강제적으로 농촌에 배치되어 농촌 사람으로 살아가던 그는 1976년 12월 석탄탐사대 탐사공으로 추천된다. 탐사공이 떠돌이 생활을 해야 하고 노동 강도가 높은 위험한 직업이지만 농촌 호적을 도시 호적으로 바꿀 수 있고, 또 국가에서 주는 월급을 받는 신분이 된다는 점에서 추방이기보다는 신분 상승의 의미를 지닌 것이기도 하였다.[19) 이후 그는 1983년 연변대학교 조문학부에 조선족 작가 양성을 위해 설립된 문학부에 입학할 때까지 6년여를 탐사공으로 생활하면서 작가로 등단하고 결혼도 하게 된다.

앞에서 살펴 본 바를 생각해 보면 우광훈에게 '고향' 의식이 형성되기에는 몇 가지 어려움이 있다. 그는 외할아버지가 고향으로 돌아간 데서 알 수 있듯이 중국 이민 2세대로서 아버지의 고향을 완전히 망각할 수는

---

16) 혼란스러웠던 이 시기의 기억들은 위의 글, 45쪽 이하에 상술되어 있다.

17) 5월 9일 메일.

18) 실제로 우광훈은 이 시기 중국어를 제대로 배우게 되고 한족 소녀와 사랑과 이별을 경험하게 된다. 이 시기의 체험은 우광훈에게 정신적 외상으로 남아 그의 많은 작품에 중요한 제재로 사용되고 있다. 이에 대해서는 이 책 Ⅲ-11을 참조할 것.

19) 5월 9일 메일.

없었을 것이다. 그러나 언젠가는 돌아가야 할 공간 즉 고향으로서 조국이 그의 부모 세대들에게는 존재할 수 있었겠지만 연길에서 태어난 조선족 2세대인 그에게 부모의 조국은 자신의 고향일 수 없었다.

또 그가 태어나 성장한 연길은 작은 도시이기는 하지만 이미 도시화가 진행 중인 곳으로 그가 성장 과정에서 체험한 시골 즉 외가나 하방 되었던 쟈피꺼우에 비해서는 매우 큰 도시였다. '고향' 의식이 자연과 공동체 의식이 남아있던 고향을 떠나 도시나 외국으로 이향되었을 때 공동체 의식이 파괴되고 인공적인 도시 생활에 염증을 느끼며 갖게 되는 돌아가야 할 공간에 대한 정신적 지향이라는 점20)을 생각하면 우광훈에게 과연 '고향'이 존재하는가 하는 의문을 가질 수밖에 없다. 그는 연길에서 태어나 자랐고 연길을 떠나 산 기억이라고는 한미한 농촌으로 내려가 산 것뿐이다. 즉 그에게 '고향'으로서 존재할 수 있는 것은 연길이지만 그가 연길을 떠나 본 적이 없기에 연길 역시 그에게 향수나 귀향의 대상이 되지 못한다. 「시골의 여운」이나 「추억이 아닌 어느 날들의 기억」 등 여러 작품에서 그리움의 대상으로 외가나 고향이 등장하기는 하지만, 이는 자신이 나고 자란 고향이기보다는 고향을 떠나 살아본 체험의 공간이라는 점에서 '고향'과는 이질적 성격을 지닌다.

그렇다면 장을 달리하여 그가 태어나 자란 연길, 추억 속의 공간 농촌 그리고 아버지의 고향으로서 모국으로 나누어 우광훈 소설에 나타난 '고향'을 살피고자 한다. 그의 작품 속에 형상화되고 있는 고향의 양상과 함께 그 의미를 해명함으로써 그의 의식 속에 잠재해 있는 '고향'의 의미를 살피고, 그를 통해 조선족이 가질 수밖에 없는 의식의 한 면을 해명해 보고자 한다.

---

20) 김태준, 「고향, 근대의 심상공간」, 동국대학교 문화학술원 한국문학연구소 편, 『'고향'의 창조와 재발견』, 역락, 2007, 21쪽 이하 및 나리타 류이치, 위의 책, 16~19쪽 참조.

우광훈 소설에서의 '고향'의 양상과 의미

1. 연길 또는 도시 : 타락과 혼란의 공간

우광훈의 소설에서 도시는 추악한 욕망이 들끓는 공간으로 그려져 있다. 중국이 개혁개방 된 이후 사람들은 가난한 농촌을 떠나 돈을 벌기 쉬운 도시로 모여든다. 이러한 도시화 과정은 근대화의 과정 중에 어느 나라에서나 경험한 일로 도시에는 근대의 가능성과 모순이 혼재한다. 도시는 근대의 산물인 각종 산업체와 서비스 업체들이 집결하여 사람들로 하여금 경제 활동에 참여할 기회를 제공해 준다. 그 결과 더 많은 사람들이 도시로 모여들어 더 많은 일자리가 창조되는 선순환의 과정을 밟으면서 더욱 거대한 도시로 발전해 나간다. 그 결과 도시는 자연을 파괴하여 인공적인 구조물을 제공함으로로써 인간에게 보다 나은 편리와 쾌락을 제공하게 된다.

그러나 도시는 외지에서 모여든 사람들이 모여 이룬 집합체로서 전통적인 사회가 가지고 있던 공동체 의식이 사라져 버린 공간이다. 더욱이 거주하는 사람들에게 피하기 힘들 정도로 고부하의 자극을 만들어 내고 그것을 쏟아붓는[21] 도시에서 인간들은 도시가 주는 모든 자극에 반응하기 어렵기 때문에 외부에 대해 '무감각한 태도'[22]를 보인다. 도시인은 도시가 주는 자극을 적절히 차단하면서 타인에 대한 관심을 포기하고 자신의 욕망에 따라 살아간다. 이러한 도시와 도시인의 특징은 소수의 사람들이 타인의 눈치를 보지 않고 자신의 욕망을 적절히 탐닉하며 살아갈 수 있다는 점이다.

친구들의 주말파티는 모두 여덟명이었다. 남자 넷, 녀자 넷, 남자들

---

21) 이성욱, 『한국근대문학과 도시문화』, 문학과학사, 2004, 29쪽.
22) 위의 책, 30쪽.

모두가 자기들의 녀자파트너를 데리고 온것이였다. 다른 의미로 말한다면 이것은 주머니 사정에 잔돈이 끊임없이 생기는 인테리들의 '바람둥이' 파티이기도 했었다. 이런 파티로 소홍이를 데려온다는것은 남선이로 말하거나 소홍이와의 관계에서 본다면 격에 맞지 않는, 어쩌면 비도덕적인지도 몰랐다. 그러나 남선이에게는 판단의 명석한 분별력이 없었다. 아마 소홍이를 만난 그후부터이리라.

식당과 노래방을 경영하는 경철이는 오늘도 '천편일률'로 미스 방을 데려왔다. 일년에 뒈번정도 이런 파티가 있었고 3년을 견지해오는 친구들 사이의 행사였는데 첫 번째 해부터 그에게는 '깜둥이 미스 방'이 따라다녔다. 친구들은 롱담으로 '조강지처'를 데리고 다닌다고 했다. 주머니 사정으로 볼 때에는 그의 조건이 제일 좋았으나 뭐가 그렇게 좋은지 경철이는 미스 방한테 집착해있었다. 그의 말대로면 '행복한 애인 만들기'라는 것이였다. 사실 인물로 본다면 미스 방이 제일 수수했다. 인물로는 어느 신문사에서 촬영기사를 하고있는 정일이가 제일 멋진 녀자를 데리고 다녔고 나이를 제일 먹은 녀자는 강선생의 파트너였는데 주정뱅이남편이 있는 유부녀였다. 그러나 어느 연구원에서 일하는 그녀는 가장 기질이 있는 녀자였다.[23)]

남선은 친구들과 욕망을 분출하기 위해 만나는 주말파티 자리에 옛 애인의 딸이자 자신이 운영하는 업소의 직원인 소홍이를 데리고 나간다. 아내와 가족이 있는 친구들이지만 주말파티에는 다들 애인을 데리고 온다. 만나서 술 마시고 노래방 가고 자연스레 호텔로 가서 하룻밤을 즐기는 주말모임은 일상적인 삶으로부터 일탈하고 싶은 자들의 만남이다. 남선은 이런 자리에 첫사랑을 한 여인의 딸인 소홍이를 데리고 간다는 것이 비도덕적인지는 모른다고 생각하면서도 그 자리에 소홍이를 데리고 간다. 젊고 아름다운 소홍이를 데리고 나가 주말파티에 모이는 친구들에게 자랑하고픈 비뚤어진 욕망이 자리한 것이다.

---

23) 「락서가 있는 곳」, 『가람 건느지 마소』, 264~265쪽. 이하 동일하게 작품 인용은 '「작품명」, 『작품집명』, 쪽수'로 적는다.

이런 자리에 모여든 사람들은 사회적으로 어느 정도 성공을 하고 가정
을 가진 사람들이지만 가족에 대한 도덕적 부담을 느끼지 아니한다. 성공
한 사업가, 신문사 촬영기자, 연구원에서 일하는 주정뱅이 남편을 둔 인
텔리 여성 등 여러 부류의 인간들이 자신의 몸속에 자리한 풀 수 없는 욕
망을 해소하는 자리로서 주말파티를 열고 있는 것이다. 도시에 살면서 도
시가 쏟아내는 자극에 적응하면서 인간은 도시가 마련한 욕망과 타락의
공간 속으로 빨려들어 가게 된다. 이러한 욕망의 분출에는 도덕이 개입하
지 아니한다. 타인으로부터 시선이 차단된 도시 공간에서 인간은 도덕이
라든가 양심이라든가 하는 것은 일단 버려두고 욕망이 요구하는 대로 그
것을 탐닉하는 것이다.

저녁은 자연스럽게 창호가 주인이 되여 한턱 내게 되어있었고 정준태
가 왔으므로 인순이가 오게 된 것 역시 자연스러운 일이였다. 그러나 인
순이가 이 자리에 있는것이 창호로서는 부담스러운 일이 아닐수 없었다.
그동안 노래방과 식당을 경영하면서 창호와 인순이는 거의 매일 함께
있었다. 정준태가 인순이에게 전화를 하여 창호를 도와주라는 청이 있
었고 처음부터 노래방과 식당의 수속관계로부터 인테리어, 직원모집까
지 참여한 인순이는 자연스레 식당쪽 경영을 거의 도맡아 보고있었다.
　그날 인순이와 첫 관계가 있은후 많지는 않았지만 여러번이 또 있었
다. 서로의 집착은 없었고 사랑과 같은 그런 정열도 없었다. 마치 계약
에 따르듯 한번의 눈길로 서로의 속심을 읽었고 그러면 식사가 있고 기
분이 좋으면 가라OK나 볼링장으로 향했고 그다음으로는 인순이의 집
으로 갔다. 두사람은 서로 탐닉하면서도 언어로 되는 사랑을 표시하지
않았다. 어떤 순간에 만들어낸 불문률처럼 그들은 사랑과 열정의 사이
에 하나의 담장을 쳐놓고 있었다.[24]

창호는 동업자인 정준태가 한국에서 오자 저녁을 사게 된다. 그러나 정

---

24)『혼적』, 159~160쪽.

준태와 인순의 관계를 알고 있는 창호로서는 그 자리가 편하지 않다. 정준태가 동업자인 창호의 일을 도와주도록 하여 알게 된 인순과 이미 육체적인 관계를 맺은 바 있기 때문이다. 창호가 정준태와 인순의 관계를 모르지 않고, 인순과의 적절하지 못한 관계가 가져올 파장 또한 모르는 것은 아니지만 그들은 단지 욕망의 대상으로서 상대를 버리지 못하고 있다.

창호와 인순의 관계는 사랑이나 정열이 존재하는 그런 관계가 아니다. 다만 서로가 필요한 경우 하루 밤을 소비할 뿐이다. 식당과 노래방, 볼링장 그리고 육체적 관계로 이어지는 시간은 도시가 마련한 욕망의 공간 속에 파묻혀 그것이 주는 황홀경을 섭렵하는 과정일 뿐이다. 그들 사이에는 사랑한다는 말조차 존재하지 않는다. 그들의 관계는 단순한 열정일 뿐 사랑이 아니다. 둘 사이에는 담장이 쳐져 있지만 그들은 욕망을 탕진해야 할 필요가 있을 때 서로에게 탐닉하는 것이다.

우광훈은 사랑 없이 이루어지는 이러한 욕망의 분출과 윤리적 타락이 일상화되어 있는 도시인들의 모습을 여러 작품에서 제재로 선택하고 있다. 그가 소설에서 그리고 있는 연길을 포함한 도시들은 모두 이렇게 혼란과 타락이 범람해 있는 공간이라 해도 과언이 아니다. 우광훈은 자신이 태어나고 자란 연길이라는 도시 공간을 아름다운 추억의 공간으로 그리지 않는다. 그곳은 자본주의적인 금전 욕구와 인간의 그칠 줄 모르는 욕망에 사로잡힌 인간이 도시가 주는 익명성에 기대어 적절히 분출시키고 살아가는 공간일 뿐이다. 이런 점에서 연길에서 태어나 성장한 우광훈에게 있어 연길 또는 도시 공간은 타락과 혼란이 뒤덮인 타자화된 공간일 뿐 진정한 '고향'으로 자리 잡지 못하고 있다.

2. 외가, 쟈피꺼우 그리고 농촌 : 순수하나 낙후되고 탈출하고픈 공간

우광훈에게 있어 어린 시절의 외가에서의 추억은 쟈피꺼우로의 하방

과 집체호 체험 등과 연결되어 소설의 중요한 주제[25]가 되고 있다. 자신의 기억 속에 따스함으로 남아 있는 자연의 공간인 외가의 기억은 우광훈 소설에서 '고향'에 가까운 이미지로 등장한다. 「시골의 여운」에서 연길을 떠나 기차역에서 할아버지가 모는 마차를 타고 찾아간 외가는 낯설지만 아름다웠고 시간이 많이 지난 지금까지 돌아가고픈 긍정적인 공간으로 기억되고 있다.[26] 우광훈이 생각하고 있는 어린 시절의 기억이 어려 있는 외가는 「메아리」에서 유럽으로 나가 음악으로 대성한 중년의 사나이가 고국으로 돌아온 뒤 환상에 가득 차 있었던 곳으로 어느 곳보다 커다란 기대를 가지고 찾아가는 공간으로 그려지고 있다.

> 저것이 바로 외할머니의 집. 지금은 주인을 바꿨겠지. 바로 저 집마당에서 그날 밤 나는 뮤즈의 계시를 들었다. 그때는 여섯살, 다리사이에 손을 넣고 그것을 주무르면서도 부끄러움을 모르는 천진한 나이. 그때였지, 그때는 온나라가 비통한 『혁명』을 온양하고있던 침울한 시기였다. 그때를 나는 여기 자연이 하사한 아름다운 시골마을에서 환상많은 동년시절을 보냈다. 20년, 30년이 흘렀다. 많고 많은 기억이 망각이라는 좀벌레가 먹어버려 한줌의 먼지처럼 날아가버렸지만 그날 밤의 황금처럼 오늘까지 그 찬란한 빛으로 나를 현혹하고 있다.[27]

여기서 그려지고 있는 외가는 우광훈이 다섯 살의 어린 나이에 연길을 떠나 어려운 시절을 보냈던 소가툰의 외가를 생각하게 한다. 중국 전역을 몰아친 삼년 기근으로 또 반우파 투쟁이라는 혁명적인 상황으로 어수선하던 시기에 외조부모의 사랑 속에서 안온하게 보냈던 어린 시절의 기억과 상당 부분 일치시켜 바라볼 수 있다. 우광훈에게 있어 외가에 대한 기억은 오래 된 과거이기에 아름다울 뿐이며, 쟈피꺼우에서의 일들도 한족

---

25) 우광훈 소설의 주제적 특성에 관해서는 이 책 Ⅲ−11에서 상론된다.
26) 「시골의 여운」, 『가람 건느지 마소』, 7~10쪽.
27) 「메아리」, 『메리의 죽음』, 314쪽.

마을이라는 낯설음과 농촌의 기억이 시간 경과와 함께 찬란한 기억으로 변색한 것이다. 이와 마찬가지로 「메아리」의 주인공인 '나'가 기억하고 있는 외가는 이미 망각의 강 저편에 있는 공간이어서 정확한 기억이기보다는 하나의 느낌으로 존재할 뿐이다.

우광훈의 작품들에서 어린 시절을 보낸 고향 또는 외가는 인공의 때가 묻지 않은 건강한 자연 속의 아름답고 순수한 공간으로 존재하고 또 언젠가 한 번은 찾아가는 공간으로 그려지기도 한다. 하지만 급격히 변화하는 현실 속에서 농촌을 낭만적이고 도시의 삶에 지친 사람들이 돌아가 만년을 보낼 만한 전원적인 공간으로 인식하지는 않는다. 자본주의화가 진행되면서 더 많은 돈을 벌 기회가 있는 도시로 나가는 것은 시대적인 대세이며 인간이라면 당연히 추구해야 하는 것으로 그려진다. 도시에서 이루어지는 산업들에 비해 농업이 갖는 현저한 저생산성은 농촌 사람들을 도시로 몰아낸다. 수많은 농촌 사람들이 돈을 벌기 위해 도시로 떠나면서 농촌은 도시로 나갈 능력이 없는 사람들만 남아 있는 경제적으로 낙후된 공간일 뿐인 것이다.

> "농촌이라구 나쁜 것이 아니지않소? 그리구……"
> 나는 시집을 좋은데로 가면 되지 않느냐 말하려다 자존심을 건드릴 것 같아 말끝을 흐려버렸다.
> "그리구 할 일도 많구……"
> "이잘난 시골에서 못살겠슴다. 우리 마을의 최일수는 한국에 친척방문 갔다외서 시골에서 못살겠다고 연길에 간지 오람다."
> "거야 사람나름이지, 농촌이라고 꼭 사람이 못살데라는것은 아니지."
> 금희는 완강하게 거부해왔다.
> "아님다. 아무리 똑똑한 사람도 농촌에 있으문 썩슴다. 저는 죽어도 농촌에서 안살겠슴다."
> 나는 바보스럽게 농촌도 살만한 곳이라고 우기려다가 금희의 눈을 보고 그만 입을 다물어버렸다.[28]

연길에 살고 있는 '나'는 성화향으로 출장을 갔다가 김선생의 부탁으로 성화향 소재지에서 30리 가까이 떨어진 샘골이라는 작은 마을에 들른다. 김선생이 부탁한 집을 찾아간 '나'는 며칠을 시골의 정취에 젖어 지내며 주인집 딸인 금희와 이야기를 나눌 기회를 갖는다. 금희는 가능하다면 자신을 연길로 데려가 달라고 부탁한다. 어디 공장에라도 취직을 하게 되면 더없이 좋겠지만 농촌 출신으로 기술이 없는 자신으로는 기대하기 어렵고 복무원이나 막일자리라도 하나 구해주면 샘골에서 썩는 것보다야 훨씬 낫다는 것이다. 도시에서 살다 들어온 사람들이 농촌을 전원적이라 느끼고 자연 속에서 싱싱한 먹거리를 먹으며 사는 것이 복되다고 생각하지만 농촌에 살고 있는 사람들에게 그곳은 이 잘난 시골이며 똑똑한 사람도 썩게 만들어버리는 탈출해야만 하는 공간일 뿐이다.

이런 현실인식은 중국에서 개혁개방 이후 많은 농촌 사람들이 도시로 나가 일자리를 구해 경제적인 궁핍에서 벗어나고자 하여 농촌 인구가 줄어들었다는 사실과 밀접한 관련을 갖는다. 특히 한중수교가 이루어진 이후 조선족들은 한국에 나가 돈을 벌어오고 이를 바탕으로 도시로의 진출이 가속화되고 있다. 자녀들의 교육을 위하여 보다 윤택한 삶을 영위하기 위하여 수많은 조선족들이 도시로 관내로 이주하면서 전통적인 공동체가 유지되던 조선족 농촌 마을이 공동화되고 있는 것이다. 실제로 조선족의 경우 한국과 타지로의 이동으로 인하여 호구에 잡혀 있는 인구와 실제 거주 인구 사이에 큰 차이를 보이는 바, 조선족 사회의 미래를 어둡게 하는 요인으로 지적되기도 한다.[29] 우광훈은 이와 같이 농촌을 떠나 도시로 나아가는 조선족 사회의 한 면을 금희라는 농촌 처녀의 말과 행동을 통하여 구체적으로 형상화해 내고 있는 것이다.

---

28) 「숙명 19호」, 『가람 건느지 마소』, 201쪽.
29) 조선족 사회의 인구와 공동체의 변화 추세에 대해서는 권태환 외, 『중국 조선족 사회의 변화』, 서울대출판부, 2005, 2장 및 3장을 참조할 것.

이런 농촌의 현실은 「가람 건느지 마소」에서 농촌에서 교사 생활을 하다가 연길로 나와 술집을 다니며 돈을 벌고 있는 미스 정의 말에서 보다 분명하게 이야기된다.

> 진은 확실하게 미스 정을 동정하고싶어졌다.
> "그렇기도 합니다만 그럴바 하고는 농촌에서 전원적인 생활을 구상하는게 더 편할지도 몰랐지요."
> 미스 정은 무슨 바보같은 소리냐는 눈으로 진을 쳐다보았다.
> "농촌에서 사는 사람들에게는 전원적이라는 망상이 없어요. 배부르고 부유한 도시 사람들이 어쩌다 소풍격으로 농촌에 와 홍청거리고는 시적인 기분이 되여 전원적이니 강촌에 살고싶니 하지만 지식청년으로 농촌에 하향했던 도시의 사람들과 물어보세요. 다시 농촌에 와 살고 싶은가? 백퍼센트 머리를 흔들거예요. 땅을 믿고 살아본 사람은 땅의 혜택이 얼마나 린색한가를 알고있어요. 지금 농촌은 전하고 달라요. 처녀애들이 없고 아이를 낳을만한 아낙네들마저 없어요. 몇십호 되는 마을에 학교에 다닐 적령기 아동이 얼마나 되는지 아세요? 열명도 안되요."
> 진은 자기가 영 바보스러운 말을 했다는 것을 알아채었다.[30]

진은 도시에서 태어나 도시에서 살고 있는 사람이다. 그는 농촌에서 전원적인 삶을 사는 것에 대한 막연한 환상을 가지고 있다. 그러나 금희나 농촌에서 농촌 아이들을 가르치며 농촌에 대해 정확히 파악할 기회가 있었던 미스 정은 진의 이러한 현실인식을 구체적인 근거를 대어 비판한다. 농촌에 하향하여 집체호 생활을 해 보았던 사람들이 농촌으로 돌아오지 않을 것이라는 사실, 농촌에는 노인들만 남아 있는 현실, 이미 농촌은 아이들이 없어 학교가 문을 닫을 수밖에 없는 상황 등은 농촌의 현실을 구체적으로 보여준다.

농촌은 순수한 면이 없지는 않다. 그러나 그것만으로 사람이 농촌에서

---

30) 「가람 건느지 마소」, 『가람 건느지 마소』, 131쪽.

살아갈 수는 없는 노릇이다. 농촌이 경제적으로 낙후되어 농촌에서 살아서는 미래가 어두울 수밖에 없고, 아이들을 제대로 가르칠 수가 없어서 아이들의 장래도 기대하기 어렵다면 농촌은 탈출해야 할 공간이 될 수밖에 없다. 더욱이 중국 내에서 조선족이 가지고 있는 유난스러운 자녀 교육열31)을 생각하면 개혁개방과 함께 거주 이전이 비교적 자유로워지고 한중수교 이후 경제적인 여력이 생기면서 교육환경이 열악한 농촌을 떠나 자녀교육들에게 다양한 교육을 제공할 수 있는 도시로 이탈하는 것은 당연하다 하겠다.

우광훈에게 시골은 아름다운 기억의 한 부분으로 남아있기는 하다. 그러나 사춘기 시절의 하방 체험에서 본 농촌 그리고 집체호 생활을 통해 경험한 농촌에서 농촌을 전원적이라거나 순수하다거나 하는 도시인들의 그릇된 시각을 고칠 수 있었을 것이다. 그에게 있어 농촌 또는 시골은 순수함과 그리움의 대상으로서의 '고향'이 아니다. 그의 소설에서 개혁 개방과 한중수교 이후 조선족 사회에 밀어닥친 도시와 한국으로의 이주에 따라 조선족 농촌이 공동화되고 농촌이 경제적으로나 문화적으로나 삶의 환경면에서 낙후된 많은 문제점을 가진 공간일 뿐이라는 인식을 보여준다.

3. 모국, 아버지의 고향 : 낯설기만 한 타인들의 공간

중국에서 나고 자란 조선족 2세들에게 있어 모국인 한국은 관념으로만 존재할 뿐 현실적으로 돌아가고 싶고 또 돌아가야 할 공간은 아니다. 그들은 자신의 조상이 한국의 어디에서 이주해 왔는가를 말하기는 하지만

---

31) 인구 천 명당 고중문화 수준자나 대학문화 수준자가 전국 평균의 2.5배가 넘고, 문맹률이 타민족에 비해 현저하게 낮다는 점과 함께 헌신적으로 자녀 교육에 임하는 조선족들의 모습은 조선족들이 갖고 있는 교육열을 단적으로 보여준다. 강순화, 『중국 조선족 문화와 여성문제 연구』, 한국학술정보, 2005, 50~51쪽 참조.

그곳은 가보지도 않은 곳이고 자신과 아무런 관련이 없는 곳이다. 따라서 그들에게 한국은 부모님의 고향이기는 하나 낯선 곳일 뿐이며, 한번은 가보고 싶지만 그곳에서 계속 살기에는 부담스러운 공간이다.

'고향'이란 한 개인의 내밀한 체험과 관련된다. 한 인간이 어린 시절을 보내면서 그의 기억 속에 차곡차곡 쌓인 구체적인 경험들이 나이가 들어 자신이 태어나 성장한 곳을 떠나 다른 곳에 머물 때 자신의 아이덴티티를 확보하게 해 주는 곳이 바로 '고향'인 것이다. 그런 점에서 조선족 2세들에게 있어 한국은 자신의 핏줄들이 대를 이어 살아온 곳이자 아버지의 '고향'일 뿐이다. 부모들에게서 아버지의 고향에 대해 수없이 많은 이야기를 들었다고 하더라도 그곳은 자신과는 동떨어진 공간일 수밖에 없는 것이다. 우광훈은 그의 장편소설『흔적』에서 조선족 2세들이 가지고 있는 이러한 복합적인 감정을 구체적으로 보여준다.

> 승용차는 국도를 벗어나 세멘트로 포장된 넓지 않은 길로 들어섰다. 길옆의 논에서 벼들이 누렇게 익어가고있었다. 그 밭우로 창호로서는 처음 보는, 목이 길다란 새들이 날고있을 뿐, 수확을 기다리는 들은 한적하고 적막하였다. 곧게 뻗은 포장도로가 끝나기 나지막한 언덕 같은 산이 보이고 산우에 옹기종기 집들이 들어앉아있었다. 고향이였다! 아버지가 태여나고 할아버지가 태여나고 증조할아버지가 태여나고 그리고 그 이상의 웃대들이 태여나 자란 곳 그리고 죽어간 곳, 창호의 몸속에서 흘러야 하는 피를 길러 이어준 고향이라는 이름으로만 불러야 하는 곳이였다.
>
> 창호는 가슴이 멎는것 같았다. 고향이라는것이 현실적인 감각으로 찾아오지 않았다. 다만 어렸을 때 빠질수 있었던, 그런 환상 같은 환각으로만 느껴질뿐이였다.[32]

연변에 진출하여 동업을 하는 정준태의 도움으로 창호는 한국에 와서 아

버지의 고향으로 가게 된다. 조상대대로 살아온 고향이고, 지금의 자신이 있게 해준 원천이 되는 고향이다. 그러나 그곳에 도착했을 때 '고향!'이라는 감동이 일시적으로 느껴지기는 하지만 그곳은 그에게는 고향이라고 불러야 하는 곳으로만 다가온다. 아버지에게서 끊임없이 들어왔던 고향이기는 하지만 그곳은 자신과는 전혀 관련이 없는 공간일 뿐이다. 자신이 찾아간 고향이란 자신의 기억 속에는 전혀 존재하지 않는 곳일 뿐이어서 고향이라는 현실감이 느껴지지 않는다.[33] 현실감이 존재하지 않는 공간은 그리움의 대상이 될 수 없으며 환상이나 환각과 같은 것일 수밖에 없다.

> 창호의 눈에 노랗게 익어가는 감들을 주렁주렁 매달고있는 늙은 감나무가 안겨왔다.
> "고향집마당에는 너 증조할아버지가 심은 감나무가 있었어. 너 할머니는 감이 익으면 껍질을 깎아 대나무에 꿰여 말려 곶감을 만들었지. 처음 따서 말린것은 제상에 쓴다고 독에 담아 창고에 넣어두었지. 그것이 왜 그렇게 먹고싶던지. 그래 한번 훔쳐먹었다가 너 할아버지한테 피가 나도록 종아리를 얻어맞은적이 있었댔어……"
> 이것은 아버지의목소리였다. 창호는 그 목소리를 듣고있었다. 아버지는 조용한 어조로, 언제나 그랬듯이 담담하게 고향을 이야기하고있었다.
> 창호는 감나무밑으로 다가갔다. 바로 이 감나무였다.[34]

아버지의 고향집에 서 있는 증조할아버지가 심었다는 늙은 감나무는 아버지의 말을 떠올리게 한다. 아버지는 고향에 대한 그리움을 자식에게 담담하게 이야기하면서 풀 수밖에 없다. 돌아가야 할 고향이지만 외부적

---

33) 이는 9살 어린 나이에 고향을 떠났지만 고향에 대한 기억이 남아 있는 정판룡이 50년만에 고향 담양에 돌아갔을 때 느끼는 느낌과는 완연한 차이를 보인다. 정판룡, 『고향 떠나 50년』, 민족출판사, 1997, 477쪽 참조.
34) 『흔적』, 76~77쪽.

인 제약으로 인해 돌아갈 수 없는 고향을 자식에게 인식시키는 방법은 고향과 관련된 자신의 기억을 이야기해 주는 일 뿐이다. 고향집의 모습, 마당의 감나무, 고향에서의 선명한 몇몇 기억들은 자식들에게 전해줄 수 있는 대표적인 얘깃거리들이다. 그런 것들을 이야기해 준다고 해서 자식들의 기억 속에 아버지의 고향이 '고향'으로 자리 잡을 수는 없는 일이다. 하지만 부모가 반복해서 '고향'을 이야기하는 것은 자신의 뿌리를 알아야 한다는 전통적인 가치관 때문만이 아니라 고향을 떠나온 자신이 가지고 있는 '고향'의 아이덴티티를 자식과 공유해야만 한다는 '고향' 의식의 발현이기도 할 것이다.

떠나온 고향을 자식에게 전하려 하는 것은 조선족의 경우만은 아닐 것이다. 고향을 떠나 살고 있는 많은 사람들이 자신의 고향을 그리는 마음을 가지고 동향회를 조직하여 동향민들과 모여 고향에 대한 정보를 나누고 그리움을 공유하는 것35) 역시 동일한 심리적 근거를 가진 것으로 판단할 수 있다. 남북이 분단되면서 월남한 사람들이 동향회를 조직하여 친목을 도모하고 동향민의 자제들을 위한 장학 사업을 하는 것이나 자신들의 고향의 문화를 수집·정리하는 것 등은 떠나온 고향을 잊지 말고 자식들에게도 '고향'을 전해야 한다는 의식의 한 측면을 드러낸다. 이는 조선족들이 처한 상황과 대동소이한 것으로 이향민들이 갖는 '고향' 의식이 현현되는 한 방식이라 할 수 있을 것이다.

큰어머니는 창호를 끌고 할아버지, 할머니 묘소아래쪽으로 갔다. 산기슭이 막 끝나는 평퍼짐한 등성이에 20년생은 되였을 소나무숲이 있었고 그사이에 잔디가 파랗게 깔린 넓지않은 공지가 있었다. 큰어머니는 그 공지에 발걸음을 멈추고 창호를 바라보았다.

---

35) 동향회의 조직과 활동 그리고 그 의미 등에 대해서는 일본의 근대 초기의 예이기는 하지만 나리타 류이치의 앞의 책에서 상론되어 있다.

　　"이곳에 너의 아버지를 모셔라. 중국에서는 화장을 한다고 했지? 그
럼 골회라도 할아버지, 할머니와 같이 묻히게 해야지…… 문중에서 이
미 상의가 되었으니까 너희들이 모셔만 오면 되는거야……"
　　창호는 어느때며는 아버지의 무덤이 일어설 땅의 파아란 잔디를 만
졌다. 땅의 감촉이 부드러웠다. 한줌의 흙을 주먹속에 꼭 넣으면서 창호
는 머리를 들었다. 하늘이 물들인듯 파랬다. 아버지, 아버지는 고향이
있습니다! 탯줄을 묻은 땅이 기다리고있습니다!"
　　소나무숲사이로 서늘한 바람이 불어와 눈물과 땀으로 얼룩이 된 창
호의 얼굴을 시원하게 적셔주었다.36)

　　아버지는 탯줄을 묻은 땅인 고향으로 돌아올 수 있게 되었다. 죽은 자
는 자신이 태어난 곳으로 돌아와 묻혀야 한다는 동양적인 생사관으로 볼
때, 아버지는 이역 땅 중국에서 죽어 구천을 떠돌다가 이제 고향 땅 선조
들의 발치에 묻혀야만 한다. 그래서 문중에서 회의를 통하여 고향을 떠나
중국에서 죽어 화장이 된 창호의 아버지를 골회라도 돌아와 묻히게 하는
것이다. 이제 창호의 아버지는 자신이 돌아와야 할 곳으로 돌아올 수 있
게 되었다. 평생 그리움을 가슴에 묻고 언젠가는 돌아가야 한다고 생각했
던 고향에 이제야 돌아올 수 있게 된 것이다. 모국에 태어나 자란 고향을
두고 떠나온 조선족 1세대들에게 있어 '고향'은 이런 것이었으며, 죽어서
라도 돌아올 곳을 찾은 창호 아버지의 경우는 행운이라 하지 않을 수 없
는 것이다.

　　그러나 창호와 같은 조선족 2세대들에게 있어 모국인 한국은 '고향'일
수가 없다. 부모들의 이야기 속에서만 존재하던 모국 한국에는 자신의 아
이덴티티를 형성해 줄 수 있는 아무 것도 존재하지 않기 때문이다. 그곳은
익숙한 아무 것도 것도 존재하지 않는 곳이며, 같은 언어를 사용하는 사람
들이기는 하지만 낯선 자들이 살고 있는 공간이며 자신들과는 다른 생각

---

36) 『흔적』, 82쪽.

과 가치관을 가지고 살아가는 사람들이 사는 땅이다. 그곳이 아무리 살기 좋은 곳이라고 부모들에게 이야기를 들었고 또 현재 코리안 드림을 꿈꿀 수 있는 곳이기는 하지만 그곳은 그들에게 이방일 따름이다. 우광훈은 조선족들이 가지고 있는 이러한 '고향' 의식을 여러 작품에서 분명하게 드러내 보인다. 이것은 중국과 한국이 수교를 맺은 이후 자유로운 왕래가 가능해지면서 조국 중국과 모국 한국 사이에서 조선족들이 겪는 '고향'에 대한 감정의 복잡성을 소설적으로 형상화한 것이라 하겠다.

'고향' 의식의 다면성

우광훈의 소설에는 '고향'이 등장하지 않는다. 그의 소설에는 태어나서 자란 연길과 어린 시절 삼년 간 살았던 외가와 가족과 함께 하방되었던 쟈피꺼우에서 체험한 농촌 그리고 부모의 고향인 한국 등이 공간적 배경으로 등장하고 있다. 그러나 이들 공간 어느 곳도 우광훈의 소설에서 그리움의 대상으로서나 정신적인 뿌리로서 자신의 아이덴티티를 가지게 해 주는 '고향'으로 기능하지 않는다.

어릴 적 체험과 연관되어 아스라한 추억의 공간으로 남아 있는 외가와 쟈피꺼우가 비교적 '고향'의 모습을 하고 있지만 돌아가고픈 공간은 아니다. 그곳은 이미 사라져 버린 기억의 공간이며 자신의 아이덴티티와 관련이 있는 곳은 아니다. 그의 소설에서 농촌은 가난에 찌들어 버린 낙후된 공간으로 그 속에 살고 있는 사람들은 발전을 위하여 탈출할 필요가 있는 것으로 그려져 있을 뿐이다. 그리고 우광훈에게 자신이 태어나 자란 연길이라는 도시화와 함께 유흥과 환락으로 물든 공간으로 진정한 '고향'이 되지 못하고 있다. 또 부모님의 고향인 한국 역시 아버지의 고향이기는 하나 자신에게는 낯설기만 한 타인의 공간으로 '고향'이 될 수 없는 것이다.

‘고향’으로 인식되는 공간은 대체로 자연과 함께 하고 공동체 문화가 살아 있는 공간인 경우가 대부분이며 또한 ‘고향’이란 고향을 떠난 사람들이 갖는 망향 의식과 깊은 관련을 갖는다. 타향살이가 고향을 ‘고향’으로 인식하게 하는 것은 고향을 떠나 있을 때 고향의 특징을 이해하고 고향이 ‘고향’으로 인식될 수 있기 때문이다. 우광훈은 이런 점에서 ‘고향’ 의식을 갖기 어려운 성장 배경을 가지고 있다. 그는 연길에서 태어나 성장했으며 연길에서 벗어난 적은 가족과 함께 외가와 쟈피꺼우로 내려가 있은 것밖에 없다는 점에서 고향을 떠나 고향을 그리워 해 본 기억이 별로 없기 때문이다. 또 앞에서 지적하였듯이 한국은 부모님의 고향이기에 관념적으로 ‘고향’이라는 의식을 가질 수는 있겠지만 ‘고향’ 의식의 대상일 수는 없다.

우광훈의 소설에 나타난 이러한 ‘고향’ 의식의 특징은 이 시대의 조선족들이 갖고 있는 공통의 문제일 수 있다. 조선족의 대부분은 연변 자치주 지역에서 조선족끼리 집거를 이루고 살아 왔다. 주로 농촌에서 조선족끼리 마을 단위로 생활해 온 조선족들은 조선족으로의 문화를 잘 유지하고 살았으며 그들에게는 자신이 성장한 공간이던 조선족 마을이 ‘고향’으로 자리할 수 있었다. 그러나 급격히 도시화가 진행되고 한국으로의 이탈이 심해지면서 공동체 의식이 사라지고 그들에게서 ‘고향’이 무엇인가에 대한 혼란이 발생한다. 우광훈은 남보다 먼저 도시에서 성장함으로써 이 같은 ‘고향’ 의식의 상실을 남보다 먼저 경험하였고 그것을 작품화할 수 있은 것이다.

우광훈이 소설에서 그려내고 있듯이 조선족들은 ‘고향’에 대해 복잡스러운 인식을 갖는다. 그들은 가난에 찌든 농촌을 떠나 도시에서 살면서 우광훈이 소설에서 보여주듯 ‘고향’에 대해 복잡스러운 인식을 갖게 된다. 또 이들은 조국인 중국과 모국인 한국 사이에서도 ‘고향’에 관해 혼란된 인식을 갖지 않을 수 없다. 이것은 인구 14억 명에 달하는 중국이라는 다민족 국가에서 200만 명 정도의 작은 인구로 작은 섬의 주민처럼 살아 가는 소수민족, 더욱이 한국이라는 경제적으로 앞선 나라를 모국으로 두 고 있는 특수한 소수민족인 조선족들은 어느 민족보다 국민 정체성과 민 족 정체성의 이중 정체성이라는 복잡한 감정을 갖지 않을 수 없기 때문이 다. 이런 점에서 우광훈의 소설에서 '고향'이 존재하지 않는 것은 조선족 들이 가지고 있는 '고향' 의식의 단면을 잘 그려낸 것이라 이해해 볼 수 있 을 것이다.

Ⅲ. 민족 정체성의 소설적 형상화

07. 정치우위 시대 조선족 소설의 주제 특징

연구의 대상과 용어의 문제

중화인민공화국 수립 후, 이상적인 공산주의 사회로의 안착을 추구하던 중국은 내외적인 상황의 급변으로 경제적 발전과 정치적 안정이라는 두 국면을 동시에 해결해야 하는 기로에 서게 된다. 소련의 수정주의적인 변화와 폴란드와 헝가리에서의 정치적 소요 같은 외적 변화와 실패로 끝나 버린 몇 가지 경제개발 정책의 결과에 따른 내적 상황은 국가 정책을 정치적·사상적 통합을 통해 사회적·경제적인 문제를 해결하려는 방향으로 전환하도록 하였다. 이러한 정책의 변화는 1957년 2월 최고국무회의에서 행한 「인민의 내부 모순을 정확하게 처리하는 문제에 관하여[關于正確處理人民內部矛盾的問題]」라는 모택동의 보고에서 촉발되었다. 이후 몇 개의 문건을 바탕으로 그 해 7월 이후 쌍백 방침에 따라 정부의 정책을 비판하는 글을 발표한 지식인들을 중심으로 반혁명분자 색출의 폭풍이 불었고, 불과 몇 달 사이에 수많은 지식인들이 체포되어 투옥되거나 노동에 의한 사상개조라는 명목으로 농촌으로 추방[1]되는 비극적인 결과를 낳았다.

반우파 투쟁기 이후 중국의 정책은 몇 차례에 걸쳐 약간의 변화가 있기는 하였지만 모택동에 대한 개인숭배가 점차 강화되고 모택동 사상에 의해 중국의 정책이 일방적으로 결정되면서 점차 마오주의에 바탕을 둔 공산주의 이념을 강조하게 된다. 더욱이 소련의 정책 변화와 그에 따른 소련과의 이념 갈등, 위성국가들의 자유화 물결, 미국의 월남 침공과 인도와의 국경 분쟁 등은 중국 당국으로 하여금 내부 결속을 강화하게 하는 결과를 낳는다. 자본주의와 변질된 공산주의인 수정주의가 중국 내부에서 준동하는 것을 두려워 한 중국 정부는 전 인민들에게 마르크스레닌주의 사상을 고취함으로써 진정한 공산주의 사회를 만들기 위하여 소련의 수정주의를 방어하고 그것을 극복하자는 방수반수(防修反修)[2]로 나아가게 된다. 이러한 이념 편향은 결국 광대한 중국을 혼란의 장으로 변화시킨 문화대혁명으로 나아가는 빌미로 작용하게 된다.

본고는 중화인민공화국이 비교적 사상적인 자유가 보장되던 1950년대 중반[3]을 지나 이념이 강조되기 시작한 1957년 반우파 투쟁기로부터 문화대혁명이 시작되는 1966년까지의 10년에 가까운 시기를 정치우위 시대[4]라 명명하고, 이 시기에 발표된 조선족 소설의 양상을 살피는 데 그

---

1) 김시준, 『중국당대문학사조사연구 1949~1993』, 서울대학교출판부, 2001, 12쪽.
2) 중국 정부의 반수정주의 정책의 성립과 방수반수의 왜곡된 변화 과정에 대해서는 진춘밍 외, 이정남 외역, 『문화대혁명사』, 나무와숲, 2000, 66쪽 이하 참조.
3) 물론 이 시기에도 영화 「무훈전」 비판, 「홍루몽」 연구 비판, 호적의 사상 비판, 호풍 문학에 대한 비판 등 여러 차례의 사상 비판이 있었으나, 대체적으로 이들에 대한 비판은 분명한 우파적 성향에 대한 비판이며 공산주의 사상과 문예를 확립하기 위한 과정으로 이해된다.
4) 천쓰허는 중국당대문학사를 1949년~1978년, 1978년~1989년, 1990년 이후 세 시기로 나누어 설명한다. 작가들이 거대한 시대적 주제에 매달리던 공명(共明)의 시대와 시대적 주제의 일부만 반영할 뿐 통일된 공명 상태를 만들기 어려운 무명(無明)의 시대라는 큰 구

목적이 있다. 이 시기는 1950년대의 계급 없는 사회의 도래에 대한 희망과 진정한 공산주의 사회의 건설에 대한 열정이 현실의 벽에 부딪치고 엄청난 경제적·사회적 혼란을 겪으면서 그 방향성이 상실되고 국가가 강요하는 정책에 순응되어 가는 시기이다. 마찬가지로 이 시기를 지나면서 조선족 소설들도 점차 문학은 국가 정책을 선전하여야 한다는 당국의 문예정책에 더욱 적극적으로 복무하기에 이른다.

　본고는 이 점에 착안하여 중국에서의 정치우위 시대에 이르러 조선족 소설의 주제가 어떤 방식으로 변화하고 있는가를 검토하고자 한다. 그런데 본고가 정치우위 시대의 조선족 소설을 연구의 대상으로 하면서 1957년에서 1966년에 이르는 시기로 한정한 것은 아래의 몇 가지 이유 때문이다. 첫째, 이 시기에 발표된 작품들을 통하여 통해 당의 정책 변화가 조선족 소설에 반영되는 양상을 잘 알 수 있다는 점이다. 둘째, 이 시기 소설을 통해 소수 민족에 대한 정책 변화가 조선족 소설에서 민족성이 어떻게 사라지는지 알 수 있기 때문이다. 마지막으로 문화대혁명 기간 동안에는 문예지들이 모두 정간되어 현존하는 조선족 소설이 없다는 매우 현실적인 이유 때문에 중국 당대사에서 가장 정치우위 시대였던 문화대혁명기를 대상에서 제외하였다.

　반우파 투쟁이 시작된 1957년 여름부터 문화대혁명으로 문예지 출간이 중지된 1966년 여름까지 발표된 조선족 소설은 200편이 넘는 것으로

분 아래 중국당대문학사를 공명에서 무명으로 나아가는 과정으로 정리한 결과이다. 이는 크게 중국당대문학사를 정리하는 방법으로는 적절하나 공명의 시기인 30년의 문학사를 하나로 보기 어렵다는 점에서 이 논문의 대상 시기를 정리하는 데에는 어려움이 있다(천쓰허, 노정은·박난영 역, 『중국당대문학사』, 문학동네, 2008, 25~27쪽과 40~55쪽 참조). 김시준은 『중국당대문학사』(소명출판, 2005)에서 필자와 비슷하게 개혁개방 이전의 중국당대문학을 사회주의 초창기의 문학(1949~1956), 사회주의 경직기의 문학(1957~1965), 문화대혁명기의 문학(1966~1976)으로 나눈 바 있다. 본고는 김시준의 견해와 유사하나 정치의식의 과잉 시기라는 점을 부각시키기 위하여 반우파투쟁기에서 문화대혁명에 이르는 시기에 이 용어를 사용한다.

조사5)된 바 있다. 본고는 이 같은 정치우위 시대에 『연변문학』6)을 통해 발표된 소설들과 각주 5)의 프로젝트 기간 중 구득한 문화대혁명 이후 발표된 조선족 작가들의 작품집에서 정치우위 시대에 발표된 작품들을 중심으로 논의를 진행하였다. 굳이 문혁 이후 발간된 작품집에 실린 이 시기 창작 작품으로 밝힌 작품을 대상으로 삼은 것은 당시 발간된 『인민문학』이나 「연변일보」 등에 발표된 작품을 확인하기 어려운 상황에서 『연변문학』에는 실리지 않고 단행본에 실린 작품으로 대상을 넓혀 이 시기 발표 작품들의 전체상을 살피기 위함이다.

그러나 이러한 자료의 불철저함은 논문으로서 적지 않은 한계를 낳는다. 그것은 당시 발표된 작품 중 10% 정도에 지나지 않는 단행본에 실린 작품들은 대체적으로 당대에 발표된 작품들에 비해 높은 소설적 완성도를 보인다는 점이다. 이는 첫 발표 때부터 작품의 수준이 일정 수준에 도달했기에 단행본 발간에 선택되었으리라는 설명과 함께 정치우위 시대에 발표된 작품들이 20년 가까운 시간이 지난 뒤 단행본에 포함되면서 상당 부분 개작이 이루어졌을 가능성도 무시할 수 없게 한다. 이는 작가와 작품에 따라 그렇지 않을 수도 있지만 하나의 작품이 여러 작품집에 실리면서 그때마다 손질된 작품이 확인되는 것으로 보아 충분한 개연성이 있는 일이다. 본고는 이러한 한계를 염두에 두면서 이 시기에 발표된 소설들의 주제 성향을 살피고자 한다.

---

5) 2005년도 한국학술진흥재단의 지원으로 송현호 · 최병우 외 6명이 연구한 「중국 조선족 문학의 탈식민주의 연구」(KRF-2005-079-AM0035)의 사전 조사 결과임.
6) 중국작가협회 연변분회인 연변작가협회는 조선족 작가들의 구심점으로 1954년 이래 문화대혁명기를 제외하고 월간으로 『연변문학』을 발간해 왔다. 그간 잡지명이 『연변문예』, 『아리랑』, 『천지』, 『연변문학』 등으로 바뀐 바 있으나 본고에서는 논의의 편의를 위하여 현재 제명으로 사용되는 『연변문학』으로 통일해 사용한다.

정치우위 시대와 조선족의 삶

중화인민공화국이 수립될 당시 중국 대륙은 일제와의 전쟁과 국공 내전의 결과 상당히 황폐해 있었고 근대적인 산업 기반도 취약하였다. 이러한 경제적 난관을 일시에 극복하고 단시간 내에 유럽 국가 수준의 경제 발전을 추진했던 인민공사나 대약진 운동과 같은 정책이 실패로 끝난 뒤, 중국의 정책은 이념적인 결속이 선행되어야 진정한 공산사회가 될 수 있다는 정치우위의 방향으로 선회한다. 이는 기반 시설이 부족하고 과학 기술력이 영성한 상태에서 추진한 무리한 경제 개발 정책이었기에 실패로 귀결될 수밖에 없었으리라는 것은 충분히 짐작할 수 있다. 당시 중국의 경제적 현실은 발전된 자본주의 사회에서 공산주의 사회로 넘어간다는 역사 발전의 법칙에 미달하기 때문이다.

그러나 경제 개발 정책의 실패에 대한 책임을 당과 국가의 정책을 반대하는 국민당 특무들과 공산주의 사회의 도래를 거부하는 자본주의의 잔재들의 준동 탓으로 돌린 중국 정부는 공산주의 정권을 수립한지 몇 년이 지나지 않은 시기부터 지속적인 자본주의 잔재에 대한 청산에 치중하게 된다. 내부의 결속을 통해 반대자들을 색출하고 지속적인 사상의 강화로 현실의 난제를 타개하려는 이러한 노력은 일제와의 전쟁과 국민당과의 내전 중의 경험이 평화 시에 확장된 것으로 이해해 볼 수 있다. 특히 1956년을 전후하여 공산권에 불어 닥친 수정주의적인 정책으로의 선회는 신생 공산국 중국으로서는 비판하고 극복해야 할 현실이었기에 더욱더 내부의 이념 통합을 강화하는 정책으로 나아간 것이다.[7] 이러한 이념 통합을 통한 국가 발전이라는 정책에 따라 중국 사회는 점진적으로 정치적인

---

7) 이 시기에 이르러 국가 정책의 최종 결정권이 모택동 한 사람에게 집중되고 점차 개인숭배로 나아가게 된다. 이는 효율적으로 정책을 결정하고 이념을 통제하여 현실적 난제들을 단기간에 극복하기 위한 일환으로 선택한 것이라 생각해 볼 수 있다.

억압이 진행된다. 서서히 진행되는 여러 정치적 변화를 제대로 인식하지 못하는 사이에 중국 사회는 정치우위 시대로 전환되고 있었고, 이러한 정치우위의 현실은 1966년의 작은 촉발에 의해 중국 인민들 스스로 엄청난 폭발력을 지닌 문화대혁명으로 진행된다.

내외적인 불안을 극복하기 위해 실시된 이념의 강화를 위한 노력은 우파들의 색출과 탄압에 치중하여 사회 전반에 심각한 영향을 미치게 된다. 정치우위 시대를 촉발한 반우파 투쟁의 과정에서 가장 피해를 본 집단은 지식인 계층이다. 이는 중국공산당 8대 2차 회의에서 지식인을 부르주아로 분류한 결과이다. 이는 중화인민공화국의 수립으로 부르주아들이 사회주의적 경제 개혁으로 물적 기반을 상실하여 영향력을 발휘할 수 없었지만 이전 시대에 지배계층에 속해 있었던 부르주아 지식인들은 프롤레타리아의 지배를 거부할 수 있는 거의 유일한 존재라는 인식에서 비롯된 것이다. 이러한 현실 인식에 따르면 지식인은 개조되어야 할 대상일 수밖에 없어서 이후 문화대혁명기까지 지속적으로 지식인들을 노동을 통해 개조하려는 시도를 보이게 된다.

반우파 투쟁기에 중국에서는 55만 명에 이르는 지식인들이 우파로 분류8)되어 핍박을 당하고 노동을 통해 의식을 개조할 것을 강요당하고 농촌으로 하방되어 어려운 생활을 감내해야 하기도 하였다. 이 시기 연변조선족자치주에서도 많은 지식인들이 우파로 분류되어 적지 않은 고초를 겪었다. 공산당이나 산업 현장의 중간 간부로 활동하던 지식인들이 어느 날 갑자기 우파로 분류되어 공민으로서의 권한을 박탈당하고 노동 개조라는 옥살이 아닌 옥살이를 해야 하였던 것이다. 더욱이 문인들의 작품이 독초로 분류되어 비판받고, 작가로서의 지위를 상실당하여 하방되기도 하였

---

8) 중공당 11기 3중전회 이후 반우파 투쟁기에 우파로 분류된 55만 명을 재조사한 결과 잘못 분류된 것으로 판단되어 개정한 것이 98% 이상을 점했다고 한다. 진춘밍 외, 이정남 외역, 앞의 책, 31쪽 각주 참조.

다. 이러한 문인들에 대한 탄압은 결국 문학이 당과 국가의 이념을 전파하는 수단이라는 즉 문학이 정치에 복무해야 한다는 모택동이 「연안문예강화」에서 제기한 문예정책이 강화되는 결과를 낳는다. 이와 같이 반우파 투쟁기를 거쳐 정치우위 시대로 전개되면서 문학은 보다 더 당과 국가에 복무하는 수단으로 기능하게 되고 문학의 고정화가 심화되기에 이른다.

정치우위 시대에 나타난 중국 당국의 정책 변화 중 조선족에게 큰 영향을 미친 것으로 당이 견지하고 있었던 소수민족 정책을 들 수 있다. 중국 공산당의 소수민족 정책은 시기에 따라 약간의 차이를 보이기는 하지만 대중화주의를 주창하여 소수민족의 자치권을 부정한 국민당과는 달리 소수민족의 자치권을 일정 정도 인정하는 것이었다.9) 그러나 정치우위 시대로 접어들면서 소수민족에게 주어진 문화적 독자성을 비판하고 민족주의에 대해 탄압하기 시작한다. 문예 부분에서도 민족 정체성을 드러내거나 민족 문화를 강조하는 작품을 종파주의로 분류하고 심한 경우 독초로 비판받게 되었다. 그리고 이러한 현실은 문화대혁명기까지 지속적으로 강화되어 가는 양상을 보인다.

정치우위와 함께 등장한 민족주의에 대한 탄압은 조선족의 삶과 문학을 크게 변화시킬 수밖에 없었다. 조선족은 두만강을 경계로 그들이 떠나온 나라인 조선인민공화국과 경계를 이루고 살았다. 조선족들은 일제강점기에 살길을 찾아 지척의 거리인 만주 지역으로 건너온 조선인들의 후예이다. 그들은 만주에 터를 잡고 살며 일제와의 지속적인 투쟁의 결과 해방을 맞이하였다. 따라서 그들은 자신들의 고국은 조선이라 인식하고 있었고, 조선 해방의 주역인 진정한 조선인이라는 강한 민족적 긍지를 가지고 있었다.

일제 패망 직후 중국공산당의 결정에 따라 팔로군 휘하에서 항일전쟁

---

9) 중국공산당의 소수민족 정책의 변화 양상에 대해서는 이 책 Ⅲ－09에서 상론된다.

을 하고 있던 조선의용군들은 동북 지방으로 이동하게 된다. 이들은 심양 부근에서 조선의용대 대회를 열어 소수의 나이 든 혁명가만 조선으로 돌아가고, 나머지는 만주 각 지역의 조선족 집거지구에 이동하여 조선 인민들을 참군시켜 조선의용군의 힘을 확대하여 튼튼한 동북근거지를 건립하기로 결정한다. 그들은 전군을 제1지대, 제3지대, 제5지대로 나누고 제1지대는 남만으로, 제3지대는 북만으로, 제5지대는 동만으로 진출한 바, 이들은 중국공산당 내 조선인 간부의 중심을 이룬다. 이들 조선인 간부들의 지도 아래 많은 조선족들이 참군하여 중화인민공화국 수립에 적지 않은 공을 세웠고, 한국전쟁에 참전하였으며 전후에도 중국 공민으로서 국가 발전에 기여한 바 적지 않았다.

그러나 중화인민공화국 수립 후 10년 가까이 지난 시기까지도 조선인들 사이에는 자신의 조국이 조선인가 중국인가에 대한 갈등이 남아 있었다.[10] 해방 직후 국공내전 시기에 한족 간부 유준수가 토지개혁이라는 특수한 상황에서 조선인에게 토지를 분배하기 위하여 제기한 조선인은 국적이 둘이라는 이중국적관, 연변조선민족자치구 창립 전에 조선인 사이에 제기되었던 정치의 조국은 소련이고 민족의 조국은 조선이며 현실의 조국은 중국이라는 다조국론 그리고 이 둘을 모두 부정하고 중국의 조선족은 조선에 있는 조선 사람들과 같은 민족이기는 하지만 서로 다른 공민권을 가진 만큼 조선족은 어디까지나 중국의 공민이라는 연변조선민족자치구 초대 주석 주덕해의 국적관 등은 이 시기 조선족들의 국적 인식의 복잡성을 말해 준다. 주덕해의 평전에서는 이에 대해 "력사와 현상태를 똑바로 보는가 하는 것은 120만 동북 조선족이 어디로 나아갈것인가, 발전할것인가, 어떻게 생존할 것인가에 관계되는 중대한 문제이며 이 문제

---

10) 이하 조선족들의 국적관에 관해서는 이해영, 「리근전의 장편소설≪범바위≫에 나타난 조선인의 중국 잔류」, 『이주와 귀환』, 한국현대소설학회 제38회 학술대회 발표논문집, 2011.5.28 참조.

를 잘 처리하는 것은 조선족자체에 리롭다"[11]고 지적하여 조선족의 국적 문제를 객관적인 시각에서 볼 것을 요구하고 있다. 이러한 주덕해의 조국 관은 조선족을 영도하는 중국 공산당 간부로서 정치적·현실적 조건을 고려한 심각한 고민의 결과로 이해해 볼 수 있다.

그러나 이 시기 조선족에게 조선은 단순한 외국이 아니라 그들이 떠나 온 땅이고 돌아가고 싶은 고향이기도 하였다. 그래서 조선족들은 필요한 경우 국경을 건너가기도 하였고 또 중국이 경제적으로 어려움에 빠지면 조선에 건너가 상당 기간 살다 돌아오기도 하였다. 그러나 조선인들의 이 러한 조국관과 잦은 월경은 중국 당국으로서는 국가 정체성을 위해 무한 정으로 용납할 수는 없는 일이었다. 조선이 중국과 혁명을 같이한 혈맹의 관계에 있기는 하였지만 조선족들의 법적 장치 없이 국경을 넘나드는 행 동은 한 국가의 공민으로서 해서는 안 될 일이었고, 만주 특히 연변의 역 사적·지리적 특성과 전략적 중요성은 이러한 현실을 재고하지 않을 수 없게 하였다. 따라서 조선족들에게 중국 공민으로서의 정체성을 강조할 필요가 있었으며 그것은 정치우위 시대 이후 조선족 민족주의자들에 대 한 탄압의 원인[12]이 되기도 하였다.

이러한 소수민족 정책의 변화와 조선족의 국민 정체성에 대한 강조는 조선족의 정체성에 대한 자유로운 글쓰기의 탄압으로 이어진다. 일제가 만주를 지배하던 시기에 지속적인 투쟁을 하고 국공 내전에 참전한 조선 족들로서는 투쟁의 역사와 혁명에서의 공적에 대한 자부심이 대단했고 자신들이 일구어 놓은 지역에 들어온 한족에 대한 우월감 역시 작지 않았 다. 일제강점기 조선인들의 항일투쟁의 역사를 비교적 조선인이 주체가

---

11) 『주덕해의 일생』, 연변인민출판사, 1987, 229쪽. 위의 글 5쪽에서 재인용.
12) 정치우위 시대에 이어지는 문화대혁명 기간 중에 연변에서 조선족들에 대한 핍박이 엄중 했던 것은 이러한 조선족들의 조선과의 연관에서 비롯된 점도 없지 않다. 이에 대해서는 성근제, 「문화대혁명과 옌볜(延邊)」, 한림대 아시아문화연구소, 『중국 문화대혁명 시기 학문과 예술』, 태학사, 2007, 326쪽 이하 참고할 것.

된 역사로 정리한 김학철의『해란강아 말하라』[13]가 크게 비판을 받고 결국 작가가 우파로 분류되어 억압을 받는 현실은 이 시기 조선족 작가들에게 준 심리적 억압은 적지 않았을 것이다. 정치우위 시대에 불어 닥친 정치·문화·사회적인 변화는 조선족 작가들이 창작 과정에 적지 않은 제약으로 작용하게 된다.

혁명 영웅의 예찬과 국민 정체성 고양

1942년 제기된「연안문예강좌」의 창작방법론이 근간을 이룬 중국의 소설은 당의 정책을 전파하고 공산주의적인 인간상을 그려내는데 그 존재 의의를 갖고 있었다. 연변조선족자치주가 성립되고 연변작가협회가 만들어지고 김학철, 김창걸을 비롯한 조선족 작가들이 작품을 발표하면서 조선족의 현실과 그들의 민족 정체성을 다루는 작품들도 발표되기 시작한다. 그러나 이 시기 조선족 소설의 주된 방향은 중화인민공화국의 건립이라는 사회적 분위기와 맞물려 당의 정책을 선전하는 데 놓여 있었다. 농촌이나 공장 등 노동 현장에서 노동을 신성시하고 자기를 희생하여 타의 모범을 보이는 공산주의적 인간을 소설화하는 작품들은 공산주의 체제 아래서 발전된 자본주의 사회를 조속히 추월해 보려는 당의 정책을 선전하는 중요한 주제였다.[14] 아울러 반우파 투쟁기를 거쳐 정치우위 시대

---

13) 김학철의『해란강아 말하라』와 리근전의『고난의 년대』를 비교하여 조선족들이 지닌 민족해방운동에 대한 두 시각을 나누어 살핀 이 책의 II-02는 민족 정체성에 대한 조선족의 고민의 양 측면을 잘 보여준다.

14) 정치우위 시대에도 이런 류의 작품은 지속적으로 발표된다. 의족 때문에 청년호 건설노동에 직접 참가하지 못하게 된 대학생 장철수가 무언가 지신이 대원들을 위해 할 수 있는 일을 찾아 신 깁기 기술을 배워 대원들의 신을 몰래 고쳐주는 모습을 통해 노동의 심성함을 기린 현룡순의「대학생 장철수」(『연변문학』, 1958.7), 죽어가는 순간까지 사막 탐사대로서 자신의 책임을 다하고 사막에서 발견한 알칼리로 집적된 마른 호수의 위치를 전하는 헌신적인 모습을 그린 박태하의「사막에서의 조난」(『연변문학』, 1959.10), 농업 현

로 나아가면서 당의 여러 정책을 선전하는 내용들이 소설의 주제로 자리
를 잡아 소설의 정치적 성향은 이전 시기에 비해 현저하게 강화된다.

특히 항미원조(抗美援朝)전쟁을 치르면서 중국의 공민으로서 직접 참
전하거나 군수물자를 후원하자는 운동은 당 정책에 대한 적극적이고 자
발적 참여였다는 점에서 이 시기 조선족 소설의 중요한 주제로 등장한다.

> 돈! 덕구는 이때처럼 하늘에서 쏟아지던지, 땅에서 솟아나던지 돈이
> 콱 생겼으면 하고 탐욕을 써 본적은 없었다. 여러해 동안 고분고분 농사
> 일을 했지만 돈때문에 아글타글한적이라곤 없는 덕구가 오늘은 왜 이러
> 는건가? 한 푼이라도 더 벌어서 항미원조 전선에 비행기, 대포를 사보낼
> 생각이 태양같이 불타서 그러는 것을 팔남이만은 잘 알고 있었다.[15]

리홍구의 「동피사냥」은 평범한 농사꾼으로 살던 덕구와 필남이가 한
겨울에 동피 사냥을 하러 나갔다가 거의 죽음에 이를 위험에 빠지고는 겨
우 동피 한 마리를 잡아 돌아오는 과정을 그린 작품이다. 그런데 이 작품
에서 돈에 대해 큰 욕심이 없던 덕구가 돈에 대한 탐욕을 갖게 되는 이유
는 한국전쟁에 필요한 물자를 헌납하자는 운동에 동참하고자 하는 데 있
다. 이러한 덕구의 욕망과 그 이유를 서술자가 직접 드러내고 있는 것이
소설적으로는 아쉬운 감이 없지만 이 작품의 창작 배경을 분명하게 짐작
할 수 있게 해준다.

이 작품에서는 덕구와 필남이는 군수 물자를 지원하는 모금 운동이라
는 국가의 정책에 부응하기 위하여 위험한 겨울산에 들어가 최노인에게
몇 가지 기본적인 사냥법을 배우고는 겁 없이 단둘이 동피 사냥을 나갔다

장의 기술적인 문제들을 해결하기 위하여 노력하는 과정에서 전현직 사이에 갈등을 겪고
극복하는 헌신적인 공장 간부들의 모습을 그린 윤금철의 「숙질간」(『연변문학』, 1961.7)
등이 그 좋은 예이다.
15) 리홍구, 「동피 사냥」, 『연변문학』, 1959.7, 5쪽.

가 실종될 위험에 빠져 고난을 치르고 귀환하는 과정이 그려지고 있다. 그러나 이러한 약간은 사실적이지 못한 사냥의 과정은 전쟁에 참가하지 못하게 된 덕구와 필남이가 자신들이 참여할 수 있는 방법으로 국가 정책에 동참하기 위한 행동이었다는 점에서 당의 지도 방침에 어떤 형태로든 적극적으로 참여하는 인물을 창조하여야 한다는 당시 중국의 문예 정책에 따른 결과로 이해된다.[16]

이 시기 조선족 소설의 또 하나의 경향은 항일투쟁이나 혁명전쟁에 참가하여 혁혁한 전공과 함께 그 과정에 죽어간 열사들을 기리는 것이다. 현룡순은 1933년 봄 장재골 전투에서 목숨을 담보하고 싸우다 마지막 탄환으로 토벌군 지휘관을 사살해 적을 퇴각시키는 전공을 세워 유격대의 여영웅이 되는 한 인물의 전설적 이야기를 소설화한 「유격대의 여전사」, 1936년 항일 전투 과정에서 동지들을 살리기 위하여 장렬히 전사한 영회 동지를 그린 「붉은 기」[17] 등에서 전쟁 영웅의 형상을 전형적으로 보여준다.[18] 이와는 달리 전투에서 직접적인 전과를 올린 영웅을 그리기보다는 적군 점령지에 살면서 유격전사들의 지속적인 투쟁을 가능하게 해준 농민들의 모습을 그린 작품도 적지 않다. 그 대표적인 작품으로 김영금의 「조약돌」을 들 수 있다.

---

16) 그러나 리홍규는 당의 정책에 따른 작품을 집필하려 하였음에도 불구하고 1960년도에 사회주의 문예 노선을 왜곡 반대한 반당분자로 분류되어 그의 거의 모든 작품들은 수정주의, 민족주의라는 비판을 당한다. 이 작품 역시 많은 평자들에 의해 착취 계급 사상의 흔적이 보이며 현실과 인간관계를 왜곡하였다는 가혹한 평가를 받게 된다. 이에 대해서는 박일, 「<동피사냥>은 독초다」(『연변문학』, 1960.12, 52~53쪽)와 권철, 「리홍구의 반동적 문예관」(『연변문학』, 1961.1, 50~55쪽) 등을 참조할 것.
17) 이 작품들은 작가의 작품집 『우물집』(민족출판사, 2003)에 수록하면서 1959년 2월과 5월에 창작한 것으로 밝혔으나 당시 발표 여부는 확인이 되지 않는다.
18) 이 시기에 김범수의 「생명의 동력」(『연변문학』, 1962.1), 고창림의 「붉은 모자」(『연변문학』, 1962.11), 림원춘·박창묵의 「샘물은 바위를 뚫고 흐른다」(『연변문학, 1963.4) 등 혁명의 영웅을 그리는 소설들이 수없이 발표되었으며, 현재도 조선족 소설의 중요한 한 경향을 이루고 있다.

우리는 천로쌘령감의 분부대로 인츰 돌아섰다. 숙영지에 이르러 그
주머니를 헤쳐보니 거기에는 좁쌀외에도 소금, 장, 성냥 등이 알뜰히 들
어있었고 그 조약돌도 들어있었다.

동무들은 이것을 보고 누구나 얼어붙은듯 말하지 못하였다. 유격전
사들은 인민의 정에, 한족농민 천로쌘의 정에 가슴이 뜨거웠다. 림해설
원에서 밤을 지새우는 혁명자들은 봄볕을 못이겨 처마 끝에 락수지듯
이 가슴이 뜨거워 감격의 눈물을 흘리는것이였다.

조약돌을 다시 넣어보낸것은 또 쌀 가지러 오라는 뜻이다. 동무들은
이 돌을 보며 이건 정녕코 인민은 살아있고 혁명은 기필코 승리한다는
산 증거물이라 느꼈다.[19]

소규모 빨치산 부대를 꾸리고 있었던 유격 전사들은 적군의 철저한 차
단으로 인하여 식량이 떨어져 궤멸 상태에 이른다. 식량 확보를 나가 얼
어버린 무 줄기를 뽑고 있던 그들에게 나타난 노인이 조약돌 하나를 쥐어
준다. 그것으로 노인이 자신들 유격부대를 지원해주는 농민임을 알게 되
고 밤중에 마을로 들어가 필요한 식량과 물건들을 보급 받아 지속적인 투
쟁이 가능해진다. 눈밭에서 잠을 자며 무장 투쟁을 지속하는 전사들에게
인민의 도움은 절대적인 것이다. 인민들은 승리를 위하여 적지에 숨어 적
군 몰래 전사들에게 보급품을 제공하면서도 전사들에게는 아무것도 요구
하지 않고 다만 승리만을 기원할 뿐이다. 유격 전사와 인민들의 관계가
물과 고기와 같은 관계임을 보여주는 이러한 줄거리는 혁명전쟁을 소설
화하는 또 다른 한 방식으로 이해된다. 즉 이러한 소설적 주제는 항일투
쟁과 혁명전쟁이 승리할 수 있었던 것은 당과 인민의 강한 믿음과 결속에
의한 것이었음과 함께 현재의 난관을 극복하기 위하여 당과 인민이 어떻
게 협력하여야 하는가에 대한 당의 관점을 간접적으로 드러내 보여주는
것이라 하겠다.

---

19) 김영금, 「조약돌」, 『바닷가에서 만난 녀인』, 료녕민족출판사, 1987, 87~88쪽. 작품 말미
    에 1962년 12월 작으로 되어 있다.

정치우위 시대로 접어들면서 조선족 소설에는 조선족의 정체성을 보여주는 작품들이 사라지고 조선족의 국민 정체성을 강조하기 위한 작품들이 등장한다. 그것은 조선족이 일제로부터 벗어나기 위하여 투쟁하는 과정에서 중국과 협력하였다는 중조협력이라는 관점에서 벗어나 중조가 일체가 되어 투쟁하여 항일전과 혁명을 승리로 이끌었다는 논리로 나타난다. 리근전의 『범바위』에서 해방 직후 서위자촌의 봉건적 현실을 타파하기 위하여 호랑이가 팔로군을 찾아가 참군을 하고, 김치백 영감이 공산당 간부를 만난 후 서위자촌 사람들을 이끌고 공산당과 노선을 같이 하는 것 등은 이 시기 조선족들에게 불어 닥친 민족 현실의 변화를 알게 해준다.

이러한 중조간의 정서적 통합을 통하여 조선족이 중국 공민으로서의 정체성을 확보하도록 하는 당의 정책은 역사적 사실의 허구화 뿐 아니라 현실의 삶을 그린 소설에서도 중요한 주제로 등장한다.

> 밤이 퍽 깊어서 자리에 누었으나 나는 도시 잠을 이룰 수 없었다. 어머니는 나의 눈에 어머니라기보다도 행복의 요람으로 보였으며 순희는 그 속의 불사조 처럼 보였다 나도 련못의 금붕어가 되어 마음껏 뛰놀고 싶었다. "공동한 원쑤를 물리치는 투쟁은 정말 한족과 조선족 인민 사이를 민족으로서가 아니라 계급으로, 피로 뭉치게 하였구나!" 나는 이런 생각을 무시로 되풀이하면서 마음 속으로 순희 어머니를 어머니 라고, 순희를 동생이라고 불렀다. 나는 이런 감정이 혹시 나의 정서적인 개성에서 오는 일시적인 충격이 아닌가고 자문 해 보았으나 이는 자신에 대한 지나친 불신임이라고 여겼으며, 이는 오직 순박한 동지적 사랑과 감정에서 오는 인간의 미덕이라고 믿었다.[20]

---

20) 허해룡, 「혈연」, 『연변문학』 1962.9, 46쪽. 이 작품은 문혁 이후 단행본 『세 번째 비밀』(연변인민출판사, 1990)과 『중화인민공화국창건30주년기념 단편소설집』(연변인민출판사, 1979)에 수록될 때 해당 부분이 상당한 차이를 보인다. 조선족 소설에 있어 문혁을 전후한 시기에 나타나는 개작의 양상과 그 의미를 살피는 것은 또 다른 중요한 연구 주제가 될 것으로 보인다.

현 임업과 직원으로 과장의 명에 따라 장백산 부근에 있는 과거 항일투쟁의 근거지였던 목림 지구 산구개발사업에 참가하게 된 칭싼은 그곳에서 만난 순희네 집에서 함께 지내면서 순희 모녀와 매우 친숙하게 된다. 한족과 조선족으로 민족이 서로 달랐지만 칭싼은 순희와 그녀의 어머니에게 혈연적인 감정을 느끼고 실제로 가족처럼 사랑하게 된다. 이 과정에서 작가는 칭싼과 순희 모녀 사이의 관계 나아가 우리들이 살아가면서 이웃과 정서적 교감을 갖게 하는 것은 일시적 감정 충동이나 동일한 민족이라는 사실이 아니라 동지적, 계급적 관계에서 오는 인간의 미덕이라는 인식을 드러낸다. 작가는 이 작품 속에서 민족보다는 계급이 중요하여 조선족과 한족을 구분하고 같은 민족끼리 친근감을 느끼는 것이 잘못된 일임을 분명하게 드러낸다. 이러한 줄거리는 다민족 국가인 중국이 가진 민족융화를 위한 정책을 소설적으로 형상화한 것이며, 소수민족으로서 조선족은 민족 정체성을 버리고 중국 공민으로 자리 잡아야 한다는 당의 정책21)을 충실히 반영한 것으로 이해된다.

북경대학 동방언어문학학부 조선어과 학생들이 연변대학에 1년간 참관을 왔을 때 조선어를 학습하게 된 조선족 남학생과 한족 여학생 사이의 일을 다룬 현룡순의 「누님」은 민족적 차이를 극복하고 하나의 국민으로 융화되는 또 다른 이야기를 보여준다.

> 동생! 너무나 오래동안 소식을 끊었다고 나무라지 말아요. 나는 그동안 출국류학을 하여 조선어연구생으로 3년동안 공부하다가 인제야 끝마쳤어요. 니는 조선족의 문화번영을 위하여 연변에 가서 사업하겠다고 신청하였어요. 그랬더니 유관 부문에서는 쾌히 승낙하였어요. 조국의 문화동산에서 조선족이라는 한떨기 꽃송이는 얼마나 향기롭게 피였는가요. 나는 정성스레 가꾸었던 그 향기로운 꽃송이를 세상에 널리 알

---

21) 이 시기 조선족 사이에 존재한 정체성에 대한 인식과 그 혼란에 대해서는 각주 10)~12)에서 살핀 바 있다.

리기 위하여 일생을 바쳐 사업하겠어요.

그 첫걸음으로 동생이 4년전에 나에게 준 작품 「누님」을 번역하여 보았어요. "그래요!"라는 말만 되풀이하여 동생을 놀라게 하던 사람의 첫솜씨라는 걸 알아주어요. 나의 이번 연변행에 대해 60을 넘어선 어머니는 찬성이래요. 예전에는 관동으로 넘어서면 죽을 곳을 가는줄 여겼지만 지금은 이렇듯 자원적으로 산해관을 넘어서는 사람들이 늘어나고 있어요.[22]

1년 동안의 참관을 끝내고 돌아간 북경대 학생 왕슈란은 연변에 있는 동안 나에게 조선어도 배우고 남매처럼 지냈으며 나의 여동생과도 친자매처럼 지냈다. 그러나 그녀는 연변을 떠난 후 3년이라는 시간 동안 연락이 되지 않다가 위와 같은 편지를 보내온 것이다. 그간 북한으로 나가 조선어를 배워 조선어 전공자가 되어 나의 작품을 번역하여 발표하였고, 이제 자신의 전공을 살려 연변으로 나와 활동하기로 했다는 것이다. 그리고 자신의 연변행이 특이한 것은 아니고 많은 한족들이 산해관을 건너 만주지역 그리고 연변으로 나와 조선족 사이에서 사업하는 것을 전혀 이상하게 생각하지 않는다고 전한다. 이 작품도 한족과 조선족은 가족처럼 융화될 수 있으며, 민족의 경계를 허물고 중국이라는 하나의 국가의 공민으로서 살아가야 함을 강조하고 있다.

이렇듯 조선족의 정체성보다는 국민 정체성을 강조하는 이러한 소설들은 소수민족 정책이 바뀐 당시 중국의 현실을 보여준다. 그러나 이 작품들은 역설적으로 이 작품이 발표되는 1960년대에도 조선족들이 강한 민족 정체성을 가지고 있었으며, 그것이 소수민족 정책에 있어 상당한 걸림돌이 되었다는 점을 반면으로 보여주는 것은 아닌가 하는 생각을 갖게 한다.

---

[22] 현용순, 「누님」, 『우물집』, 민족출판사, 2003, 71~72쪽. 작품 말미에 1960년 12월 작으로 되어 있다.

정치우위 시대에 발표된 많은 소설들에는 혁명을 주제로 하는 노래 가사들이 인용되고 있다. 유격 전사들의 무훈담을 그린 소설에는 혁명 의지를 담은 군가가 농업 증산에 힘쓰는 농민들을 다루는 소설에서는 농민들의 증산 의지를 담은 노래가 인용되곤 한다. 이렇듯 이 시기 여러 소설에서 혁명가요가 인용되는 것은 이상적인 사회주의 국가를 건설하기 위해 애쓰는 당시 사회 분위기를 반영한 것이며, 나아가 사회주의 이념을 선전 선동하는 것을 목표로 하던 당시 소설이 선택한 당연한 소설적 장치로 이해된다. 그러나 이 시기에 쓰여진 김순기의 「20년 후에……」에는 가사 내용이 서정적이고 다분히 퇴폐적인 분위기를 지닌 1930년대에 유행했던 신민요 「노들강변」이 인용되어 있다.

　　이층의 한 련습실창문가에서 흘러나오는 이름 모를 남학생의 테너로 부르는 노래소리는 나를 몹시 놀라게 하였다.

　　　　노들강변 봄버들
　　　　휘휘 늘어진 가지에다가
　　　　무정 세월 한 머리를
　　　　칭칭 동여서 매여나볼가
　　　　에헤야 봄버들도 못믿으리로다
　　　　흐르는 저기 저 물만
　　　　흘러 흘러서 가누나…

　　이것은 나에게 얼마나 익숙하고 친근한 목소리인가? 그 부드럽고 맑은 목청은 말할나위도 없고 미묘한 정서를 자아내는 맑고 부드러운 음색과 은은히 가무러지는 그윽한 여운은 너무나 귀에 익고 친근한 소리이다.
　　이 노래소리의 주인은 누구일가? 어차피 나는 그를 찾아보지 않고서는 견딜 수 없었다. 소시적을 추억케 하는 그 노래소리에 끌리여 나는 발걸음을 현관으로 돌리여 급급히 층층대를 밟았다.[23]

나는 우연히 들은 이 「노들강변」이라는 노래로 인해 20년 전 용정에서 친하게 지내던 이웃집 웅걸 오빠와 자신 사이에 있은 항일투쟁과 공산주의 운동을 하던 기억과 함께 웅걸이네와 자신의 가족이 항일투쟁의 과정에서 겪은 고통들을 회상하게 된다. 그리고 이 노래를 부른 웅걸의 아들 영철을 만나 항일투쟁이 승리로 끝난 후 웅걸이가 한국전쟁에 참전했다가 죽음을 맞이하였다는 이야기를 듣게 된다.

이렇듯 이 소설은 단편소설임에도 회상의 장치를 사용하여 1930년대에서 1950년대에 이르는 조선족의 역사를 개괄적으로 보여준다. 특히 주인공이 웅걸이의 아들인 영철을 만나게 되는 계기가 업무 차 들른 학교에서 우연스럽게도 20년 전 웅걸이가 아코디언을 타며 부르던 「노들강변」을 영철이가 피아노를 치며 부르는 것을 듣게 되면서이다. 아버지가 부르던 노래를 그 나이 또래의 아들이 부르고, 낡은 아코디언을 타면서 좋은 세상이 오면 피아노를 치며 불러 주겠다던 웅걸의 모습이 피아노를 치며 노래 부르는 영철과 교차되면서 상징적 의미를 부여하기도 한다.

그러나 이 작품에서 민족적 정서가 강하게 개입되어 있는 조선족의 전통 민요 「노들강변」을 과거 회상을 매개하는 소재로 사용한 것은 당시의 정치우위라는 사회 분위기로 보아 다소 무리가 있는 것이라는 생각을 하게 한다. 소수민족의 정체성 특히 조선족의 정체성을 강조하는 것이 종파주의로 분류되어 탄압을 받을 위험이 상존했던 시기에 이런 민요를 작품 속에 등장시킨다는 것은 상당한 위험을 감수하는 행위일 수 있기 때문이다. 더욱이 이 작품에서 나와 웅걸의 부친은 항일투쟁 중 사망하였고, 웅걸이도 공산주의자로서 유격대에 참가하지만 중국공산당과의 연결이 드러나지 않는다. 서술자인 나의 투쟁이나 고난 역시 전적으로 조선인과 일제 사이의 갈등으로 서술되고 있어 조선족과 일본인을 제외한 민족들은

---

23) 김순기, 「20년후에…」, 『잔치 전 날』, 료녕민족출판사, 1988, 42쪽. 작품의 말미에는 '1961년 초고, 1979년 수정, 1981년 재수정'(60쪽)이라 되어 있다.

등장하지 아니한다. 이처럼 조선족의 민족 정체성을 강하게 드러내 보이는 이런 작품이 중조일체를 강조하고 민족주의를 종파주의로 몰아치는 반우파 투쟁이 치열하던 정치우위 시대에 쓰였다는 사실은 이 시기 조선족 문학에 대한 새로운 시각으로의 접근을 요구한다.[24]

정치우위 시대 소설의 주제 성향

본고는 사회주의 국가 건설과 함께 고조되었던 이상적 사회 건설의 열기가 지나고 쌍백운동의 철회와 반우파 투쟁의 등장으로 정치우위 시대로 들어선 시기의 조선족 소설의 주제 성향을 밝히는데 그 목적이 있었다. 사회주의적 인간을 고양하고 조선족들의 삶을 그리던 조선족 소설은 이 시기를 지나면서 당의 노선을 선전하는 경향이 더욱 강화되고 뚜렷한 몇 가지 주제적 성향을 지니게 된다. 이를 요약하면 아래와 같다.

첫째, 노동을 신성시하고 자기희생으로 타의 모범이 되는 공산주의적 인간을 소설화하려는 주제는 지속적으로 문학의 중심이 된다. 이는 새로 탄생한 공산주의 체제를 통해 발전된 서구 자본주의 사회를 빠른 시간 안에 추월하려는 당의 정책을 선전한 결과이자 사회주의 문학이론에 충실하려던 당시 사회의 분위기를 반연한 것이라 하겠다.

둘째, 항일과 혁명의 과정에서 혁혁한 전공을 세우고 죽어간 열사들을 기리는 소설들 역시 지속적으로 창작된다. 특히 이 시기에는 투쟁의 승리가 전시들과 힘께 그들을 헌신석으로 지원한 인민들의 공임을 그리고 있다. 이러한 소설적 주제는 항일과 혁명투쟁의 승리는 당과 인민의 강한

---

24) 각주 5)의 조사 결과로는 1961년에 이 작품이 발표되었는지 여부가 확실하지 않다. 이 작품에 대한 서지적 연구가 좀 더 면밀하게 이루어져야만 정치우위 시대에 쓰인 이 작품의 민족주의적 성향에 대한 올바른 논의가 가능할 것이다.

믿음과 결속에 따른 것임을 강조하면서 현재의 난관을 극복하기 위하여 당과 인민이 어떻게 협력하여야 하는가를 간접적으로 드러내 보여준 것으로 이해된다.

셋째, 민족보다 계급을 강조하고, 민족을 구분하기보다는 하나의 국민으로서 화해롭게 살아갈 것을 강조하는 작품들이 많이 등장한다. 이는 다민족 국가 중국이 당시에 지향한 민족 융화 정책을 소설적으로 형상화한 것으로, 소수민족 정체성을 포기하고 중국 공민으로서의 정체성을 강조하는 당시 당의 정책을 반영한 것이라 하겠다.

그러나 이 시기에 발표된 소설 중에서 민족 정체성이 강하게 드러나는 작품이 전혀 없지는 않다. 1962년 발표된 리근전의 장편소설『범바위』는 중조일체로 새로운 사회주의 국가를 건설하는 과정을 보여주는 작품이지만 작품 도처에 조선민족의 정체성이 강하게 드러나고 있다. 또 문화대혁명 이후 간행된 작품집에 실린 이 시기 쓰였다는 작품 중에는 조선민족의 정체성을 담고 있는 작품이 없지 않다. 당시 출간된『범바위』과 함께 이들 작품에 나타난 민족 정체성 양상과 특징 등을 검토할 필요가 있다. 물론 이에 선행하여 문화대혁명 이후에 작품집에 발표된 작품들의 경우 개작의 여부와 함께 개작의 양상과 의미를 밝히는 일 또한 함께 고구되어야 할 중요한 과제라 생각한다.

08. 한중수교가 조선족 소설에 미친 영향

문제의 제기와 연구 대상

마오주의의 시대가 지나고 덩샤오핑이 중국의 권력을 장악하면서 중국은 본격적으로 자본주의의 길로 나아간다. 덩샤오핑이 주도한 개혁개방으로 이전의 마오주의의 편협한 이념성을 벗어나 비교적 자유로운 사회 · 경제 활동이 가능해지자 중국인들의 삶은 급격히 변화하고, 중국문학 역시 새로운 시대를 맞이하여 변화를 모색하게 된다. 1970년대 후반을 지나면서 문예계에 사상 해방이 이루어지고 많은 작가들의 복권이 이루어지면서 아픈 과거를 반성하는 상흔문학이나 반사문학이 등장하고,[1] 다른 한편으로 외래문예사조를 노입하여 변화하는 시대에 걸맞는 새로운

---

[1] 이 시기 등장한 반성적 재사유는 역사적 경험 전반에 대한 총체적이고도 전면적인 반성이기는 하지만 원리로서의 '사회주의' 그 자체를 문제 삼지는 않았다. 이는 국가의 근간인 사회주의 체재 자체의 붕괴 위험을 회피하는 것이 반성의 절박함만큼이나 중요하기 때문이었다. 이정훈, 진재교 외, 「1990년대 중국의 문학장과 지식 담론」, 『문예공론장의 형성과 동아시아』, 성균관대 출판부, 2008, 262~265쪽 참조.

문학을 지향2)하기도 한다.

중국 정부의 개혁개방 정책이 추진되기 시작한 1970년대 말부터 홍콩을 통해 중국을 드나드는 사람들에 의해 조선족의 존재가 한국에 알려지기 시작했다. 당시 아주 소수이기는 하지만 조선족의 존재를 알게 된 한국인들은 진정으로 조선족 사회를 이해하고 그들의 발전을 위해 지원을 아끼지 않았다.3) 조선족들도 자신들이 모국으로 생각하고 있던 북한이 아닌 한국의 존재를 인식하기 시작하고 또 한국의 경제적인 풍요를 어느 정도 알게 되었다. 조선족들이 한국의 존재를 확실하게 깨닫고 한국의 경제적 성장을 자랑스럽게 여기게 된 계기는 1988년에 열린 서울 올림픽이었다. 텔레비전을 통해 알게 된 한국은 그들에게 꿈을 이룰 수 있는 땅으로 생각하게 하였다.

일 년에 수백 명 정도의 친척 방문이 전부이던 조선족의 한국 나들이는 1988년 올림픽을 계기로 활발해지기 시작하였고, 친척 방문자의 수가 많아지면서 한국에서는 거리에서 한약을 판매하는 조선족이 사회 문제로 되기도 한다.4) 1992년 8월의 한중수교는 조선족이 비교적 자유롭게 한국을 왕래할 수 있는 계기가 되었고, 한국의 기업이 중국으로 진출하여 조선족들에게 직접적인 영향을 미치는 계기가 된다. 그리고 한국 사회와 조선족 사이의 왕래가 현저하게 늘어나면서 한국은 조선족들에게 기회의 땅이면서 동시에 많은 사회적·문화적 문제들을 야기하기도 한다.

개혁개방 이후 중국 사회의 변화는 조선족의 삶에 큰 영향을 미쳤다. 20년에 가까운 시간 동안의 사상 투쟁 과정에 있은 많은 사회 문제들에 대한 반성과 비판이 있었으며 새로운 사회·문화적 환경에 적응하기 위한 노력도 함께 했다. 그리고 계획 경제에서 비교적 자유로운 경제로 전

---

2) 김시준,『중국당대문학사조사연구』, 서울대출판부, 2001, 247쪽 이하.
3) 임계순,『우리에게 다가온 조선족은 누구인가』, 현암사, 2003, 291쪽.
4) 위의 책, 292쪽.

환하면서 개인의 노력에 따라 경제적 부를 획득할 수 있지만 또한 빈부의 차이가 나타나게 된다. 이러한 중국 사회의 전체적인 변화와 함께 한중수교는 한국인들이 조선족 사회에 직접 영향을 미쳐 해방 이후 농촌을 중심으로 정체성을 유지하고 있던 조선족 사회를 급격히 와해시킨다.

사회 · 문화적 환경의 변화는 조선족 문학에도 커다란 영향을 미친다. 조선족 문학은 개혁개방 이후의 중국문학의 변화와 그 길을 함께 하면서도 모국의 존재를 경험한 소수민족으로서 국민 정체성과 민족 정체성이라는 이중정체성의 문제를 심각하게 경험하는 것이다. 그리고 한중수교와 함께 조선족 사회에 밀려들어오는 한국의 경제와 문화가 급변시키는 조선족 사회를 문학적으로 형상화하기 시작한다. 즉 조선족 문학은 중국문학의 일원으로서 개혁개방 이후의 중국문학의 변화에 발을 맞추면서도 한국과의 교류에 따라 소수민족의 문학으로서 새로운 길을 모색한 것이다.

본고에서는 조선족 문학에 나타나는 한중수교의 영향을 밝히기 위하여 리혜선, 우광훈, 윤림호, 허련순 등 네 조선족 작가를 그 대상으로 한다. 이 네 작가는 1950년대 중반에 연변 지역에서 태어난 조선족 2~3세대로서 반우파 투쟁기와 문화혁명기에 어린 시절을 보내고, 학창 시절 이후 농촌으로 보내져 집체호 생활을 한 경험을 갖고 있다. 그리고 이들은 개혁개방 이후 등단하였고 현재까지 왕성하게 작품을 발표함으로써 조선족 작가를 대표하는 위치에 있다는 공통점을 지닌다.

이들 네 작가를 본고의 대상으로 삼은 것은 이들이 중국의 사상적 혼란기에 성장하여 개혁개방과 한중수교를 경험했다는 점에서 문제적이기 때문이다. 이들은 중국에서 태어나 한국에 대해서는 거리를 두고 중국인으로 성장한 세대들로 중국의 현대사의 질곡을 몸소 경험하고 문학으로 그러한 현실을 극복하려 했다. 그러나 이들은 동시대를 살며 급격한 사회변화를 경험한 세대들이면서도 한중수교 이후의 조선족의 문제에 대해 각기 다르게 소설적으로 대처하고 있다. 이런 점에서 이들 네 작가의 작품을 통해 한중수교 이후 나타난 조선족 소설의 전반적인 변화 양상을 밝힐 수 있고, 또 한중수교 이후 나타난 조선족의 한국에 대한 인식의 변화도 해명해 볼 수 있을 것으로 기대한다.

한중수교 이전 조선족 소설의 주제 특성

이념과 정치가 모든 것의 우위에 놓이던 1960~1979년대 중국의 지식인들은 매우 심한 핍박을 받았고, 이념적 자유를 추구하는 문인들의 경우에는 더욱 심한 핍박을 받을 수밖에 없었다.[5] 마찬가지로 이 시기 많은 조선족 문인들도 여러 이유로 집필의 자유와 공민으로서의 자격을 박탈당하고 하방되는 수난을 겪기도 했다.[6] 이러한 상황 속에서 중국 사회에는 국가가 요구하는 선전·선동의 문학 밖에 존재할 수 없었고, 조선족 문학도 거의 황폐화되는 실정에 이른다. 문화혁명 이후 비교적 자유로운 상황에서 작품 활동을 하게 되지만, 정치적 억압을 거친 작가들의 작품에는 사회적인 문제에 대한 관심이 나타나지 않고 당대를 살아가는 개인들의 모습에만 치중하는 양상을 보이기도 한다. 그러나 시간이 지나면서 개혁개방 이후 국가가 허용하는 범위 내에서 문화혁명기의 정치지상주의가 당대를 살아가던 개인들과 가족 관계에 미친 악영향을 비판하기도 한다.

리혜선과 허련순은 여성 특유의 섬세한 시각으로 당대를 살아가는 조선족의 삶이 지닌 여러 측면을 소설화하였다. 리혜선은 남녀 간의 사랑의

---

5) 중국이 어느 나라보다도 정책적으로 문학을 중요하게 취급하면서도 혁명기에는 다른 어떤 분야보다 문학인들을 먼저 탄압하는 것은 선전·선동을 문학의 존재 이유로 보는 당국의 문학관 때문으로 볼 수 있다. 이정훈 앞의 글, 266~272쪽.
6) 반우파 투쟁기에 비판을 받아 공민으로서의 생활을 유지할 수 없었던 김학철이 『20세기의 신화』를 집필했다는 이유만으로 10년의 영어 생활을 한 것은 이 시기의 중국사회와 문단의 상황을 단적으로 보여준다.

파탄이나 이혼으로 인한 가족의 붕괴 등을 제재로 한 많은 작품을 발표한다. 「눈 내리는 새벽길」(1984), 「사과배꽃」(1985), 「비내리는 날」(1988) 등의 작품에서 실연의 아픔을 다루고 있고, 「푸른 잎은 떨어졌다」(1986), 「안개 낀 대안」(1988), 「야경으로 가는 여자」(1990) 등 많은 작품에서 남편의 배신과 이혼으로 인한 아픔을 다루고 있다. 이들 작품에는 보잘 것 없다고 생각되는 여인에게 사랑을 빼앗기고 느끼는 여성의 심리 상황이 예민하게 포착되어 효과적으로 서술되고 있다. 그녀는 당대의 현실이라거나 이념의 문제를 소설의 제재로 다루기보다는 인간이 살아가면서 가장 중요한 것으로 경험할 수밖에 없는 남녀 간의 나아가 부부간의 사랑의 모습에 관심을 보인다. 어느 시대든 사람은 사랑으로 인해 기뻐하고 또 사랑으로 아파하고, 사랑하는 사람과 행복해 하고 또 갈등하고 헤어지기도 한다. 이러한 남녀 간의 사랑은 인간의 가장 본원적인 모습인 바, 리혜선은 남녀가 사랑하고 헤어지며 그 때문에 겪게 되는 환희와 아픔의 다양한 빛깔들 그리고 이혼에 따른 여러 문제들을 작품의 중요한 제재로 다루고 있는 것이다.

일상적인 삶을 그리고 있는 점에서 허련순도 리혜선과 큰 차이를 보이지 않는다. 그러나 리혜선이 사랑과 이별의 다양한 모습에 집중하는데 비해 허련순은 우리들이 일상에서 만나는 삶의 여러 모습을 소설의 제재로 다루고 있다. 사랑하던 과거의 남자를 만났으나 이혼녀라는 이유로 다시 결합하지 못하는 슬픔을 그리고 있는 「고루한 넋」(1988), 이혼한 젊은 미용사가 주위에 꼬여드는 남자들 때문에 정상적인 삶을 유지하기 어려운 모습을 그린 「사내 많은 녀인」(1989), 교통사고를 당해 길에 쓰러져 있는 여인을 옮기고도 사고를 내었다고 피해자의 남편에게 봉변을 당했지만 피해자가 가해자는 바로 자신의 남편이라는 사실을 밝히는 「인간성 그래프」(1990), 공장에 시찰을 나오는 간부들을 대접하다 건강이 망가져버리는 이야기를 그린 「때 이른 서리」(1990) 등 허련순은 우리 주위에 존재하는 다양한 사람들의 삶에 관심을 보인다. 허련순은 이 시기에 발표한 작품에서 리혜선과 달리 제재 상으로 일정한 경향성을 보이지는 않는다. 그러나 허련순의 소설은 소설이 인간의 살아가는 이야기를 담는 것이며 인간의 보편적인 삶을 사실적으로 형상화하는 것이야 한다는 소설의 원론에 충실하였다는 평가가 가능할 것이다.

조선족의 일상적인 삶을 그리는 여타의 작가와 달리 우광훈은 지질탐사대라는 남성적인 삶의 체험을 소설로 형상화함으로써 조선족 작가 중에서 매우 특이한 인물로 평가된다. 인가로부터 멀리 떨어진 오지에서 남성들끼리 모여 위험을 감수하며 살아가는 탐사공들의 생활은 일반인들에게 매우 이질적인 것이었지만 그 속에서 체험하는 남성들의 우정과 강인한 삶 그리고 조선족과 한족 사이에 느끼는 미묘한 민족적 차이, 그리고 탐사대에 근무하는 여성들이나 주변 농가 여인들과의 사랑 이야기들은 조선족 소설의 제재를 넓혔다는 평가를 가능하게 한다. 특히 우광훈은 조선족과 한족 사이에 존재하는 미묘한 심리적 거리를 통해 중국 속에서 중국인으로 살아가며 겪을 수밖에 없는 조선족들의 눈에 보이지 않는 박탈감을 소설로 형상화한 바 있다.

개혁개방과 함께 등장한 조선족 작가들의 소설에 나타나는 주요한 제재 중 하나는 문화혁명기의 정치지상주의에 대한 반성과 비판이다.[7] 이 시기 조선족 소설에 있어서 정치지상주의로 치달았던 과거의 이야기는 대체로 현재와 과거를 비교하는 과정에서 암묵적으로 과거의 문제점을 드러내는 방법을 사용한다. 윤림호는 한 인물의 삶을 통하여 그들이 이념에 열광했던 시기가 내포하고 있었던 왜곡된 삶을 간접적으로 비판하는 방법을 보여준다. 그는 많은 작품에서 나름대로 성실한 삶을 산 인물이

---

7) 정치지향주의에 대한 반성과 비판은 개혁개방 이후 중국문학의 일반적인 성격이었고, 조선족 문학 역시 중국 소수민족의 문학으로서 동일한 경향을 보인 것으로 이해할 수 있다.

정치지향의 시대에 개인의 이익을 추구한다는 이유로 타도의 대상이 되었지만 시대가 바뀌고 난 뒤 오히려 모범적인 인물로 평가되는 아이러니를 보여준다. 또 정치지향적인 시기에 그에 열광하고 따라 혁명영웅이라는 허명을 얻었으나, 그로 인해 인간다운 삶이 파괴되는 인물을 통해 정치지상주의를 우회적으로 비판하기도 한다.8)

「념원」은 이러한 정치지향주의에 의해 파기된 인간성을 매우 잘 그려낸 작품이다. 일제강점기 어머니와 함께 두만강을 건너와 방문일이라는 총각의 도움을 받아 삶을 부지하고 지병으로 어머니가 죽으며 자신을 그에게 맡겨 결혼하였으나, 정치대혁명의 바람이 불자 남편에 대한 은혜도 잊어버리고 혁명영웅으로 활개를 친다. 아들의 병을 고치기 위해 남편이 일군 담배밭과 인삼밭을 반혁명 행위로 현성에 고발하여 온갖 치욕을 당하게 하고 그 일로 남편이 자살하기에 이른다. 그러나 남편이 죽은 후, 양심의 가책으로 마음의 병을 얻고 남편의 삼년상을 치른 후, 참회의 눈물을 흘리며 아들 경호에게 남편 곁에 묻어줄 것을 당부한다.

> "경호야, 이 에미 양심을 다 버린년이다. 네 병을 고치려고 심은 키짝
> 같은 담배들을 뽑아 강물에 처넣던 일을 생각하면 지금도 이 손이 생앓
> 이를 할 것 같구나. 앓는 네 아버지를 지에 가두어 두고 「3·8절」공연
> 준비하느라고……나는 이렇게 녀성들이 규탄을 받을 인간이 되었어.
> 너도 정림이 상처가 도져 달전에 죽었다는 말을 들었을거다. 그는 병원
> 에서 만났을 때 우린 죽어도 묻힐 곳이 없다면서 죽으면 둘이 한곳에 가
> 자고 울더구나. 나는 죽어도 정림이의 곁엔 갈수 없어. 꼬 네 아버지곁
> 에 가겠다 경호야 이 에미를 이비지곁에 묻어줄수 있니? 될수 있을가?9)

---

8) 윤림호는 초기에 이러한 주제를 담은 소설을 많이 써서 첫 작품집인 『투사의 슬픔』(흑룡
　강조선민족출판사, 1985)에 「투사의 슬픔」, 「비석골 신화」, 「두만령감」, 「념원」, 「자취」
　등을 수록하였다.
9) 윤림호, 「념원」, 『투사의 슬픔』, 흑룡강조선민족출판사, 1985, 337쪽.

정치가 사회를 지배하던 시기에 혁명영웅 칭호를 받기 위해 아들의 건강을 돌보지도 않고 남편을 고발하였던 일에 대해 죽음을 앞두고 갖는 회한이다. 남편을 고발하고 아들을 돌보지 않은 결과 영웅의 칭호를 받고 많은 표창을 받지만 그것은 허망한 일일 뿐이다. 혁명의 시기가 지나가고 인간들이 이성을 되찾고 경제적 이익을 창출하는 일의 중요성이 강조되자, 그 때 담배밭과 인삼밭을 갈아엎는데 앞장을 섰던 선전위원 강문서는 선진 경험을 조사하기 위해 자신이 갈아엎었던 인삼밭을 찾아와 7년 된 인삼이 있다는 말을 들었다고 한다. 고향에 돌아와 아버지가 일구던 인삼밭에서 일을 하고 있는 경호는 자기 어머니를 충동하여 혁명에 앞장서게 하고 아버지를 죽음에 이르게 한 강문서에게 7년 된 인삼은 자신의 아버지가 재배하던 인삼 중 살아남은 것들이라며 아버지와 어머니가 죽음에 이른 저간의 상황을 말해 강문서를 비판하고 혁명이 얼마나 헛된 일이었는가를 보여준다.

정치지상주의에 기반을 둔 혁명은 인간성을 황폐화시킨다. 인간의 욕망을 억압하는 것만으로 인간이 인간답게 살 수는 없는 일이다. 문화대혁명기가 지나간 후 조선족 문학에는 이같이 혁명 시기에 대한 반성이 소설이 한 주제를 이룬다. 그것이 성실하게 살아가는 한 개인이 혁명의 와중에 비판되었지만 시간이 지나 실용의 시대가 되자 그들의 삶이 오히려 정당성을 획득할 수 있음을 보여주어 정치지상주의를 비판하고 인간성을 옹호하는 것이 이 시기 조선족 문학에 나타난 중요한 한 특징으로 지적할 수 있다.

이는 삶의 목표가 이념적 가치로부터 경제적 가치로 바뀌게 된 개혁 개방 이후에 밀어닥친 삶의 조건의 변화와 인심의 변화를 반영한 결과이다. 개혁개방 이후 조선족 소설들은 정책의 변화에 따라 개인의 능력에 따라 경제적인 부를 획득하는 것이 죄악시 되지 않고 오히려 호도거리가 강조되자 그런 상황 속에서 인간의 삶이 어떻게 변화하는지에 대해 관심을 드러낸다. 그리고 한국의 존재를 조금씩 알아가고 또 가족 방문이 이루어지면서 조선족 사회에 나타나는 한국에 대한 관심이 소설화되기 시작한다. 그리고 조선족들의 모국 방문이 이루어지면서 한국으로의 가족 방문이 가져다 줄 경제적 이익에 대한 욕망에 따른 가족 간의 갈등이 소설의 제재로 등장하기도 한다.[10] 이러한 문학의 변화는 한중수교 이후 조선족 사회가 한국과의 교류가 확대되고 경제적인 급격한 성장이 가능해지자 더욱 심화된다.

한중수교 후 나타난 조선족 소설의 몇 가지 변화

개혁개방과 함께 소규모로 시작된 한국과의 교류는 한중수교 이후 공식적인 것으로 바뀌자 엄청난 수의 한국 기업이 조선족 사회로 진출하여 그들의 삶의 기반을 흔들어 놓기에 이른다.[11] 또 한국과 중국을 오가며 벌이는 소위 보따리 무역도 그 규모가 점차 커지고 있으며, 한국에 입국하여 몇 년 동안 돈을 벌어 중국으로 돌아가는 사람들 역시 엄청난 규모[12]여서 조선족의 사회를 급격히 변화시키는 원인이 된다.

---

10) 1980년대 말부터 조선족 소설에는 한국이 중요한 소재로 등장하기 시작한다. 한국에서 편지가 오자 누가 부모를 모시고 한국을 방문할 것인가를 두고 일으키는 형제간의 갈등을 다룬 작품으로 허련순의 「밤나무」(1990), 윤림호의 「편지」(1992) 등이 있다.

11) 1990년대에 들어와 한국 기업의 연변 진출이 시작된다. 기업들의 소규모 투자는 시간이 지나면서 그 투자의 규모가 늘어나 1,000만 달러가 넘는 투자들이 줄을 잇고 300개가 넘는 한국 기업들이 연변에 진출했으며(최웅용 외,『중국조선족사회의 경제 환경』, 집문당, 2005, 118쪽), 2005년 현재 52,000개가 넘는 한국 기업이 중국에 진출해 있고 중국 전역에 17,500개가 넘는 조선족 기업이 운영되고 있다(이장섭 외,『중국조선족 기업의 경영 활동』, 북코리아, 2006, 356쪽). 이러한 사실은 한국 기업의 왕성한 중국 진출이 조선족의 삶에 얼마나 커다란 영향을 미쳤을지 짐작해 볼 수 있게 해 준다.

12) 2006년 6월 7일 한국 행자부의 집계에 따르면 장기 체류 외국인 중 조선족이 17만 명으로 전체의 31.7%에 달한다. 이승률,『동북아 시대와 조선족』, 박영사, 2007, 281쪽.

개혁개방 이전 조선족 사회는 연변 지역과 같은 집거지를 중심으로 공동체를 이루고 있었다. 그리하여 그들은 몇 십년간 중국의 소수민족으로서 전통의 문화를 유지하며 살아올 수 있었다. 그러나 개혁개방과 한중수교를 통하여 경제적 성장의 기회가 주어지자 돈을 벌기 위하여 집거지를 떠나 대도시로 이동하고, 또 한국을 비롯한 외국으로 이주하는 사람들이 많아지면서13) 공동체 문화가 사라지게 되자 가치관도 따라 변화한다.

한중수교 이후 조선족 사회에는 물질적으로나 정신적으로 많은 변화가 나타났다. 조선족의 삶과 의식의 변화를 살핀 한 연구자는 한중수교 이후 나타난 조선족의 의식 변화의 대표적인 예로 민족 정체성에 대한 제고, 개방화와 현대화의 추세, 직업 관념과 생활 관념의 변화 등을 든다.14) 이와 비슷하게 한중수교 이후의 조선족 사회에 나타난 변화 가장 큰 변화로 조선족 집거지 해체, 조선족의 가치관 변화, 조선족의 정체성 발견을 든 임계순은 특히 한중수교 이후 경제적 호황을 누리면서 조선족에게 나타난 가치관 변화의 구체적인 예로 핵가족화, 직업관의 변화, 유흥업의 번창, 교육 수준의 하락 등을 들기도 한다.15)

조선족 사회에 나타난 이러한 물질적, 정신적 변화는 조선족 소설에도 일정한 영향을 미친다. 한중수교 이후 조선족 소설에 나타난 한국의 영향은 전반적인 양상을 띠고 있어 몇 가지로 항목화하기가 어려운 실정이다. 소설의 공간이 한국으로 확대된 것이나 한국에서의 여러 체험이 소설의 제재로 사용되는 것 그리고 한국과의 교류를 통하여 나타나는 사회의 변화가 소설의 제재가 되는 것은 등은 한국과의 교류를 통하여 모국을 알게 되면서 나타나는 필연적인 변화로 볼 수 있을 것이다. 또 한국 노래의 가사나 한국의 유행어가 작품에 등장하거나 남한의 언어 표현의 영향을 받

---

13) 조선족의 거주 판도의 변화에 대해서는 위의 책, 275~285쪽 참조.
14) 위의 책, 285~302쪽.
15) 임계순, 앞의 책, 313~329쪽.

고 있다는 것과 같은 사소한 변화도 의미 있는 것으로 파악할 수도 있을 것이다.

이 장에서는 한중수교 이후 조선족 소설에 나타난 변화를 크게 몇 가지로 나누어 살피고자 한다. 조선족 소설에 나타난 대표적인 변화로 공동체의 파괴와 유흥업의 발달과 함께 나타나는 전통적 가치의 파괴와 윤리적 타락, 한국의 발견과 함께 나타난 민족 정체성에 대한 관심의 제고, 한국 문학과의 교류에 따른 한국문학의 영향과 조선족 작가들의 한국문단에 대한 관심 고조, 한국 사회와의 교류에 따라 나타난 조선족 사회의 변화보다는 조선족 사회에 변화하지 않고 있는 특수한 문화에 대한 지속적인 관심 등을 들 수 있을 것이다.

한국과의 교류를 통해 한국의 저급 유흥문화가 유입되면서 나타나는 문제점들은 한중수교 이전에도 조선족 소설의 한 제재로 등장하고 있었다. 리혜선은 1992년에 발표한 「야경으로 가는 녀자」에서 한국에서 들어온 다방 문화가 남녀 간의 불륜을 조장하는 문제를 다룬 바 있다.

> 다방문화가 금방 한국으로부터 들어오기 시작한 때였는데 마담들이 가장 먼저 신경을 쓴 고객은 여태껏 정부를 두고도 만날 장소가 없어 속을 태우던 남녀들이었다. 이런 남녀들은 분위기를 사고싶어 오는 사람들이였으므로 돈을 옴니암니 따지는 법이 없었고 잘만 해주면 단골이 될 수도 있었다. 한동안 정부에서는 문발을 없애라고 문건을 내려보내기도 하고 더러는 불시에 검사를 하여 문발을 찢어버리고 벌금을 안기기도 했지만 다방들에서는 여전히 의자사이를 문발로 막는것으로 손님을 끌었다.[16]

경제적인 문제가 다른 어떤 것에 선행하게 되고 욕망의 표출이 어느 정도 자유로워지는 시기에 한국의 유흥 문화가 조선족 사회에 도래하자 욕

---

16) 리혜선, 『야경으로 가는 여자』, 흑룡강조선민족출판사, 1997, 27쪽.

망은 비정상적으로 폭발되어 사회 문제로 등장한다. 차를 마시는 것이 주였던 다방이 불륜 남녀들이 만나는 장소로 변질하고 노래방이 대중적으로 유행하면서 불륜의 장소가 되고 또 성의 상품화가 새로운 사회 문제로 등장하게 되는 것이다. 인용문에서 보듯이 다방이 비정상적인 만남의 장소로 사용되고 그것을 단속하려는 정부의 노력에도 불구하고 대중의 필요가 있기 때문에 결코 사라지지 않는다. 그리고 이러한 유흥 문화는 시간이 지나갈수록 점점 더 강한 자극을 추구하게 되고, 한국의 기업들이 본격적으로 조선족 사회에 진출하면서 엄청난 규모로 성장하기에 이른다.

한국의 하급 문화인 노래방이나 카페 등은 노래 부르고 술을 마신다는 원래의 기능을 넘어 성을 파고 사는 장소로 변질하고, 성적인 욕망을 해소하려는 남녀들은 환락의 장소로 모여든다. 경제적인 이득을 위하여 욕망을 거래하는 일은 인류 역사 상 언제 어디서나 존재하는 일이었으나 한국 기업이 중국으로 진출하면서 조선족 사회의 성적인 타락은 그 도를 지나친다. 우광훈은 한중수교 이후 나타나는 이러한 유흥 문화의 범람과 그에 따라 나타나는 윤리적인 타락 현상을 사회 문제로 포착하여 작품의 중요한 제재로 사용한다.

> "기어이 리유를 듣고싶은건 아닙니다만 이렇게 밑도 끝도 없이 사표를 던지는게 서운해요. 저두 처자 일가족 다 버리고 이국땅에 와서 고생하는게 꼭 돈 벌려고 온것은 아닙니다. 동포들이 여기서 살고계시고 어렵게 살고계시는걸 보고 저그마한 도움이라도 주고싶었어요……"
> 진이한테는 강사장의 말이 들어오지 않았다. 돈 벌러 오지 안았다구?! 돈 몹시 싫어하네. 그래 처녀사냥 나왔지. 빨각거리는 따라 연계들 다리사이에 착착 끼워넣어줬지 뭐야. 동포라는 이름으로, 구제의 이름으로 말야. 보상은 해진 처녀막을 받고. 기분 하나 좋았겠다. 씨팔, 동포 좋아하네. 그런 지성인이 동포처널 첩처럼 기르고있는거야? 제기랄, 이

무궁화나무밑에 버려진 멘스 무은 화냥년 팬티같은놈아……

진은 속으로 낄낄거렸다. 그리고 자기가 생각한 표현에 속이 후련했
다.[17]

사업을 핑계로 중국에 건너와서 성적 편력에만 눈이 먼 한국인에 대한
통렬한 비난이다. 중국에 진출한 기업인인 강 사장은 조선족 지식인인 진
을 사업 파트너로 고용했으나, 진은 사업보다는 여성 편력에 빠져 허우적
거리는 강 사장에 실망하고 사표를 던진다. 조선족을 위해 중국으로 진출
했다는 강 사장은 사업보다는 성적 욕망을 챙기는 일에 급급하다. 그 결
과 조선족 사회는 돈이 가치의 중심이 되고 윤리적으로 타락의 길을 걷게
된다. 진 역시 참한 아내가 있지만 아내가 자신이 밖에서 하는 일에 관심
을 보이지 않는다는 이유로 같은 직장에 있는 어린 미스 장에게 아이를
배게 하고 술집에서 만난 미스 정과 성적인 만남을 계속하고 있다. 이는
강 사장으로 대표되는 한국인들의 조선족 사회로의 진출이 조선족 사회
전체를 어지럽히고 있음을 암시적으로 보여준다.

미스 정은 대학을 졸업하고 농촌에 있는 소학교 교원 생활을 한 바 있
는 엘리트이다. 그러나 미스 정은 그 지방에서는 이방인에 불과하다고 느
껴 적응을 하지 못하고 도시 학교로의 전근도 불가능하자 교원 생활을 포
기하고 도시로 나온다. 그녀는 카페를 전전하며 적당한 남자를 만나 하룻
밤을 즐기고 그들이 쥐어주는 돈으로 살고 있다. 이처럼 도시의 환락적인
분위기는 조선족의 삶의 뿌리였던 농촌을 떠나 도시의 환락과 욕망 속으
로 빠져들게 하다. 우광훈은 이러한 조선족의 현실에 대해 분노하고 그러
한 현실에 이르게 된 과정을 소설을 통하여 철저하게 고발한다.[18]

서울 올림픽을 통해 알게 된 한국은 조선족들에게는 번영의 상징이자

---

17) 우광훈, 「가람 건느지 마소」, 『가람 건느지 마소』, 흑룡강조선민족출판사, 1997, 115쪽.
18) 우광훈은 「락서가 있는 곳」, 「숙명 20호」, 『흔적』 등의 작품에서 이러한 주제를 반복하
여 사용한다.

부의 표상이었고, 한중수교로 한국으로의 왕래가 잦아지면서 조선족들은 나는 누구인가 하는 정체성의 문제에 관심을 갖게 된다. 그들은 중국인으로 성장하였고 또 중국인으로 교육을 받았지만 동시에 조선말을 하는 중국의 소수민족이었다. 이러한 이중정체성의 문제는 이전부터 있어온 문제이지만 한국을 알게 되면서 과연 자신들이 누구인가 하는 의식의 혼란을 심하게 겪지 않을 수 없었다.

중국 내에서 다수인 한족들 사이에서 소수 민족으로서 공동체를 꾸리고 살던 조선족들은 한중 수교 이후 중국을 찾은 한국인들에게서 '우리'라는 의식을 가질 수 있었다. 또 그들은 한국에 들어와 한국어를 사용하는 사람들 속에서 중국과는 다른 편안함을 느낄 수 있었지만, 한국 사회에서 그들을 '우리'로 인식하지 않는다는 사실을 깨닫게 된다.[19] 이러한 정체성의 문제는 한중수교 이후 조선족 소설의 중요한 한 주제가 된다. 그러나 이에 대한 문제의식이나 소설로 형상화하는 방식은 작가들마다 조금씩 차이를 보인다.

허련순과 윤림호는 각각 다른 논리적 근거로 조선족이 갖게 되는 정체성의 문제를 소설의 직접적인 제재로 즐겨 사용하지는 않는[20] 반면 리혜선과 우광훈은 이에 대해 깊은 관심을 보인다. 리혜선은 앞에서 언급한 수필 「'우리'라는 것」에서 보여주듯이 '우리'인 듯하면서 '우리'가 아닌 조선족들이 한국 사회에서 어떠한 삶을 살아가는가에 대해 깊은 관심을 보인다. 한중수교 이후 엄청나게 많은 조선족들이 한국으로 건너와 육체적인 노동을 통해 적지 않은 돈을 벌어 갔다. 소위 '코리안 드림'이라는 그럴싸한 이름으로 한국에 건너왔지만 그들의 한국에서의 삶은 만족스러운 것

---

19) 조선족이 느끼는 이러한 한국에 대한 이질감은 리혜선의 수필 「'우리'라는 것」(『도라지』 통권 138기, 2003년 3기), 119~121쪽에 잘 드러나 있다.
20) 허련순과 윤림호의 정체성 문제에 대한 입각점의 차이는 이 장의 말미에서 각각 다루어질 것이다.

은 아니었다. 차별과 멸시 속에서 그들은 모멸감을 느껴가면서 돈을 벌었고 그 과정에서 한국에 대한 애증의 감정이 쌓이게 된다.

리혜선은 한국에 와서 수없이 많은 조선족들과 인터뷰를 하고 그 결과를 모아 보고서 형식의 책21)을 펴낸다. 기회의 땅 한국으로 돈 벌러 건너와 어려운 삶을 살아가면서도 꿈을 잃지 않고 사는 사람들, 국제결혼으로 한국에 건너와 곡절 많은 삶을 살아가는 여성, 고달프고 힘든 삶을 견디는 불법 체류자, 한국에 들어와 법을 어기는 못된 범법자, 유학을 와서 미래에 대한 꿈을 키워가는 학생 등 한국 땅에 와 있는 조선족들의 삶을 소설보다 더 소설적으로 보여줌으로써 조선족의 정체성은 과연 무엇인가를 생각하게 한다.

또 리혜선은 한국으로 밀항하는 과정과 모습을 사실적으로 그리기도 하고, 공식적으로 한국 방문을 했다가 잠적하여 불법 체류를 해버리는 사람들이나 한국에 온 조선족들이 건강을 망쳐 어려움을 겪는 이야기 등 한국 땅에 들어와 있는 조선족들의 삶의 편린을 소설로 그려내기도 한다.22) 이렇듯 자신의 한국 체험과 한국에서 만난 조선족들의 삶을 소설화한 리혜선은 한국인보다 더 한국적인 것을 간직하고 살아온 조선족으로서의 자긍심을 드러내는 작품을 통해 한국인과 조선족들에게 조선족의 정체성을 확인하고 조선족의 역사를 알리는 데 많은 힘을 쏟기도 한다.23)

조선족의 민족 정체성의 문제를 거시적인 입장에서 다루고 있는 리혜선에 비해, 우광훈은 아버지의 고향을 찾아가 자신의 뿌리를 생각하는 다소 개인적인 차원에서 정체성 문제를 다룬다. 우광훈은 『흔적』에서 동업

---

21) 리혜선, 『코리안 드림, 그 방황과 희망의 보고서』, 아이필드, 2003.
22) 리혜선, 『생명』, 연변인민출판사, 2006, 151~158쪽, 208~216쪽, 306~319쪽 등.
23) 중국으로 팔려온 소녀가 굳세게 조선족으로 성장하는 이야기를 다룬 장편동화 『폭죽소리』(길벗어린이, 1996)나 한일합방 전후에 살길을 찾아 중국으로 건너와 조선족으로서의 삶을 유지해 온 한 가족의 삶을 연변 특산의 사과배로 상징한 장편동화 『사과배 아이들』(웅진싱크빅, 2006) 등은 그 대표적인 예이다.

을 하는 한국인 정준태 사장의 도움으로 한국에 입국해서 조상 대대로 살아왔고 중국으로 떠나오기 전 아버지가 살았던 고향을 찾는 창호라는 인물을 보여준다. 그곳에서 창호는 자신의 기억 속에는 전혀 존재하지 않는 아버지의 고향이 자신에게 일정한 의미를 갖고 다가오며 그로 인해 자신의 정체성에 대해 생각하게 되는 상황을 맞이한다.

> 고향이였다! 아버지가 태여나고 할아버지가 태여나고 중조할아버지가 태여나고 그리고 그 이상의 웃대들이 태여나 자란 곳 그리고 죽어간 곳, 창호의 몸속에서 흘러야 하는 피를 길러 이어준 고향이라는 이름으로만 불러야 하는 곳이였다.
> 창호는 가슴이 멎는것 같았다. 고향이라는것이 현실적인 감각으로 찾아오지 않았다. 다만 어렸을 때 빠질수 있었던, 그런 환상 같은 환각으로만 느껴질뿐이였다. (중략)
> 창호의 눈에 노랗게 익어가는 감들을 주렁주렁 매달고있는 늙은 감나무가 안겨왔다.
> "고향집마당에는 너 중조할아버지가 심은 감나무가 있었어. 너 할머니는 감이 익으면 껍질을 깎아 대나무에 꿰여 말려 곶감을 만들었지. 처음 따서 말린것은 제상에 쓴다고 독에 담아 창고에 넣어두었지. 그것이 왜 그렇게 먹고싶던지. 그래 한번 훔쳐먹었다가 너 할아버지한테 피가 나도록 종아리를 얻어맞은적이 있었댔어……"
> 이것은 아버지의목소리였다. 창호는 그 목소리를 듣고있었다. 아버지는 조용한 어조로, 언제나 그랬듯이 담담하게 고향을 이야기하고있었다.[24)]

창호가 아버지의 고향에 찾아가 만난 것은 중국에서 태어나 소수민족인 조선족으로 살아왔지만 자신의 원래의 뿌리는 이곳이라는 인식이다. 이곳은 자신의 조상들이 대대로 땅 속에 잠들어 있고 자신의 고모도 살고 있고 또 자신의 핏줄을 확인할 수 있게 해주는 공간이다. 아버지를 기억

---

24) 우광훈, 『혼적』, 연변인민출판사, 2005, 75~77쪽.

하는 고모는 처음 보는 조카에게 반가움의 눈물을 흘리고 집안과 관련한 모든 것을 알려 주려 애쓴다. 아버지의 형제가 살고 있고, 아버지의 기억이 묻혀 있는 고향집에서 또 아버지가 평생토록 그리워하던 감나무를 보면서 자신의 존재에 대해 생각해 보지 않을 수 없는 것이다.

조선족 2세대인 우광훈에게 있어 한국은 부모의 고향으로 인식되겠지만, 한국을 떠나온 기억이 있는 세대들에게 한국은 훨씬 더 커다란 충격으로 다가올 것이다.[25] 또 3세대나 4세대의 경우에도 자신의 증조부나 조부의 고향인 한국에 와서 자신과 같은 말을 쓰고 있는 사람들이 살고 있는 한국에서 느끼는 감정은 특별할 수밖에 없었을 것이다. 우광훈은 인용 부분에서 보듯이 한국을 통해 조선족들이 개인의 차원에서 느끼게 되는 내밀한 심리적인 문제를 다루어 한중수교 이후 조선족들이 느낀 정체성의 문제를 극적으로 형상화하고 있다.

한중수교와 함께 한국인과의 만남이 자유로워지면서 조선족 문인들과 한국 문인들과의 교류가 본격화된다. 조선족 사회가 한국과의 교류를 통해 나타난 변화 중 언어나 문화면에서 북한과의 밀접한 관계가 한국과의 그것으로 바뀐 점을 들 수 있다. 김학철 같은 작가들이 조선족 문학 초기부터 서울말로 창작을 하기는 하였으나 대부분의 조선족 작가들은 연변말로 북한의 영향을 일정하게 받으면서 창작을 하고 있었다. 그러나 한중수교로 문단의 교류가 활발해지면서 한국 문인과 공동으로 문집을 내고 한국 문단에 작품을 발표하기도 하면서 조선족 문단은 서서히 한국 문단의 변방으로 변화해가는 양상을 보이기도 한다.[26]

한국문학과의 교류와 그 영향으로 나타나는 한국문단에 대한 관심을

---

25) 아홉 살 어린 나이에 부모님을 따라 고향을 떠났던 정판룡이 50년 세월이 흐른 후 고향 담양을 찾아가 느낀 감동을 강렬하게 그린 것은 고향을 기억하는 세대의 고향의식과 2세대의 그것 차이를 실감하게 한다. 정판룡, 『고향 떠나 50년』, 민족출판사, 1997, 477쪽 참조.
26) 최근 조선족 문인이나 문학연구자들이 탈한국을 이야기하는 것은 이 같은 현상에 대한 반성의 의미를 지닌다 하겠다.

가장 직접적으로 보여주는 작가는 허련순이다. 그녀는 1986년 「안해의 고뇌」를 『청년생활』에 발표하여 문단에 등단한 후, 첫 창작집 『사내 많은 여인』을 1991년 한국에서 출간한다. 개혁개방으로 중국과의 교류가 증대하면서 1980년대 후반부터 한국에서는 조선족 문학에 대한 관심이 고조되어 몇 권의 조선족 작품 선집이 발간되었다. 1991년 동아일보사에서 중국 연변 교포작가 작품집을 기획한 바, 허련순은 자신의 첫 창작집을 이 기획물로 출간하게 된 것이다. 이후 허련순은 중국에서 출간한 작품집을 한국에서 재출간하기도 하고, 장편소설을 한국에서 출간하는 등 끊임없이 한국문단으로의 진출을 꾀한다.

조선족 작가들의 소설이 한국에 소개된 예는 적지 않다. 김학철의 거의 모든 작품이 한국에서 출간되었고 리근전의 『고난의 년대』가 한국에서 발행되었다. 그리고 조선족 소설이 선집 형태로 몇 차례 출판되고 연변에서 발간된 조선족 작품집이 한국에서 판매되어 독자들에게 어느 정도 알려진 바 있다. 그러나 허련순은 이와는 달리 직접 한국에서 작품집을 출간하여 독자를 만나는 방법을 선택한다.[27] 중국에서 발간한 작품집을 한국에서 재출간하거나 중국에서는 발표되지 않은 작품들을 한국에서 단행본으로 출간하는 것이다.

이렇게 한국 문단을 의식한 작품 활동을 하는 동안 허련순의 문학 세계는 점차 변모하게 된다. 초기에는 중국에서 발표된 조선족의 삶을 그린 작품들을 한국에서 출간하였지만, 점차 『뻐꾸기는 울어도』와 같이 공간적 배경은 연변으로 하고 있으나 가족 간의 갈등과 아이들의 성장 과정의 여러 문제와 같은 보편적인 인간 문제로 제재나 주제가 변화하는 것이다. 이러한 허련순의 모습은 한중수교 이후 조선족 작가들에게 나타난 한국

---

27) 물론 리혜선 역시 한국에서 여러 책을 출간한 바 있다. 그러나 리혜선의 경우 그것이 한국에 들어와 있는 조선족과의 면담 결과를 정리한 보고서나 조선족의 삶을 그린 동화집이라는 점에서 자신의 소설을 한국에서 출간하는 허련순과는 그 성격에 조금 차이가 있다.

화의 한 전형을 보여준다는 평가가 가능하다.

한국과의 교류에 따른 조선족 문학의 이러한 변화와는 달리 오히려 조선족의 특수한 삶의 모습에 대해 지속적인 관심을 보이는 작가 또한 없지 않다. 그들은 조선족 문학이란 조선족 사회의 특수성에 대한 관심에 바탕을 두고 있어야 한다는 생각을 바탕으로 한중수교 이후에 나타나는 조선족 삶의 변화보다는 변화하지 않는 모습에 더 관심을 갖는다. 한족들 사이에서 살아가면서 자신들의 삶의 방식을 유지하려는 조선족의 모습, 예나 지금이나 변화하지 않는 조선족들의 삶의 여러 국면들에 대해 지속적인 관심을 갖고 그것을 소설적으로 그려내는 것은 급변하는 세상에서도 변화하지 않는 진정한 가치에 대한 관심이며, 조선족 공동체의 특수성을 소설적으로 형상화한다는 점에서 이의를 지닌다.

조선족의 삶의 변화하지 않는 모습에 관심을 갖는 대표적인 작가는 윤림호이다. 흑룡강성에서 태어나 성장한 후, 연변대학에서 창작수업을 한 윤림호는 대학을 졸업하자 자신이 성장한 하얼빈 근방의 해림으로 돌아가 농촌생활을 하며 창작에 전념하였다. 그는 주로 자신의 주위에서 만난 많은 조선족들을 제재로 하여 작품을 썼다. 평범한 듯하면서도 자신의 신념대로 살아간 사람들, 평생을 사랑하는 사람을 기다리며 산 사람들, 혁명의 시기 동안 갖은 핍박을 받으며 몸을 낮추고 살았지만 세월이 지나고 보니 그것이 훌륭한 삶으로 인정받을 만한 사람들의 이야기를 끊임없이 펼쳐낸다. 세월이 바뀌고 한중수교 이후 한국과의 교류가 빈번해지더라도 조선족의 삶은 또 그대로 이어져갈 수밖에 없다는 인식이다.

흑룡상조선민족출판사에서 발간한 북방조선족문학작품집의 편집자들은 윤림호 소설의 이러한 특징을 연변과 같이 조선족이 모여 사는 곳이 아닌 산재지구에서 활동하는 조선족 작가들의 문학적 특징으로 정리하면서 아래와 같이 평가한 바 있다.

　　산재지구에 살고있는 북방조선족들은 민족적인 심리의식상에서 민
족의 고유한 풍속습관과 민족적인 생활자태를 아끼고 사랑하는 애착심
이 상대적으로 강하며 변모되여가는 생활의 구석구석에 대한 위구심이
더 짙다. 하여 북방조선족문학작품에서는 자주 민족의 발전과 자강을
우려하는 자기나름으로서의 우환의식이 보다 짙은것이다, 이 점은 단
순한 그 어떤 보수주의사상이거나 혹은 배타주의사상에서 출발한 것이
아니고 그만큼 우리의 작가들이 자기의 민족의운명을 념두에 두고 하
는 사색인것이다.[28]

　　윤림호와 같이 산재지구에 사는 조선족들은 소수민족으로서 자신이 속
한 민족의 풍습과 생활에 더 애착심이 있으며, 변모되는 모습보다는 변화
하지 않는 것에 대해 관심이 클 수밖에 없다는 지적이다. 산재지구의 조
선족들이 보수주의나 배타주의가 아니라 그들의 삶의 조건에 이해 어쩔
수 없이 민족의 운명에 더 많은 관심을 갖게 된다는 이 지적은 연변 지역
의 작가들이 한중수교 이후의 변화에 주목하는데 비해 윤림호가 민족적
특수성의 문제에 더 관심을 갖는 것에 대한 적절한 해명일 수 있다. 그리
고 이 평가를 인정한다면 윤림호는 급격히 변화하는 세상 속에서 변화하
지 않는 조선족의 삶의 모습을 천착한 대표적인 작가이며 그 점에서 조선
족 문학사에 있어 사적 의의를 갖는 작가로 자리매김 할 수 있을 것이다.

사회 변화와 조선족 소설

　　조선족 소설은 한중수교로 한국과의 왕래가 잦아지면서 여러 가지 양
상으로 변화한다. 조선족 소설은 1960~1970년대에 국가의 이념을 전파
하는 선전선동의 문학으로 존재했다. 개혁개방 이후 작가들이 복권이 되

---

28) 「머리말」, 윤림호, 『고요한 라고하』, 흑룡강조선민족출판사, 1992, 3~4쪽.

고 비교적 자유로운 창작 활동을 보장받았지만, 혁명기에 정치적 억압을 받았던 작가들은 사회 문제보다는 개혁개방 이후의 시대를 살아가는 개인들의 모습을 그리는 데에만 치중한다. 그러나 시간이 지나면서 조선족 작가들도 국가가 허용하는 범위 내에서이기는 하지만 문화혁명기의 정치 지상주의가 개인과 사회에 좋지 않은 영향을 비판하는 작품을 발표한다.

개혁개방도 그러했지만 한중수교는 조선족 사회에 물질적으로나 정신적으로 커다란 변화를 몰고 온다. 한중수교 이후 조선족 사회는 조선족 집거지가 해체되면서 전통적인 가치관들이 약화되어 핵가족화, 직업관의 변화, 유흥업의 번창, 교육 수준의 하락 등 문제점이 나타나고, 한국과의 교류를 통해 조선족의 자기 정체성이 혼란되는 양상을 보이기도 한다.

조선족의 이러한 물질적, 정신적 변화는 조선족 소설에도 큰 영향을 미친다. 한중수교 이후 조선족 소설은 소설적 공간이 한국으로 확대되고, 한국에서의 여러 체험이 소설의 제재로 사용되며, 한국과의 교류를 통하여 나타나는 조선족 사회의 변화가 소설의 제재가 된다. 또 한국의 유행가 가사나 유행어가 작품에 등장하고 남한의 언어 표현의 영향이 나타나기도 한다.

이러한 변화와 함께 한중수교 이후 조선족 소설에 나타난 대표적인 제재나 주제상의 변화를 본고에서는 조선족 사회의 전통적 가치가 파괴되고 윤리적 타락한 현실에 대한 고발, 한국의 발견과 함께 조선족들이 느끼게 되는 이중정체성과 관련한 혼란, 조선족 작가들의 한국문단에 대한 관심, 조선족 사회의 변화하지 않는 특수한 문화에 대한 지속적인 관심 등으로 정리하고 그것이 작품에서 어떻게 나타나고 있는지를 검토해 보았다.

본고는 이를 위하여 리혜선, 우광훈, 윤림호, 허련순 등 문화혁명기에 성장하고 이후 등단한 네 명의 조선족 작가를 대상으로 한중수교가 조선족 소설에 미친 영향을 검토하였다. 그 결과 한중수교 이후 경제·사회·문화적으로 본격화된 한국과의 교류가 조선족 소설에 미친 영향을 살필 수 있었고, 아울러 한국과의 교류가 조선족 사회에 미친 영향에 대한 작가들의 인식의 한 면을 살필 수 있었다.

그러나 네 작가를 통하여 대표적인 사례를 살피기는 하였으나 조선족 작가의 전체 면모를 검토한 것은 아니라는 것이 이 논문의 한계로 남는다. 이후 더 많은 작가들의 작품에 대한 분석을 통하여 현재 내린 결론의 타당성을 좀 더 살펴볼 필요가 있다. 그리고 이와 함께 한국문단과의 교류를 통해 변화하게 된 조선족 소설의 언어적·기법적 변화도 치밀하게 밝혀져야 할 것이다.

09. 조선족 소설과 민족의 문제

민족과 국민 그리고 조선족

조선족은 주지하다시피 19세기 중엽부터 일제강점기까지 한반도에서 만주지역으로 건너갔던 한민족의 후예이다. 그들은 200만 명에 미치지 못하는 적은 숫자로 14억 인구를 가진 중국의 공민으로 살면서도 수백 배가 넘는 한족 사이에서 자기들의 공동체를 형성하여 언어와 전통 문화를 지키며 민족성[1]을 유지해 왔다. 물론 조선족이 자신들의 민족성을 유지해 온 데는 중국이 견지해온 소수민족의 자치를 허용하는 민족 정책에 힘입은 바 크지만, 민족의 언어와 문화를 존속하기 위해 애쓴 조선족들의 노고를 높이 사지 않을 수 없다.

---

[1] 사회학사전(Encyclopedia of Sociology)에서는 민족성을 '근원지가 같거나 유사한 사람들이 언어, 종교, 음식, 전통, 민속, 음악 그리고 동일한 거주 지역을 갖는 구성원들이 이러한 문화 요소로 타인과 구별되는 집단을 형성하는 의식'이라 정의하고 있다. 이광규, 『민족과 국가』, 일조각, 1997, 16쪽 재인용.

소수민족의 지역 자치를 허용한다고 하더라도 하나의 국가로서의 체제를 유지하고 국민의 의식을 통일하기 위하여 중국 정부는 국어를 통일하고 의무교육을 통하여 국민으로서의 최소한의 의식과 소양을 갖추게 하고 있다.2) 따라서 조선족들은 성장 과정에서 가정과 이웃을 통하여 조선어를 습득하고 조선족으로서의 민족 정체성을 갖추게 되는 반면, 학교와 사회라는 제도적 장치 속에서 국가의 공식 언어인 국어 즉 한어를 배우고 공민으로서의 자질을 교육받음으로써 국민정체성을 갖추게 된다. 이렇듯 조선족들은 조선족이라는 민족 관념과 중국 공민이라는 국민 관념을 동시에 형성시켜 나가게 되는 것이다.3) 이는 다민족국가에서 소수민족으로 살아가는 조선족이 처할 수밖에 없는 정체성의 조건이기는 하나 세계에 몇 안 되는 단일민족국가의 신화4)를 가지고 있는 한민족의 관점에서 이중정체성의 혼란을 말하게 되는 것이다.

민족 간의 교류와 혼재가 심한 유럽에서는 민족의 개념보다 국민의 개념이 복잡하게 얽혀 있다. 벨기에와 같이 작은 나라가 민족 문제로 갈등을 일으키기도 하고, 네 개의 언어를 사용하는 스위스에서는 지역마다 민족마다 정체성을 강하게 가지고 있지만 국민정체성을 앞세워 통합을 유

---

2) 국가는 무엇보다 국민의 의식을 단일화하기 위하여 단일의 통일된 언어 말하자면 국어를 갖는다. 국가는 언어를 통제할 뿐만이 아니라 의무교육을 통하여 국민의 의식을 통일하고 국민의 의식을 함양하는 것이다(이광규, 앞의 책, 67쪽). 이 지적에서 보듯이 국어의 통제와 의무교육은 국민국가를 유지하기 위한 가장 기본적인 제도적 장치라 하겠다.

3) 이광규는 이를 "국민은 일정 영역을 지배하는 권력기구인 국가에 의하여 구성된 사람들의 집합이고, 민족이란 언어, 풍속, 습관 등 전통적 문화를 공유하는 사람들이 우리라는 동족의식을 가진 사람들의 집합"(앞의 책, 71쪽)이라 간결하게 설명하고 있다. 그러나 이는 단순한 용어 구분을 위한 정리여서 민족과 국민 사이에서 혼란을 경험하는 조선족을 이해하는 데는 부족한 부분이 없지 않다.

4) 1996년 현재 유엔에 가입된 185개국 중에서 동질적 단일 집단으로 이루어진 국가는 몇 개 되지 않는다(최협·이광규, 『다민족사회의 민족문제와 한인사회』, 집문당, 1998, 14쪽). 흔히 독일, 프랑스, 스웨덴, 덴마크, 아이슬란드, 일본, 한국 등이 단일민족국가로 일컬어지나 엄격한 의미로 소수민족을 품지 않은 국가가 별로 없다. 비교적 단일민족의 신화를 잘 유지해 온 한국의 경우에도 최근 결혼 이민자들에 의한 다민족 상황이 도래하고 있다.

지한다. 또 유럽 내에 흩어져 존재하는 집시나 유태인들은 민족 문제를 보다 복잡하게 만드는 요인이 되기도 한다. 예컨대 유태계 독일인을 조상으로 둔 체코인 카프카는 독일어로 자신의 정체성에서 비롯된 불안 의식을 작품화하여 세계적인 문제 작가로 평가되고 있어 그가 어느 나라 작가인가를 의문스럽게 한다. 유럽 사회에 널리 퍼져 있는 민족의 혼효 현상은 그들이 민족과 국민이라는 양자 사이에서 발생하는 정서적 혼란을 완화시켜 주고 있는 것이다.

그러나 고려시대 이후 한반도 내에서 한 민족으로 살아오다가 조선조 말과 일제강점기에 한반도를 떠나간 한민족들은 자신들의 민족 정체성을 완고하게 지켜 나가려 했다. 조선족들은 자발적으로 이민을 온 집단으로 그 지역의 다수민족과 언어와 문화가 다르면서도 변경 지역에서 다수 민족과 잘 혼합되어 살았다. 그들은 비록 정치적으로는 지배적이지 못하였지만 경제적으로는 어느 정도의 수준을 유지하여 다수 민족보다 자신들이 우월하다는 민족적 자존을 지키며 살아온 것이다.[5]

조선족들이 자신들의 민족 정체성을 보다 분명하게 느끼기 시작한 것은 개혁개방과 한중수교와 함께 자신들이 모국이라고 인식하고 있던 한국과의 교류가 시작되면서 부터이다. 단일 민족 신화를 가지고 있는 한국인이나 조선족이나 공통적으로 언어도 같고 조상도 같은 우리는 하나의 한민족이라는 의식을 강하게 가지고 있었다. 그러나 한국인과 조선족들은 서로간의 교류를 통하여 조선족들이 중국의 공인으로서 받은 교육과 한국인들이 한국인으로서 받은 교육 사이의 간극을 인식하게 된다. 즉 상상의 공동체로서 민족과 국민 사이의 간극이 그들 스스로를 다시 돌아

---

5) 헤배러(Thomas Heberer)는 소수민족을 토착과 이민, 문화(언어와 종교), 지역적 분포, 사회경제적 발전 정도, 정치적 권력 등 다섯 가지 기준으로 나누어 보았다(최협 · 이광규, 앞의 책, 23~24쪽). 이 기준에 따르면 조선족은 자발적으로 이민을 와서 다수민족 사이에 살고 있는 대표적인 소수민족이라 하겠다.

볼 기회를 갖게 한 것이다. 양자 사이의 동질성에 대한 믿음이 깨어진 것은 작지 않은 아픔이었지만 이는 조선족이 자신의 정체성을 다시 생각하게 하는 계기가 되었으며 새로운 종족 정체성으로 나아갈 수 있는 기회를 만들기도 하였다.

본고는 조선족들에게 있어 민족에 대한 인식이 어떻게 변화하였는가에 대해 역사적·사회적인 변화를 검토하고 그 의미를 해명할 것이다. 그리고 조선족이 겪은 이중정체성의 문제가 소설 작품에 어떻게 구체화되고 있는지를 허련순의 『바람꽃』을 중심으로 몇몇 작품을 검토하여 한국과의 교류를 통하여 조선족이 갖게 된 정체성의 한 양상을 밝혀 보고자 한다. 이러한 작업은 현재까지의 조선족이 가지고 있는 민족에 대한 인식의 여러 면을 밝히는 과정이며 조선족들이 앞으로 가져야 할 민족에 대한 인식의 방향에 대한 모색이라는 의미도 지닐 것이다.

중국의 소수민족 정책과 조선족의 민족 개념 형성

중국의 역사를 중화민족과 이민족의 갈등과 혼합의 역사로 파악하고, 중화를 에워싼 이적들은 끊임없이 중화의 문물을 받아들여 문명화되었다는 화이론은 은·주 시대에 발생한 후, 한나라를 거치면서 하나의 이념으로 정립되어 중화민족이 이민족을 대하는 기본적인 논리로 발전했다.[6]

---

6) 중화사상 또는 화이론의 발생과 성립 과정은 이춘식, 『중화사상』(교보문고, 1998)에 상론되어 있다. 또 왕가, 김정희 역, 『민족과 국가』(동북아역사재단, 2005)에서는 중국의 각 왕조들이 정치적 상황에 따라 화이론을 바탕으로 이민족과의 관계를 어떻게 변화시켜 왔는가를 세밀하게 살피고 있다. 그러나 많은 학자들은 한족이 중원에 정권을 세워 이적을 다스린 시기가 중국 역사의 절반을 조금 넘고 많은 시기에 북방의 기마민족에게 점령되었다는 점에서 화이론의 한계를 지적하기도 한다. 니콜라 디 코스모, 이재정 역, 『오랑캐의 탄생』, 황금가지, 2005 및 윤영인, 한석정·노기식 편, 「거란과 여진」, 『만주, 동아시아 융합의 공간』, 소명출판, 2008 등 참조.

그러나 만주의 여진족들이 청나라를 건국하여 중화민족을 지배하여 한족들이 정치적 권력을 상실하게 되자 한족은 수적 우세에도 불구하고 정치 권력을 상실한 소수민족의 입장에 놓이게 된다.7) 청나라 말기에 와서 홍수전의 난이나 태평천국의 난 등을 통해 한족은 청나라와 만주족에 대해 대타 의식을 갖게 된다. 변법자강 운동이나 양무운동과 같은 청말의 여러 사상운동들이 서구 열강의 침략을 어떻게 극복하고 중국을 강한 국가로 만들어 갈 것인가에 대한 고민이었지만 점차 만족배척운동으로 발전하게 된 점은 한족이 민족적인 자각을 통해 새로운 시대 질서를 화이론의 입장에서 정립하고자 한 노력의 결과이기도 하다.8)

한족 중심의 중화민족을 이루려 한 한족중심론은 손중산과 장개석으로 이어지는 국민당의 일관된 입장이었다. '빛나고 위대한 민족주의를 발양하여 장·몽·회·만을 우리 한족에게 동화시켜 민족국가를 건설하는 것 이것은 한인의 자결에 달려 있다'는 민국 11년(1922) 계림에서 제시한 손중산의 민족에 관한 견해9)는 이후 다소간의 변화를 보이기는 하나 중국에 존재하는 여러 민족들을 한족 중심으로 동화시켜 대중화민족을 실현하려는 방향성을 드러내 보인다. 손중산이 가지고 있었던 한족 중심주의는 한족의 수적 우위를 바탕에 둔 것으로 화이론을 보다 한족 중심으로 발전시킨 것이다.

이에 비해 중국공산당은 처음부터 소수민족에 대해 유화적인 시각을 보인다. 중국공산당의 소수민족 정책이 역사적으로 일관된 모습을 보이는 것은 아니지만 한족 중심주의를 벗어나 소수민족의 자치를 인정하려

---

7) 앞에 인용한 헤배러는 남아공의 백인이 소수였지만 정치권력을 장악하여 소수민족으로 불리지 않았던 점을 지적하며, 소수민족은 '지배적'이지 못한 집단을 지칭하기도 한다고 주장한다. 최협·이광규, 앞의 책, 24~25쪽.
8) 중국의 근대화 과정에 나타나는 '중화'의 재인식과 국민국가 이론의 성립 과정은 왕가, 앞의 책, 9장에 상론되어 있다.
9) 왕가, 앞의 책, 308쪽 재인용.

한 점이 국민당과 다른 점이다. 중국 공산당의 소수민족 정책은 크게 세 단계의 변화 과정을 보여준다.

> 제1단계(1922~1937) : '민족자결'과 '민족자치'를 양대 지주 또는 영역으로 삼아 민족정책 제기.
> 제2단계(1937~1945) : '민족자결론'에 질적 변화가 발생하고 '민족독립'을 부정.
> 제3단계(1946~1949) : '연방제'를 부정하고 '민족지역자치'를 근본 정치제도로 확정[10]

중국공산당의 소수민족 정책은 민족 자결과 자치를 인정하는 초기 단계에서 민족자결에 관한 논리가 질적 변화를 하여 점차 소수민족이 하나의 연방이 되기보다는 정해진 지역에서 일정 정도 자치를 이루는 방향으로 정립된다. 중국공산당의 이러한 소수민족 정책의 변화는 국민당과의 내전과 만주국의 수립 그리고 항일 전쟁에 일정 정도 영향을 받았을 것이다. 더욱이 1930년대에 발생한 신강과 티베트 등지의 위구르족과 티베트인의 독립 운동과 독립 선언 등은 민족 독립을 통한 연방제보다는 민족의 자치를 허용하는 자치제로 정책의 방향을 수정하게 만든다.

이러한 과정을 거쳐 확립된 중국공산당의 소수민적 정책은 1949년 발표된 '정협강령'의 제50조에서 제53조까지 네 개의 조항에 구체적으로 제시되어 있다.

> 제50조 : 중국 내의 모든 민족은 평등하다. 각 민족은 서로 돕고 통합하며, 제국주의와 그들의 공적에 대항함으로써 중화인민공화국의 모든 민족들로 구성된 하나의 우애와 협동적인 가족이 되도록 한다. 대민족주의와 국수주의를 반대한다. 차별, 탄압, 민족간의 단합(통합)을 저해

---

10) 같은 책, 386쪽.

하는 일체의 행위를 금한다.

　　제51조 : 소수민족이 다수 거주하는 지역에서는 지역자치를 실시하고 그 지역의 소수민족 숫자(크기)에 따라 다양한 종류의 자치조직을 구성하도록 한다. 서로 다른 소수민족들이 함께 사는 지역이나 소수민족의 자치지역에서는 각각의 소수민족들이 그 지역의 정치조직에 적정한 숫자의 대표를 둘 수 있다.

　　제52조 : 중국 내의 모든 소수민족들은 인민해방군에 참여할 권리가 있으며 국가의 통일된 군사체계에 따라 지방인민공안부대를 조직할 수 있다.

　　제53조 : 모든 민족은 그들의 방언과 언어를 발전시키고, 그들의 전통, 관습, 종교를 유지하거나 개혁할 자유를 갖는다. 중국 인민정부는 모든 소수민족의 대중들이 그들의 정치적, 경제적, 교육적 발전을 도모하는 데 도움을 줄 것이다.[11]

이에 따르면 중국내의 모든 민족은 평등하며 서로 통합할 것을 강조하며 대민족주의와 국수주의를 반대한다고 천명하여 한족중심주의를 거부한다. 그러나 소수민족은 집거하고 있는 지역에서 자치조직을 구성할 수 있고 적정한 숫자의 대표를 둘 수 있다고 하여 정치적인 독립이 아닌 집거 지역에서의 자치를 허용 받으며, 중앙정부의 도움을 받아 자신들의 언어와 문화를 유지·발전시킬 수 있는 권리를 보장받는다. 이러한 소수민족의 자치는 중앙정부의 보호 아래 소수민족이 가진 다양한 문화를 유지하는 것에 머무른다. 소수민족은 정치적으로 자율권을 가지고 있지 못하며 그들의 전통과 문화를 발전시키기 위해서도 중앙정부의 도움을 받아야 한다. 더욱이 제52조에서 보듯이 소수민족은 독립된 군사 소식을 가질 수 없고 국가의 군사 체계 속에 편입될 자격만을 갖는다.

그러나 중국 소수민족 정책은 소수민족에게 정치적, 군사적, 문화적 독립권을 보장해주지는 않지만, 그들의 자치권을 상당 부분 인정하고 소수

---

11) 최협·이광규, 앞의 책, 45~46쪽 재인용.

민족의 언어와 전통 문화의 유지와 발전을 법적으로 보장해 주고 있다는 점에서 유사한 다민족국가인 미국이나 러시아에 비하여 소수민족 우대정 책을 펴고 있다는 지적이 가능하다.[12) 소수민족에 대한 정책이나 접근 방식이 국가마다 달라지는 것은 한 국가 안에 다양한 민족이 구성된 역사적 조건과 정치ㆍ경제ㆍ문화적 상황 등의 차이에 기인한다. 중국이 소수민족 정책으로 지역 자치제도를 선택하고 미국이나 구소련과 같은 연방제를 선택하지 않은 이유에 대하여 1930년대 이후 오랜 기간 중국인민정부 민족사무위원회 제일 주임위원을 맡았던 리웨이한(李維漢)은 아래 몇 가지를 지적하고 있다.

　　1. 소수민족 인구는 중국 전체 인구의 겨우 6%를 점하였다.
　　2. 다수의 소수민족과 한족이 동일지구에서 잡거하였다.
　　3. 한족은 역사적으로 통치민족이 되기도 하였고 피통치민족이 되기도 하였던 바, 결코 계속해서 소수민족을 억압하지는 않았다.
　　4. 소수민족지구는 자원은 풍부하지만 기술이 낙후되어 있고, 한족지구는 기술은 발달해 있지만 자원이 부족하다. 이 때문에 양 지구는 자고이래로 하나의 경제공동체였다.[13)

이 주장은 중국 소수민족의 문제를 한족의 입장에서 바라보고 있다는 비판이 가능하나 몇 가지 점에서 검토해 볼 가치가 있다. 소수민족의 수가 중국 인구의 6%밖에 되지 않고 많은 소수민족들은 한족과 섞여 살고

---

12) 러시아는 전통적으로 대러시아 정책을 견지해 일관되게 동화정책을 전개한 바, 구소련의 붕괴와 함께 소수민족들이 독립해 나가고 남아 있는 소수민족들의 분리 운동에 대해 강력한 억압으로 대처하고 있다. 미국은 시대의 흐름에 따라 소수민족 차별법을 만들거나 소수민족에게 특혜를 주는 등 정책의 변화가 있었으나 대체로 제도에 의한 접근보다는 시장원리와 선거 등으로 소수민족의 문제가 조절되도록 하고 있다. 대표적인 다민족국가인 두 나라의 경우와 비교해 볼 때 중국은 제도적으로 소수민족을 우대한다는 지적이 가능하다. 세 나라의 소수민족 정책에 대해서는 최협ㆍ이광규, 앞의 책, 15~19쪽에 상론되어 있다.
13) 왕가, 앞의 책, 385쪽.

있기 때문에 독립을 부여할 수 없다는 논리는 양가적 설명이 가능하다. 전체 인구에 비해 소수민족이 차지하는 비율이 적다는 것은 다른 다민족국가에 비해 갖는 중국의 특이함이다. 그러나 많은 다민족국가의 경우 소수민족의 수가 많아서 정치적 독립을 유지시키며 연방제를 하는 것은 아니라는 점에서 이는 연방제가 아닌 자치제를 허용하는 논리적 근거로는 타당성이 부족하다.

다수의 소수민족이 한족과 잡거를 하고 있다는 것 역시 정치적 독립을 줄 경우 또 다른 민족 문제를 일으킨 많은 다민족국가의 경우를 보아 타당하나 중국의 경우 55개의 소수민족 가운데 일부 소수민족은 오랜 기간 자신들끼리 한 지역에서 독립적으로 살고 있었으나 역사의 전개와 함께 한족들이 이주해온 결과 잡거의 형태가 되었다. 교역을 위하여 군사적 이유로 또 국가 정책에 따라 이주해 온 한족들의 숫자가 증가한 지역의 경우 중국공산당이 1930년대부터 연방제보다는 자치제를 선택한 이유로는 논리적 한계를 보인다.

한족이 소수민족과 역사적으로 통치와 비통치의 관계에 있었고 소수민족을 탄압하지 않았다는 지적은 역사에 대한 정확한 사실 인식을 보여준다. 각주 6)에서 밝혔듯이 중국의 역사는 남방의 한족과 북방의 기마민족 사이의 갈등의 역사였으나 중원을 점령한 많은 민족들은 중화문화에 동화되어 한족화되었다. 따라서 중국에 있어 소수민족이란 특이한 경우14)를 제외하고는 역사적으로 한족화를 겪은 민족 중에 한족화되지 않은 소수이거나 중국이 영토를 확장하는 과정에서 중국에 편입된 민족들이나. 한족이 소수민족과 깊은 관련 속에 살았으며 탄압한 적이 없다는 논리는 중국의 소수민족 발생의 원인을 지적한 점은 인정된다. 그러나 이것이 소수민족을 연방제가 아닌 자치제를 실시하는 이유가 될 수는 없다.

---

14) 정치·경제적인 이유로 중국으로 이주 또는 이민 온 사람들로 19세기부터 20세기에 걸쳐 동북지방으로 이주해 온 조선족이나 러시아계 등이 그 대표적인 예로 들 수 있다.

오히려 이 논리는 중국이 소수민족에 대해 언어와 문화를 인정해주는 소수민족 우대정책을 내세우는 근거로서의 타당성을 지닌다.

중국이 소수민족 정책으로 중앙 정부의 통제 아래 놓이는 자치제를 실시하는 가장 중요한 이유는 리웨이한의 주장 중 마지막에 놓인다. 중국이 역사적으로 북방의 기마민족과 갈등을 일으키는 가장 중요한 이유는 경제적인 데 있었다고 보는 것이 타당하다. 기마민족들은 건조한 초원에서 유목 생활을 하면서 농경을 바탕으로 고도의 문명을 이룩한 중원의 경제력이 탐났던 것이며 중국 역시 초원 지역에서 구할 수 있는 많은 물산들이 아쉬웠을 것이다. 리웨이한의 네 번째 주장은 역사 이래로 중국과 변강의 소수민족들이 경제공동체 속에 살아온 이유가 있었듯이 현재도 변강과 중원은 경제공동체로 존재해야 하며 보다 효율적인 관리를 위하여 중앙정부가 주체적으로 국가를 운영해야 한다는 논리이다. 이 논리에 따르면 세 번째 주장인 소수민족과의 역사적 관계를 고려할 때 소수민족의 문화를 인정하고 장려하는 것이 중국 역사의 흐름에도 부합하는 것이 되는 것이다. 이로 보아 중국의 소수민족 정책은 역사적 조건에 따라 변화했지만 화와 이가 조화를 이루며 살아가야 한다는 화이론의 관점이 변함없이 지속 · 발전해 온 것이라는 이해가 가능해진다.

조선족들은 중국의 이러한 소수민족 정책 아래서 소수민족으로서의 민족 정체성을 형성해 왔다. 다른 소수민족에 비해 중국 변강에 자리 잡은 역사도 길지 않고 또 같은 언어를 사용하는 조선족들은 자신들의 공동체를 이루어 강한 결속력으로 자신들의 전통 문화를 이루어 갔다. 조선족들은 자신들이 동일한 민족이라는 의식이 강했으며 공동의 자랑스러운 역사를 가지고 있었다.[15] 한민족에 구비전승이 되고 있는 신화와 전설을

---

15) 김광억은 종족을 규정하거나 만드는 과정에서 역사는 핵심적인 이슈가 된다고 한다. 종족의 기원에 관한 역사적 신화와 전설, 그리고 문자로 기록된 경험과 구비 전승되는 역사적 기억은 모두 종족의 정체성과 존재의 정당성을 생산하는 중요한 기재라는 것이다. 김

공유하는 조선족들은 한반도 안에 살고 있는 동포들과의 유대감을 강하게 가질 수밖에 없었으며 만주로 이주해 온 이후의 고난 속에 영광스러운 투쟁을 해 온 조상들의 역사를 공유함으로써 자신들의 정체성을 강화해 갔다.

조선족들은 일제강점기의 항일투쟁의 역사와 국민당과의 투쟁에서 중국공산당 측에 서서 투쟁했던 사실들을 기억으로 가공하면서 조선족으로서의 정체성을 강화한다. 자신들이 건너온 한반도는 이미 다른 국가가 되어버린 자리에서 그들은 그들 나름의 정체성을 확인할 필요가 있었다. 이에 연변조선족자치주가 수립된 후 조선족들은 국가의 정책에 따라 조선족의 언어와 문화를 유지·발전시키기에 총력을 기울인다. 이는 「연변일보」를 간행하여 자신들의 언어로 문화를 창달하고, 연변작가협회를 설립하고 『연변문학』을 창간하여 문학 작품을 통해 조선족의 정체성을 그려내려는 노력으로 나타난다. 이 시기 조선족 소설은 크게 조선족의 삶의 모습을 소설적으로 형상화하는 작품과 항일혁명 투쟁과 중국 건국 전쟁에 참여한 조선족들의 투쟁의 역사를 그린 작품 등 두 가지로 나누어 볼 수 있다.

전자는 거대한 중국 속에서 소수민족으로 살아가는 조선족의 현실적 조건이 반영된 것으로 이해해 볼 수 있다. 조선족들은 한족과 같은 공간에 살고 있기는 하지만 한족과는 어느 정도 분리되어 조선족으로서 조선족끼리의 삶을 유지했다. 도시의 경우에는 한족의 수가 적지 않았지만 농촌의 경우에는 조선족 공동체가 대부분이어서 조선족은 조선족끼리 살아가는 현실이 반영된 것이다. 더욱이 한글로 쓰인 조선족 소설의 경우 독자가 조선족으로 한정됨으로 해서 조선족의 생활을 제재로 하는 것이 대부분이다. 그리고 한족이 작중인물로 등장하는 경우에는 대체로 조선족

광역, 『종족과 민족』, 45쪽.

들이 인식하고 있는 조선족과 한족의 차별성16)을 드러내기 위한 부수적 인물로 사용되고 있을 뿐이다. 이는 이 시기 조선족 소설이 조선족의 민족 정체성을 드러내기 위하여 전통이나 민속과 같은 조선족 특유의 삶의 모습을 소설화하는 경향이 뚜렷했으며, 이 과정에서 한족과의 대비가 소설적 장치로 등장함을 알게 해준다.

조선족의 자랑스러운 역사를 제재로 한 소설도 자주 발견된다. 일제의 억압 속에서 어렵게 삶을 꾸려가면서도 치열하게 일제와 투쟁한 것이나 중국혁명전쟁에 참가하여 혁혁한 전과를 올린 이야기는 조선족으로서의 자긍심을 높여줄 수 있는 소설적 제재가 될 수 있었다. 많은 작가들은 현재의 중국과 조선족의 삶이 존재하게 된 위대한 역사적 사실로서 자신들의 투쟁의 역사를 소설화한 것이고, 이는 그들 자신의 체험을 선택적으로 기억하고 망각함으로써 그들의 역사를 만들어 민족 정체성을 획득하는 한 방법이기도 하다. 이 시기 조선족의 역사를 다룬 소설들이 상당수 발표되었지만 그 대표 작품으로 항일투쟁의 역사를 그린 소설로는 1954년에 간행된 김학철의 장편소설『해란강아 말하라』를, 중국혁명전쟁에 참여한 기억을 소설화한 작품으로는 1959년 발표된 리근전의 중편소설『호랑이』와 이를 장편화해 1962년 출간한『범바위』를 들 수 있다. 이 작품들은 중국 속에서 조선족의 위상을 드러내기 위한 의도로 쓰여진 것으로 조선족의 정체성을 분명하게 해 주었다는 평가가 가능할 것이다.

1960년대에 들어와 반우파투쟁과 문화대혁명의 시기에는 소수민족에 대한 정책이 크게 변화한다. 소수민족의 자치를 말하는 것은 분파주의적 행동으로 폄하되어 타도의 대상이 된다. 또 소수민족의 언어와 문화는 철

---

16) 2000년도에 중국 길림성의 조선족 농촌 마을을 현지 답사한 이현정은 조선족들은 자신들이 한족보다 우수하다고 인식하여 깨끗함/더러움, 교양/무지, 부지런함/게으름, 베풀기/아끼기 등의 이항대립적 인식으로 민족 정체성을 확립하고 있음을 지적한다. 이현정,「'한국 취업'과 중국 조선족의 사회문화적 변화 : 민족지적 연구」, 서울대 석사학위논문, 2000, 100쪽 이하.

저하게 배격되어 많은 예술가와 문인들은 반우파투쟁의 대상이 되어 공
민으로서의 자격을 박탈당하거나 추방당하여 고통의 시간을 보내게 된
다.17) 문화혁명이 끝나고 중국이 개혁개방으로 나가는 시기까지 중국에
서 소수민족의 언어와 문화는 암흑기에 해당한다. 조선족 소설 역시 이
시기에는 민족 정체성보다는 혁명과 모주석에 대한 찬양 일변도로 나아
간다. 조선족이 소수민족으로서의 정체성에 관심을 다시 갖게 되는 것은
개혁개방과 함께 멀리만 존재하고 있던 한국과의 교류가 시작되면서부터
이다. 이에 대해서는 장을 달리하여 살펴보기로 한다.

한국과의 만남과 조선족의 재발견

1988년 서울올림픽은 한국의 존재를 조선족에게 널리 알리는 결과를
갖게 했고, 가족 방문이라는 방법으로 많은 조선족들이 한국을 방문하여
경제적으로 발전한 모국을 경험하게 된다. 경제적으로 번영한 한국으로
건너가 한약을 팔든 노동을 하든 단기간에 큰돈을 벌어 돌아올 수 있다는
현실은 모국 방문의 열풍을 일으켰다. 조선족들은 불법으로 한국에 체류
하면서 한국인들과 많은 갈등을 겪게 되고 이것은 조선족들에게 새로운
정체성을 생각하게 하는 계기가 되었다.

조선족들은 자신들을 한족과 차별화하면서 자신들은 한족에 비해 우
월한 종족이라는 정체성을 확립하고 있었다. 개혁개방으로 경제적으로
앞서 가고 있는 한국이 그들의 사랑스러운 모국으로 등장했을 때 그들은

---

17) 대표적인 예로 20년 이상을 영어의 생활을 한 김학철과 문화혁명기에 비판을 받은 후, 자
살로 생을 마감한 만족 작가 라오서(老舍)를 들 수 있다. 이외에도 반우파투쟁기로부터
문화혁명 기간 동안 바진(巴金), 마오둔(茅盾), 딩링(丁玲), 자오수리(趙樹理) 등 중국혁명
에 헌신하고 중국현대문학 수립의 역사적 중인인 많은 작가들이 맹렬한 비판을 받고 하
방되어 고초를 겪었다.

한국인과 조선족을 동일한 종족으로 인식하면서 자신들과 한국인 사이의 차이는 상당한 기간의 단절에 따른 환경의 차이에 의한 것이라 생각한다. 자신들과 한국인이 사회주의 국가 중국과 자본주의 국가 한국에서 교육받고 성장하였기에 차이가 발생한 것으로 그 차이는 한민족이라는 종족성에 의해 충분히 극복될 수 있는 것으로 인식한 것이다.

한국과의 교류 초기 조선족들이 한국인과 종족적으로 동일하다는 인식은 한국과 한국인을 직접 접해보지 않은 상태에서 만들어진 상상의 산물이었다. 즉 한국인은 조선족들과 언어와 역사와 문화를 공유하는 동일한 민족으로 인식되어 오랜 세월 헤어져 있던 형제와 다름없는 존재로 인식되었던 것이다.[18] 중국에 비해 월등한 경제력을 갖추고 있는 형제의 나라, 모국 한국은 조선족들에게 기회의 땅으로 여겨졌으며 여러 가지 방법으로 한국에 입국하여 노동을 하면서 한국과 한국인을 직접 접하게 되고 그들은 그들의 정체성에 대해 심각하게 회의하기 시작한다.

조선족들은 한국인들과 접하면서 가장 먼저 한국인이 조선족과 다르다는 점을 인식한다. 한국인이 자신들에게 보이는 차별과 멸시는 자신들을 한국인들과 차별화하게 되고 한국인과 조선족의 종족성으로 인색/너그러움, 타락/순진, 배반/신의와 같은 이항대립[19]을 만들어 조선족의 정체성을 만들어 가게 된다. 특히 조선족들은 자본과 임노동의 관계로 한국인을 만나 차별과 불이익을 당하고 불법 체류에 대한 비인도적인 단속을 경험하면서 한국과 한국인에 대해 비판적으로 인식하게 되면서 자신들의 민족 정체성과 국민 정체성에 대하여 진지한 고민을 하기에 이른다.[20] 이

---

18) 이러한 상대방에 대한 열광은 한국인들에게서도 마찬가지였다. 중국과의 교류와 함께 물밀듯이 소개되던 조선족 관련 글과 조선족 문학은 한국인에게 다가온 조선족의 충격을 실감하게 한다.

19) 이현정, 앞의 글, 166쪽.

20) 조선족이 한국에 와서 겪는 이 같은 정체성 혼란과 그 극복에 대해 김광억은 아래와 같이 요약한다.
　"중국의 조선족들이 모국인 한국에 와서 겪는 경험 중 가장 두드러지는 문제는 자신의 계

같은 조선족이 한국인과 다르다는 인식은 점차 한국이 경제적으로는 조금 앞서 가지만 자본주의 한국이 사회주의 중국에 비해 반드시 우월한 것은 아니라는 인식으로 발전하여 중국 공민으로서의 국민 정체성을 강화하게 된다.[21]

물론 조선족이 한국을 경험하면서 도달하게 되는 이중정체성의 문제가 하나로 귀결되지는 않는다. 개인들의 성향 차이와 경험의 상이함은 자신의 정체성에 대해 다르게 반응하게 되는 것이다. 그 대표적인 예를 조선족이 장기 체류를 통하여 한국인으로서의 국민과 민족 정체성을 강화해 가는 한국 사회 정착형, 민족과 국가에 대한 기대를 포기하고 돈을 벌어 가족과 편하게 살자는 개인주의형, '중국인 조선족'으로서의 정체성을 확고하게 갖게 되는 '중국인' 국민의식의 강화형 등으로 나눈 유명기의 견해[22]는 한국과의 접촉을 통해 조선족들이 경험하게 된 정체성에 대한 고민의 결과를 요약적으로 보여준다.

조선족들이 한국을 경험하면서 가지게 되는 정체성의 문제는 한국과의 교류 이후 조선족 소설의 중요한 한 주제로 등장한다. 중국의 소수민족으로 한족과 다른 민족 사이에 살며 그들과 대타적으로 민족적 특성을 소설화하던 조선족 소설이 한국과의 만남을 통해 조선족이 가지게 되는 민족 정체성과 국민 정체성의 혼란과 그 극복이라는 주제가 조선족 소설의 중심으로 들어오는 변화를 맞이하게 된 것이다. 이 주제를 비교적 먼

급적 지위와 정치적 정체성에 관한 것이다. 그들은 상황에 따라 민족의 일원으로서 또는 중국의 공민으로서의 법석인 아이덴티티를 전략적으로 사용한다. 이는 그들이 한국 사회에 완벽히 동화되지 못하기 때문이다. 그 이유는 '한국인'이 되는 데 요구받는 기준에 적응하기 어려우며, 이때 그들은 스스로를 '중국의 공민'으로서 규정함으로써 모국에서 받는 압력과 수모에서 벗어난다." 김광억, 앞의 책, 76쪽.

21) 더욱이 중국의 경제가 빠른 속도로 발전하여 국가 경제력의 면에서 중국이 한국을 추월하게 되면서 조선족이 한국과 한국인에 대해 갖는 정서는 점차 달라지고 있다.

22) 유명기, 「민족과 국민 사이에서 : 한국 체류 중국조선족들의 정체성 인식에 관하여」, 『한국문화인류학』 35-1, 2002, 87~93쪽.

저 본격적으로 다룬 소설이 허련순의 『바람꽃』23)이다. 『바람꽃』의 중심
축을 이루는 인물은 조선족 작가 홍지하와 그의 오랜 친구 최인규 그리고
그들의 부인인 고애자와 지혜경 그리고 홍지하의 제자 윤미연 등이다. 이
들은 각기 조금씩 다른 이유로 한국에 입국하여 조선족들이 경험하는 한
국의 모습을 전형적으로 경험하고 점차 자신의 존재에 대해 깨닫고 조선
족으로서의 정체성을 확인해 간다. 그 삶의 모습이 가장 비극적인 인물이
지혜경이다.

　지혜경의 남편인 최인규는 딸 지영의 병원비를 구하기 위해 절도 행각
을 벌인다. 자식의 죽음을 목전에 둔 친구 최인규를 위해 홍지하가 대신 3
년형을 살지만 지영이 돈이 없어 죽음에 이르자 지혜경과 최인규는 돈을
벌기 위해 한국으로 건너온다. 그러나 최인규가 공사판에서 다리를 크게
다쳐 돈을 벌기는커녕 병원비 부담만 늘어나자 지혜영은 남편 치료비를
위해 자신이 다니는 현장의 사장인 강 사장의 아이를 낳아주기로 하고 남
편의 치료비를 지원받는다. 남편을 위해 정조를 버려야 하는 지혜경의 절
박함이 낳은 선택이지만 강 사장은 지혜경을 한낱 성적 대상으로 생각할
뿐이다. 홍지하가 지혜경의 상황을 알게 되고 최인규의 다리를 치료하기
위해 눈감기는 하지만 윤미연이 강 사장과 친해져 지혜경을 멀리 하고 남
편 치료비까지 대주지 않자 지혜경은 점차 곤경에 빠진다. 자신의 임신
사실을 더 이상 남편에게 숨기기 어렵게 된 지혜경은 결국 공사 현장 옥
상에서 투신한다. 이렇듯 지혜경은 남편의 치료비라는 이유가 있기는 했
지만 돈 가진 한국의 남성에게 유혹되어 타락의 길을 걷게 되는 한국에
온 조선족 여성들의 한 모습을 보여준다.

　조선족 여성이 한국인 남성과 타락의 길로 들어서는 모티브는 고애자
에게서 보다 전형적인 모습으로 나타난다. 남편 홍지하가 단짝 친구 최인

---

23) 허련순, 『바람꽃』, 범우사, 1996. 이하 작품 인용은 '『작품명』, 쪽수'로 밝힌다.

규를 위하여 감옥에 가고 살기가 어려워지자 중국에서 여행 가이드를 하게 되고 여기서 만난 한국인 함사장이 주는 돈에 맛을 들인다. 경제적인 어려움으로 자식인 재영이의 교육조차 어렵기는 했지만 남편의 부재 상황에서 한국인을 만나 육체로 돈을 거래한 것은 이혼의 사유로 부족함이 없다. 출옥 후 사실을 안 홍지하는 아내에게 이혼 서류를 던지고 한국으로 건너가고, 그녀 역시 그 뒤를 따라 한국에 들어와 남편의 마음을 되돌리려 하나 실패한다. 고애자는 중국에 남겨 두고 온 자식이 안타깝기는 하지만 떠나온 중국으로 다시 돌아갈 생각은 없다. 남편의 마음을 돌리지 못한 그녀는 결국 한국에서 한국인 남자를 만나 결혼을 하고 새로운 가정을 꾸리는 어려운 결정을 내린다.

지혜경과 고애자는 돈 때문에 한국인 남성과 관계를 갖게 되는 조선족 여성들의 삶을 전형적으로 보여준다. 그러나 이러한 여성들에 대해 비난의 칼날을 들이댈 수 없다. 조선족 여성들이 어쩔 수 없이 그러한 삶을 선택하는 것이고 그들의 마음 속 깊이 자신이 선택한 삶에 대해 깊은 고뇌를 가지고 있기 때문이다. 결국 지혜경은 자신이 한 일에 대해 자살로 마감하고, 고애자는 자신의 과거를 알지 못하는 한국인 남성과 결혼함으로써 한국인이 되는 길을 택한다. 그녀들의 이러한 결정은 그녀들의 과거 행적이 살아남기 위해 어쩔 수 없는 것이었음을 보여준다.

이에 비해 최인규의 삶은 조금 비현실적이다. 딸의 병원비를 위해 절도 행각을 벌이다 친구 홍지하를 감옥에 보낸 그는 딸이 죽고 나자 돈을 벌어 친구에게 지은 마음의 빚을 갚기 위해 한국으로 건너왔으나 다리를 다쳐 뒤따라 한국으로 건너온 홍지하의 짐만 된다. 아내의 임신 사실과 그 이유를 알게 된 그는 분노하지만 어떠한 행동도 취하지 못한다. 아내가 자살한 후 강 사장을 만나 담판을 지어 이천만 원이라는 거액을 뜯어내어 홍지하에게 건네고는 한 장의 유서를 남기고 사라져 버리고 만다. 최인규는 돈을 벌기 위해 한국에 왔다가 부상을 당하고 나면 사장들도 외면하고, 산재보험 처리도 되지 않아 고통스러운 삶을 살게 되는 조선족들의 비극적인 한 모습을 보여준다. 그러나 아내의 자살 이후 홍지하에 대한 마음의 빚을 덜기 위해 강 사장을 겁박하여 돈을 뜯고 자살을 한다는 것은 다소 작위적인 설정으로 이해된다.

윤미연의 삶은 한국으로 건너오는 조선족들의 다른 한 전형을 보여준다. 문학을 배우기 위해 홍지하의 집을 드나들다 고애자의 눈총을 많이 받던 문학소녀 윤미연은 언니가 짝사랑하던 총각에게 유산(乳酸)을 들씌운 후 자살하고, 그 충격에 어머니가 심장병이 발작하게 되자 병원비를 벌기 위해 한국으로 건너온다.24) 안정된 직장을 구하지 못하고 식당으로 어디로 일터를 옮겨 다니다 보니 한국에 들어오기 위해 쓴 돈을 간신히 번 상태에서 그녀는 지혜경이 일하는 공사판까지 흘러든다. 그녀는 강 사장의 관심을 적당히 이용하며 돈을 뜯기도 한다. 그러나 그녀가 중국에서부터 사랑하던 홍지하를 만나고 그가 고애자와 이혼한 것을 알고는 그에게 다가가려 하지만 현실적인 벽이 없지 않다. 작품의 말미에서 홍지하가 귀국하는 배를 타려할 때, 윤미연이 배표를 들고 나타나 홍지하로부터 떨어지지 않겠다고 말하는 것은 오랜 사랑의 결실이기도 하지만, 조선족들이 서야할 자리가 어디인지를 알려주는 상징적인 모습이기도 하다.

이들 네 인물의 중심에 놓여 조선족들의 여러 문제와 함께 조선족이 갖게 되는 민족의 문제를 여실하게 보여주는 인물이 홍지하이다. 이 작품의 초점화자에 해당하는 홍지하는 중국에서의 삶이나 한국으로의 입국 경위부터 다른 네 사람과는 조금은 다른 모습을 보인다. 홍지하는 친구인 최인규와 달리 중국에서 어느 정도 이름이 알려진 조선족 작가이다. 단짝 친구인 최인규가 딸의 죽음을 앞두고 감옥에 가는 것을 면하게 해 주기

---

24) 가족의 병을 고치기 위한 돈을 마련하기 위하여 한국으로 밀입국하는 과정과 한국에서의 신난한 삶은 리혜선의 『생명』에 매우 잘 그려져 있다.

위해 대신 감옥에 가서 3년을 보낸다.[25] 출옥 후 아버지의 골회를 고향에 모시고, 살아 있을지도 모를 할아버지와 가족들을 만나기 위해 무작정 한국으로 건너온다. 그가 작가이고 돈벌이를 위해 한국으로 건너온 다른 인물들과는 달리 아버지의 고향과 가족을 찾기 위해 한국으로 건너왔다는 것부터 그가 조선족의 문제를 구체화할 문제적인 인물임을 알게 해준다.

홍지하는 한국에 건너온 조선족들이 겪는 여러 부조리한 상황을 목격하고 체험하여 조선족의 정체성을 드러낸다. 그는 한국인들의 이유 없는 조선족에 대한 차별과 소탕 위주의 조선족 불법 체류자에 대한 한국 정부의 정책에 대해 분노한다. 또 아버지의 유골을 전하려는 과정에서 유산 상속 문제 때문에 남편과 아버지를 받아들이지 않으려는 한국인들의 비윤리적인 의식에 대해서도 격렬한 비판을 보낸다.

홍지하는 공사현장에서 노동자들에게 마구 반말을 퍼붓고 조선족들에 대해 폄하의 말을 일삼는 강 사장에게 정면으로 대든다. 그는 한국인 사장들이 약한 자에게는 한없이 강하고, 강하게 밀어붙이는 자에게는 함부로 어쩌지 못한다는 점을 잘 알고 있는 것이다.

> "아무리 사장이라도 아랫사람 존중하는 게 예의 아닙니까?"
> "그래 내가 존중하고 예의 차리자구 일꾼 쓰나?"
> "일꾼도 사람입니다. 인간대접 좀 하시오. 인간답게."
> "누구 보구 빡빡 대들어. 대들긴."
> 강사장이 발칵 하고 일어났다. 그 서술에 망작 같은 윗몸이 물결처럼 출렁했다.
> "사장이면 대단한 줄 아시오? 한국엔 개보다 많은 게 사장이 아닙니까?"
> "저놈이 저게……"

---

25) 이것은 홍지하의 인물됨을 드러내고 최인규 부부의 삶이 파탄 나는 데 대해 타당성을 부여하기 위한 소설적 장치이나 상당히 비현실적인 설정이다.

　　"저놈 이놈 하지 마시오. 이래 뵈두 나도 오줌 누면 발끝에 떨어지는 나입니다."
　　조롱기를 머금은 홍지하의 눈빛이 비꼬듯 강사장을 바라보고 있었다.
　　"야, 뭣들 하고 있어. 저 자식을 현장에서 당장 쫓아내!"
　　"누가 무서워 할 줄 압니까? 대한민국에 쌔구비린 것이 일자립디다. 강사장님께서 대청에 모시면서 하라고 해도 제 쪽에서 안하겠습니다!"26)

　조선족들은 불법체류자라는 법적인 위치 때문에 한국인들에게 약한 모습을 보일 수밖에 없고, 일자리를 잃고 다시 직장을 찾을 때까지의 공백이 두려워 고용주들에게 대들지 못한다. 고용주에게 잘못 보였을 때 고용주가 자신을 신고해 강제 출국을 당한다면 한국에 입국하기 위해 들어간 돈도 건지지 못하고 중국으로 돌아가 삶이 나락으로 떨어지는 일이다. 따라서 조선족들은 한국인 고용주들이 그들에게 행하는 많은 모욕을 참고 견딜 뿐이다. 인용문에서 홍지하가 강 사장에게 대드는 것은 할아버지를 찾기 위해 한국에 들어온 자신으로서는 고국으로 돌아가더라도 경제적인 나락으로 떨어지지 않는다는 자신감의 발로일 것이다. 또 당장의 직장이 떨어져도 또 다른 직장을 쉽게 구할 수 있다면 인간적 모멸에 한바탕 대들고 그 자리를 떠나 다른 직장을 구하면 된다는 현실적 계산이기도 하다.

　그러나 현실은 조선족들이 홍지하와 같이 고용주들에게 대들 수는 없다. 조선족들은 고용주들의 비인간적인 모멸에도 견디면서 돈을 벌어 귀국할 날만을 기다린다. 이러한 현실은 조선족들에게 한국과 한국인에 대한 부정적인 인상을 심어 주었고, 한국인들에게도 조선족은 돈을 위해 인간적인 모멸도 웃어넘기는, 조금은 무시해도 좋은 그러한 존재로 인식하게 해 주었다. 홍지하는 조선족 나아가 중국인에 대한 한국인의 이같은

---

26)『바람꽃』, 152쪽.

무시에 몸으로 부딪히기도 한다. 돈벌이를 위해 고깃배를 탔을 때, 같은 선원인 오두석이라는 인물이 계속해서 심기를 건드린다. 중국과 중국인에 대한 욕설과 조선족에 대한 인간적 모멸에 참다못한 홍지하는 오두석을 갑판으로 불러내어 한 판 싸움을 벌인다.

> 일어나려고 버둥거리는 그를 홍지하는 깔고 앉아 죽어라고 목을 조였다.
> "개새끼…… 강제 출국 시킬 거야…… 불법체류하는 주제에…… 사람까지 때려……"
> 숨이 막히는 듯 토막토막 끊겨져 이어져 나오는 오두석의 입을 이번에는 주먹으로 내리쳤다.
> "강제 출국 누가 무서워할 줄 알아? 당장 바다에 처넣는다 해도 무서워 안해!" (중략)
> "사람을 그렇게 …… 무시하는 법 어디 있어? ……중국 동포들도 사람이다…… 너와 똑같은 단군의 후손이란 말이다…… 한국이 잘 살면 어째? ……한국이 부자면 네놈도 부자야?…… 뭐가 잘났다구…… 남을 무시하는 거야…… 그래 잘난놈 못난놈한테 한 번 맞아봐!……"
> 악이 오를 대로 오른 홍지하는 욕사발을 퍼부으면서 손질발질을 멈추지 않았다.[27]

어선 안에는 오두석과 같이 조선족에 대해 일방적인 멸시를 가하는 인물이 있는가 하면 조선족의 처지를 이해하고 그들을 감싸 안으려는 갑판장 같은 사람도 있다. 홍지하의 일기를 선원들에게 읽어주었던 오두석과 그 옆에서 동조하던 한국인 선원들은 홍지하와 오두석이 싸움을 통해 홍지하 나아가 조선족들의 위치를 이해하게 된다. 싸움이 끝난 다음 갑판장의 이야기를 들은 오두석은 홍지하에게 진정한 사과를 하고 아주 각별한 사이가 된다.[28] 조선족 문제에 대한 이 같은 소설적 처리는 감정적인 처

---

27) 『바람꽃』, 190~191쪽.

리일 뿐이며 한국인과 조선족 사이의 또 다른 갈등을 만들어낼 위험한 방식이다. 그러나 이러한 갈등을 통해 홍지하는 조선족이 정체성에 대한 더 깊은 인식을 가지게 되며, 그것은 그가 조선족 문제에 대하여 한국의 언론에 글을 발표하고 기자들과의 인터뷰를 통해 자신의 의견을 드러내는 것으로 나타난다. 한국 정부의 조선족 불법 체류자에 대한 강제 연행과 출국에 대해 비판적인 글을 쓴 뒤 기자가 인터뷰를 요청하자 홍지하는 자신의 견해를 분명하게 이야기한다.

> "선생은 자기 글에서 동포를 박대하는 민족이라고 한국 정부를 비난했는데 그 이유를 요약해서 말해줄 수 없습니까?"
> 이 물음에 홍지하는 가슴이 격해짐을 느꼈다. 그러나 애써 흥분을 누르면서 부드럽게 말했다.
> "바로 중국동포에 대한 한국 정부의 차별대우입니다. 재미동포와 재일동포들은 마음대로 출입국을 할 수 있는데 중국동포만은 왜 제한합니까? 그들은 잘살고 우린 못살기 때문이죠, 그렇죠?"
> 기자는 웃기만 하고 대답을 하지 않았다.
> "70년대와 80년대에 스스로 이민을 떠난 재미동포들과는 달리 중국동포들은 나라가 없고 또 나라를 지켜주는 이가 없을 때 살 길을 찾아 고국을 떠났다가 조국을 찾기 위해 항일투쟁에 뛰어들었던 투사들과 그 후손들입니다. 한국이 이들을 못산다고 냉대할 수 있습니까?"[29]

인용문에서 홍지하가 말하고 있는 주장은 타당성이 분명하게 인정된다. 조선족 탄생의 역사적 배경을 본다면 한국인이나 한국 정부에서 그들을 박대해서는 안 되겠지만 현실은 그러하지 못하다. 조선족은 중국 공민이다. 따라서 조선족에 대해 한국 정부가 일방적인 특혜를 베풀 수 없으

---

28) 홍지하를 통해 조선족에 대한 인식이 좋아진 오두석은 우연히 만난 고애자와 결혼하기에 이른다.
29) 『바람꽃』, 157쪽.

며 그들을 한국인이나 교포로 취급할 수도 없다. 그들의 특수한 처지를 모르는 것은 아니나 불법 체류 조선족들에게 법적인 절차를 밟는 것은 어쩔 수 없는 일이다. 재미동포는 비자와 관련한 외교적인 절차에 있어서 조선족과는 다르게 취급되며 한국에서의 생활도 조선족에 비해 자유롭다는 점에서 한국인들이 조선족과 재미동포를 다르게 취급한다는 것은 인정할 수밖에 없는 부분이다. 그러나 재미동포들이 입국 과정에서나 한국에 들어와서나 법적 절차를 어길 필요가 별로 없으며 특히 한국인과 노동 현장에서 부딪힐 일이 없다는 점에서 조선족과는 그 처지가 다르다는 점을 인정해야 할 것이다. 조선족의 불법체류의 문제는 외국인 등록법이 시행된 후 어느 정도 완화되기는 하였으나 조선족의 한국행이 경제적인 목적을 갖고 있는 한 언제든지 재발할 소지는 가지고 있다 하겠다.

『바람꽃』에서 다루고 있는 조선족 정체성을 드러내주는 또 다른 에피소드가 홍지하가 중국에서 가져온 아버지 골회와 관련된 이야기다. 홍지하가 한국행을 하게 된 이유는 한국에 있는 할아버지나 아버지의 가족을 찾아 고향에 아버지를 묻는 일이다. 한국에 온 후 제일 먼저 홍지하는 아버지의 고향인 경북 달성군 다산면으로 찾아가 할아버지를 수소문하고, 오랜 노력 끝에 할아버지의 존재를 알게 되었지만 할아버지는 바로 얼마 전 자식의 소식을 안 뒤 운명해 버렸다. 결국 아버지를 그토록 기다리던 할아버지는 만나지 못하고, 아버지가 일본군으로 만주로 가기 전에 결혼한 부인과 그 아들을 만나게 된다. 홍지하는 아버지의 존재를 믿지 않는 그들에게 여러 가지 증거를 들어 확인하려 하지만, 그들은 할아버지 유산의 처리에 문제가 발생할까 보아 남편과 아버지로 인정하기를 거부한다.

홍성표는 한참이나 멍하니 이쪽을 쏘아보다 말고 자리에서 훌쩍 일어섰다.
"나 바쁜 사람이네. 여기서 새빠진 소릴 줴칠 새가 없네."

　　"가시더라도 당신 아버지 골회를 어떻게 해야 좋겠냐는 의향만은 얘기하고 가셔야지 않겠어요?"

　　"아버지라고 인정한 적 한 번도 없으니깐 나하고 상관없네."

　　"할아버지 유산 때문에 친아버지마저 인정하지 않다니요? 참 돈은 무섭구만요. 사람 있고 돈이 있지 돈이 사람을 만듭니까? 조상도 모르는 당신에게 하느님은 천벌을 내릴 겁니다. 천벌을!"

　　말을 마친 홍지하는 아버지의 골회함을 안고 다방을 나섰다.[30]

　　젊은 날 징병에 끌려 고향을 떠나 만주로 흘러들어 고단한 삶을 살다 돌아가신 아버지의 골회나마 한국에 있는 가족을 만나게 해주겠다는 홍지하의 꿈은 이렇게 깨어진다. 어떤 근거를 들이대도 할아버지 유산 분배 문제가 마음에 걸려 아버지로 인정하지 않고 있는 배다른 형 홍성표에게 절망할 뿐이다. 아버지의 가족을 찾아 안장하기 위하여 골회를 모시고 한국까지 온 홍지하로서는 돈 때문에 부부 또 부자 사이의 인연을 끊으려는 것이 이해가 되지 않는다. 이는 돈의 위력 앞에 인간적 순수함이나 도덕적 가치 등이 사라져 버린 말류 자본주의에 빠져 있는 한국인들에 대한 통렬한 비판이며 조선족과 한국인의 정체성을 이원론적으로 대비하는 장치이기도 하다.

　　홍지하는 아버지의 가족 찾기를 포기하고 아버지의 고향인 경북 달성군에 깊은 산골 노송 아래에 아버지의 골회를 뿌린다.

　　할아버지, 제가 왔습니다. 손자 홍지하올시다. 듣고 계십니까, 생전에 두 분은 서로 만나지 못해 한을 품고 아등바등 사셨지만 이제부터 내내 함께 있게 될 겁니다……

　　속삭이면서 노송 앞에 무릎을 꿇고 웅크리고 앉아 아버지의 골회함을 열었다. 비닐주머니에서 속에서 한줌의 골회를 꺼내어 노송을 중심으로 골고루 뿌렸다. 뒤이어 엎드려 세 번 큰절을 올렸다.

---

30) 『바람꽃』, 344쪽.

아버지, 부디 외로워 마세요. 아버지께서 그토록 잊지 못해 그리워했
던 고향산입니다. 먼 훗날 저도 재영이도 대대손손 이 노송 밑에 와서
술을 붓고 절을 올릴 겁니다. 구천에서 제발 안식의 나날을 보내십시
오……

그는 웅크린 채 까닥 움직이지 않고 골회가 뿌려진 땅을 오래오래 살
폈다. 거처없이 삭막한 사막 그 어디든 무턱대고 방황했던 아버지의 영
혼이 안식 속으로 가라앉는 듯 주위는 조용했다.[31]

홍지하의 아버지 홍희준은 죽어서도 고향에 남기고 온 아내와 자식의
인정을 받지 못한 채 작은 아들의 손으로 고향 땅에 뿌려진다. 고향을 떠
나 만주로 옮겨가 삶을 부지했던 조선족 1세대들에게 있어 고향은 죽어
서라도 돌아가야 할 공간이다. 그러한 아버지의 마음을 아는 아들은 자신
의 기억과는 무관한 아버지의 고향을 찾아와 골회를 뿌리고 앞으로 자신
이 또 자신의 아들이 이곳을 찾아와 절을 올릴 것을 약속한다. 이것은 조
선족들에게 모국인 한국이 어떤 의미를 갖는 곳인가를 잘 알게 해주며 조
선족들이 가지고 있는 모국 한국에 대한 사랑을 보여준다.[32]

고향을 떠나보지 않은 사람들은 고향을 제대로 인식하지 못하고 고향
에 대한 사랑도 그리 크지 않을 수 있다. 국가 이념에 따라 30년 가까운
시간 동안 상대방의 존재에 대해 말하는 것조차 금지되어 있다가 고향을
다시 볼 수 있었을 때 그것은 그들에게 한없는 사랑과 그리움의 대상이
되었다. 그러나 그들의 존재 자체를 지워버리려 하는 사람들이 있는 공간
그것이 한국이었던 것이다.

허련순의 『바람꽃』은 논을 벌러 모국인 한국 땅을 찾아와 고봉과 외한

---

31) 『바람꽃』, 345쪽.
32) 이러한 고향 찾기라는 소재는 우광훈의 『혼적』에도 나타난다. 그러나 『혼적』에서는 아
버지의 고향을 찾아가 큰어머니와 고모를 만나고 할아버지 산소에 절을 올리고 그곳이
자신의 뿌리임을 확인한다. 또 큰어머니가 아버지의 골회를 모시고 와서 조부모 산소 옆
에 모시라고 말하는 것은 앞에 본 『바람꽃』의 부정적인 상황과 대비된다. 『혼적』, 75~
82쪽 참조.

의 시간을 보내는 인물들을 통해 조선족들이 자신의 정체성을 찾아가는 모습을 구체적으로 보여준다. 그들은 한국과의 접촉으로 가정이 파괴되기도 하고 몸을 다치기도 하고 또 인간적인 모멸을 경험하기도 한다. 그들은 돈이 지배하는 한국의 모순을 깨닫고, 인간적인 가치와 순수함이 남아 있는 조선족의 모습이 한민족의 본연의 모습이라는 인식으로 나아간다. 이 과정에서 조선족들은 자신은 한국인이 아니라 중국 공민이라는 국민정체성과 함께 한국인에 대해 '순수/타락, 인간 중심적/금전 중심적, 너그러움/이악스러움'이라는 이항대립적 민족 정체성을 확립하게 된다. 이러한 인식은 최인규가 죽기 직전 홍지하에게 남긴 아래와 같은 유서의 한 부분에 잘 나타나 있다.

> 내 부탁은 너 여기에 더 머물지 말고 어서 널 키워준 고향으로 가라! 고향은 의복과 같은 거야. 비바람과 추위를 막아주면서 너를 보호해 주는 것이야. 난 죽을 때 고향을 향해 머리를 놓겠다.
> 기억하라. 사람은 재물에 죽고 새는 먹이 때문에 죽는다는 것을……[33]

돈을 벌기 위해 한국에 와서 신난한 삶을 살기보다는 고향으로 돌아가야 한다는, 사람은 돈에 대한 욕망 때문에 죽음에 이른다는 인식은 자식이 죽은 뒤 부부가 함께 한국에 건너와 몸과 마음이 다 망가지고 결국은 자살에 이르게 된 자리에서 도달한 깨달음이다. 또 이것은 자신들이 태어나 자란 중국이야 말로 자신들을 보호해 줄 공간이라는 각성이며, 민족 정체성을 넘어선 국민정체성의 확인이며, 모국 한국은 경제적으로 발전해 있지만 타락한 사회이므로 그 속에서 함께 타락하기보다는 가난하나마 자신들의 순수성을 지키는 것이야 말로 중요하다는 깨우침이기도 하다.

홍지하는 최인규의 유언대로 아버지 골회를 뿌린 후 중국으로 돌아온

---

[33] 『바람꽃』, 270~271쪽.

다. 그가 부두에 도착했을 때 윤미연이 표를 들고 나타나 이제 다시는 헤어지지 않겠다며 안긴다. 오랜 고난과 방황 끝에 그들은 함께 자신들의 고향인 중국으로 돌아오는 것이다. 이는 모국인 한반도를 떠나버린 '바람꽃' 같은 존재인 조선족들이 뿌리내리고 살아야 할 곳은 이미 자신들이 뿌리내려진 중국일 수밖에 없다는 인식이다. 이러한 국민정체성에 대한 인식은 홍지하가 아버지의 골회를 묻으며 자손대대로 아버지의 산소를 찾게 하겠다고 다짐하는 데서 알 수 있는 민족 정체성의 인식과 공존한다. 이 양자 사이에 작가 허련순이 생각하는 조선족의 정체성이 놓이는 것이다. 이것이 바로 조선족이 생각하고 있는 '민족'의 참모습이기도 한 것이리라.

조선족 정체성에 관한 새로운 인식

재외동포의 귀국에 따른 갈등은 비단 한국에 있어 조선족만의 문제는 아닐 것이다. 같은 민족이라 하더라도 일정 기간 이상 떨어져 살다가 다시 만났을 때 그들은 문화적 차이 때문에 적지 않은 갈등을 겪을 수밖에 없다. 이는 이차대전 이후 경제적인 안정을 위해 브라질로 건너간 일본인들의 후예인 니케브라질인이 일본이 경제적으로 발전하자 귀국하여 일으킨 갈등에서도 알 수 있는 바이다.

> 니케브라질인은 브라질과 일본 양쪽에 대해 정서적 동일시를 하지만 시간이 경과될수록 '브라질성'이 강화되고 '일본성'이 약화되는 경향을 보인다. : "우리는 돈을 찾아 일본에 왔지만 일본에 와서 대신 발견한 것은 우리는 브라질인이라는 것이었다. 브라질에선 일본인인 게 자랑스러웠고, 기회만 있으면 우리는 다른 브라질인과 다르고 더 훌륭하다고 얘기하곤 했었는데, 일본에 온 뒤엔 브라질 민족주의자가 되었다".

　　반면 일본인들도 닛케진들과의 만남을 통해 인종, 문화, 민족 등에 대해
　　그동안 간직해 왔던 믿음이 깨어지는 것을 경험한다.[34]

브라질에서는 일본인이라는 우월감을 가지고 살았는데 일본에 오니까 자신이 일본인과는 너무나 다르고 또 일본인들도 자신들을 일본인으로 받아들여주지 않아서 오히려 브라질인으로서의 국민정체성이 강화되었다는 니케브라질인의 예는 한국에 있어 조선족의 문제를 바라보는 거울이 된다. 조선족 역시 한반도에서 건너갈 때 가져간 문화를 많이 간직하고 있지만 중국 공민으로서의 특성을 가질 수밖에 없다. 그들은 중국에서 한족과 분리하여 자신들의 정체성을 정립해 나갔다. 중국 안에 사는 국민으로서 공통점이 많지만 한족과의 차이에 착안하여 자신들의 민족적 우월성을 만들어 나간 것이다. 그러나 한국에 와서 한국인을 접하면서 조선족들은 한국인이 중국에서의 한족보다 문화적으로 거리가 더 멀다는 것을 느끼게 된다. 언어나 역사 그리고 문화적인 여러 정체성보다 국가와 이념에 의해 만들어진 정체성의 차이가 더 크게 인식되기에 이른 것이다.

　어느 민족이나 디아스포라된 후 이주해간 지역의 문화에 동화된다. 처음에 그들은 문화적 차이를 심하게 느끼지만 시간이 경과할수록 알게 모르게 이주 지역의 중심 문화에 동화되기 마련인 것이다. 유대 민족이나 집시와 같이 자신들의 문화를 보존하기도 하고 중국에서도 북방의 민족이 남방으로 이주해 가서도 그들과 섞이지 않고 자신들의 문화적 전통을 유지하는 객가 문화가 존재하기는 하지만 대체로 디아스포라된 민족이 이주해 간 지역의 문화에 녹아들어 오랜 시간이 지나면 그 흔적만 남기고 사라지는 것이 대부분이다. 조선족의 경우, 중국 내에서 소수민족으로서 문화를 유지해 왔지만 그 기간이 그리 긴 것이 아니었다. 더욱이 한국과의 만남을 통해 새로운 민족 정체성의 혼란을 겪고 있어서 그 미래가 어

---

34) 김광억, 앞의 책, 279~280쪽.

떠할지는 매우 유동적이라는 판단이 가능하다.

가르자―게레로는 한 문화가 다른 문화와 접촉하는 과정을 아래와 같이 세 단계로 구분해 설명한다.

> 문화적 접촉 : 자신의 전통문화에 대한 상실감을 느끼고 새로운 문화에 대한 좌절감, 불안감, 적개심 등을 느끼게 되는 단계
> 재조직 : 새로운 환경에 생존할 수 있는 나름의 생활을 구성하고 자기 정체성 유지하려는 단계
> 신정체성 : 이중문화적 환경에서 나아가 나름의 새로운 정체성을 확립하는 단계[35]

물론 위에 제시한 가르자―게레로가 상정한 문화 충격 과정의 단계는 이민자들이 겪게 되는 문화적 충격을 설명한 것으로 미국으로 이민 간 사람들이 미국의 중심 문화와의 갈등에서 자신의 정체성을 정립하는 과정을 설명하는 도구로 만들어진 것이다. 그러나 이러한 이민자들의 정체성에 대한 해석은 한국을 경험하고 민족 정체성을 확립해 가는 조선족을 설명하는 데에도 원용될 수 있을 것이다.

조선족들은 나름의 전통과 문화를 가지고 동족의 나라인 한국으로 건너왔다. 그들은 한국으로 들어오는 비자를 만들 때부터 많은 규제를 받고, 한국에 들어와 한국인과 한국문화를 접하면서 자신들과 유사하리라 생각했던 한국인들이 너무나 달라 자신들의 정체성을 회의하는 시기를 경험하였다. 경제적·문화적 차이 등이 자신들이 가지고 있던 조선족의 정체성에 대해 회의하고, 한국문화가 갖는 이질감에 좌절하고 불안을 느끼며 한국인들이 자신들을 대하는 태도나 방식에 대해 분노하기에 이른다. 많은 조선족들은 한국과의 접촉을 통해 조선족으로서의 자괴감을 느

---

35) 이광규, 앞의 책, 107~108쪽.

끼고 한국에 대해 적개심을 갖게 된다. 그들은 한국에서 눈 딱 감고 돈만 벌어 중국으로 돌아가리라 생각하기도 하고, 조선족 정체성을 버리고 한국인이 되기 위해 한국인과 결혼하기 위해 노력하기도 한다.

한국과의 접촉이 빈번해지면서 조선족들은 한국에 대한 정보를 많이 가지고 한국에 입국하게 되고 한국인과 한국문화를 접하면서 한국인들과 자신들의 차이를 인정하며 한국 속에 살면서 자신은 중국 공민이라는 국민 정체성을 확인한다. 한국 정부와 한국인들도 조선족을 객관적으로 이해하기 시작하고 법적·제도적 장치 내에서 조선족을 대하게 된다. 조선족들은 한국 내에서 나름의 네트워크를 구축하며 조선족만이 가지고 있는 문화적 특성들을 찾아 한국인들과의 차이를 객관화하고, 중국 내의 한족들과 자신들과의 관계도 좀 더 객관적으로 바라보아 중국의 소수민족으로서 조선족의 위상을 찾기 위해 노력하기 시작한다.

이제 조선족의 민족 정체성을 확립하기 위한 새로운 노력을 기울일 필요가 있다. 조선족은 경제적, 정치적, 정책적 이유로 한반도를 떠나 중국으로 건너간 한민족의 후예이다. 주지하다시피 그들은 만주 지역에서 독립을 위한 치열한 투쟁에 앞장섰고 중국의 건국에도 혁혁한 공을 세웠다. 그들의 이러한 자랑스러운 역사는 그들이 중국 내에서 또 한국에서도 나름의 대우를 받기를 기대하는 이유가 되고 있다. 그러나 현실은 그러하지 아니하다. 조선족이란 중국 내에서는 동북의 변방에 모여 사는 소수민족일 뿐이고, 한국에서는 오래 전에 집을 나갔다가 전혀 다른 모습이 되어 돌아온 귀찮은 형제 취급을 당할 뿐이다. 조선족들은 이러한 상황을 냉철히 바라보며 새로운 정체성을 확립해야 나아가야 할 것이다.

10. 조선족 소설에 나타난 한국 이미지

문제의 제기

해방 직전 중국에 거주하고 있던 한인은 대략 250만 명을 상회한 것으로 알려져 있다. 해방 이후 한인의 이주에 관한 연합국 측의 정책과 중국 공산당 측의 필요[1])에 의해 절반이 넘는 한인들이 귀국을 포기하고 주로 만주 지역에 남게 된다. 주지하다시피 조선인들은 만주 지역의 해방 투쟁 과정 중에 공산당 측에 서서 국민당과 치열한 투쟁을 하여 중화인민공화국의 성립에 혁혁한 전과를 올렸다. 일제 패망 이후 해방전쟁 과정에서 조선인들이 적극적으로 공산당 측에 협력한 것은 중국 공산당의 소수민족 정책[2])과 토지를 무상으로 분배한다는 정책 등이 조선인들의 이익에

---

1) 해방 이후 조선족의 귀국에 관한 연합국과 중국 공산당의 정책과 관련해서는 장석홍, 「해방 후 연변지역 한인의 귀환과 현지 정착」(채영국 외, 『연변 조선족 사회의 과거와 현재』, 고구려연구재단, 2006)을 참조할 것.
2) 중국 공산당의 소수민족 정책과 조선인들의 대응에 대해서는 이 책 Ⅲ−09에서 상론한 바 있다.

부합한 결과이다. 결국 중화인민공화국의 성립과 함께 연변 지역은 조선 족자치구를 거쳐 연변조선족자치주로 확정이 되면서 조선족의 정치적 · 문화적 중심지로서 자리하게 된다.

연변이 조선족의 중심지가 된 이후 상당 기간 연변 지역은 조선족이 집 거하면서 나름의 조선족의 언어와 전통을 유지하면서 새로운 민족 문화 를 창조해 나갔다. 그러나 1950년대 말에 몰아친 반우파 투쟁과 중국을 혁명의 열광 속으로 몰고 간 1960~1970년대의 문화대혁명 기간을 거치 면서 조선족들은 국가적인 정책으로 인해 민족문화를 유지하기 어려운 시기를 거쳤다. 많은 문화인들과 지식인들이 비판을 당해 하방을 당하고 영어의 몸이 되기도 하였으며 죽음에 이른 인사도 적지 않았다. 이러한 민족문화에 대한 핍박의 시기를 겪었지만 개혁개방과 함께 새로운 민족 문화를 건설하기 위하여 다양한 노력과 정책을 펌3)으로써 조선족 문화는 새로운 전기를 맞이하게 된다.

조선족은 연변자치주 내에서 공동체를 이루고 살아서 그들의 언어와 전통을 유지하는데 큰 어려움이 없었다. 그러나 개혁개방과 함께 농촌 지 역에서 공동체를 이루고 살던 조선족들이 도시로 진출하면서 조선족 공 동체가 서서히 와해되고 한족과 잡거하기 시작한다. 그 결과 조선족의 언 어 사용이 점차 주변화하기 시작하고 조선족의 전통문화도 많은 변화를 경험한다. 개혁개방 이후 조선족 문화의 변화를 급격하게 촉발시킨 것은 한국과의 교류라 하겠다. 조선족들은 이념의 문제로 인하여 한국과는 전 혀 교류가 없이 북한과의 교류만이 소규모로 진행되고 있었다. 그러나 1988년도 올림픽으로 조선족들은 모국인 한국의 존재를 알게 되고 모국

---

3) 예컨대 십여 년에 걸친 소수민족 억압의 결과로 조선족 작가의 수가 현격히 부족한 점을 고려하여 연변대학 조문계에 작가 양성반을 설치하여 빠른 시간 안에 조선족 작가를 배 출하려 한 것이나 각종 민족문화 단체를 만들어 민족문화를 발굴 · 계승하려 한 것이 그 좋은 예이다.

의 엄청난 경제적 발전에 경악을 느끼기에 이른다.

1988년 올림픽 이후 한국의 존재를 알게 된 조선족들은 가족 방문의 형식으로 한국을 찾게 되어 한국의 엄청난 경제적 발전을 몸으로 느끼고 한국에서 일확천금의 꿈을 꾸게 된다. 이후 1993년 한중수교가 되자 조선족들은 다양한 방법으로 한국으로 건너와 노동으로 하여서라도 목돈을 쥐고 중국으로 돌아가 경제적인 안정을 꾀하게 된다. 이러한 한국과의 교류를 통하여 조선족들은 한국에 대한 막연한 동경에서부터 지독한 환멸에 이르는 다양한 체험을 하게 된다.

본고에서는 조선족 소설에 한국이 어떠한 이미지로 드러나 있는가를 밝히고자 한다.4) 조선족에게 한국이라는 존재가 알려진 이후 조선족의 소설에는 그들의 체험이 반영되어 한국이 다양한 이미지로 등장한다. 조선족들이 이념과 사회 체제가 전혀 다른 한국이라는 존재를 경험하는 과정에서 한국의 이미지는 적지 않은 변화를 하게 된다. 본고에서는 이러한 한국이미지의 변화 양상을 보다 분명하게 이해하기 위하여 조선족 소설 중에서 한국이나 한국인에 대한 견해가 드러나는 작품들을 대상으로 한국과의 만남 이전, 한국과의 교류 초기, 그리고 다양한 교류 이후를 시기를 구분하고 각 시기마다 한국의 이미지가 어떤 양상을 보이는가를 살필 것이다.

상상 공간으로서 한국

조선족 1세대들에게 있어 한반도는 자신이 떠나온 곳이자 조상들이 묻

---

4) 조선족 소설에 나타난 한국의 형상에 대해서는 김호웅, 「중국조선족 소설에 나타난 '한국형상'과 그 문화사적 의미」(『내러티브』 15호, 2010.1)에서 상론된 바 있다. 본고는 이 논문에서 도움 받은 바 적지 않다.

혀 있는 곳으로 그리움의 대상이었다. 누구나 유년의 기억이 서려 있는 고향을 그리워한다. 자기 발전을 위해서라기보다는 먹고 살기 위하여 또 강제적으로 한반도를 떠나 만주에 둥지를 틀고 산 조선족들에게 떠나온 고향은 죽어서라도 돌아가야 할 곳으로 인식되었을 것이다. 고향을 떠나 가족과 헤어져 이국의 땅에 터를 잡고 산 조선족 1세대가 나이가 들수록 어쩔 수 없이 떠나온 고향을 그리게 되는 것이다. 어릴 적의 기억을 묻고 있는 고향은 누구에게나 그리움의 대상이지만 어쩔 수 없이 떠나와 다시는 찾아갈 수 없게 된 사람들에게 고향은 더욱더 강렬한 그리움의 대상이 된다.

조선족 1세대들에게 있어 한국은 고향으로 작은 것 하나하나가 다 아름다운 기억으로 존재한다. 그러나 그들이 기억하는 고향은 어디서나 볼 수 있을 꽃피고 열매 맺는 나무나 아름다운 동구와 같은 평범한 사물이거나 삶 속에서 흔히 만나는 일상적인 일들일 뿐이다. 그러나 그들은 그러한 작은 것들에 대한 기억만으로 마음이 훙그러워지고 눈물을 짓게 되기도 한다. 40여 년 만에 한국에 있는 고향으로 가게 될 기회를 잡은 오 영감의 출국을 앞두고 모여든 마을 노인들이 몇 잔의 술을 나누고 기억하는 고향 역시 늘 이야기를 나누던 그런 기억 속의 공간일 뿐이다.

> "음음. 우리 고향 느티나무골 앞내 말이네, 괴기가 많았다네. 기슭을 걷다가 절로 솟아나온 마른 괴기를 주을 때도 있었네. 충치, 이면수 ……
> 하루는 음음, 진령감님이 저녁켠으루 해서 내물에 몸을 쭐럭쭐럭 씻는
> 데 글쎄 괴기 한놈이 어쩌느라 아래 속옷속에 쑥 들어갔단 말이네."
> 「중략」
> "다들 내 말 들으소. 내 살던 고장엔 달구경터라는 잔디언덕이 있었
> 다네. 보름달이 둥실 솟을 때면 온 마을이 언덕에 오른다네. 아낙네들은
> 달떡같은 아들을 보게 해달라구 기도하구 처녀들은 달님같은 랑군을
> 점지해달라구 …… 그때두 지금두 달은 하나겠지만 여적까지 고향달

만큼 크구 환한 달은 못보았다니. 그 달터가 지금두 있는지? 내가 바로
어머님이 그 달터에서 기도하구 본 아들이라네."

　　말하는 노인의 긴 여운조가 즐겁던 좌석에 서운한 기분을 드리워주
었다. 분위기가 바뀌었다. 고향의 유채밭, 피마주, 미나리, 까치밥……
별의별 동심시절의 이야기들이 다 추억의 감회에 꿰어져 나왔다. 끝머
리에 이르러선 약속이나 한듯 누구라 없이 허연 머리를 설레설레 저으
며 비감한 회포를 탄식에 싣군 했다.

　　"왜들 어린애같이 코만 훌쩍거리나? 술상이 다 식네. 술잔들을 돌리
자구. 자!"5)

　　누구의 기억 속에나 있고 누구나 주변에서 만날 수 있는 평범한 사건이
나 사물들이 그들의 기억 속에는 커다란 그리움으로 남아 있다. 사십 년
만에나마 고향 땅 한국을 방문할 수 있는 기회를 잡은 오 영감은 동네 노
인들의 부러움의 대상이다. 그들은 친구의 고향 방문을 축하하는 자리에
서 어릴 적 기억들을 떠올리며 즐거워한다. 그러나 고향에 대한 기억들을
떠올리는 일은 결국 아스라한 슬픔으로 연결되는 법이다. 어린 시절 떠나
온 고향은 이제 다시는 돌아갈 수 없는 공간이자, 돌아가 보아야 자신이
기억하는 모습의 고향이 아닐 것이 분명한 공간이다. 아름답게 추억하는
고향이라는 공간은 낯선 세계를 신선하게 받아들이던 어린 시절의 인식
과 연관된 공간이고, 그 시간을 함께 한 사람들과의 기억이 온축된 공간
이다. 지금 내가 그 자리에 돌아가 보아도 그곳은 옛 기억을 떠올리게 할
뿐 그 시절의 모든 것들을 되살려주지는 않는다. 그것을 알고 있는 노인
들로서는 결국 비감한 느낌에 빠져들 수밖에 없는 일이다. 그렇지만 그들
의 마음속에서는 고향 나아가 한국은 언젠가는 한 번 가 보아야 할 공간
이자 죽어서라도 돌아가야 할 공간으로 자리하고 있는 것이다.6)

---

5) 윤림호, 「아리랑고개」, 『고요한 라고하』, 흑룡강조선민족출판사, 1992, 88~89쪽.
6) 고향 조선의 의미는 김학철의 소설 『해란강아 말하라』에서 1930년대 재만조선인인 영수
　 가 외삼촌을 바라보며 '숨 떨어지는 그날까지, "금년 농사만 잘 되문 명년엔 꼭 고향엘 나

한국의 고향을 떠나와 만주에 자리 잡은 조선족 1세대들과 달리 중국에서 태어나 자란 2세대들에게 한국은 전혀 다른 의미로 다가온다. 그들이 소문으로 접한 한국은 경제적으로 윤택한 모국이다. 자신이 태어난 곳도 아니고 본 적도 없는 곳이지만 아버지가 할아버지가 살던 곳이고 그분들의 고향이기도 하고 한국을 전혀 모르는 자신과 똑같은 말을 하는 동포들이 사는 나라이다. 개혁개방으로 개인의 능력에 따라 경제적 앞날을 개척하여야 하는 사회로 변한 상황에서 어떤 연고로든 한국에 갔던 사람들이 큰돈을 벌어왔다는 소문은 한국을 미래를 위한 물적 기반을 잡을 수 있는 기회의 땅으로 인식하게 만든다. 큰돈을 벌기 위해서는 한국으로 나가야 하고 한국으로 나가는 가장 확실한 방법은 부모님 세대들의 가족 방문에 동행하는 것이다 보니 한국에서 오는 부모님에 대한 초청이 가족 사이에 새로운 갈등의 요인으로 등장하기도 한다.

얼마후 우리는 처남 내외가 급히 장모님을 모셔간 내막을 알고 깜짝 놀랐다. 서울에 있는 처외삼촌은 중국에서 누이가 자기를 찾고 있다는 소식을 듣고 맏처남앞으로 (맏처남이 그래도 이 집의 맏이기에 나는 그의 직장을 통신주소로 적었었다) 그쪽의 형편을 알리고 누이에 대한 상세한 정황을 물어 편지를 보내왔던 것이다. 뒤이어 맏처남의 회답편지를 받은 외삼촌은 혈육의 정에 목메어 누님을 부르며 정을 토했었다. 그리고는 금년내에 누님을 집으로 모시고 싶으니 맏처남 내외더러 그때 어머니를 모시고 서울로 오라고 하였던 것이다.

나는 맏처남 내외가 그런 꿍꿍이를 하고 있을 줄 몰랐다. 하긴 그래

<hr>

가야지! 조선엘 나가야지!"하고 해마다 벼르면서도 종내 나가지 못하고 그 고난의 일생을 마친 이 간도, 삭풍 거친 땅'(『해란강아 말하라 상』, 풀빛, 1988, 21~22쪽)이라 생각하는 부분에 잘 요약되어 있다.
해방 후의 조선족들에게 고향이 갖는 이 같은 의미는 조선족 1.5세대인 정판룡이 한국에 오게 되었을 때 어렸을 적 떠난 담양의 고향집에 찾아가 느끼는 내용을 담은 『고향 떠나 50년』, 아버님의 평생 소원을 들어주기 위하여 돌아가신 아버님의 유골을 고향 뒷산에 뿌려드리는 허련순의 『바람꽃』, 고향을 찾아온 조카에게 한국에 사는 큰어머니가 아버지의 유골이나마 선산에 가져와 묻어드리라 이르는 우광훈의 『혼적』 등에 구체화되어 나타난다.

서 우리가 외삼촌을 찾았다고 할 때도 우거지상을 지었던 그들이었다. 그들은 언녕 우리 몰래 외삼촌과 련계가 있었을 뿐 아니라 또 장모를 자기들이 모시고 있는 것처럼 편지를 띄우고 부랴부랴 행동을 시작한 것이었다.

나는 돼지고기 비게덩이를 먹었을 때처럼 속이 뒤집어지었다.[7]

장모를 모시고 사는 '나'는 한국에 사는 동생의 소식을 궁금해 하는 장모를 위해 백방으로 노력을 하면서 연락처는 그래도 집안의 맏이인 맏처남의 주소로 적어 두었었다. 그런데 맏처남은 외삼촌에게서 연락이 오자 아무도 몰래 연락을 하여 어머님을 모시고 한국으로 오라는 초청을 받아낸 뒤, 어머니를 모시고 산 여동생 몰래, 가난한 남동생도 모르게 어머니와 함께 서울로 나가 돈을 벌고자 하는 것이다. 이러한 사실을 안 '나'는 맏처남 내외의 '꿍꿍이'에 비게를 먹은 듯한 느끼함을 느끼고, 아내는 오빠에게 어머님을 나에게 맡길 때는 언제고 한국 갈 기회가 생기니 혼자 챙기느냐고 대들고, 남동생은 자신이 경제적으로 더 어려우니 형에게 양보할 것을 요구한다. 이 모두 어머니와 동행하여 한국에 간다는 것 자체가 부를 거머쥘 수 있는 기회라 인식한 결과이다.

어머니의 한국행에 자식들 중 누가 동행할 것인가가 형제들의 의를 상하게 하고 어머니를 서로 모시려 하여 오히려 어머니의 마음을 아프게 한다.[8] 결국 사업이 어려워진 외삼촌이 어머니의 한국 초청을 포기하자 맏처남은 어머니를 다시 여동생 집으로 돌려보낸다. 한국행이 신기루처럼 사라져버리고 형제간에 남은 것은 마음의 앙금뿐이다. 이 같은 갈등을 일으키는 요인은 소문으로 알고 있는, 상상의 공간에 존재하는 한국 때문이다. 개혁개방 이후 개인의 능력에 따른 빈부의 차이가 허용되자 조선족들

---

7) 허련순, 「밤나무」, 『사내 많은 여인』, 동아출판사, 1991, 161쪽.
8) 외삼촌도 자신이 누님을 초청하지 못하게 된 연유를 전하는 편지에서 자신의 초청 의사가 형제간의 우애를 상하게 하고 오히려 누님을 불편하게 한 것이 아닌가를 우려한다.

은 돈을 벌기 위해 이악스러워진다. 더욱이 이 시기에 알려진, 경제적으로 윤택한 한국의 존재는 그들에게 새로운 기회를 맞이하게 해 주는 것으로 인식되었을 것이다. 그들은 정당한 절차에 의해 한국행이 이루어지는 주위 사람들에게 선망의 시선을 보내며 한국행을 위해서라면 불법을 저지르는 일을 감수하기도 한다. 한국과의 수교가 이루어지고 한국행이 비교적 자유로워지면서 소문과 상상 속의 공간인 한국이 조선족들의 욕망을 빨아들이는 공간으로 변모한 것이다.

현실 공간으로서 한국

조선족들이 한국을 경험하고 한국인들과 접하면서 상상 속의 공간이었던 한국은 서서히 현실의 공간으로 변모하기 시작한다. 직접적인 접촉이 없었을 때 조선족에게 한국인은 언어와 역사를 공유하는 같은 민족으로 오랜 세월 헤어져 있던 형제와 다름없을 것으로 생각하였다.[9] 즉 중국에 비해 경제적으로 월등히 앞선 모국 한국은 조선족들에게 황금알을 낳아줄 기회의 땅으로 여겨진 것이다. 그러나 한국에 입국하여 노동을 하면서, 한국인을 직접 접하면서 한국인들이 자신들을 가난한 이방인으로 취급한다는 사실을 인식하고 점차 자신의 정체성에 대해 심각하게 회의하고, 한국과 한국인이 가진 부정적인 측면들이 눈에 뜨이게 된다.

조선족들이 한국인들과 접하면서 갖게 된 첫인상은 한국인들이 너무나 경제적인 동물이라는 점이다. 사회주의 체재 하에서 성장한 조선족들에게 한국의 자본주의 체재는 받아들이기 어려운 것이었고 돈이면 무엇이든 다 된다는 발상이 그들을 매우 힘들게 하였다. 손이 필요할 때에는 사

---

9) 한국인들도 조선족의 존재를 알았을 때 그것은 적지 않은 충격이어서 1990년을 전후한 시기에 조선족을 소개하는 글과 조선족 문학 작품이 엄청나게 출간된다.

정을 해 가면서 일꾼들을 불러 일을 시키다가 일손이 줄어들면 장기간 함께 일한 의리나 친분 따위는 깡그리 무시하고 일고의 미안함도 느끼지 않고 내쫓아버리는 한국인들의 노무자 관리 방식은 사회주의 체재에서 성장한 그들에게는 감당할 수 없는 행태였다. 더욱이 한국에 나와 막노동으로 몸을 혹사하면서 돈을 벌려는 그들에게 임금을 갈취하는 사업주들의 존재는 울분을 터뜨릴 수밖에 없는 일이었다.

> "진형, 언제 떠난다구?"
> "이제 3일 남았소."
> 나는 배표를 그에게 보였다.
> "진형 미안하게 됐어. 가기 전날 꼭 돈을 드릴게 하루만 더 기다려요. 오늘 회사에서 돈을 물었지만 아빠트 산 돈을 뭉턱 갚고 나니까!"
> "그럼 한국돈 가지고 중국까지 가란 말이요?"
> "어떻게 이 밤중에 어디 가서……"
> "그러기에 오늘 꼭 마련하라고 말하지 않았어요?"
> 나의 날카로운 시선을 감촉했던지 덕홍이는 나의 눈길을 피했다. 허나 그는 인차 "너까짓게 어쩐다고"하는 배포유한 표정을 지었다. 여유작작하게 담배를 피웠다. 순간 나는 한국땅에서 받은 모든 수모가 분노로 바뀌었다.
> "중국아저씨 맥주나 한잔 해요."
> 오야붕이 맥주 몇 병을 랭장고에서 꺼내놓았다. 나의 돈 일전도 다 목숨으로 바꾼것이나 다름없었다! 그런 돈을 한국땅에 뿌리고 갈수는 없었다! 언제 떨어질지 모르는 벽돌, 언제 쓰러질지 모르는 순간순간, 아짜아짜한 슈가이 하두번이 아니었다. 안해의 병을 고쳐주고 빚을 갚아야했다.[10]

공사 현장 감독인 덕홍이는 열악한 현장에서 막노동하는 노동자들에게 아내가 술을 팔아 돈을 뜯어내고 또 가끔씩 노름판을 벌여 돈을 갈취

---

10) 김남현, 「한신 하이츠」, 『천지』 1992.7, 11쪽.

하기도 한다. 그러나 이런 수모를 참고 적지 않은 기간을 따라다니면서 일을 한 것은 아내의 병을 고쳐주고 한국에 오기 위해 생긴 빚을 갚아야 하기 때문이다. 그러나 덕홍이는 김씨가 중국에 돌아가지 않을 수 없고 불법 체류자이니 신고를 하지 못할 것이라는 계산 아래 귀국을 삼 일 앞 둔 날까지 이런저런 핑계를 대며 임금을 체불한다. 중국 가기 전에 달러로 환전을 해야 하는 김씨로서는 늦어도 그 날은 임금을 받아야 하는데 덕홍이는 짐을 부치고 인천에서 기다리면 우송해 준다는 말도 안 되는 말을 해가며 노골적으로 임금을 떼어 먹을 속마음을 드러내 보인다. 이러한 조선족들에게 있어 임금 체불의 기억은 한국인에 대한 뿌리 깊은 불신과 증오감을 심어 주었다. 조선족들이 한국인에 대해 돈밖에 모르는 인간들이라 평하는 것은 그들의 이러한 경험과 무관하지 않다.11)

또 조선족들은 막노동판에서 상급자라고 아랫사람들을 마구 대하는 현실에 적응하지 못한다. 돈이 주는 위력을 앞세워 나이가 훨씬 많은 사람들에게도 막말을 하고 인간적 모멸을 느끼게 하거나 심하면 구타에 이르는 행위는 조선족들이 한국인에 대해 느끼는 중요한 불만 중 하나였다. 강호원의「쪽빛」에서는 삼십 남짓한 철공장 작업반장의 거친 행동과 인간적인 모멸을 느끼게 하는 행위에 분노를 느끼다가 대들어 해고를 당하게 되는 정호를 통해 인간 평등주의 사회에서 성장한 조선족이 한국의 수직적인 인간관계에 적응하지 못하는 모습을 그려내고 있다. 이는 자본주의의 속성을 이해하지 못하고 있었던 조선족들이 한국 사회에 와서 가장 먼저 부딪히게 되는 문제들이었다. 돈의 힘을 중시하는 자본주의 한국의 이면을 파헤치고 그 속에서 고달픈 삶을 이어가는 조선족의 삶을 형상화하는 것은 조선족 소설의 중요한 한 경향으로 지적할 수 있다.

---

11) 가족을 찾아 안장하기 위하여 아버지의 골회를 모시고 한국까지 온 배다른 조선족 동생을 할아버지의 유산을 상속하는데 문제가 발생할까 봐 가족 관계를 부정하는 한국인의 모습을 그린 허련순의 『바람꽃』은 조선족들이 인식한 한국인의 금전만능주의의 문제점을 전형적으로 보여준다.

　자본주의적 욕망이 들끓는 한국인에 대한 비판적인 시각은 점차 한국인들이 가진 왜곡된 욕망으로 확대된다. 한국인들은 중국으로 진출하면서 사회문제를 일으킬 정도로 밤 문화에 탐닉하고 성적 욕망을 주체하지 못해 쩔쩔매는 타락한 모습을 보였다. 조선족 작가들은 이러한 한국인들의 비뚤어진 성적 욕망을 비판하고 조롱하는 작품들을 다수 발표한다. 같은 동포를 위해 중국에 와서 사업을 한다면서도 사업보다는 여성 편력에 더 관심 갖는 한국인 사장들과 그들이 뿌리는 작은 돈에도 몸을 맡기는 조선족 여성들은 통렬한 비난과 조롱의 대상이 된다. 작품 속에 등장하는 조선족들은 경제적으로 예속된 탓에 겉으로 드러내놓고 대들지는 못하지만 마음속으로나마 조롱해줌으로써 속이 후련해지는 기분을 느낀다.12)

　중국에 온 한국인들은 한국에 비해 돈이 들지 않는다는 이유로 여성 편력을 일삼았으며 현지의 조선족 여성을 가정부 겸 성적 노리개로 고용함으로써 조선족들의 자존심을 뭉개고 사회 문제를 일으키기도 하였다. 조선족들은 한국인들과의 접촉을 통하여 점차 이러한 한국인들의 왜곡된 성 의식에 비판적인 자세를 갖게 된다.

　　복자는 배사장이 어느새 웃통을 벗어젖힌 걸 발견하고 속이 덜컥 내려앉았다. 안간힘을 쓰면서 허둥지둥 배사장의 가슴을 손으로 밀어냈다. 그러나 배사장은 바위마냥 끄덕도 하지 않았다. 인차 얼굴에 식은땀이 돋아나기 시작했다. 허기진 배가 후들후들 떨렸다. 말도 제대로 나가지 않았다.
　　"이러지 마시오. 내 자식 둘이나 있습니다."

---

12) 연변에 회사를 차리고 사업보다는 여성편력에 골몰하는 한국인 사장을 조롱하는 우광훈의 「가람 건느지 마소」, 부부가 한국에 돈 벌러 왔다가 남편이 다쳐 치료비를 걱정하는 조선족 여인에게 아이를 낳아달라는 조건으로 육체적 거래를 하는 한국인 사장을 비난하는 허련순의 『바람꽃』, 관내에 사는 한 여자가 한국인 남성과 성적으로 놀아나는 모습을 비판한 김춘택, 「한 여자가 끓이는 아이칭 마라탕」 등 이런 경향의 작품의 양은 매우 많다. 이러한 조선족 소설들은 한국전쟁 이후 한국소설의 한 양상으로 나타나는 양공주에 대한 비난이나 조롱 역시 이와 비슷한 심리적 기저를 갖는 것이라 하겠다.

"엉?"

배사장은 손을 풀고 어이없다는 듯 그녀를 쳐다보았다.

"그럼 파트너로 들어온 거 아니란 말이지? 난 파출부를 찾은게 아니
거든요. 옷 입고 빨리 이 집에서 나가요."

"아, 아닙니다."

"뭐가 아니란 말이야. 돈 없어 굶어 지낸다고 해서 내가 봐준 건
데…… 이제 한 건 잡았다고 생각하는 모양이네. 당신들 그런 얌체한 궁
리 걸어요. 거지 본성 여구하네. 인간들!"

"잘못했어요."

복자는 도대체 그가 무슨 말을 하고 있는지 알아듣지도 못했다.[13]

자식들의 교육비 때문에 한국인 공장에 일자리를 찾아 연변에서 청도
로 나온 복자는 외국어를 너무나 많이 섞어 쓰는 한국인들과 언어불통으
로 공장에서 쫓겨나 돈이 떨어져 옹색하던 차에 직업소개소에서 주선한
파트너로 취업한다. 한국인 사장의 집에서 파출부 일을 하는 것으로 이해
하고 왔지만 단순한 집안일 뿐 아니라 성적 욕망을 채워주어야 하는 파트
너 자리이다. 처음에 완강히 거절하지만 곯은 배에 자식들의 교육비에 어
쩔 수 없이 무엇을 잘못했는지도 모르는 채 싹싹 빌고 그 자리도 직업인
양 주저앉고 만다. 한국인들이 중국에 와서 조선족 여성들을 데려다 현지
처로 고용하는 문제는 적지 않은 사회문제를 일으켰으며 여러 작품에서
제재로 다루어진다.

이와 함께 한국에 입국하기 위하여 한국인과 위장 결혼하는 일도 여러
가지 문제를 노정하며 한국인에 대한 부정적인 인상을 만들어내는 중요
한 요인이 된다. 정형섭은 한국인과 위장 결혼을 하여 한국에 입국하여
공장에서 일을 하여 어렵게 돈을 벌고 있는 지순이를 통하여 위장 결혼이

---

13) 장학규, 「노크하는 탈피」, 중국연해조선족문인회 편, 『갯벌의 하얀 진주』, 도서출판 청
    심정, 2009, 199~200쪽.

갖는 사회적 문제들을 비판하면서 동시에 한국인의 비인간적인 다른 한 면을 비난하고 있다.

지순은 많은 돈을 들여 위장 결혼을 하고 한국에 들어온 후 이제 돈을 벌어 중국으로 돌아갈 꿈을 꾸고 있었다. 그러나 한국 정부에서는 외국인들이 실제로 국제결혼을 했는지 여부를 확인하기 위하여 일정 기간에 한 번씩 출입국 관리 사무소에 부부가 출석하여 혼인 여부를 확인하게 한다. 따라서 이때가 되면 같이 살지도 않는 한국인 남편을 찾아 동행하여 사실을 확인하는 불편함을 감수해야 한다. 더욱이 지순과 위장 결혼한 한국인 남편은 자기가 신고하면 강제 출국 당한다는 지순의 약점을 악용하여 수시로 찾아와 돈을 요구하고 잠자리를 강요하기도 한다. 위장 결혼의 덫에 치인 지순은 어쩔 수 없이 그의 요구를 들어주는 수모를 감당할 수밖에 없다.

차를 세웠던 자리에 차가 보이지 않아 황황히 사위를 살피다 섬찍하니 놀랐다. 차는 벌써 궁둥이를 돌려대고 저만큼 꼬리표를 놓고 있었다. 분명 그녀를 잊고 가는 것은 아닐텐데 그녀는 발을 동동 구르고 손을 허우적대며 "이봐요— 서요! 같이 가요……" 소리 지르며 허겁지겁 뛰였다. 점심전까지만 해도 그들차에 앉기가 그처럼 싫더니만 지금은 앉지 못할가봐 안달아났다. 차가 바람을 스치듯 아무 반응도 없이 차행렬속에 빨려들어가서야 그녀는 닭쫓던 개 지붕 쳐다보는격으로 멍해졌다. 갑자기 무슨 생각이 피끗 떠올라 핸드폰을 꺼내 남자 전화번호를 눌렀다.

"이봐요, 같이 가잖구 어디를 가는가요? 같이 가요?!"

"우리 지금 가 볼데가 있어 가니까이. 니는 먼저 돌아가라잉."

남자 목소리가 틻은 개살구처럼 매몰스레 귀청을 때렸다. 지순이 급해맞아 소리쳤다.

"이...이봐요! 내게 지금 차비도……"

말이 채 끝나기 전에 대방의 핸드폰은 말을 뭉청 잘라먹고 입을 꾹 다물어버렸다.

"여보세요! 여보세요! 와이?"

분노에 찬 눈길로 남녀가 사라진 쪽을 쏘아보던 그녀의 눈에서 마침내 참고 견뎌왔던 눈물이 물주머니 터지듯 흘러내렸다. 목구멍이 찢기듯 악에 받친 질타가 앙칼지게 터지며 주위 사람들을 경악케 했다.

"야— 개새끼야!"14)

출입국관리사무소에 신고하러 가는 날 남자는 한 여자가 운전하는 승용차를 가지고 왔다. 남자의 애인인 듯한 여성과 함께 가는 것이 싫었지만 어쩔 수 없이 함께 하는데 자동차 기름을 넣으니 23만원이나 나온다. 3만원이면 충분할 곳을 그 돈을 들여 움직이는 것이 기가 막힐 노릇이다. 서류비용으로 16만 4천원을 내고 나오니 남자가 식사를 하잔다. 운전하느라 고생한 여자에게 마음껏 시키라 하여 장어구이를 먹고 이것저것 챙겨 먹어서 21만 3천원이 나온다. 가지고 있던 돈을 다 털어 요금을 지불하고 나오니 남자는 지순을 남겨 두고 여자와 함께 차를 타고 휑하니 떠나 버린다. 자신들의 데이트에 지순을 이용한 격이다. 이에 지순은 분통이 터져 차 뒤에다 의미 없는 욕을 퍼부을 뿐이다.

이국에 나가 돈을 벌려는 사람들은 그 나라 사람들에서 소수자로서 차별을 당하고 온갖 설움을 당하기 마련이다. 합법적인 방법으로 이민을 간 사람들도 그 나라에 다수를 차지하는 정주민들에게 차별을 당하게 마련이라는 점을 생각하면 불법으로 이민을 간 사람들은 그 정도가 어느 정도일지는 짐작이 가고도 남는다. 한국에 들어와 돈을 벌고 있던 대부분의 조선족들은 불법 체류자들이었다. 그들은 법적으로 아무런 보호를 받지 못하는 인권 사각지대에서 안타까운 삶을 유지할 수밖에 없었다. 더욱이 위장 결혼으로 한국에 들어온 사람들이 경우 그 신분의 위태로움은 더욱 심각할 밖에 없다. 위장 결혼을 해준 남자가 마음이 변하면 그 날로 강제

---

14) 정형섭, 「가마우지 와이프」, 「연변일보」, 2008.12.5.

출국 당하는 위험에 빠질 수밖에 없는 것이다. 물론 그도 법적인 제재를 받겠지만 그 정도의 차는 이루 말할 수 없는 것이다. 따라서 위장 결혼하여 한국에 들어온 여성들은 이중삼중의 어려움을 겪을 수밖에 없었다. 그러나 한국으로의 출국이 기회로 인식되는 상황에서 위장 결혼은 한국으로 나가기 위한 좋은 방법이었으므로 많은 조선족 여성들이 이 방법으로 한국에 나가 돈을 벌었고 그 결과 조선족 사회에 적지 않은 문제를 일으켰다. 위장 결혼에 따른 많은 사회 문제들과 이 과정에 나타나는 추악한 한국인의 모습 역시 조선족 소설의 중요한 한 제재가 되고 있다.15)

초월 공간으로서 한국

한국 정부는 재외동포의 불법 체류의 법적 문제를 해결과 함께 그들에게 '재외동포' 체류 자격을 부여할 경우 국내 노동시장에 미칠 영향 등을 고려하여 출입국관리법 시행령을 개정하여 2002년 12월 9일부터 '취업관리제'를 실시하였다. 그 골자는 30세 이상 동포가 방문동거 사증을 발급 받아 입국하여, 국가에서 지정한 6개 서비스업종에서 최장 2년간 합법적으로 일할 수 있게 한 것이다. 이후 몇 차례에 걸쳐 재외동포의 한국 취업에 대한 법령이 개정되면서 점차 조선족들을 어느 정도 합법적인 조건 하에서 한국에 입국하여 경제 활동에 참여할 수 있게 된다. 그간의 한국

---

15) 이 주제는 남들은 다 한국에 나가 돈을 벌어오는데 한국에도 못나간다고 구박을 받던 '그녀'가 위장결혼으로 한국에 가며 무능한 남편을 야유하는 내용을 담은 허련순의 「하수구에 돌을 던지랴」, 부모형제를 위해 위장 결혼해 한국에 온 윤순이 위장 결혼한 남편의 성형 요구로 젖무덤을 적출하기에 이르는 비극을 그린 정형섭의 「기러기 문신」, 중국에서 위장결혼 알선으로 큰돈을 벌려다 중국 법에 저촉되어 패가망신하는 맹사장의 모습을 통해 한국인의 추악한 모습을 그린 박성균의 「빵구 난 그물」, 한국에 나간 후 한국 남자와 결혼하여 연변의 남편을 버리고 아들만 한국으로 초대하여 가정이 파탄 나는 내용을 담은 최홍일의 「흑색의 태양」 등과 같이 다양하게 작품화되고 있다.

체험을 통한 한국인에 대한 인식의 전환과 함께 재외동포 취업에 관한 법령의 개정은 조선족들의 한국과 한국인에 대한 생각을 바꾸는 데 어느 정도 기여하게 된다.

이러한 한국에 입국한 조선족 사회의 변화는 조선족 소설에서 한국에 들어온 조선족과 한국인 사이의 갈등이 첨예하게 나타나기는 하나 조선족과 한국인 사이에 인간으로서의 동질감을 회복하고 화해하는 내용이 주를 이루게 된다. 이러한 작품의 제재나 주제의 변화는 조선족들이 한국 사회에 처음 발을 디뎠을 때 느꼈던 이질감을 극복하는 과정이기도 하고 어느 사회나 악질적인 인간이 있지만 인간과 인간 사이에 교감을 나눌 만한 인물들이 적지 않음을 깨달은 결과이기도 할 것이다.

> 말문이 막혔다. 마누라와 자식…… 깨진 바가지처럼 산산이 흩어져서 이제 형체도 없는 내 가정…… 반장은 이런 가정을 지키라고 일자리를 떼우고 가는 사람을 붙잡는다.
> "그카구 어딘가 날 닮은데가 있는 것 같아서…… 허허허……"
> 역시 우씨의 버르장머리는 알아줘야 했다.
> "나 금방 사장하고 결재까지 끝냈는데 사장이 다시 받아줄까?"
> "받아주고 말고. 사장이 그냥 내 폼을 잡아준거라카이. 공장에 지금 일군이 얼마나 귀하다코."
> 우씨가 좀 허풍치는 같았지만 정호는 자기가 사장이라도 우씨 같은 일군한테는 어지간한 직권과 혜택은 줄것 같았다.
> "형님 여그서 미적거리지말구 읍내루 나가주우. 내가 쏠테니 여기서 마을 뻐스 타고 좀만 가면 꽤 큰 동네가 있거든. 이쁜 아줌마도 있고. 기왕 이렇게 된바 하고 날씨도 지랄 같은데 오늘 한번 농탕을 치기우. 대신 돈 떨어지면 형님이 가불하오. 우린 한피줄이 아닌겨?"16)

16) 강호원, 「쪽빛」, 『2007 중국조선족문학 우수작품집』, 흑룡강민족출판사, 2008.8, 182~183쪽.

나이가 젊은 작업반장인 우씨는 성질도 급하고 말도 막 해서 아랫사람들의 심기를 자주 건드린다. 반장 아래에 들어와 일을 한 지가 열흘도 안 되는 조선족 정호는 참다못해 우씨에게 대들고 이를 본 사장은 정호를 파면시켜 버린다. 어쩔 수 없이 숙소에 돌아와 짐을 싸는 정호를 찾아온 우씨는 대책도 없이 이 공장을 떠나면 어떻게 하느냐며 적극 만류한다. 더욱이 정호가 마음을 결정하지 못하자 연변에 있는 가족을 생각해서라도 참으라며 정호를 붙들기까지 한다. 결국 우씨는 사장이 자신의 면을 세우기 위해 정호를 파면시켰지만 자기가 다시 일을 시키면 아무렇지 않게 넘어갈 것이라며 정호를 붙들고, 정호는 자신을 형님이라 부르며 다가오는 우씨에게 마음을 열게 된다. 우씨의 적극적인 행동에 정호와 우씨는 화해를 하기에 이르고 한 핏줄임을 확인하게 되는 것이다.

조선족들이 한국에 들어와 고생을 하면서도 마음이 통하는 사람들을 만나 사이좋게 공존하는 이야기는 김남현의 「한신 하이츠」의 중요한 한 모티프가 되고 있다. 이 작품에서 한국에 입국하여 노동일을 하는 조선족 김씨는 현장의 오야지인 덕홍이와는 심한 갈등을 일으키지만 같은 노동판에서 일하고 있는 기환이나 서승덕 같은 인물들과는 같은 노동자로서 동지애를 느낀다. 더욱이 공사판에 나오기 전에 인쇄소를 운영한 바 있는 서승덕은 김씨가 임금을 받기 위해 마지막으로 덕홍이와 담판을 지을 때도 함께 가서 김씨를 지원해 준다.

> "한국까지 와서 노가다에 돌아다니는 중국사람들이 다 머저리는 아니라는 것만은 명심해두어요!"
> 덕홍이는 맥주병을 들고 사색이 된 얼굴로 사진틀 모서리에 꽂힌 노오란 10원짜리를 얼이 나간채 지켜보고있었다.
> 나는 서승덕이와 한신하이츠를 나왔다. 락동강에서 불어오는 밤바람이 쌀쌀하였다. 거리는 한적하였다.
> "서승덕씨, 래일은?"

　　"나도 때려 챠야지. 저자식하고 못할기라요. 이다음에 인쇄소를 다시
시작할기고. 그때는 손잡고 중국에서 해볼란교?"
　　"하지! 해요!"
　　우리는 으스러지게 두손을 잡았다.[17)]

　　덕홍이라는 이기적이고 악질적인 현장소장과의 부대낌 속에서 김씨와
서승덕은 인간으로서의 신뢰를 쌓은 것이다. 결국 김씨와 서승덕은 조선
족과 한국인이라는 차이를 극복하고 인간적인 신뢰를 바탕으로 미래를
약속하는 데까지 나아간다. 이렇듯 조선족과 한국인이 화해에 이르는 과
정을 제재로 다룬 작품이 적지 않게 발표되고 있다. 한국에 나와 배를 타
게 된 조선족과 조선족을 비하하는 한국인 뱃사람이 주먹다짐 끝에 절친
한 사이로 발전하게 되는 과정을 보여주는 허련순의『바람꽃』이나 괴팍
스런 중년 여성 패션디자이너 집에 식모살이하는 조선족 여성이 주인 여
자의 삶에 대해 심각한 심리적 갈등을 겪다가 여성으로서의 동질감을 회
복하는 과정을 그린 조성희의「조개요리」와 같이 조선족과 한국인들의
화해의 과정을 보여주고 있는 것 등이 그 좋은 예가 된다. 이렇게 소설의
제재가 변화하는 것은 조선족과 한국인이 민족적 동질성을 회복하고 공
존의 길을 모색해 나아가는 것이라는 점에서 의의를 지닌다.
　　다른 한 편에서는 한국행이 자기 발견이나 재생의 장치로 나타나는 경
우도 적지 않다. 허련순의『바람꽃』에서 돈 때문에 한국에 나왔다가 다리
를 다치고 아내는 자살하게 된 다음 조선족으로서의 자기정체성을 회복
하고 자신을 쫓아 한국에 온 친구에게 중국으로 돌아가 중국인으로서의
국민정체성을 확인하라는 말을 남기는 것은 그 대표적인 예라 하겠다. 이
외에도 장학규의「노크하는 탈피」에서는 중국에서 황폐해진 부부의 삶
을 다시 예전의 상태로 되돌리기 위한 공간으로서 한국이 등장한다거나

---

17) 김남현,「한신 하이츠」,『천지』1992.7, 11쪽.

리혜선의『생명』에서 가족의 불행을 해결할 수 있는 재생의 공간으로 한국이 등장하는 것은 조선족들에게 각박한 삶의 현장으로서 모멸감을 느끼게 하던 공간인 한국이 새로운 의미를 부여받고 있음을 알게 해준다. 또 허련순의『누가 나비의 집을 보았을까』에서 불법 입국을 하기 위한 한국행 배에서 정신적, 육체적 고통을 겪으면서 인간으로서의 자존을 회복하고 오염되지 않았던 동심의 세계를 되찾는 모습을 그린 것도 한국이 조선족에게 새로운 의미로 다가오고 있음을 상징적으로 보여준다.

한국 이미지의 변화와 그 의미

조선족이 한국을 알게 되고 직접 접하는 과정을 겪으면서 조선족들에게 한국은 다양한 이미지로 다가오게 된다. 경제적으로 번영한 한국에 대해 느끼는 마음과 한국에 와서 취업을 하면서 한국인들에게 차별을 경험하게 되는 한국인들에 대한 느낌과 한국의 재외동포에 관한 법률의 개정으로 다소간 합법적인 공간에서 한국을 접하고 한국에 대한 다양한 경험들이 쌓이면서 조선족들이 갖게 되는 한국인에 대한 이미지는 조금씩 다르게 나타난다. 또 개인적으로 보아 한국에서 만난 한국인들과의 체험이 개별적으로 한국인에 대한 인상을 달리 하게 되고, 또 한국인들의 조선족에 대한 개인적 체험들이 쌓이면서 한국인과 조선족이 공존·공영하는 방향을 모색하게 되기도 한다.

본고에서는 이러한 조선족 소설에 나타난 한국인에 내한 이미시를 세 측면으로 구분하여 정리해 보았다. 중국과 한국이 수교를 하고 국가 간의 왕래가 자유로워지기 시작하던 한국과의 교류 초기에 조선족들에게 한국은 상상의 공간이었고 꿈의 공간이었다. 그러나 조선족들이 한국에 와서 불법체류를 하고 돈을 벌면서 느낀 차별은 조선족들의 마음에 큰 상처를 주었다. 그들은 한 민족으로 생각했던 한국인들을 접하면서 한국인과 자신들을 크게 다른 존재로 인식하게 되었고 그 결과 한국인들의 단점이 크게 부각되어 보이기도 하였다. 이후 한국과의 교류가 점차 다양해지면서 조선족들은 한국인과 중국인이라는 국민적 차이를 인정하고 하나의 민족으로서 한국인들과 조선족들이 공존하고 연대하는 방법을 모색하게 된다. 이러한 의식이 조선족 작가들의 소설 속에 한국인들과의 화해를 통하여 공존하려는 노력이 형상화되기에 이른다.

조선족은 한국과 가까운 거리에 존재하고 한국과의 교류가 엄청난 규모로 이루어지고 있고 앞으로도 교류는 더욱 늘어날 것이다. 한국인들과 조선족 사이의 갈등은 양측의 발전을 위하여 이익이 될 것이 없다. 조선족들이 한국에 와서 겪게 되는 이질감과 차별은 한국인에 대한 부정적인 이미지를 형성하였고, 마찬가지로 한국인들에게도 조선족은 부정적인 이미지로 자리하게 되었다. 한국과 중국의 교류의 역사가 이십 년이 넘는 이제 조선족과 한국인은 민족의 개념으로 화해하고 통합하여야 한다. 최근 조선족 소설에 나타나는 한국인과의 화해와 공존의 이미지는 매우 긍정적인 신호로 이해해 볼 수 있을 것이다.

11. 우광훈 초기 소설의 주제 특성

연구의 대상과 범주

현재까지 한국 내에서의 조선족 소설에 대한 연구는 서지적 연구[1]가
주를 이루었고 개별 작가·작품에 대한 연구의 경우 대체로 작품을 소개
하는 내용이거나 소수민족 문학으로서의 특징을 정리하는 내용에 한정되
어 왔다. 십여 년 간에 걸친 조선족 소설에 대한 연구의 업적이 쌓인 현실
에서 이제 재외한인문학으로서 조선족 소설을 하나의 작품으로서 본격적
으로 연구하여 그 미학적 기반을 해명하려는 노력[2]이 필요한 때가 되었
다는 판단이 가능하다. 이에 본고는 조선족 작가 우광훈이 한중수교 이전
에 발표한 초기소설에 대하여 주제론적인 접근을 시도한다. 이러한 주제

---

[1] 그 대표적인 성과로 정덕준 외, 『중국조선족 문학의 어제와 오늘』(푸른사상, 2006)을 들
수 있다.
[2] 이러한 노력의 대표적인 예로는 한중인문학회에서 「한중인문학연구」 18집에서 21집에
걸쳐 조선족문학 특집을 꾸민 것을 들 수 있다.

론적인 접근은 우광훈 소설의 출발점을 알게 해 주고 동시에 그가 생각하고 있는 민족 정체성을 확인하는 작업이 되기도 할 수 있다는 점에서 의의를 지닌다.

본고에서 우광훈의 작품을 검토하면서 한중수교를 경계로 그의 초기 소설을 획정한 것은 조선족의 역사를 고려한 결과이다. 그간 조선족 문학을 연구하면서 시기 구분의 준거는 대체로 중국의 개혁개방으로 설정하여 왔다.[3] 중국현대사에서 개혁개방은 중요한 의미를 가지며 중국당대문학사는 물론 조선족 문학에도 엄청난 변화를 몰고 왔다. 조선족 소설의 경우에도 개혁개방과 함께 반우파투쟁과 문화혁명의 시기의 억압을 벗어나 비교적 자유로운 창작 활동이 가능해지게 되면서, 조선족의 현실이나 민족 정체성에 관심을 가진 작품들이 등장했다는 점에서 개혁개방은 중요한 의미를 갖는다.[4]

그러나 개혁개방이 중국 전체의 정책적인 변화이고 중국 국민들의 삶의 형태를 바꾼 국가적인 사건임에 비해, 한중수교는 소수민족으로서 조선족의 삶에 매우 커다란 영향을 미친 사건이라는 점에서 조선족 문학을 연구하는 데 있어 유의미하게 바라보아야 할 사건이다. 사실 한중수교는 조선족들의 삶에 커다란 변화를 가져왔고 문학 작품에도 많은 영향을 미쳤다. 한중수교는 조선족들이 모국을 북한에서 한국으로 바꾸게 되는 계기가 되었고, 한국과 한국인들을 통해 자본주의의 꿀과 독을 동시에 체험하는 계기가 되기도 하였다. 특히 한국에서 노동을 하여 벌어들이는 수입은 조선족에게 경제적 풍요를 가져다주기도 하였지만 가족 파괴와 가치관 혼돈과 같은 부작용을 맞이하게도 하였다. 이 같은 한중수교에 따른 조선족의 삶의 변화는 조선족 소설에도 커다란 영향을 미치게 된다. 한국

---

3) 오상순, 『개혁개방과 중국조선족 소설문학』, 월인, 2001, 이광일, 『해방 후 중국조선족 소설문학 연구』, 경인문화사, 2003 등.
4) 개혁개방 이후의 조선족 문학계의 변화에 관한 저간의 사정에 대해서는 오상순, 앞의 책, 111~114쪽을 참조할 것.

에서의 긍정적 또는 부정적인 체험과 함께 한국인들과의 접촉을 통해 변화하는 조선족의 삶이 소설의 중요한 제재로 등장하고, 한국문학과의 접촉을 통해 문학 기법 면에서도 상당한 변화를 보이게 된 것이다.

본고에서 우광훈 소설을 연구함에 있어 한중수교 이전의 소설을 대상으로 삼은 것은 그의 문학적인 출발점을 파악해보자는 의도이다. 1979년 스물다섯의 나이에 「외로운 무덤」으로 등단한 우광훈은 이후 많은 작품을 발표하고 1989년 첫 단편집 『메리의 죽음』을 상재하기까지 제재나 주제 면에서 일정한 경향을 보여준다. 그러나 한중수교 이후 그의 소설은 제재 면에서 상당한 변화를 보이게 된다. 한중수교 이후 연변 지역으로 몰려드는 한국인과의 접촉 과정에서 경험하게 된 퇴폐적인 문화는 그의 작품의 제재나 주제에 큰 변화를 가져오게 한 것이다.

본고는 우광훈 소설의 본격적인 연구를 위한 시도로서 한중수교 이전에 발표된 그의 소설에 반복되어 나타나는 몇 가지 주제를 밝히고 그 의미를 해명하고자 한다. 이 연구의 결과는 초기 우광훈 소설의 주제 특성을 밝혀낸다는 목표 그 자체로서보다 그의 소설이 한중수교 이후 변화된 양상을 정리하고 그 의미를 해명할 때 비로소 본격적인 의미를 지니게 될 것이다. 이런 점에서 이 논문은 우광훈 소설의 면모를 밝히기 위한 하나의 시론에 해당한다.

우광훈 소설에 나타난 주제 양상

작가들은 자신의 삶을 질료로 하여 문학 작품을 창조해낸다. 작가가 자신의 삶과 체험을 질료로 하여 창작에 임하므로 작품 속에는 작가의 삶이 어떤 방식으로든 배어 있게 마련이고, 작가의 정신적인 외상은 창작의 과정에 지속적으로 작용하여 하나의 주제5)로 나타나기도 한다. 한 작가의 작품을 연구함에 있어 해당 작가의 작품에 반복적으로 나타나는 주제를 밝히고 그러한 주제를 생성하게 된 작가의 체험이나 정신적인 외상을 해명하는 것을 주제비평이라 함은 두루 알려진 사실이다.6) 한 작가의 작품에서 반복적으로 또 핵심적으로 사용되는 주제를 찾아 그 목록을 만들고 그러한 주제가 사용되는 이유를 작가의 생애와 관련지어 해석해내는 것은 한 작가의 작품을 해석하는 중요한 한 방법이 되고 있다.

본고에서는 주제비평의 이론을 원용하여 한중수교 이전에 발표된 우광훈 소설을 분석하여 작품에 반복되어 사용된 몇 가지 주제를 찾아내고, 그러한 주제와 작가의 생애적 사실7)과의 관련을 밝힐 것이다. 이러한 주제 목록과 생애와의 관련을 살피는 작업은 작품에 반복되어 나타나는 주제들이 우광훈의 초기 소설에서 차지하는 위상을 밝혀 그의 문학 세계를 탐구하는 데 크게 기여할 것이다. 이와 함께 이러한 작업은 중국의 소수민족으로서 국민적 정체성과 민족적 정체성이라는 이중 정체성을 담보하며 살아가야 하는 작가의 의식 세계의 한 면을 밝히는 데도 일정하게 기여할 것으로 기대한다.

이와 같이 한중수교 이전의 우광훈 소설에 나타난 주제 특성을 논의하기 위하여 우선 이 시기 그의 작품들에 나타난 주제들을 정리하여 도표로 제시한다.

---

5) 주제라는 용어는 연구자들에 따라 매우 다르게 사용하고 있다. 주제라는 용어의 다양한 의미 규정에 대하여는 이재선 편, 『문학주제학이란 무엇인가』(민음사, 1996)를 참조할 것. 본고에서 주제는 한 작가가 그의 여러 작품에서 반복적으로 사용하고 있는 제재를 의미하는 프랑스 주제비평가들이 사용하는 개념으로 원용한다.
6) 프랑스 주제비평가들이 말하는 주제의 개념에 관하여는 쟝 폴 베베르, 롤랑 바르트 외, 「주제 비평의 원리」, 『현대비평의 혁명』, 홍성사, 1979, 53쪽 이하 참조.
7) 우광훈의 생애를 알아볼 수 있는 자료는 간단한 연보와 자신이 쓴 회고의 글 「숙명의 파편들을 주어보다(문학적 자서전)」(『도라지』 145기, 2004.7/8)가 있을 뿐이다. 이러한 생애와 관련한 자료의 한계를 극복하기 위하여 우광훈에게 자신의 생애를 정리해 줄 것을 요구하여 두 편의 이메일을 받았다. 그의 생애와 관련한 많은 정보는 이 두 편의 이메일을 참고한다.

제목	제재	수록지
재수 없는 사나이	하방 시 친구였던 남국의 삶	「메리의 죽음」
무정 세월	하방 시 한족 마을 체험	〃
묘지명	하방 시 사랑했던 한족 여인의 삶	〃
예로부터 해는 솟았다	원시인의 사랑	〃
메리의 죽음	산골에 사는 사냥개의 죽음	〃
외로운 무덤	하방 시 한족 여인과의 사랑	〃
아, 너는	탐사대 생활	〃
심령에 비낀 검은 그림자	탐사대 생활	〃
일식	S국에서의 집분배 문제	〃
복수자의 눈물	탄광에서 반우파 투쟁기의 부친 원수 갚기	〃
추억의 가치	동란 연대 한족 여성 리리와의 사랑	〃
나는 탐사대원이다	탐사대 생활	〃
메아리	유명 예술가의 어린 시절 외가 회상	〃
바람처럼 사라져라	탐사대 생활	〃
밀림은 알고 있다	탐사대 생활	「사이섬 비바람」
시골의 여운	어린 시절 외가 생활—한족 여성과의 사랑	「그녀의 세계」

위의 도표에 따르면 우광훈의 소설에서 반복적으로 나타나는 제재는 탐사대 생활(5편), 하방 체험(4편),[8] 한족 소녀와의 이루어지지 않은 사랑(4편), 유년기 체험으로서 외가(2편) 등이다.[9] 한 작가가 그의 작품을 통하여 반복적으로 등장하는 제재 즉 주제는 작가의 삶에 있어 매우 중요한 사건을 각인되어 하나의 정신적 외상으로 자리 잡고 있거나, 작가의 체험 중에서 인간의 삶이나 사회적 풍경을 드러내는데 유의미하다고 생각한 것이라는 판단이 일차적으로 가능하다. 이런 점에서 우광훈이 위의 네 가지 주제를 반복적으로 사용하는 이유를 밝히기 위하여 각각의 주제를 그의 생애와 관련지어 살펴볼 필요가 있다.

우광훈의 소설에서 가장 자주 등장하여 그의 문학 세계의 한 특징을 보여주는 주제는 지질 탐사대원 생활이다. 주로 석탄이 매장된 곳을 찾으러

---

8) 우광훈에게 있어 도시를 떠나 생활한 하방 체험은 다시 둘로 나뉜다. 부모와 함께 농촌으로 하향한 것과 집체호 생활을 한 것이 그것이다. 여기서는 이 두 시기의 체험을 하나로 하방 체험으로 정리하였다.

9) 이들 제재를 그의 작품에서 반복적으로 사용되는 제재 즉 주제라 명명할 수 있을 것이다.

다니는 지질탐사대는 인가가 드문 지역에서 작업하며 노동력의 강도도 높고, 주로 남자들끼리 집단으로 생활하여야 하는 거친 직업이다. 해동을 하면 도시를 떠나 인적 드문 곳으로 나가 위험한 시추공 파기에 나섰다가 추위가 몰려오면 다시 도시로 돌아오는 뜨내기 생활이기도 하다. 위험에 노출되어 있고 주로 남자들끼리 생활하는 지질탐사대원들은 삶이 매우 거칠어질 수밖에 없었지만 어떤 의미에서는 남성적이고 야성적인 삶을 살아갈 수 있기도 하였다. 우광훈은 자신이 체험한 이러한 지질탐사대원들의 위험하고도 야성적인 삶의 현장을 여러 작품에서 형상화하고 있다.

> 시추탑은 위험 속에 있다. 가파로운 산비탈에 고정시킨 벌이줄의 고정쐐기가 빠져있다. 시추탑은 바람이 부는대로 흔들거린다. 창졸히 장풍을 씌우지 않았더라도 이런 위험을 모면할수 있었을것이다. 그러나 지금은 지나간것에 대하여 의논할 때가 아니다. 이제 본격적인 바람이 조금만 더 분다면 상상할수 없는 사고가 생길것이다! 모든 방법을 대여 시추탑에 씌운 장풍을 벗겨 바람의 압력을 감소시켜야 한다.
> 누군가 시추탑우에 있다. 그러나 바람이 너무 세여 움직이지도 못한다. 마대장이 소리를 지른다.
> "장풍을 맨 바줄을 끊으시오!"
> 그러나 누구도 그의 목소리를 알아들을수 없다. 바람의 아우성소리는 그의 목소리를 찢어버렸다. 폭풍우다. 하늘이 무너지듯 비줄기가 쏟아져내린다. 시추탑, 시추탑이 위험하다. 시추탑을 구하라! 장풍을 맨 바줄을 끊으라!……
> 이는 곧 명령이다. 너는 시추탑안으로 뛰여든다. '문학가' 득만이도 철호도 너와 한발자국 떨어졌을뿐이다. 영철이는 어느새 시추탑우로 올라가려고 서둘고있다. 너는 시추탑 밑으로 달려간다. 이때다. 영철이가 너에게로 달려와 너를 밀친다.
> "내가 이쪽으로 올라가겠소. 동무는 왼쪽으로 올라가오……"10)

---

10) 우광훈, 「아, 너는……」, 『메리의 죽음』, 연변인민출판사. 1989, 143~144쪽.

폭풍우에 시추탑이 무너지려는 절체절명의 상황에서 자신의 안위를 돌보지 않고 시추탑 위로 올라가 조처를 취하는 탐사대원의 모습이 여실하게 그려져 있다. 시추탑 위에 매어져 있는 장막으로 인해 풍압이 강해지면 시추탑이 무너질 것이므로 누군가가 낙상을 각오하고 시추탑 위에 올라가 장막을 매고 있는 줄을 끊어야 하는 것이다. 대장의 명령에 시추탑으로 달려드는 몇 사람의 탐사대원들의 헌신적인 모습과 그들의 간결하나마 상황을 호전시키려는 강한 의지가 담긴 말 등 극한의 위험 상황에 놓인 탐사대원의 모습이 매우 사실적으로 그려지고, 바람과 쏟아지는 빗줄기와 그 속에서 고함지르며 뛰어다니는 모습 등을 통해 사태의 위급함과 문제를 해결하려는 노동자들의 강한 의지가 잘 드러난다.

또 우광훈의 소설에는 지질탐사대원들이 노동을 하고 또 노동 후에 먹고 마시며 떠드는 일상의 모습이 매우 상세하게 묘사되기도 한다. 탐사대원들은 인가와 떨어진 오지에서 위험한 삶을 살아가기 때문에 거칠기 한이 없다. 그러나 대원들은 인가가 드문 곳에서 자기들끼리 모여 생활하기에 서로가 서로에게 의지하며 끈끈한 정을 가지고 살아간다. 그렇지만 어쩔 수 없이 그들 사이에도 일상적인 삶을 살아가며 겪게 되는 많은 갈등이 존재한다. 탐사대원들 사이의 우정과 반목 그리고 여성대원과의 또는 탐사지역의 여성과의 사랑 이야기 등이 탐사대원을 그린 여러 작품에서 사용된다.

우광훈이 이렇듯 탐사대라는 특정한 공간 속에서 살아가는 인간들의 거칠고 한 편으로는 아기자기한 삶의 모습들을 매우 구체적으로 그려낼 수 있은 것은 그가 실제로 6년 정도 지질탐사대 생활을 한 바 있다는 사실과 밀접한 관련을 갖는다. 자신의 체험에 바탕으로 지질탐사대원들의 삶을 작품화하였기에 진솔하고 현장감 있는 이야기를 꾸며낼 수 있었던 것이다.

　우광훈은 스무 살 나던 1974년부터 화룡에 있는 조선족 집거촌에서 집체호 생활을 하였다. 2년여의 기간을 집체호에서 농사를 지으며 지내던 우광훈은 1976년 12월에 탐사대의 탐사공으로 추천을 받아서 지질탐사대원 생활을 시작한다. 지질탐사대원이라는 직업이 노동의 강도가 엄청나고 또 인가가 드문 여러 지역을 떠돌아다니는 노동자였지만, 지질탐사대원이 된다는 것은 농촌 호적에서 도시 호적으로 고칠 수 있고 또 월급을 받을 수 있었기에 일종의 신분 상승과 경제적 안정을 꾀하기 위한 기회로 활용한 것이다. 문화혁명기였던 그 시기에 지질탐사대원은 국가에서 월급을 주는 즉 국가가 인정하는 정식 노동자가 되는 것이기 때문에 그 직업이 갖고 있는 노동의 강도에도 불구하고 어느 정도는 매력적인 직업일 수 있었던 것이다.

　우광훈은 탐사대 생활을 하면서 창작에 대한 열정이 일어나기 시작하여 삼교대로 일하는 강도 높은 노동 사이사이에 글을 쓰기 시작하였다. 책상도 걸상도 없는 지질탐사대에서 우광훈은 자기 스스로 나무판으로 자기 나름의 글쓰기 판을 만들어 천막 안에서 판 위에 원고지를 놓고 글을 쓰기 시작했고, 여름이고 날씨가 좋으면 수림 속, 나무 밑에서 쓰기도 했다. 이런 상황 속에서 우광훈은 꾸준히 작품을 발표하였고, 개혁개방 이후 조선족 문학 인재가 없는 것이 초미의 문제로 떠올라 연변작가협회에서 연변대학에 위탁하여 문학 인재 양성을 목적으로 한 문학반을 조직하게 되자 우광훈은 거기에 지원하였다. 이미 작가로서 이름을 얻고 있었던 그는 1983년에 연변대학 조문학부 문학반에 입학을 하여 결혼을 한 늦깎이로 4년간의 대학 생활을 하게 된다.[11]

　연길에서 태어나 어린 시절을 보내던 우광훈은 1958년 아버지가 우파로 몰리면서 경제적으로 궁핍해지자 경제적인 문제의 해결을 위해 어린

---

11) 이상의 우광훈의 생애에 대해서는 우광훈이 필자에게 2007년 5월 7일 오후 6시 11분에 보내준 이메일 첨부 파일 참조. 이하 인용 시 '5월 7일 메일'로 약함.

나이에 외가에 가서 3년 정도를 살다가,12) 연길로 돌아왔으나 문화혁명이 시작되자 1969년 돈화의 마호향 쟈피꺼우라는 시골 마을로 온 가족이 함께 하방된다. 어린 시절 아버지의 정치적 핍박으로 어려운 삶을 살았고 하방되어 농촌 호적을 갖게 된 우광훈으로서는 지질탐사대가 자신의 존재를 바꾸어 놓을 수 있는 기회였던 것이다. 지질탐사대에서의 생활은 매우 새롭고 인상적인 것이었기에 창작에 뜻을 둔 우광훈에게는 자신이 처해 있는 삶의 조건과 남과는 다른 특이한 체험을 창작의 제재로 사용하는 것은 당연한 일인지도 모른다. 그래서 탐사대원들의 삶이 그의 문학의 주제가 되며 탐사대원들끼리의 우정과 반목과 화해, 그리고 야성미 넘치는 그들의 삶을 문학적으로 형상화하였고, 그가 사용한 이러한 특이한 문학적 주제가 당시 조선족 문단의 주목을 받게 되는 계기가 된 것이다.

우광훈은 부친이 우파로 지목되어 외가로 보내졌던 기억과 가족들과 함께 쟈피꺼우로 하방되어 살았던 기억 그리고 이후 집체호 생활에 대한 기억을 뒤섞어 여러 편의 소설을 쓴다. 그가 초등학교에 들어가기도 전 어린 나이로 부모의 곁을 떠나 외가로 보내져 살았던 기억은 어린 시절의 일로 우광훈의 의식 형성에 큰 영향을 주었을 것이다. 또 혼란한 사회를 바라보며 그것을 흉내 내어 친구들과 전쟁놀이를 하고 또 사제 총을 만들어 차고 다니기도 하며 정신적 육체적으로 성장해 온13) 연길에서 사춘기에 해당하는 어린 나이에 쫓겨나 쟈피꺼우라는 작은 농촌으로 하방된 것은 엄청난 충격이었을 것이다. 더욱이 조선인이 중심이 되어 살아가던 연길을 떠나 한족 마을로 이주해 간 소년으로서는 말도 자유롭지 못했고, 너무나 낯선 공간에 놓인 어리둥절함 그 자체였을 것이다. 우광훈은 이러한 농촌으로 하향했던 몇 가지 체험을 작품의 제재로 여러 번 사용한다.

---

12) 우광훈이 2007년 5월 25일 오전 2시 59분에 보내준 이메일. 이하 인용 시 '5월 25일 메일'로 약함.

13) 우광훈, 「숙명의 파편들을 주어보다(문학적 자서전)」, 『도라지』 145기, 2004.7/8 참조.

외할머니네 집은 참나무울바자에 둘러싸인 전형적인 동북 한족들의
3간초가집이였다. 부엌을 중심으로 량옆에 방이 있고 지붕은 삼각이 선
명하고 경사도가 강하였다. 집안에 들어서자 큼직한 한족가마에서는
더운 김이 물물 이펴오르고있었고 가마목에 놓인 석유등잔은 더운김에
파묻혀 희미한 빛을 던지고 있었다. 아궁이에 서려놓은 장작은 단김을
씩씩 내뿜으며 타고있었다. 외할머니는 나를 동쪽방으로 데리고 갔다.
방안 후끈후끈 하였고 남쪽의 삿자리를 단 길다란 구들에는 네모상이
놓여있었는데 네쌍의 저가락이 상의 한면씩 차지하고 놓여있었다. 상
의 중간에는 등잔대가 놓였고 그우에는 갈색 약병으로 만든 석유등잔
이 검은 실 같은 연기를 뽑으며 타고있었다. 아마 금방전까지 사람이 있
었던 모양이었다.

　"어델 갔나!……"

외할머니는 중얼거리며 구들우에서 개꼬리로 만든 비로 나의 어깨
우의 눈을 쓸어주었다.

집안의 더운 공기는 나에게 얼고 굶고난 뒤의 피로를 가심해지게 하
여 그대로 따뜻한 구들에 눕곡싶었으나 외할머니네 집에 처음 온 호기
심에 구들에 걸터앉은채 두루 집안을 살펴보기 시작하였다.

내가 앉은 남쪽 구들우에는 원래의 색깔을 알리지 않는 뚜껑을 우로
열게 된 황경피나무로 짠 한족식궤짝 한쌍이 가지런히 놓여있고 그우
에는 붉은 바탕에 푸른 목단꽃이 박힌 이불이 포개여 얹혔는데 검은 천
으로 네면을 싼것이 나에게는 싫게보였다. 방문을 마주한 동쪽 벽쪽에
는 팔뚝만한 통나무로 네귀를 박은 틀우에 칠을 올리지 않은 길다란 궤
가 놓여있고 그 궤우에는 비마(飛馬)동조각을 이고있는 고풍의 괘종이
한가로이 흔들이를 흔들고있었다. 그 괘종옆에는 때오른 차관이 놓여
있고 그 차관을 에워싸고 그 차관보다는 더 깨끗지 못한 찻잔 몇 개가
놓여있었다. 그리고 그 가구들을 내려다보며 사진들이 걸려있었는데
여러 시기의 사진들이 속되게 박혀있었다.[14]

부모가 사상 문제로 뿔뿔이 흩어지게 된 상황에서 외가로 보내진 '나'

---

14) 우광훈, 연변대학문학반, 「시골의 여운」, 『그녀의 세계』, 연변인민출판사, 1987, 8~9쪽.

는 역에서 외할아버지를 만나 먼 거리를 마차로 이동해 와서 몸이 얼어버린 상황이다. 더욱이 처음 온 외가, 더더군다나 조선족들이 중심이 되어 살아가던 도시에서 한족들이 모여 사는 농촌에 도착한 소년에게 외가는 아주 낯선 풍경으로 다가온다. 그러나 어린이 특유의 주변에 대한 관심으로 신기한 느낌을 되찾은 '나'는 어린 나이지만 자신의 주위 즉 외가의 모습을 세밀하게 살피고 있다. 여섯 살 정도의 소년이 초점화하였다고 믿기 어려울 정도로 세밀하게 관찰하여 묘사하고 있는 것이다.15) 이러한 묘사에서 강하게 전달되는 것은 한족 마을에 자리한 낯선 외가에 도착한 어린 소년의 불안함과 호기심이다. 외가라고는 하나 한 번도 와 보지 않은 곳이고, 조선족 중심으로 살아가던 연길에서 한족마을로 왔을 때 느꼈음직한 충격인 것이다. 이러한 어린 소년의 외가 체험은 작가 자신의 체험과 깊은 영향을 받은 것으로 이해된다.

우광훈 자신은 외가에 대한 기억은 따스함으로만 남아 있다고 말한다. 우광훈의 가족은 부친이 우파분자로 몰려 농장으로 끌려가자 생계가 어려워져서 여기저기 친척집으로 흩어지게 되어 우광훈은 요녕성 심양시 소가툰에 있었던 외가로 보내진다. 그러나 부친이 처음 우파로 몰린 19 58년 겨울 즉 그가 다섯 살 나던 해에 외가로 보내졌다가 2년 후인 1960 년 소학교 입학 문제도 있고 해서 연길로 돌아오게 되어 아주 어린 시기의 일이므로 별 기억이 남아있지 않으며, 더욱이 그가 외가를 떠난 후 외가 가족들이 조선에 있는 고향으로 돌아가는 바람에 이후로는 외가에 가 본 적이 없으므로 외가에 대한 기억이 거의 없다는 것이다.16)

그러면서도 외가에 있을 때 느꼈던 한족 마을의 느낌과 외조부모의 자

---

15) 일인칭 화자가 과거의 사실을 서술하는 과거서사에서는 소년 시기의 초점주체의 시선과 성인이 된 서술주체의 시선이 공존할 수밖에 없다. 위의 인용 부분에서 많은 관찰 사실들은 서술주체의 시선으로 이해하여야 할 것이다. 과거서사에 대해서는 졸고, 「한국근대일인칭소설연구」, 서울대박사논문, 1992, 28쪽 이하 참조.

16) 5월 25일 메일.

신에 대한 사랑 그리고 외가에 대해 남아 있는 아스라한 한 몇 가지 기억들이 강한 인상으로 남아 있어서 「시골의 여운」과 같은 작품을 쓰고, 「메아리」에서 세계적인 음악가로 성장한 한 인물이 예술가로서의 첫 발자국을 내딛게 된 계기가 어린 시절 외가에서의 체험과 관련이 있는 것으로 설정하기도 한 것이다. 즉 우광훈은 아스라한 느낌으로만 남아 있는 어릴 적 외가의 기억과 사춘기 나이에 부모님과 함께 하방된 체험을 적절히 변용하여 여러 편의 이야기를 만들어 낸 것이다. 이에 대해서는 우광훈 자신도 두 체험이 혼용된 것임을 아래와 같이 밝히고 있다.

> 「시골의 여운」의 외가부분은 사실상 허구입니다. 환경이나 인물들의 모델들은 쟈피꺼우로 추방이 되었을 때 생활이 바탕으로 되어있습니다. 소설속의 「빼리」조차도 그 모델이 있습니다. 다만 인물들의 관계나 운명은 소설적인 허구를 하였습니다.[17]

아스라한 유년기 체험이 작품의 중요한 주제로 사용되고 있음에 비해, 청년기에 체험한 집체호 생활은 그의 작품에서 아주 드물게 작품의 제재로 사용되고 있다. 예컨대 「재수 없는 사나이」에서는 집체호 시절에 머리도 나쁘고 아는 것이 별로 없지만 집체호 생활에 잘 적응하여 다른 동료들보다 높은 점수를 받아 대학에 보내지고 출세가 남보다 빨랐던 남국이라는 친구를 오랜 만에 만나 집체호를 벗어난 이후의 그의 운이 없는 과거사를 듣는 과정에서 집체호 시절에 대한 회상으로 잠시 다루어질 뿐이다.

> 남국이는 고개를 떨구고 한동안 말을 끊었다. 비감이 언뜻 스쳤던것이다

---

17) 5월 25일 메일.

"그래 끝내 법정에 나서게되였소. 내가 정말 먼지가 폭발할줄은 몰랐다고 하자 법관은 대학을 다녔는가 묻더구만. 내가 그렇다고 하자 그는 대학을 졸업한 사람이 이런 상식적인것도 모를수 있는가 하더구만. 내가 더 뭐라고 하겠소. 제길할 대학을 다닌것을 후회하는수밖에…… 재수가 없으니까 그 따위 대학에 가서 너덜거리다가……"

나는 위안의 말 한마디 해줄 생각도 없었다. 운명은 왜 대학의 길을 그에게 주었을가! 그러고보면 세상이 좁기도 한 모양이다. 그때 내가 그에게 대비판문장을 써주지 않았다면 지금의 남국이는 이런 신세가 아닐수도 있지 안는가! 에익! 망할놈의 대비판문장, 그러니까 나도 잘된놈은 아닌것이다.

우리는 묵묵히 맥주를 마셨다. 남국이는 이야기에 지친듯싶었고 나는 무슨 화제를 꺼낼지 궁리가 돌지 않았다. 아무튼 이 답답한 기분을 깨기 위해 나는 생각나는대로 한마디 물었다.

"가정살림은 괜찮은편이요?"

나의 물음에 남국이의 얼굴은 싹 쪼그라들면서 울상이 되었다.

"내가 법정에 나서게 되자 안해는 이혼을 제기하더군. 내 주제에 어쩌겠소. 안하면 죽겠다고 야단인데. 그래 동의하고말았소……"[18]

집체호 생활을 끝낸 후 탐사대원을 거처 작가가 된 '나'는 원고료를 받아서 집으로 가다가 우연히 만나 남국이라는 인물을 만난다. 남국이는 집체호 시절 우직할 정도로 당의 지시에 잘 따라서 남보다 앞서 집체호 생활을 끝내고 대학으로 간 인물이다. 그러나 남국이는 대학을 갈 정도로 명석한 머리를 가지지 못한 인물이었으나, 집체호 시절 당성을 평가하는 지표인 비판문장을 같은 방에서 생활하던 '나'가 써주어 간부의 눈에 들었고, 몸으로 하는 일에 남보다 앞장섰기에 타의 모범이 된다고 칭송되었던 것이다.

명석하지 못한 머리로 대학에 간대다가 혼란된 시기에 수업을 받기보

---

18) 우광훈, 「재수없는 사나이」, 『메리의 죽음』, 연변인민출판사, 1989, 22쪽.

다는 노동으로 시간을 보내고 얼렁뚱땅 대학을 졸업한 남국에게 대학 졸업장은 한갓 허울에 지나지 않는 것이었다. 공장의 책임자 직위까지 올랐던 남국은 먼지가 불씨에 폭발할 수 있다는 상식적인 사실도 몰라 공장을 태워 버려 그 책임으로 직업을 잃고 재판을 받고 이혼을 당하기에 이른다. 이런 점에서 「재수없는 사나이」는 집체호 시절로 대표되는 인간의 운명을 당이나 타인이 결정하는 잘못된 제도에 대하여 강한 비판적인 시각을 드러내 보인다.

이 작품에서 집체호 시절의 체험은 남국을 만나 그와 '나' 사이에 있었던 집체호 시절과 관련한 몇 가지 사실을 짧게 회상하는 것으로 처리되어 있다. 우광훈의 초기 소설 중에서 이 작품을 포함하여 집체호 생활을 다룬 작품이 없지는 않지만 집체호 시절에 경험한 고통스러운 삶이나 다양한 체험보다는 그곳에서 그 지역 한족 처녀를 만나 사랑에 빠졌다가 여자의 부모에 의해 강제로 이별하게 되는 이야기에 더 치중한 느낌을 준다. 이는 작가 우광훈의 의식에 외가의 체험이 매우 강하게 각인되어 있음에 비해, 집체호의 체험은 그 정서적 강도가 훨씬 약한 것으로 남아 있었음을 알게 해 준다.[19]

우광훈의 소설에서 반복적으로 사용되는 또 하나의 주제는 앞에서 간단히 언급한 바대로 한족 소녀와의 이루어지지 않은 사랑이다. 농촌에 내려가 있을 때 한 동네에 살게 된 한족 여성과의 사랑을 회상하거나(「묘지명」, 「외로운 무덤」), 동란 연대에 사랑을 느꼈던 여인을 다시 만나 현실적인 일들을 처리하며 회상에 젖거나(「추억의 가치」), 어린 시절 외가에 내려갔을 때 옆집에 살던 한족 여성을 사랑했던 기억을 되살리거나(「시

---

[19] 우광훈은 1974년에 화룡에 있는 조선족 집거 마을에 집체호로 가서 지질탐사대원이 되는 1976년까지 약 3년간 집체호 생활을 하였다. 우광훈은 자신의 생애를 정리하는 메일에서 이 시기에 대해서는 다른 기억과는 달리 두 문장으로 간단히 정리하고 있다(5월 7일 메일 참조). 이는 우광훈에게 있어 집체호 체험이 정신적으로 깊게 각인되어 있지 않음을 보여주는 것이라는 생각의 작은 증거가 될 수 있을 듯하다.

골의 여운」) 한다. 그런데 이들 작품은 한족 여성과 열렬한 사랑을 하게
되지만 한족 여성의 아버지가 상대방이 우파 분자의 자식이라거나 조선
족이라는 이유로 반대하여 엄청난 슬픔을 안고 헤어진다는 공통점을 지
니고 있다.

> 나는 대문밖에서 한동안 서성거렸다. 어쩐지 들어가기가 무엇했고
> 부끄러운 생각이 들었던것이였다. 행여나 동매가 나오지나 않을까 하
> 여 한동안 대문앞에서 기다렸지만 동매는 그림자도 얼씬하지 않았다.
> 하는수없이 대문을 열고 들어간 나는 문고리를 잡기전에 그 자리에 굳
> 어졌다. 동매의 아버지의 목소리가 노기를 띠고 집안에서 울려나왔다.
> "……난 절대로 동의할 수 없다. 사람에게 있어 가장 귀중한것은 정
> 치생명이란말이다. 넌 벌써 아버지의 교훈을잊었구나. 정치생명을 잃
> 자 모든게 거덜이나고 말았다. 그래 뭐가 남았냐! 그래 넌 이런것들이
> 눈에 보이지 않니? 그런데도 넌……?"
> "아니애요.! 주요하게는 본인에게 달렸어요. 아버지도 그이는 좋은
> 사람이라고 말씀하지 않았어요?"
> 동매의 부드러우나 흥분한 목소리가 뒤따라 울렸다.
> "그러나 그의 가정에 문제가 있다는건 엄연한 사실이다. 본인이 중요
> 하다구? 넌 왜 성예술학교에 갈수 없었니? 이 아버지때문이 아니란 말
> 이니? 좀 랭정하길 바란다. 동매야, 난 네가 부나비처럼 불속으로 들어
> 가는걸 눈 편히 뜨고 볼수 없다! 알았니?"[20]

집체호로 내려간 농촌 마을에서 '나'는 동매라는 한족 처녀를 만나 사
랑에 빠진다. 건실한 청년이라는 점에서 동매의 아버지도 둘의 만남을 크
게 방해하지는 않았으나 동매가 '나'와 결혼하겠다는 말에는 단호히 반대
한다. 동매의 아버지 입장에서는 무엇보다도 '나'가 부친이 우파로 몰려
정치적으로 매장이 된 집안의 자식인데 딸의 장래를 위해서 그런 남자와

---

20) 우광훈, 「외로운 무덤」, 『메리의 죽음』, 연변인민출판사, 1989, 127~128쪽.

결혼시킬 수는 없다는 것이다. 정치 생명이 끝나버린 남자와 결혼해서는 앞날이 암담해질 것이라는 것은 뻔한 사실이다. 동매의 아버지도 중일전쟁기에 일제의 특무였다는 죄명이 씌워져 정치 생명이 끝나 있는 상황에서 동매가 또 우파로 낙인찍힌 집안에 시집을 가는 것은 섶을 지고 불 속으로 뛰어드는 것과 같다는 인식인 것이다.

1950년대 말 우파 투쟁 이후 문화혁명기에 이르기까지 거의 20년이 가까운 기간 동안 중국에서 정치 생명이란 삶의 질을 담보하는 결정적인 잣대였다. 정치적으로 우파로 몰리면 자신이 살던 지역을 떠나 농촌으로 하방되어 고단한 삶을 살아갈 수밖에 없었다. 동매의 아버지도 하방되어 농민으로 살아가고 있고 또 동매의 진학조차 가로막히고 있으며, '나' 역시 아버지가 우파로 몰려 농촌으로 하방되어 농민으로 어려운 삶을 살아가고 있는 실정이다. 이런 상황에서 딸이 정치 생명이 끝난 집안의 그나마 소수민족인 청년과 결혼하는 것을 인정할 부모는 없었을 것이다. 이러한 소재는 정치가 전면에서 삶을 지배하던 시기를 살아가던 시대를 소설적으로 비판한 것으로 이해해 볼 수 있지만, 작가 우광훈 자신의 생애적 사실과도 상당히 일치하는 양상을 보인다. 이를 확인하기 위하여 우광훈의 기억을 인용한다.

저는 1969년에 돈화의 마호향 쟈피꺼우라는 곳에 부친을 따라 하향을 하였습니다. 부친의 추방에 따라 함께 간것이엇습니다. 중국 마을에서 만 5년간을 살면서 그때 중국어를 배웠고 중국 녀자애와 첫 사랑을 경험했습니다. 저의 초기 소설이나 지금의 소설에도 콤플렉스처럼 이 시기의 생활이 자주 등장합니다.21)

우광훈은 아버지를 따라 하방되었을 때 한족 여성과 첫사랑을 경험한

---

21) 5월 7일 메일.

다. 첫사랑이었기에 이루어지기 어려운 면이 없지 않았겠지만 우파에 대
한 멸시가 최대한에 달했던 문화혁명기에 우파 지식인의 자식인 우광훈
에 대한 타인의 멸시는 엄청난 것이었다. 작가 자신이 현재까지도 '우파
의 자식이라는걸 아는 사람들이 저에게 주는 눈길에는 언제나 멸시가 가
득했'[22]다고 기억하고 있을 정도이니, 한족 여성과의 사랑은 이루어질 수
없었을 것이 분명하다. 이 실연의 기억은 우광훈에게 있어 상당한 정신적
외상으로 작용하였고 그의 작품 여러 곳에서 반복 사용되는 것으로 이해
된다.

우광훈의 한족 여성과의 사랑과 이별은 아버지를 따라 쟈피꺼우로 하
방한 시기의 체험이지만 그의 소설에서의 문화 혁명기의 체험이거나 외
가에 내려가 있을 때의 체험이거나 지질탐사대에서의 체험인 것으로 처
리되기도 한다. 이는 하나의 주제를 작품의 상황에 따라 적절히 변형시
킨 결과이며, 특히 「시골의 여운」에서는 외가에 대한 아스라한 추억과
하방 시의 경험을 허구적으로 결합하여 소년기의 아름다운 사건으로 승
화시킨다.

우광훈 소설에 나타난 주제의 서사적 의의

우광훈은 체험을 바탕으로 창작에 임하는 작가이다. 작가 스스로 '체험
을 바탕으로 해야 소설이 진실성이 부여된다고 생각하고 있기'[23] 때문이
다. 소설이 진실성을 담보하여야 한다는 관점에 설 때 가장 확실한 창작
방법으로 자신의 체험을 소설의 상황에 맞추어 적절히 변형시키는 방법
이 선택될 수 있을 것이다. 우광훈은 초기소설에서 자신의 생체험 중에서

---

22) 5월 25일 메일.
23) 5월 25일 메일.

몇 부분을 작품의 주제로 사용하고 있다. 어릴 적 외가의 체험과 하방 체험 그리고 탐사대 생활이 중요한 주제로 사용되고 있으며, 자신이 청소년기에 체험한 한족 여성과의 사랑과 이별이 또 다른 중요한 한 주제로 선택되고 있는 것이다.

자신의 삶의 몇 부분을 주제로 사용하여 연변에서 살아가고 있는 조선족들의 삶을 형상화하려는 것이 작가 우광훈의 진정한 창작 의도라 하겠다. 우광훈은 중국에서 살아가고 있는 조선족들의 문학에 대해 '그 시대상과 그 땅에서 살고 있는 현실적인 환경이 묘사되지 못한다면 조선족 문학은 이미 절반의 무대를 잃고 있다는 생각을 하'[24]고 있다. 그의 이러한 창작 정신은 조선족 문학이 중국의 소수민족 문학으로서 나아가 재외한인문학으로서의 이중적인 역할을 담당하기 위해서는 당연한 귀결이다. 진정한 조선족 문학이 되기 위해서는 중국 땅에서 그 시대를 살아가고 있는 조선족들의 삶과 그 삶의 조건들을 충실히 그려 내어야 하는 것이다.

중국이라는 다민족 국가에서 한족에 둘러싸여 살아가면서 그들과 협조하고 갈등하며 살아가는 조선족들의 모습, 그러면서도 조선족의 나아가 한족 모두의 내밀한 곳에 감추어진 이민족에 대한 거리감, 이것을 그려내는 것이 우광훈 소설의 진정한 힘이다. 조선족과 한족이 서로 공존하며 한 가족처럼 친하게 지내지만 자신의 딸이 조선족과 결혼하는 것은 마뜩치 않은 것, 탐사대에서 온 힘을 합쳐 노동을 하면서도 어떤 부분에서는 서로 화합하지 못하고 갈등하는 민족의 문제 등이 그것이다. 또 반우파투쟁기와 문화혁명기를 살아온 사람들이 가지고 있는 마음 속 깊은 곳의 상처와 분노와 슬픔을 겉으로 드러내지 않으며 살아갈 수밖에 없는 삶의 조건을 그려내는 것 또한 그러하다.

조선족들이 가지고 있는 이중 정체성의 본질은 중국 국민이면서 동시

---

24) 5월 7일 메일.

에 한민족으로서의 살아가야 한다는 바로 이 지점에서 출발한다. 이러한 조선족들의 삶의 조건과 그것의 문학적 형상화가 중국 내에서 소수민족 문학으로서 가치를 획득하는 길이고 또 재외 한국인 문학으로써 조선족 문학이 차지해야 할 위상인 것이다. 이 점에 대해 우광훈은 그의 초기 소설에서 탐사대원 내에서의 민족 갈등이나 혼인의 반대와 같은 은밀한 형식으로 드러내 보여주고 있다.

우광훈의 소설은 한중수교 이후 한국문학을 체험하고 한국의 실상을 체험하면서 작품의 제재와 서술 방식이 변해가기 시작한다. 또 한국인들이 많은 이유로 연변을 드나들고 상주하면서 그들과 접하는 동안 변화하고 타락해 가는 연변인의 삶에 대해 분노하기도 한다. 이러한 변화는 우광훈이란 작가의 내밀한 변화이면서 조선족 문학의 변화이기도 하다. 우광훈의 한중수교 이후의 작품을 점검하여 작품의 기법과 제재 상의 변화의 추이를 검토하는 것은 조선족 문학의 현재를 이해하기 위한 한 길이 될 수 있을 것이다.

Ⅳ. 조선족 소설 연구의 현재와 미래

12. 조선족 소설 연구의 성과와 전망

연구사의 필요성

일제강점기에 생존을 위하여 일본으로 건너갔다가 해방 후 귀국하지 않은 재일교포나 해방 이후 세계 각지로 이산해 간 재미교포를 비롯한 세계 각 지역의 재외한인들에 대해서는 재외동포로서 그 존재를 알고 있었고, 또 어느 정도 관심도 가지고 있었다. 그러나 일제강점기에 정치적 · 경제적 이유로 만주 지역으로 이주하였다가 해방 이후 귀국을 포기하고 그곳에 정착한 조선족이나, 같은 시기 연해주 지역으로 건너갔다가 중앙아시아로 강제 이주된 고려인들은 그들이 사회주의 국가에 거주하고 있다는 섬에서 관심 영역 밖에 존재하고 있었다. 특히 조선족들은 한국전쟁의 직접 교전국인 중국의 공민 신분이었고, 한국전쟁 당시 중공군으로 참전하기도 하였기에 그 존재 자체를 인정하는 것 자체가 법적으로 문제가 될 정도였다.

그러나 1990년을 전후하여 그 존재를 알게 된 조선족들은 한민족의 언어와 문화를 거의 그대로 유지하고 있다는 점에서 한국인들의 관심을 모으게 된다. 더욱이 한중수교와 함께 본격화되기 시작한 한국과 중국의 교역 과정에서 민족어를 유지하고 있는 200만 명에 가까운 조선족의 존재는 중국에 진출한 한국 기업인들에게 매우 필요한 인적 자원으로 인식되기도 했다. 또 조선족들이 경제적으로 발전한 한국에서 돈을 벌기 위해 다양한 방법으로 입국하면서 일반 국민들의 차원에서도 본격적인 인적 접촉이 이루어지기 시작하였다. 이와 같이 조선족과의 인적 교류가 확대되자 많은 한국인들이 연변 지역을 방문하여 그들의 문화를 접하면서 조선족들이 어려운 조건 속에서 민족의 전통을 유지하였고, 그들의 삶을 음악, 미술, 문학 등 예술 작품으로 창조해내고 있음을 알게 된다.

중국이라는 거대한 국가 속에 한국어로 문학 작품을 쓰고 문학 생활을 하는 소수민족이 조선족이라는 이름으로 존재하고 있다는 사실은 많은 한국 문인들과 문학 학자에게 새로운 충격으로 다가온다. 그들은 연변조선족자치주로 또 기타 동북지방의 조선족 산재 지역으로 직접 찾아가 조선족 문인들과 만나고 그들의 작품을 확인하고 한국에 소개하고 또 연구하기 시작하였다. 한국문학과는 전혀 다른 사회문화적 환경 속에서 발전해 온 조선족 문학은 한글로 된 문학을 바라보는 새로운 시각을 마련하게 해주었고, 나아가 재일동포 문학이나 고려인 문학 그리고 재미동포 문학과 같은 재외한인들의 문학을 하나의 연구 단위로 생각하게 하는 데까지 나아가게 해 주었다.

한중수교가 체결된 지 20년이 지난 현재 조선족의 존재가 알려지고 그들의 문학이 소개되고 논의가 이루어진지 이미 20년이 훨씬 넘었고 그들의 문학에 대한 연구 업적도 상당히 많이 축적되었다. 이제 그간의 연구 성과를 검토하고 반성함으로써 앞으로의 연구 방향을 점검하여 조선족 소설에 대한 연구의 폭과 깊이를 더하고 조선족 문학 나아가 한민족 문학

연구를 위한 틀을 마련하여야 할 필요성이 제기되고 있다. 이에 본고에서
는 중국과의 교류를 통해 우리에게 소개되어 연구의 대상으로 떠오른 조
선족의 문학 중 소설에 한정하여 그간 한국에서 어떻게 연구되어 왔는가
를 시기 별로 몇 단계로 나누어 살피고 이를 바탕으로 조선족 소설에 관
한 연구가 앞으로 어떤 방향으로 진행되어야 할 것인가에 대해 고찰해 보
고자 한다.

조선족 소설의 연구 경향

1. 조선족 소설의 소개

한중수교 이전부터 중국과의 교류가 진행되면서 조선족의 존재를 알
게 된 문학인들은 조선족 소설을 한국에 소개하는 작업이 시작한다. 특히
서울올림픽을 전후하여 중국에 살고 있는 동포들의 존재가 알려지고 그
들이 한국어로 창작한다는 사실을 알게 되면서 조선족의 문학작품이 한
국에 소개되기 시작하였다. 올림픽이 있기 전 해인 1987년 연변조선족의
소설을 모아 편집한 『그녀는 고향에 다녀왔다』가 슬기에서 출간되어 조
선족 소설의 편모를 알 수 있게 되었다. 특히 일제강점기 치열했던 항일
투쟁의 역사를 우리와는 다른 관점과 방법으로 소설화한 김학철의 장편
소설 『격정시대』, 『해란강아 말하라』 등과 단편소설집 『무명소졸』 등이
풀빛에서, 조선인들의 만주 이주와 정착 과정 그리고 항일투쟁의 역사를
소설화한 리근전의 『고난의 년대』가 세대에서 1988년에 한꺼번에 발간
되자 조선족 소설에 대한 일반인의 관심이 고조되었다. 한국전쟁 이후 외
교적 단절로 중국에 관한 정보가 거의 없던 당시로서는 공산주의 국가 중
국이라는 이질적인 공간에서 한글로 작품을 창작하였다는 사실 자체가

독자들의 관심을 끌기에 충분했던 것이다.

조선족 소설들이 출간되면서 조선족 문학을 소개하는 글들이 작품집에 해설의 형태로 실리고, 조선족 문학을 소개하는 글이 신문이나 잡지 등에 발표되기 시작하였으며, 중국에서 조선족들에 의해 집필된 조선족 문학의 역사와 특징을 정리한 책들이 소개되기도 한다. 조선족 학계에서 최초로 조선족 문학의 역사를 체계적으로 정리하여 편찬한 권철과 조성일 등의 『중국조선족문학사』(연변인민출판사, 1990)는 조선족 사회에서와 마찬가지로 한국에서도 조선족 문학 연구의 방향을 제시해 주었다. 또 이 시기에 권철, 박충록 등 조선족 문학 학자들의 평문들이 소개되어 조선족 문학에 대한 이해에 큰 도움이 되었다.

한국에서 가장 먼저 학자들의 주목을 받은 조선족 작가는 일제강점기에 중국에서 항일무장투쟁을 하다 부상으로 일본군에 체포되어 감옥 생활을 하고, 해방공간에 입국하여 남한에서 작가로 활동하다가, 북한을 거쳐 중국으로 들어가 연변에서 전업 작가 생활을 한 김학철이다. 1987년 그의 대표작들이 출간되어 독자들에게 소개되자 김윤식은 「빨치산 문학의 기원」(『실천문학』, 1988.12)이라는 평문을 발표하여 김학철 문학의 의의와 가치를 언급하였다. 이후 김학철 문학은 여러 학자들에 의해 연구되어 항일문학의 중요한 한 전통으로 평가받기에 이르고 이후 조선족 작가 중 가장 주목을 받는 작가로 자리하게 된다.

1991년 고려대학교 한국학연구소에서는 연변 조선족 문학에 대해 특집을 기획하여 『한국학연구』 3집에 수록한다. 이 특집에서는 연변대학 권철 교수의 「당대문학 40년의 발자취」로 중화인민공화국 수립 이후 40년간의 조선족 문학을 일별하고, 이기서 교수의 「연변 조선족의 시문학」, 송하춘 교수의 「연변소설개관」, 서연호 교수의 「연변지역 희곡 연구의 예비적 검토」, 서종택 교수의 「연변 조선족의 문예비평」 등을 통해 조선족 문학을 장르별로 비교적 체계적이고 깊이 있는 소개를 한 바 있다. 그러나 이 특집은 연변 조선족 문학이라는 용어 사용에서 보듯이 아직 중국에 거주하고 있는 조선족과 그들의 문학에 대한 이해의 수준이 상당히 부족하였음을 보여주고 있다.

우한용은 「역사적 주체로서의 인식과 실천, ―이근전의 ≪고난의 년대≫」(『동서문학』, 1990.1)를 발표하여 이근전 소설이 만주에서의 정착 과정과 항일투쟁의 과정을 다루는 방식을 통하여 조선족 소설만이 갖는 역사 인식의 문제를 언급하였다. 그러나 『고난의 년대』가 발표된 당시의 이근전 소설에 대한 관심에도 불구하고 그의 작품은 김학철 소설의 그것에 비해 매우 부족하여 연구의 대상이 되지 못하고 오랜 기간 동안 학자들의 관심밖에 놓이게 된다. 이는 조선족들 사이에서 김학철에 비해 이근전에 대한 관심이 아주 빈약한 것과 일정한 관련을 보인다.

아직 조선족들과의 접촉이 부족하던 시기에 한국에서 간행된 소설만을 대상으로 진행된 이 시기의 연구는 작품의 소개 수준을 넘지 못하였다. 이처럼 몇몇 학자들에 의해 산발적으로 이루어지던 조선족 소설에 대한 소개는 1990년대 중반을 지나면서 여러 학자들에 의해 본격적인 연구가 이루어지기 시작한다. 특히 이 시기에는 중국에서 유학 온 조선족 학자들에 의해 조선족 소설에 대한 다양한 연구 성과가 발표되어 한국의 학자들에게 많은 시사점을 제공한다.

2. 조선족 소설의 특성 연구

조선족과의 접촉이 시작된 직후, 조선족 소설에 대한 소개와 개괄적인 접근이 이루어지면서 점차 조선족 소설이 지닌 특성이 무엇인가에 대해 관심이 집중된다. 해방 이후 한국과 동떨어져 중국의 소수민족으로 살아오면서도 한민족의 언어와 문화 전통을 유지해 온 조선족 문학이 한국문학에 대해 갖는 이질적인 성격은 학자들이 관심을 가지기에 충분하였다.

한중수교 이후부터 조선족 문학에 관심을 보인 김중하는 「중국 조선족 소설사 기술태도에 나타난 소설의 기능 문제」(『한국문학논총』16, 1995.12)와 「중국 사회주의 문화정책이 중국조선족 소설 창작 방법에 미친 영향」(『한국문학논총』20, 1997.6) 등을 통하여 조선족 소설이 지닌 특성을 구명한 바 있다. 『중국조선족문학사』를 통하여 조선족들이 가지고 있는 소설의 기능에 관한 인식의 틀을 점검해 본 전자 논문이나, 중국의 사회주의 문화 및 문학 정책이 조선족 소설 창작에 어떤 영향을 미쳤는가를 밝힌 후자의 논문은 조선족 소설에 내재한 문학적 특성을 밝히기 위한 선행 작업으로서 일정한 의의를 지닌다. 이들 논문은 조선족의 사회 역사적 조건과 구체적인 작품 분석에서 결론을 이끌어내기보다는 조선족들의 연구 결과에 바탕을 둔 결론이라는 점에서 일정한 한계를 가지나 이후 조선족 소설의 연구에서 연구 방향을 설정해 주었다는 점에서 의의를 지닌다.

정덕준은 「개혁개방 시기 재중 조선족 소설 연구」(『한국언어문학』51, 2003.12)를 통해 개혁개방과 함께 조선족 소설에 불어 닥친 변화의 모습과 그 특징을 중국현대소설사와 관련지어 고구한 바 있다. 그러나 개혁개방 이전의 조선족 소설에 대한 면밀한 연구가 거의 전무한 현실에서 해당 시기에 발표된 몇 작품을 대상으로 결론을 이끌어낸 이 논문은 조선족 소설에 대한 소개의 의미를 넘지 못한다는 한계를 지닌다. 비슷한 시기에 조선족 학자인 오상순은 「20세기 말 중국조선족 소설에 나타난 비극성」(『현대문학의 연구』24, 2004.11)을 통해 중국현대사의 질곡 속에서 중국 당대문학사의 흐름과 함께 전변해 간 조선족 소설이 어떠한 비극적인 양상을 보이고 있는가를 보여주었으며, 「이중정체성의 갈등과 문학적 형상화」(『현대문학의 연구』29, 2006.7)에서 조선족들이 느끼고 있는 중국 공민으로서의 정체성과 소수민족인 조선족 즉 한민족으로서의 정체성 갈등이 조선족 소설에 어떻게 형상화되고 있는가를 논리화하였다. 이 논문은 이후 조선족을 바라보는 중요한 관점이 된 이중정체성[1]의 문제를 다루어 이후 한국이나 중국의 문학학자들에게 큰 영향을 미쳤다. 또 중국문학 학자인 정지인은 「당대 중국조선족 소설에 나타난 한민족 의식」(『중국현대문학연구』13, 2004.12)을 통해 오상순과는 조금 다른 문제의식에서 출발하여 조선족 소설에 타나나는 한민족으로서의 정체성이 갖는 한계를 짚어 보기도 하였다.

오상순의 연구 이후 조선족 소설에 대한 연구는 조선족 소설에 나타난 이중정체성의 문제와 이와 비슷한 관점에서 조선족 소설을 디아스포라 개념으로 살피는 방향으로 깊이 있는 논의가 진행되었다. 고인환은 「중국 조선족 디아스포라 문학의 한 가능성」(『한국문학논총』55, 2010.8)에서 김학철의 『20세기의 신화』에 나타난 디아스포라된 인간의 모습을 짚어 그 소설적 가능성을 짚었으며, 박경주와 손창주는 「1990년대 이후 중국조선족 소설에 반영된 민족 정체성 연구」(『한중인문학연구』31, 2010. 12)에서 여러 한중수교 이후의 조선족 소설에 나타나는 특징으로 민족 정체성의 문제를 다루었다. 소설이 해당 공동체에 살아가는 동시대인들이 가진 문제의식을 문제 삼는 것이라면 한국과의 교류 이후 조선족들이 경험하게 된 이중정체성의 문제와 모국을 떠났다는 디아스포라적 상상력은 이들 문학을 바라보는 데 있어 중요한 의의를 지닌다.

이와 비슷한 관점에서 최병우는 「한중수교가 중국조선족 소설에 미친 영향 연구」(『국어국문학』151, 2009.5)에서 중국 소수민족으로서의 삶

---

1) 한민족이라는 민족 정체성과 중국공인이라는 국민 정체성을 동시에 갖는 이중정체성의 문제는 거대한 다민족 국가 중국에서 소수민족으로 살아가는 조선족이 가질 수밖에 없는 일이다. 이 문제는 정판룡 이후 조선족의 문화적 특성을 말하는 중요한 개념이 되고 있다.

을 살아가던 조선족이 한중수교로 경제적으로 앞선 한국과 직접 소통하면서 그 삶에 어떤 변화가 오고, 소설은 어떻게 변하였으며, 변화된 시대에 맞추어 작가들의 창작에 대한 인식은 어떻게 변화했는가 등을 살핀 바 있다. 또 아주대학교 송현호 교수를 비롯한 조선족 문학에 나타난 탈식민주의적 성격을 살핀 프로젝트 팀은 조선족 소설이 지닌 탈식민주의적 성격을 구명하기 위한 일련의 작업을 진행하였으며 그 연구 결과는 『중국 조선족 문학의 탈식민주의 연구 Ⅰ』(국학자료원, 2008)과 『중국 조선족 문학의 탈식민주의 연구 Ⅱ』(국학자료원, 2009)로 집약되었다. 이 책에는 김학철의 소설이 지니는 탈식민주의적 성격과 리근전의 소설과 조선족 역사소설이 갖는 탈식민주의적 성향 그리고 몇몇 작가와 시인들의 작품들이 연구되어 조선족 소설이 갖는 탈식민주의적 성격을 다양한 각도에서 해명하고 있다.

3. 개별 작가 연구에 대한 관심

조선족 소설에 대한 소개와 함께 일반적인 특성들이 연구되면서 점차 개별 작가에 대한 연구가 본격화되기 시작한다. 조선족 작가들 중에서 학자들의 조명을 가장 많이 받은 작가는 김학철이다. 조선족과의 접촉 초기에 김윤식에 의해 김학철의 소설이 소개되고 그 의미가 해명된 이후 많은 평론가들이 김학철의 소설에 대한 연구 결과를 발표하였고, 김관웅, 김호웅, 우상렬, 이해영, 강옥 등 많은 조선족 학자가 김학철 소설을 고찰한 논문들이 여러 학술지에 발표되었다.

김학철 소설에 대한 학문적인 연구들은 1990년대 후반에 오면서 본격화된다. 이상갑은 「역사 증언에의 욕구와 형상화 수준」(고려대 한국학연구소, 『한국학연구』 10집, 1998.12)에서 그간 김학철 소설의 중요한 특성으로 지적되었던 일제강점기 중국에서의 항일 체험의 문제를 김학철 문학 세계의 바탕이 되는 역사 증언에의 욕구로 정의하고 그것이 작품 속에 얼마나 잘 형상화되고 있는가를 설명한 바 있다. 고명철은 「혁명성장소설의 공간, 민중적 국제연대 그리고 반식민주의」(『반교어문연구』 22집, 2007.2)에서 그간 혁명적 낭만성이라든가 항일 혁명가로서의 성장 등과 같은 김학철의 문학적 특징을 설명하던 개념을 벗어나 김학철의 소설 『격정시대』를 유소년이 혁명가로 성장하는 과정을 담은 점에 착안하여 부르주아적 성장소설과 구분되는 혁명성장소설로 규정하고 그 특징으로 당시 조선의용대가 가졌던 민중적 국제연대와 반식민주의적 특성을 규명하였다. 또 송현호는 김학철의 작품들에 대해 집중적인 연구를 한 바 있다. 그는 「김학철의 ≪격정시대≫에 나타난 탈식민주의적 성격 연구」(『한중인문학연구』 18, 2006.8), 「김학철의 ≪해란강아 말하라≫ 연구」(『한중인문학연구』 20, 2007.4), 「김학철의 ≪20세기의 신화≫ 연구」(『한중인문학연구』 21, 2007.8) 등에서 김학철의 대표적인 작품들이 지니는 주제적 특성을 밝히고 소수민족 작가로서 자민족의 문화를 유지하며 식민주의적 한계에서 벗어나려는 김학철의 치열한 작가의식을 해명하고 있다.

김학철과 함께 초기 조선족 작가를 대표하는 인물인 리근전에 대한 연구는 김학철에 비해서는 상당히 소루하다. 우한용의 언급 이후에 발표된 리근전에 관한 본격적인 연구로는 오양호와 임향란의 「중국조선족소설에 나타난 고향의식―리근전의 ≪고난의 년대≫를 중심으로―」(『국제한인문학연구』 1, 2004.10)가 있다. 『고난의 년대』를 통하여 조선족 소설에 나타난 고향의식을 일세대의 동심원적 인식과 이세대의 이심원적 인식으로 구분한 것은 조선족에게 고향의식이 한국을 떠나온 1세대들에게는 언젠가는 돌아가야 할 하나밖에 없는 고향이지만 2세대들에게는 조상의 고향 한국과 나의 고향 중국이 공존한다는 점을 지적하여 조선족들의 이중 정체성을 고향이라는 개념으로 보다 선명하게 보여준다. 리근전의 작품은 최병우에 의해 그 연구가 본격화되었다. 최병우는 「리근전소설연구」(『현대소설연구』29, 2006.3)에서 『고난의 년대』,『범바위』를 비롯하여 그의 많은 단편소설과 평문들을 포함한 거의 전작품의 의미를 해명하여 리근전 소설의 전모를 살핀 후, 그의 소설 대하여 작품의 수개 양상 연구, 한국소설과의 비교 연구 등 다각도로 연구를 진행하여 단행본 『리근전 소설 연구』(푸른사상, 2007)를 발간한 바 있다.

김학철과 리근전을 제외하고 한국 학자들에 의해 본격적으로 연구되고 있는 조선족 작가는 허련순이다. 한국문단과의 직접적인 교류를 통하여 많은 작품을 한국에서 출간한 허련순의 작품들 중에서 『바람꽃』과 『누가 나비의 집을 보았을까』 등은 이들 한중수교 이후 조선족들의 변화된 삶을 잘 보여준다는 점에서 작품이 지니고 있는 디아스포라적 특성에 대해 여러 학자들이 관심을 가졌다. 허련순의 소설에 대해서는 최병우가 「조선족 소설에 나타난 민족의 문제」(『현대소설연구』42, 2009.12)에서 중국의 민족 정책을 살펴 조선족의 입장을 정리하고 조선족의 국민정체성과 민족 정체성을 해명하기 위해 『바람꽃』을 그 대상 작품으로 다룬 바 있다. 조선족 학자인 한홍화는 「≪바람꽃≫을 통해 본 중국조선족 정체성의 변이 양상」(『한국민족문화』38, 2010.11)에서 정체성의 문제를 다루었고, 차성연은 「중국조선족 문학에 재현된 '한국'과 '디아스포라' 정체성」(『한중인문학연구』31, 2010.12)에서 『바람꽃』과 『누가 나비의 집을 보았는가』에 나타난 디아스포라의 문제를 다루었다. 또 송현호는 「중국 조선족 이주민 3세들의 삶의 풍경」(『현대소설연구』46, 2011.4)에서는 『누가 나비의 집을 보았는가』에 나타나는 조선족의 비극을 이주민 3세들이 겪는 삶의 모습이라는 관점에서 설명한 바 있다. 조선족 학자인 이광재와 지해연도 「중국조선족 농촌여성의 실존적 특징」(『한중인문학연구』32, 2011.4)에서 허련순의 소설을 다루면서 조선족의 정체성 문제나 디아스포라에서 벗어나 이 작품을 조선족 농촌여성이라는 존재적인 조건이 한 인간의 삶을 불행하게 만들어 가는 당대 중국의 현실 문제를 여실히 보여주고 있다는 관점에서 치밀한 분석을 보여준다.

이외에도 최병우의 「우광훈 초기 소설의 주제 특성 연구」(『한중인문학연구』 22, 2007.12), 박지혜의 「윤림호 소설의 민족의식 표출양상과 의미」(『현대소설연구』 33, 2007.3), 송현호의 「최홍일의 ≪눈물 젖은 두만강≫의 서사적 특징」(『현대소설연구』 39, 2008.12) 등에서 위에 정리된 세 작가 이외의 작가들에 대해 연구가 이루어진 바 있다. 그러나 김학철, 리근전, 허련순 세 작가를 제외한 작가연구나 작가작품에 대한 연구는 아직은 작가 별로 한두 편 정도에 지나지 않아 소개의 단계에 그치고 있다는 지적이 가능하다.

4. 조선족 학자들의 연구 업적

한국 내에서도 조선족 작가들에 대한 연구는 조선족 학자들에 의한 논문이 그 중심을 이룬다. 이들이 발표한 논문은 위에 제시된 몇 개의 논문 외에도 엄청난 양을 보인다. 개별 논문이나 석사학위 논문 등에 대한 언급은 그 분량 때문에 생략하고 현재까지 한국에서 발간된 조선족 학자들의 조선족 소설에 대한 연구서만 간단히 제시하기로 한다.

박충록, 『김학철 문학 연구』(이회, 1996)

오상순, 『개혁개방과 중국조선족 소설문학』(월인, 2001)

이광일, 『해방 후 중국조선족 소설문학 연구』(경인문화사, 2003)

이종순, 『중국조선족 문학과 문학교육』(신성출판사, 2005)

이해영, 『중국조선족 사회사와 장편소설』(역락, 2006)

이해영, 『청년 김학철과 그의 시대』(역락, 2006)

임향란,『중국조선족문학에 나타난 삶의 현장과 의식 변화』(한국
　　학술정보, 2008)
강　옥,『감학철 문학 연구』(국학자료원, 2010)

　이외에도 연변에서 발간되고 있기는 하지만 김학철에 관한 연구는 그
양이 엄청나다. 김학철의 아들인 김해양이 중심이 된 김학철문학연구회
에서 김학철에 관한 연구 결과를 모아 600~700쪽 정도씩 편찬하는 연구
서가 2009년까지 여섯 권이나 발간되었다. 참고로 아래 소개한다.

김학철문학연구회,『조선의용군 최후의 분대장 김학철』(연변인
　　민출판사, 2002)
김학철문학연구회,『조선의용군 최후의 분대장 김학철 2』(연변인
　　민출판사, 2005)
김학철문학연구회,『김학철론 · 젊은 세대의 시각』(연변인민출판
　　사, 2006)
김학철문학연구회,『조선의용군 최후의 분대장 김학철 4』(연변인
　　민출판사, 2007)
김관웅 · 김호웅,『김학철 문학과의 대화』(연변인민출판사, 2009)
김학철문학연구회,『소장파평론가와 김학철의 만남』(연변인민출
　　판사, 2009)

　조선족 학자들의 연구는 매우 광범위하게 이루어지고 있고, 그 대상이
나 연구 시각에서 한국 학자들에게 적지 않은 영향을 주고 있다. 그러나
조선족 학자들의 연구가 주는 영향에도 불구하고 조선족 학자들의 연구
는 내부적 시각에서의 연구여서 한국 학자들의 연구와는 상당히 다른 양

상을 보일 수밖에 없다. 한국 학자들로서는 상당 부분 조선족 학자들의 연구에 도움을 받는 바 있지만 그들과는 다른 각도에서 이루어질 필요가 있다. 조선족 학자들이 중국의 정책의 한계라는 외적인 조건을 고려하지 않을 수 없는데 비해 한국 학자들은 이러한 제약으로부터 자유로울 수 있어 한 측면으로는 한국 학자들의 연구가 조선족 학자들에게 새로운 시사를 할 부분이 적지 않다. 한국 학자와 조선족 학자들의 상호보완적인 연구가 기대되는 부분이 바로 이곳이다.

조선족 소설 연구에 대한 반성과 전망

1. 대상 작가 및 작품의 다양화

앞의 연구사 검토를 통해 살펴보았듯이 현재까지의 조선족 소설 연구는 몇몇 작가의 대표작 몇 작품을 중심으로 이루어져 왔다. 선행 연구에 기대어 연구를 진행하는 것이 학계의 풍토이기도 하고 또 연구 결과의 집적을 위해서 어쩔 수 없는 일이기는 하지만 이러한 연구 풍토는 바뀌어야 할 필요가 있다. 연변작가협회에 가입되어 있는 소설가가 100명이 넘는 점을 생각하면 작고 작가 두 명과 생존 작가 한 명에 치중하는 연구 태도는 연구대상이 되는 이들 작품이 아무리 민족 해방의 역사와 조선족의 현실을 잘 형상화하고 있다 하더라도 극복되어야만 될 연구 태도이다. 최근 소개의 차원이기는 하나 김학철, 리근전, 허련순 이외의 조선족 작가들에 대한 소개와 연구가 발표되기 시작하는 것은 고무적인 일이다. 아래 이들 연구를 간단히 소개한다.

한명환은 「<산골녀성들>의 구성과 문체」(『한중인문학연구』19, 2006.12)에서 조선족 원로작가 김용식의 소설 「산골녀성들」이 지닌 형식적 특성을 다루면서 조선족 소설에 나타난 설화조의 문체적 특성을 구명한 바 있다. 또 박지혜는 「윤림호 소설의 민족의식 표출양상과 의미」(『현대소설연구』 33, 2007.3)에서 윤림호 소설의 주제적 특성을 살펴 자가의 특유한 민족 개념과 민족의식을 정리하여 조선족 소설 연구의 대상을 넓혔다. 차희정은 「해방기 <연변일보> 소재 재중 조선인 소설 연구」(『한중인문학연구』 20, 2007.4)를 통해 조선족 소설의 형성기인 1946~1948년 사이의 재중 조선인 소설을 연구대상으로 삼아 그 특징을 살펴 조선족 소설의 형성 과정과 함께 조선족 소설 연구에서 비어있던 부분을 채워주는 고무적인 결과를 보여 주었다. 그리고 송현호는 「최홍일의 ≪눈물 젖은 두만강≫의 서사적 특징」(『현대소설연구』 39, 2008.12)에서 조선족 중견 작가 최홍일의 작품을 연구 대상으로 하여 자가가 다루는 조선인의 간도 지역의 정착 과정과 함께 설화적인 서술과 근대적 서술의 혼재 양상을 밝힌 바 있다. 최병우는 「한중수교가 중국조선족 소설에 미친 영향 연구」에서 리혜선, 우광훈, 윤림호, 허련순 등 조선족 중견 작가들을 대상으로 조선족의 소설이 한중수교를 전후하여 어떻게 변화하고 있는가를 살펴 연구 대상을 넓힌 바 있다.

이와 같이 조선족 소설 연구에 있어 대상 작가의 폭은 점차 넓어지고 있다. 특히 앞으로 기왕에 언급된 리혜선, 윤림호, 우광훈, 최홍일 등은 물론 최국철, 박옥남, 강호원, 김남현, 박초란, 장학규, 김춘택, 김혁, 리여천, 조성희, 리선희 등 연변 지역이나 동북의 산재 지역은 물론 관내로 이동하여 활동하는 많은 조선족 작가의 작품에 대해 관심을 보일 필요가 있다. 이러한 대상 작가의 폭을 넓히는 작업을 통하여 조선족 소설의 전체적인 상을 살필 수 있을 것이며 한민족 문학을 논의하는 데 있어 보다 설득력 있게 조선족 문학을 언급할 수 있을 것이다.

2. 민족 정체성 및 디아스포라의 시각에서의 탈피

조선족 소설에 대한 연구는 크게 항일 역사의 재구, 조선족 민족 정체성, 디아스포라 등 세 가지 방면에서 주로 연구가 진행되었다. 할아버지와 아버지의 세대에 이민족의 땅으로 쫓겨나다시피 건너와 처절한 항일 투쟁의 역사와 일제 패망 이후의 중국 혁명이라는 내란의 와중에 큰 공을 세우고, 오랜 시간이 지난 후, 경제적으로 급성장한 모국 한국을 알게 된 조선족들의 문학에서 이러한 특성들을 살피는 것은 당연한 일이다. 그러나 조선족의 소설에서 이러한 사회 역사적 조건에서 배태된 주제들을 지속적으로 재해석해내는 일은 결국 조선족 소설을 점차 흥미 없는 연구 대상으로 만들어 버릴 위험에 빠뜨릴 것이다.

중국이라는 역사적 조건 속에서 소수민족으로 살아가기는 하지만 조선족들 역시 희로애락을 경험하고 이웃과 함께 하나의 공동체를 이루고 살아가는 인간이다. 그들의 문학에서 피어린 투쟁의 역사와 한민족으로서의 조건만을 읽어내는 것은 조선족 문학을 문학으로 읽지 않는 우를 범하는 일이다. 따라서 조선족 문학에 나타나는 다양한 주제적 양상들을 살피고, 그것이 한국인과 어떻게 다르며 또 같은지를 살피고, 나아가 유사하거나 차이가 나는 주제나 정서를 형상화하는 방식에는 어떤 차이를 보이는지 등이 살펴져야 할 것이다. 이러한 연구는 향후 한민족 문학이라는 커다란 그림을 그리기 위해서 반드시 필요한 작업일 것이다.

최근 들어 발표된 송현호의 「중국 조선족 이주민 3세들의 삶의 풍경」과 이광재와 지해연의 「소선족 농촌어싱의 실존적 특징」 등은 조선죽 소설의 새로운 읽기의 가능성을 보여주었다는 점에서 의의를 지닌다. 조선족의 삶의 모습이나 실존적 조건의 문제를 다룬 이들 논문의 의의를 인정하면서 같은 허련순의 작품이라 하더라도 그녀의 최초 작품집인 『사내 많은 남자』(동아일보사, 1991)를 다루었으면 좀 더 다양하고 구체적인 논의가 가능하였을 것이라는 생각이다. 또 우광훈의 『메리의 죽음』(연변인민출판사, 1989)에 나타나는 강한 남성성이나 장편소설 『흔적』(연변인민출판사, 2005)에 나타나는 진정한 사랑의 의미와 전국에 산재한 조선족들의 삶의 다양한 조건이나 리혜선의 「야경으로 가는 녀자」(흑룡강조선민족출판사, 1997)에 나타난 여성의 섬세한 내면 등 여러 작가들의 작품을 다양한 관점으로 접근하게 되면 조선족 소설의 진정한 모습을 바라볼수 있게 될 것이다.

3. 중국 현대사와 문단사와 관련한 조선족 소설 접근

당연한 말이겠지만 조선족 소설을 한국과의 연관에서만 살피는 한계에서 벗어나야 한다. 조선족 소설은 한민족 문학의 하위 개념이겠지만 그보다 먼저 중국 소수민족의 문학이다. 중국 소수민족 중에서 모국을 가진민족이 조선족밖에 없다는 점에서 조선족 소설은 모국과의 관련이 깊어질 수밖에 없는 부분이 크기는 하지만 그렇다고 하더라도 조선족 소설은중국의 현대사와 중국의 당대문학사에 밀접한 관련을 가질 수밖에 없다.이런 점에서 조선족 소설에 나타난 이중정체성이나 디아스포라의 문제를해명하는 것이 소중하기는 하지만, 그들의 문학을 중국이라는 역사적 사회적 자장 속에 놓고 보는 것은 조선족 소설을 올바로 이해하기 위하여반드시 필요한 작업이 될 것이다.

최은수는 「중국조선족 반성소설 연구」(『현대소설연구』 34, 2007.6)에서 문화대혁명 이후 중국 문단을 휩쓸고 간 상흔문학이나 반성문학이라는 문학사적 사실을 염두에 두고 조선족 소설이 지닌 반성 소설적 특면을살펴 중국당대문학사와의 관련 하에 조선족 소설을 살핀 바 있다. 또 김형규도 「중국 조선족 소설과 소수민족주의의 확립」(『현대소설연구』 40, 2009.4)에서 반우파 투쟁과 문화대혁명이 진행되던 1960~1970년대에 발표된 조선족 소설을 통해 이 시기에 조선족 소설의 중국화가 진행되었으며, 이는 조선족이 지니고 있던 민족적 특성이 중국 소수민족으로서의 성격을 획득해 나가는 과정이었다고 설명하여 중국 현대사의 질곡 속에서 조선족 소설이 어떻게 변화해 가는지를 선명히 보여주었다. 최병우의 「한중수교가 중국조선족 소설에 미친 영향 연구」는 한중수교라는 중국의 현대사가 조선족 소설에 미친 영향을 살폈다는 점에서 위의 두 논문과 동일한 의의를 지닌다.

조선족은 중국 공민으로서 중국의 사회 문화적 정책에 따라 변화된 삶을 살아왔다. 공산주의 사회의 희망찬 미래에 들떠 있기도 하였고, 반우파투쟁기에 소수민족으로서 많은 고난을 겪었으며, 민족적 성향이 종파주의로 치부되어 박해를 받기도 하였고, 문화대혁명을 통해 이념의 과잉에 따른 엄청난 혼란도 경험하였다. 그들을 쓸고 지나간 역사의 고난이 너무나 엄청났기에 아직도 조선족들은 정치적 문제에 대해 민감하고 소심하게 반응한다. 그들의 문학에서 이러한 중국 당대사의 흔적을 읽어내는 것 그리고 그것을 중국의 당대문학사와 관련지으며 살펴볼 수 있는 시각이 필요하다. 물론 이러한 접근은 조선족 학자들의 도움이 필요할 수밖에 없다는 점을 지적하지 않을 수 없다.[2]

4. 조선족 소설에 대한 형식미학적 접근의 필요성

마지막으로 조선족 소설에 대한 형식미학적 연구의 필요성을 말하지 않을 수 없다. 중국의 당대문학사 속에서 싱장한 조선족 소설은 문학의 형식보다는 주제적인 측면에 치중하여 발전하여 왔음은 주지의 사실이다. 모택동의 연안문예담화 이후 중국의 문학은 당의 정책에 복무하는 것

---

[2] 한국인이 Ⅱ-05에서 소개한 이광일, 오상순, 이해영 등과 같이 중국현대사와 함께 개인적 체험이나 정서와 관련시켜 조선족 소설을 논의하는 것은 매우 힘든 일임은 인정해야 할 것이다.

이 가장 중요한 덕목으로 이해되었기 때문이다. 이러한 중국에서의 문학 연구가 갖는 일방성은 조선족 학자들에게서도 반복되어 나타나고 이는 한국의 학자들에게도 공통된 양상을 보인다. 그러나 조선족 소설이 갖는 형식미학적 특성과 장르의식 등을 살피는 것은 조선족 소설을 지속적으로 문학연구의 대상으로 삼는다면 반드시 필요한 일이다. 최근 논의가 진행되는 바와 같이 향후 한민족 문학을 말하기 위해서는 한민족의 공통된 정서를 찾아내고 그것이 지역이나 국가에 따라 어떻게 달라지는지를 말하여야 하는 바 해당 문학 작품에 대한 형식미학적 접근은 필수적으로 요구된다 하겠다.

조선족 소설에 대한 형식미학적 연구는 한 작품을 대상으로 한 한계는 있으나 이미 한명환이 「<산골녀성들>의 구성과 문체」에서 시도한 바 있다. 또 최병우는 「김학철 소설에 나타난 체험의 형상화 방식 연구」(『한국문학논총』56, 2010.12)에서 김학철이 체험을 작품화한 소설과 전기에서 사용하고 있는 서술 방식 상의 차이를 살펴 그의 장르의식을 해명한 바 있다.

조선족 소설은 중국의 문예정책을 충실히 수행한 결과 한국현대소설에 비해 형식미학적으로 매우 단순하다는 느낌을 지울 수 없다. 또 그들 작품의 상당수는 형식 미학적으로 수준이 떨어지거나 소설적인 재미가 부족한 것은 사실이다. 그러나 그들의 작품이 그렇다고 하여 조선족 소설 연구에서 형식미학적 방법을 제외해 버릴 수는 없다. 조선족 소설에 대한 역사주의적, 주제 중심적 연구 일변도에서 벗어나 그 연구 방법을 다양화하려는 시도는 반드시 필요한 일이라 하겠다. 이러한 연구는 향후 한민족 문학을 논의하면서 그 주제적 형식적 특성을 구분하고 정리하기 위한 기초 작업으로서 필수적인 작업이기도 하다.

논의의 한계

한국과 중국이 수교협정을 맺은 지 20년이 되었고, 조선족의 존재가 알려지고 그에 대한 관심이 본격화된 것도 그만큼의 시간이 흘렀다. 조선족의 존재가 처음 알려지고 그들의 문학이 처음 소개되자 많은 독자들과 학자들의 관심이 적지 않았다. 조선족 문학에 대한 연구도 한국 학자들에 의해 다양한 각도에서 심도 있게 진행된 바 있다.

본고는 한중수교 이후 한국 학자들에 의해 이루어진 조선족 소설에 대한 연구를 사적으로 검토하고 그 성과와 한계와 함께 앞으로 나아가야 할 방향을 검토해 보았다. 이 작업을 바탕으로 앞으로의 조선족 소설에 대한 연구가 보다 활성화되고 다변화되기를 기대한다. 다만 본고는 한국 학자들에 의한 조선족 소설 연구를 중심으로 검토하여 조선족 학자들에 의한 연구 성과가 다소 소홀히 다루어진 한계를 갖는다. 본고에서 조선족 학자들의 연구 성과를 한국 학자의 그것을 논의하는 과정에서 필요한 논문에 한정하고 한국에서 발간된 저서와 김학철 연구회에서 편한 김학철 연구 총서만 다룬 것은 조선족 학자들의 연구 성과를 다룰 경우 중국 내에서 발표된 많은 글들을 검토해야 하는 어려움을 고려한 결과이다. 이 논문의 이러한 한계는 추후 중국 내의 잡지와 논문집을 검토하여 보완되어야 할 것이다.

참고문헌

강순화,『중국 조선족 문화와 여성문제 연구』, 한국학술정보, 2005.

강 옥,「김학철문학연구」, 고려대학교 대학원 문학박사학위논문, 2005.

_____,『감학철 문학 연구』, 국학자료원, 2010.

강창록 · 김영순 · 이근전 · 일천,『주덕해』, 실천문학사, 1992.

강호원,「쪽빛」,『2007 중국조선족문학 우수작품집』, 흑룡강민족출판사, 2008.8.

고려대학교 한국학연구소,「연변 조선족 문학 특집」,『한국학연구』3집, 1991.

고명철,「혁명성장소설의 공간, 민중적 국제연대 그리고 반식민주의」,『반교어문연구』22집, 2007.2.

고인환,「중국 조선족 디아스포라 문학의 한 가능성」,『한국문학논총』55, 2010.8.

曲愛國 · 曾凡祥, 김봉웅 · 김용길 역,『조남기전』, 연변인민출판사, 2004.

권 철 · 조성일 외,『중국조선족 문학사』, 연변인민출판사, 1990.

권태환 편저,『중국조선족 사회의 변화』, 서울대출판부, 2005.

김 게르만,『한인 이주의 역사』, 박영사, 2005.

김경훈,『중국조선족 시문학 연구』, 한국학술정보, 2006.

김관웅 · 김호웅,『김학철 문학과의 대화』, 연변인민출판사, 2009.

김광억 외,『종족과 민족』, 아카넷, 2005.

김남현,「한신 하이츠」,『천지』, 1992.7.

김동화 · 김승철 외,『당대조선족연구』, 집문당, 1995.

김명희,「문화대혁명기의 소설비평에 나타난 정치권력과 문화권력의 변동」,『중국현대문학』38, 2006.9.

김상철 · 장재혁,『연변과 조선족』, 백산서당, 2003.

김성호, 『1930년대 연변 민생단사건 연구』, 백산자료원, 1999.

김숙자, 『재일한국인문학연구』, 월인, 2002.

김순기, 『잔치 전 날』, 료녕인민출판사, 1988.

김승찬 외, 『중국조선족 문학의 전통과 변혁』, 부산대출판부, 1997.

김시준, 『중국당대문학사』, 소명출판, 2005.

김영금, 『바다가에서 만난 녀인』, 료녕인민출판사, 1987.

김윤식, 「항일 빨치산 문학의 기원 – 김학철론」, 『한국현대문학사론』, 한샘, 1988.

______, 『북한문학사론』, 새미, 1996.

김윤식 · 정호웅, 『한국소설사』, 예하, 1993.

김재선, 『모택동과 문화대혁명』, 한국학술정보, 2009.

김종국 외, 『중국특색조선족문화연구』, 료녕민족출판사, 2000.

김종현, 『개혁개방 이후의 중국문예이론』, 늘함께, 2000.

김종회, 「한민족 문화권의 새 범주와 방향성」, 『국제한인문학연구』 창간호, 국제한인문학회, 2004.

김준엽 · 김창순, 『한국공산주의운동사』, 청계연구소, 1986.

김중하, 「중국 사회주의 문화정책이 중국조선족 소설창작 방법에 미친 영향」, 『한국문학논총』 20, 1997.6.

______, 「중국 조선족 소설사 기술태도에 나타난 소설의 기능 문제」, 『한국문학논총』 16, 1995.12.

김춘택, 「결국 그곳에는 피가 흐르지 않았다」, 『도라지』, 2007.1.

______, 「한 여자가 끓이는 아이칭 마라탕」, 『장백산』, 2007.5.

김필영, 『소비에트 중앙아시아 고려인문학사』, 강남대출판부, 2004.

김학철, 『격정시대 상, 하』, 연변인민출판사, 1999.

______, 『김학철작품집』, 연변인민출판사, 1987.

______, 『나의 길』, 연변인민출판사, 1999.

______, 『무명소졸』, 풀빛, 1989.

______, 『우렁이 속 같은 세상』, 창작과비평사, 2001.

______,『최후의 분대장』, 문학과지성사, 1995.

______,『태항산록』, 연변인민출판사, 1998.

______,『해란강아 말하라 상, 하』, 풀빛, 1988.

김학철문학연구회,『김학철론·젊은 세대의 시각』, 연변인민출판사, 2006.

______________,『소장파평론가와 김학철의 만남』, 연변인민출판사, 2009.

______________,『조선의용군 최후의 분대장 김학철 2』, 연변인민출판사, 2005.

______________,『조선의용군 최후의 분대장 김학철 4』, 연변인민출판사, 2007.

______________,『조선의용군 최후의 분대장 김학철』, 연변인민출판사, 2002.

김형규,「중국 조선족 소설 연구의 현황과 현재적 의의」,『현대소설연구』29, 2006.3.

______,「중국 조선족 소설과 소수민족주의의 확립」,『현대소설연구』40, 2009.4.

김호웅·김해양,『김학철 평전』, 실천문학사, 2007.

김호웅,「재중동포문학의 '한국형상'과 그 문화학적 의미」,『한·중 문화 (사)의 정치적 상관관계에 대한 인문학적 조명』, 한중인문학회 국제학술대회 발표문집, 2009.11.13.

______,「접목의 원리와 조선족 공동체의 진로」,『중일한문화산책』, 흑룡강조선민족출판사, 2005.

______,「중국조선족소설에 나타난 '한국형상'과 그 문화사적 의미」,『내러티브』15호, 2010.1.

김환기, 김환기 편,「조국과 자기 사이의 거리인식과 민족문제의 제기」,『재일 디아스포라 문학』, 새미, 2006.

나리타 류이치, 한일비교문화세미나 역,『'고향'이라는 이야기』, 동국대학교출판부, 2007.

니시카와 나가오, 윤대석 역,『국민이라는 괴물』, 소명출판, 2002.

니콜라 디 코스모, 이재정 역,『오랑캐의 탄생』, 황금가지, 2005.

동국대학교 문화학술원 한국문학연구소 편,『'고향'의 창조와 재발견』, 역
　　락, 2007.

롤랑 바르트 외,『현대비평의 혁명』, 홍성사, 1979.

류은규,『연변문화대혁명 – 10년의 약속』, 토향, 2010.

리근전,「≪고난의 년대≫를 쓰게 된 동기와 경과」,『문학예술연구』1983.1.

＿＿＿,「≪해란강아 말하라≫와 그의 작자」,「연변일보」1957.12.12.

＿＿＿,「≪해란강아, 말하라!≫의 반동성」,『아리랑』1958.1.

＿＿＿,『고난의 년대』상, 연변인민출판사, 1982.

＿＿＿,『고난의 년대』하, 연변인민출판사, 1984.

＿＿＿,『범바위』, 연변인민출판사, 1962.

리혜선,『빨간 그림자』, 연변인민출판사, 1998.

＿＿＿,『사과배 아이들』, 웅진싱크빅, 2006.

＿＿＿,『생명』, 연변인민출판사, 2006.

＿＿＿,『야경으로 가는 여자』, 흑룡강조선민족출판사, 1997.

＿＿＿,『코리안 드림, 그 방황과 희망의 보고서』, 아이필드, 2003.

＿＿＿,『폭죽소리』, 길벗어린이, 1996.

＿＿＿,『푸른 잎은 떨어졌다』, 민족출판사, 1990.

모리스 마이스너, 김수영 역,『마오의 중국과 그 이후 1』, 이산, 2004.

＿＿＿＿＿＿＿＿＿＿＿,『마오의 중국과 그 이후 2』, 이산, 2004.

박경주·손창주,「1990년대 이후 중국조선족 소설에 반영된 민족정체성
　　연구」,『한중인문학연구』31, 2010.12.

박성군,「빵구 난 그물」,『료동문학』, 2005.

박용규,「동북아 20세기와의 대결 : 김학철의 민족해방서사」,『비평문학』
　　32집, 2009.6.

박지혜,「윤림호 소설의 민족의식 표출양상과 의미」,『현대소설연구』33,
　　2007.3.

박초란,「하늘 천 따 지 하다」,『도라지』, 2009.1.

박충록, 『김학철 문학 연구』, 이회, 1996.

백영서, 한국사연구회 편, 「중국에서의 국민국가와 민족문제 : 형성과 변용」, 『근대 국민국가와 민족문제』, 지식산업사, 1995.

베네딕트 앤더슨, 윤형숙 역, 『상상의 공동체』, 나남출판, 2002.

송현호 · 최병우 외, 『중국 조선족 문학의 탈식민주의 연구 Ⅰ』, 국학자료원, 2008.

──────────────, 『중국 조선족 문학의 탈식민주의 연구 Ⅱ』, 국학자료원, 2009.

송현호, 「김학철의 ≪20세기의 신화≫ 연구」, 『한중인문학연구』 21, 2007.8.

─────, 「김학철의 ≪격정시대≫에 나타난 탈식민주의적 성격 연구」, 『한중인문학연구』 18, 2006.8.

─────, 「김학철의 ≪해란강아 말하라≫ 연구」, 『한중인문학연구』 20, 2007.4.

─────, 「중국 조선족 이주민 3세들의 삶의 풍경」, 『현대소설연구』 46, 2011.4.

─────, 「최홍일의 ≪눈물 젖은 두만강≫의 서사적 특징」, 『현대소설연구』 39, 2008.12.

신형기 · 오성호, 『북한문학사』, 평민사, 2000.

안수길, 『북간도』, 『한국소설문학대계 28』, 동아출판사, 1995.

연변대학문학반, 『그녀의 세계』, 연변인민출판사, 1987.

연변대학조선언어문학연구소 편, 『중국조선민족문학대계』, 흑룡강조선민족출판사, 2000~.

오상순, 「20세기 말 중국조선족 소설에 나타난 비극성」, 『현대문학의 연구』 24, 2004.11.

─────, 「이중정체성의 갈등과 문학적 형상화」, 『현대문학의 연구』 29, 2006.7.

─────, 『개혁개방과 중국 조선족 소설문학』, 월인, 2001.

오양호 · 임향란, 「중국조선족문학에 나타난 고향의식」, 『국제한인문학연구』 1집, 2004.

왕가, 김정희 역, 『민족과 국가』, 동북아역사재단, 2005.

우광훈 외, 『사이섬 비바람』, 연변인민출판사, 1989.

우광훈, 「숙명의 파편들을 주어보다(문학적 자서전)」, 『도라지』 145기, 2004.7/8.

______, 「밀림은 알고 있다」, 『사이섬 비바람』, 연변인민출판사, 1989.

______, 『가람 건느지 마소』, 흑룡강조선민족출판사, 1997.

______, 『메리의 죽음』, 연변인민출판사, 1989.

______, 『흔적』, 연변인민출판사, 2005.

우한용, 「역사적 주체로서의 인식과 실천, - 이근전의 ≪고난의 년대≫」, 『동서문학』, 1990.1.

유명기, 「민족과 국민 사이에서 : 한국 체류 중국조선족들의 정체성 인식에 관하여」, 『한국문화인류학』 35-1, 2002.

유선모, 『미국 소수민족 문학의 이해 - 한국계편』, 신아사, 2001.

윤림호 외, 『불타는 백사장』, 연변인민출판사, 1981.

윤림호, 『고요한 라고하』, 흑룡강조선민족출판사, 1992.

______, 『승냥이가 울던 계절』, 흑룡강조선민족출판사, 2002.

______, 『조막손 로친과 세다리 개』, 료녕민족출판사, 2001.

______, 『투사의 슬픔』, 흑룡강조선민족출판사, 1985.

윤병석, 『간도역사의 연구』, 국학자료원, 2003.

윤휘탁, 『일제하 '만주국' 연구』, 일조각, 1996.

이광규, 『격동기의 중국조선족』, 백산서당, 2002.

______, 『민족과 국가』, 일조각, 1997.

이광일, 『해방 후 조선족 중국소설문학 연구』, 경인문화사, 2003.

이광일 · 김호웅 · 허정훈 주편, 『중국조선족문학대계 : 해방후 편』, 연변인민출판사, 2011~.

이광재 · 지해연, 「중국조선족 농촌여성의 실존적 특징」, 『한중인문학연구』 32, 2011.4.

이규태, 『현대 한중관계론』, 범한서적, 2007.

이기영, 『두만강』 1~5, 풀빛, 1989.

이기윤, 『주제비평의 원리와 실제』, 도서출판 봉명, 1998.

이명재 외,『억압과 망각, 그리고 디아스포라』, 한국문화사, 2004.

이상갑,「역사 증언에의 욕구와 형상화 수준」, 고려대 한국학연구소,『한국학연구』10집, 1998.12.

이성욱,『한국근대문학과 도시문화』, 문학과학사, 2004.

이소연,「재미 한인문학 개관 II」, 김종회 편,『한민족 문화권의 문학』, 국학자료원, 2003.

이승률,『동북아 시대와 조선족』, 박영사, 2007.

이장섭 외,『중국조선족 기업의 경영 활동』, 북코리아, 2006.

이재선 편,『문학주제학이란 무엇인가』, 민음사, 1996.

이정식 외,『항전별곡』, 거름, 1986.

이정훈,「1990년대 중국의 문학장과 지식 담론」, 진재교 외,『문예공론장의 형성과 동아시아, 성균관대 출판부, 2008.

이종순,『중국조선족 문학과 문학교육』, 서우얼출판사, 2006.

이춘식,『중화사상』, 교보문고, 1998.

이-푸 투안, 구동희ㆍ심승희 역,『공간과 장소』, 대윤, 1995.

이해영,「리근전의 장편소설 ≪범바위≫에 나타난 조선인의 중국 잔류」,『이주와 귀환』, 한국현대소설학회 제38회 학술대회 발표논문집, 2011.5.28.

______,『중국 조선족 사회사와 장편소설』, 역락, 2006.

______,『청년 김학철과 그의 시대』, 역락, 2006.

이현정,「'한국 취업'과 중국조선족의 사회문화적 변화 : 민족지적 연구」, 서울대 석사학위논문, 2000.

임계순,『우리에게 다가온 조선족은 누구인가』, 현암사, 2003.

임범송ㆍ권철 주필,『중국조선족무학연구』, 흑룡강조선민족출판사, 1989.

임향란,『중국조선족문학에 나타난 삶의 현장과 의식 변화』, 한국학술정보, 2008.

장사선ㆍ우정권,『고려인 디아스포라 문학 연구』, 월인, 2005.

장학규,「노크하는 탈피」, 중국연해조선족문인회 편,『갯벌의 하얀 진주』, 도서출판 청심정, 2009.

전성호, 「중국조선족과 한족의 생활문화 비교」, 『중국조선족 우렬성 연구』, 연변인민출판사, 1994.

______, 『중국조선족 문학예술사 연구』, 이회, 1997.

전인갑, 「근현대사 속의 문화대혁명 – 수사(修史)의 당위와 한계」, 『역사비평』 77, 2006.11.

정덕준 외, 『중국조선족 문학의 어제와 오늘』, 푸른사상, 2006.

정덕준, 「개혁개방 시기 재중 조선족 소설 연구」, 『한국언어문학』 51, 2003.12.

정상화 외, 『중국 조선족의 중간 집단적 성격과 한중 관계』, 백산, 2007.

정신철, 『한반도와 중국 그리고 조선족』, 모시는사람들, 2004.

정지인, 「당대 중국조선족 소설에 나타난 한민족 의식」, 『중국현대문학연구』 13, 2004.12.

정판룡, 『고향 떠나 50년』, 민족출판사, 1997.

______, 『정판룡문집 2』, 연변인민출판사, 1997.

정형섭, 「가마우지 와이프」, 「연변일보」, 2008.12.5.

______, 「기러기문신」, 『연변문학』, 2006.2.

조성희, 「조개요리」, 『장백산』, 2004.1.

중국연해조선족문인회 편, 『갯벌의 하얀 진주』, 도서출판 청심정, 2009.

중국작가협회 연변분회 편, 『문학평론집』, 민족출판사, 1982.

______________________, 『단편소설집』, 민족출판사, 1982.

진춘밍 외, 이정남 외역, 『문화대혁명사』, 나무와숲, 2000.

차성연, 「중국조선족 문학에 재현된 '한국'과 '디아스포라' 정체성」, 『한중인문학연구』 31, 2010.12.

차희정, 「해방기 <연변일보> 소재 재중 조선인 소설 연구」, 『한중인문학연구』 20, 2007.4.

채영국 외, 『연변 조선족 사회의 과거와 현재』, 고구려연구재단, 2006.

천쓰허, 노정은 · 박난영 역, 『중국당대문학사』, 문학동네, 2008.

최동호, 『남북한 현대문학사』, 나남출판, 1995.

최미정, 「재미한인 시에 나타난 '사진 신부'의 삶과 꿈」, 『월간창조문예』

117호, 2006.10.

최병우, 「한국근대일인칭소설연구」, 서울대박사논문, 1992.

______, 『리근전 소설 연구』, 푸른사상, 2007.

______, 『한국현대소설의 미적 구조』, 민지사, 1997.

최웅용 외, 『중국조선족사회의 경제 환경』, 집문당, 2005.

최은수, 「조선족 반성소설 연구」, 『현대소설연구』 34, 2007.6.

최협·이광규, 『다민족사회의 민족문제와 한인사회』, 집문당, 1998.

최홍일, 『눈물젖은 두만강』 상·하, 민족출판사, 1999.

______, 『흑색의 태양』, 흑룡강조선민족출판사, 2000.

한림대 아시아문화연구소, 『중국 문화대혁명 시기 학문과 예술』, 태학사, 2007.

한명환, 「<산골녀성들>의 구성과 문체」, 『한중인문학연구』 19, 2006.12.

한상복·권태환, 『중국 연변의 조선족』, 서울대학교출판부, 1993.

한석정·노기식 편, 『만주, 동아시아 융합의 공간』, 소명출판, 2008.

한승옥, 「재일동포 한국어 문학연구 총론 (1)」, 『한중인문학연구』 14집, 2005.4.

한홍화, 「≪바람꽃≫을 통해 본 조선족 정체성의 변이 양상」, 『한국민족문화』 38, 2010.11.

허련순, 「하수구에 돌을 던져라」, 『연변문학』 2004.5.

______, 『누가 나비의 집을 보았을까』, 인간과자연사, 2004.

______, 『바람꽃』, 범우사, 1996.

______, 『바람을 몰고 온 여자』, 문원북, 1997.

______, 『뻐꾸기는 울어도』, 한국학술정보, 2005.

______, 『사내 많은 여인』, 동아출판사, 1991.

______, 『우주의 자궁』, 흑룡강조선민족출판사, 1998.

______, 『유혹』, 과학과사상, 1994.

허해룡, 『세 번째 비밀』, 연변인민출판사, 1990.

현용순, 『우물집』, 민족출판사, 2003.

황송문, 『중국조선족 시문학의 변화양상 연구』, 국학자료원, 2003.

『(20세기 중국조선족) 문학사료전집』, 중국조선민족예술문화출판사, 2004~.

『중화인민공화국창건30주년기념 단편소설집』, 연변인민출판사, 1979.

『개혁개방30년 조선족 우수단편소설선집』, 연변인민출판사, 2009.

조선족 소설의 틀과 결

초판 1쇄 인쇄일	2012년 10월 24일
초판 1쇄 발행일	2012년 10월 25일
지은이	최병우
펴낸이	정구형
출판이사	김성달
편집이사	박지연
책임편집	이원숙
편집/디자인	이하나 정유진 이호진 전용완
마케팅	정찬용
영업관리	한미애 권준기 천수정 심소영
인쇄처	월드문화사
펴낸곳	**국학자료원**

등록일 2006 11 02 제2007-12호
서울시 강동구 성내동 447-11 현영빌딩 2층
Tel 442-4623 Fax 442-4625
www.kookhak.co.kr
kookhak2001@hanmail.net

ISBN	978-89-279-0199-0*93800
가격	21,000원

* 저자와의 협의하에 인지는 생략합니다.
  잘못된 책은 구입하신 곳에서 교환하여 드립니다.